Sam Feuerbach

Die Auftragsmörderin

Die Krosann-Saga
Band 1

Danksagung an die tapferen Helfer:
Dagi, Martin, Kati, Timo, Benedikt und Jasmin.

Lektorat: Simone Kurilla
Covergestaltung: jasmin, bene
Karte: bene
Foto: © lilif_ilane, Fotolia

4 Auflage 2014 (4.2)
ISBN-13: 978-1499355130
ISBN-10: 1499355130

Homepage: www.samfeuerbach.de

Email: sam.feuerbach@t-online.de

Facebook: sam feuerbach (Autor)
Hier gibt es auch Downloads der Landkarten in Farbe.

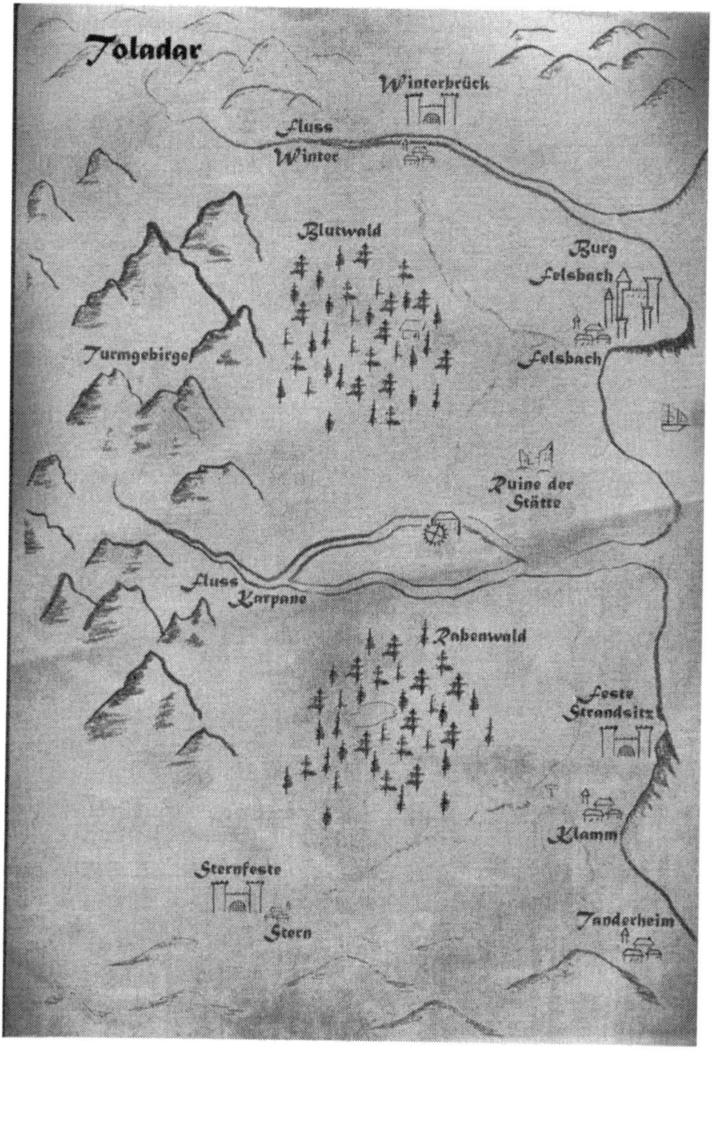
Toladar
Winterbrück
Fluss
Winter
Blutwald
Burg
Felsbach
Turmgebirge
Felsbach
Ruine der
Stätte
Fluss
Karpane
Rabenwald
Feste
Strandsitz
Klamm
Sternfeste
Stern
Tanderheim

Ein Prinz muss lernen

»Ich will sofort noch mehr von den Honigschnecken!«, rief Karek mit hoher Stimme und drehte dabei fast unmerklich den Kopf in Richtung der Dienstmagd, während er geübt mit beiden Händen die Reste eines Sahnetörtchens in seinen Mund stopfte.

»Das gibt Ärger mit Seiner Majestät, Eurem Herrn Vater«, erwiderte Sara, eine der sieben Helferinnen aus der Burgküche, gelassen. »Ihr habt die tägliche Ration an Schleckereien schon jetzt nach dem Frühstück deutlich überschritten.«

»Bring mir umgehend mehr davon, sonst bekommst du Ärger mit dem Sohn vom Herrn Vater«, raunzte der Prinz schmatzend zurück.

Er leckte sich die Reste der Sahne von Mundwinkeln und Oberlippe. Ein glänzender Honigfleck in Form eines ovalen Medaillons garnierte seine goldbestickte Tunika mit den weißen Rüschen an den Ärmeln. Immerhin war die grüne Tuchhose, gehalten durch einen weiten Ledergürtel, unbefleckt von Essensresten geblieben. Das königliche Wappen Toladars, des Reiches seines Vaters, schmückte Tunika und Gürtelschnalle. Zwei sich überschneidende Kreise auf grünem Grund – der eine weiß, der andere schwarz bildeten eine graue Schnittmenge. Die Kreise symbolisierten die Koexistenz von Lithor und Dothora, Gott des Tages und Göttin der Nacht, Licht und Schatten, Gut und Böse, Krieg und Frieden.

Karek blickte an sich hinunter. Volltreffer! Der Honig war genau in die graue Schnittmenge getropft.

Sara indes schien wenig beeindruckt von seiner Zielgenauigkeit.

»Mein Prinz, seht es mir nach. Ärger mit Eurem Herrn Vater stellt sich in der Regel wesentlich unangenehmer und folgenschwerer für mich dar als Ärger mit Euch. Folglich - und bitte verzeiht - hole ich Euch nichts mehr. Und vergesst nicht Platz zu lassen für das Staatsbankett heute Abend, bei welchem Euch acht Gänge serviert werden. Ihr esst wahrlich zu viel.«

»Und du redest zu viel.«

»Immerhin wird man vom Viel-Reden nicht dick.«

Der Prinz unterbrach seine Kaubewegungen.

Hm. Diese Bemerkung war nicht nett. Wird jetzt von mir erwartet, dass ich mich ärgere? Oder dass ich zumindest so tue? Ich weiß selbst, dass ich einen dicken Bauch habe. Und nicht nur das.

Seine fleischigen Hände, zu Fäusten geballt, schoben sich aus den Ärmeln hervor, wie der Kopf einer Schildkröte aus ihrem Panzer. Er betrachtete die durch die dicken Wülste hervorgerufenen ringförmigen Einschnitte. Es sah so aus, als trüge er zwei unsichtbare dünne Armbänder an der Stelle, wo die fülligen Unterarme in die Handgelenke mündeten.

Niedlich. Wie kleine Rollbraten sehen die aus.

Karek schickte für alle Fälle eine Portion prinzlicher Empörung in seine Gesichtszüge. Es wirkte. Nach Betrachtung seiner säuerlichen Miene schien Sara tatsächlich zu überlegen, ob sie zu weit gegangen war. Der Prinz hatte bei Hof schon mehrfach miterlebt, dass Saras Wortgewandtheit, welche in aller Regel ob ihres niederen Standes als Respektlosigkeit oder gar Unverschämtheit ausgelegt wurde, ihr ordentlichen Ärger eingebracht hatte. Ihre Erscheinung tat ein Übriges. Größer und blonder als alle anderen Mägde war *sie* der Blickfang bei festlichen Anlässen, nicht die Mahlzeiten, welche sie auf einem Tablett wie einen Schutzwall vor sich hertrug. Den jungen Prinzen interessierte hingegen fast ausschließlich jenes, was sie auf dem Tablett beförderte.

Sie brauchte ihn nicht daran zu erinnern, an heute Abend. Ein Festmahl der Macht stand an. Mit Grauen dachte er an sein erstes offizielles Staatsbankett mit den Fürsten, Herzögen und wichtigsten hohen Beratern des Reiches Toladar.

Sara machte trotz des Einschüchterungsversuches keinerlei Anstalten, süßen Nachschub zu besorgen. Ein Graus - das Bankett war noch weithin, der Hungertod hingegen so nah - folglich musste eine neue Taktik her.

Karek überlegte. »Sara, bitte, nur noch zwei Teilchen, komm schon. Das bleibt unter uns. Somit bekommt niemand Ärger.«

»Die Zusatzportion gestern war eine Ausnahme. Wenn das einreißt und sie erwischen mich, fliege ich aus der Burg. Ihr müsstet doch auch längst satt sein.«

»Ich habe immer Hunger«, jammerte der Knabe mit einem Anflug von Resignation in der Stimme. »Wenn ich erst König bin, wird mein *erster* Erlass lauten: Kuchen,

Krapfen und Honigteilchen für alle jeden Tag und unbegrenzt.«

Sara schürzte die Lippen. »Ja, das klingt wohl durchdacht und überaus weise, oh mein Prinz. Es stehen uns schillernde Zeiten bevor.« Nun lächelte sie breit. »Heute Abend beim Bankett bietet sich die ideale Gelegenheit, diese brillante Strategie vor der richtigen Gesellschaft zum Besten zu geben.«

Mit hoheitsvoller Würde überging der Knabe diese Bemerkung und strafte die Magd mit ebenso hoheitsvollem Schweigen.

Sara nahm den Teller sowie das unbenutzte Besteck und machte sich auf in Richtung Burgküche.

Karek blieb griesgrämig allein zurück. Selbst der 'Kleine Speisesaal' der königlichen Burg Felsbach verschluckte den Knaben nahezu - viel zu viel Raum für so wenig jungen Menschen. Von einem großen Gemälde an der Wand zu seiner Linken schaute zwar sein verstorbener Großvater mit majestätischer Miene auf ihn herunter - doch der war nur gemalt und zählte nicht. Der Prinz löste seinen Blick von dem Bild und starrte auf den erbarmungslos leeren Platz zwischen seinen Armen. Er fuhr mit seinem Daumennagel die Maserung vor ihm auf dem Tisch nach. Seinen *zweiten* zukünftigen Erlass hatte er vorsorglich für sich behalten.

Die Küchenmagd Sara wird künftig in der Vorburg die Gästezimmer reinigen - mit besonderer Aufmerksamkeit auf dem Leeren der Nachttöpfe.

Er wusste jedoch, dass er ihr nicht lange böse sein würde. Er mochte Sara von allen Küchenmägden der Burg am liebsten. Sie roch stets nach gewürztem Brot. Und was noch viel wichtiger war, sie war seine Verbündete. Schließlich kämpfte sie mit ihm jeden Tag Seite an Seite gegen seine beiden erbitterten Feinde - Hunger und Langeweile. Den Hunger zu besiegen oder zumindest einen vorübergehenden Waffenstillstand zu erreichen, war überschaubar einfach. Gegen Hunger wusste er ein einfaches Rezept und die gute Burgküche sogar Hunderte davon. Langeweile jedoch offenbarte sich vielschichtiger, unberechenbarer, hinterhältiger. Schlich sich von hinten heran, leise, unsichtbar, wie eine Schlange im hohen Gras, tippte ihm dann auf seine Schulter und hängte den Unterkiefer aus. Und anstatt ihm Abwechslung und Spannung zu bringen, gähnte sie ihn nur einförmig mit riesigem Maul an. Infiziert gähnte er seinerseits in den grauen Alltag zurück. Langeweile führte zu Langeweile. Sara jedoch langweilig zu nennen, ging ganz und gar nicht. Ihr Herz schlug am rechten Fleck und sie verfügte über erstaunliche Fähigkeiten. Sie beherrschte als einzige Frau der gesamten Dienerschaft das Lesen und Schreiben und überraschte ihn immer wieder mit ihrem Wissen. Zudem vermochte sie den Launen des Prinzen eher mit geistreichem Witz, denn mit gleichförmiger Unterwürfigkeit zu begegnen.

Gleich zweimal hatte sie ihn an das förmliche Staatsbankett am heutigen Abend erinnert. Obwohl es die feinsten Speisen aus allen Teilen des Königreiches und darüber hinaus geben würde, verhielt sich Kareks Vorfreude darauf in überschaubaren Grenzen. Die höfische Etikette engte und zwängte ihn in ein steifes Korsett voller Benimmregeln.

Oh je. Allein die Sitzordnung am Bankettisch war strenger als der Geruch der Latrine am Marktplatz.

Er würde im Mittelpunkt der Aufmerksamkeit links neben seinem Vater am Kopf der Tafel sitzen müssen. Kein Schmatzen, kein Popeln, kein Kratzen, wo auch immer. Kein mit vollem Mund reden und das Vorrangigste, wenn er gefragt wurde, keinen Unsinn reden. Ihm wurde jetzt schon unbehaglich zumute.

Schweren Herzens stemmte er sich von seinem Stuhl hoch. In diesem Moment gewährte er gewissenhaft einem kleinen Pups die Freiheit, welcher ungeduldig an seinen Gedärmwänden gedrückt hatte.

Seine Nase kräuselte sich.

Hm, auch wenn mir die höfischen Gelehrten mit dem höfischen Gehabe etwas anderes weismachen wollen ... Die hochwohlgeborenen Fürze riechen genauso schlecht, wie die der Bauern, Soldaten und Gehilfen.

Ein Blick zur Seite auf das Gemälde in das gestrenge Gesicht, das aussah, als wäre seinem Besitzer so etwas nie jemals passiert.

Nach diesem kargen Frühstück, so sagte ihm seine fast vierzehnjährige Lebenserfahrung, würde sich spätestens nach den Lektionen und Übungen mit dem königlichen Waffenmeister der Hunger wieder einstellen. Kampfübungen. Er hasste diese morgendliche Pflichtveranstaltung. Er taugte nicht zum Kämpfen. Äxte, Stachelkeulen, Lanzen, Schwerter und Dolche waren ihm zuwider. Schweres unhandliches, spitzes und scharfes Gerät, welches ausschließlich einem einzigen fragwürdigen Zweck diente: Dem Feind zusätzliche Körperöffnungen zu verpassen, dem Feind Körperteile abzuhacken und dem Feind möglichst rasch den roten Lebenssaft zu entlocken. In diesem Zusammenhang fiel ihm sein *dritter* königlicher Erlass ein: Ab sofort werden alle Feinde verboten. Keine Feinde, kein Krieg, keine Waffen und kein Blut. Folglich - keine Kampfübungen mehr. So schlicht und doch perfekt!

Er seufzte. Wenn es doch nur so einfach wäre. Denn Feinde hatte seine Heimat Toladar, das kleine Königreich an der Ostküste von Krosann, leider zur Genüge. Der Kontinent Krosann bestand aus vier Königreichen. Umgeben von drei fremden Staaten drohte ständig Gefahr aus drei Himmelsrichtungen. Der Waffenstillstand mit dem Reich im kalten Norden, Alandar, war brüchig, das Bündnis mit dem Westen, Winslorien, löchrig. Und mit Soradar, dem Sonnenreich im Süden, gab es weder Waffenstillstand noch Bündnis. Vielmehr hing der letzte verlorene Krieg gegen Toladar immer noch schwer in den Köpfen der dortigen Bevölkerung. Dies machte naturgemäß eine nennenswerte Verbesserung der Beziehungen zwischen beiden Ländern schwierig.

Wie aus dem Nichts tauchte Sara wieder im Speisesaal auf, griff in ihre weiße Schürze und legte eine riesige Honigschnecke auf den Tisch. Dieser Geheimtransport hatte der Schnecke die Form eines Kuhfladens verliehen, doch darüber konnte Karek durchaus großzügig hinwegessen.

»Danke Sara«, strahlte der Prinz. »Den zweiten künftigen Erlass ändere ich in: Sara wird zur ersten Oberküchenmagd befördert und hat jeden dritten Tag frei.«

Sara lachte. »Was für ein zweiter Erlass?«

»Äh!. Ach, ... nichts weiter.«

»Haltet bloß den Mund über den Nachschlag - sonst bekomme ich nie mehr einen freien Tag.«

Der Prinz nickte kauend, denn er dachte schon wieder an den heutigen Abend. Die königliche Etikette gab vor, nicht immerfort mit vollem Mund zu sprechen. Zudem widersprach das Essen im Stehen ebenfalls dem hoheitsvollen Verhaltenskodex, daher setzte sich der Knabe wohlig schmatzend wieder. Die Vorträge seiner Amme aus jüngster Kindheit über ungebührlich laute Essgeräusche und den Gebrauch von Messer und Gabel blendete er mit Wonne aus. Er seufzte. Seine Gedanken schweiften zum heutigen Ablauf des Tages. Er würde zu spät zum Waffentraining erscheinen - aber einem Königssohn sollte es gestattet sein, gewisse Prioritäten zu setzen. Schließlich kämpfte er schon eine Zeitlang energisch gegen den Feind 'Hunger' und befand sich auf aussichtsreichem Wege, diesem vorübergehend den Garaus zu machen.

Madrich, der königliche Waffenmeister der Burg Felsbach, begrüßte den Prinzen im Innenhof mit einem wütenden Zischen: »Schön! Schön, dass sich unser zukünftiger Herr König zu seinen Kampfübungen bequemt.«

»Tut mir leid, dass ich zu spät bin, Madrich.«

»Meister Madrich! Und Pünktlichkeit gehört zu den ersten Tugenden, die ich Euch beizubringen versuchte. Zu seiner Hochzeit, zum Duellieren, zur Kirche und zu seinen Übungen kommt man stets pünktlich. Warten lässt man nur den Tod!«

»Ich komme immerhin stets pünktlich zum Essen.«

»Prinz Karek, Ihr könnt mich weder durch Euren sperrigen Witz noch durch Eure Leibesfülle beeindrucken, sondern ausschließlich durch Eure Kampfeskunst. Und darum ist es alles andere als gut bestellt«, schimpfte der Waffenmeister. »Holt die Übungsschwerter, nehmt Euch eine Weste und lasst uns endlich beginnen. Wir werden heute an Eurer Deckung beim Schwertkampf arbeiten.«

Karek trottete lustlos in den Stall, nahm zwei Holzschwerter, ein kurzes und ein langes, sowie eine gepolsterte Übungsweste von den Wandhaken und kehrte auf den Hof zum Trainingsgelände zurück. Madrich lehnte lässig an der Innenmauer. Seine muskulösen, stark behaarten Arme verschränkte er vor seinem breiten Oberkörper. Das Gesicht wirkte kantiger als die Treppe zum Bergfried. Buschige Augenbrauen verstärkten den grimmigen Ausdruck. Sein Schädel glänzte kahl geschoren in der Sonne. Graue Stoppeln umrahmten dagegen das kräftige Kinn. Die tiefliegenden Augen waren stets zu Schlitzen verengt, so dass Karek deren Farbe nach so vielen Jahren immer noch nicht sicher zu nennen vermochte. Der Knabe reichte ihm das lange Schwert und zwängte sich mühsam in die gepolsterte

Weste. Er sah an sich hinunter.

Hm - wie ein Kugelfisch.

Den Prinzen plagten noch jede Menge blaue Flecken von den letzten Übungen mit dem Waffenmeister. Vor zwei Tagen war ein kompletter Vormittag Fallschule an der Reihe gewesen. Vorwärts abrollen, rückwärts abrollen, seitwärts abrollen - ächzend und stöhnend war Karek über den staubigen Boden des Innenhofes gekullert. Wehe dem, der meint, sein runder, gut gepolsterter Körper wäre ihm hierbei von Nutzen gewesen. Ganz im Gegenteil. Er hatte sich mühsam hochrappeln müssen, nur um auf Befehl direkt wieder in die vorgegebene Richtung abzurollen.

Grundsätzlich fehlte ihm bei jeder Kampfaktion sowohl die benötigte Schnelligkeit als auch die Leichtfüßigkeit – so würde es auch heute wieder zugehen. Zudem beschlich ihn regelmäßig ein Gefühl, dass Madrich ihn insgeheim auslachte. Konkrete Hinweise darauf hatte er zwar noch nie festmachen können. Dennoch gab es Momente, in denen er die spöttische Ablehnung des Waffenmeisters körperlich zu spüren vermeinte. Glücklicherweise gab es sonst keine oder wenig Zuschauer. Den kleinen Innenhof besuchte selten jemand - schlecht einsehbar schützte er vor neugierigen Blicken.

Heute sollte er also seine Verteidigung verbessern. Die Übungen bestanden darin, das Schwert ausschließlich wie einen Schild einzusetzen, die gegnerischen Hiebe abzuwehren und sich nicht treffen zu lassen. Genauso anstrengend wie langweilig.

Erschwerend kam hinzu, dass Kareks Gedanken immer wieder mit einem mulmigen Gefühl zum heutigen Staatsbankett schweiften. Darunter litt seine Konzentration auf das Training noch mehr als sonst.

Madrich durchbrach seine Deckung mit jedem zweiten Schlag oder Hieb und landete einen Treffer nach dem anderen auf der Übungsweste.

Nach einem wuchtigen Treffer auf seine Brust ließ Karek das Holzschwert freudlos sinken. Madrich brach mit einem Kopfschütteln den Folgeangriff ab, fasste sich an den kahlen Schädel und knurrte: »Mein Prinz hat so viel Talent zum Schwertkampf wie ich Haare auf dem Kopf.«

»Wenn die Burg angegriffen wird, behaltet dies für Euch, oder tragt bitte Euren Helm - so dass der Feind nicht sehen kann, wie schlecht ich kämpfe«, keuchte Karek.

»Euer loses Mundwerk wird Euch im Krieg nicht helfen. Ein gezielter Hieb auf Euren Hals wird es recht schnell vom Rest Eures Körpers trennen und dann rollt es wahrhaftig lose über den Boden.«

Madrich gönnte dem Prinzen eine kurze Pause. Dann gab er die nächste Order: »Weiter jetzt. Bein vor - Gewicht verlagern und die Augen auf. Achtet auf mein Handgelenk«, befahl der Waffenmeister humorlos. »Und wendet mir Eure Seite zu, so dass Ihr mir weniger Angriffsfläche bietet.«

Karek schaute kurz an sich herunter.

Äh? Wo ist denn bitte bei einem Kugelfisch die Seite?

Die Übungen zogen sich über den ganzen Vormittag hin.

Karek schwitzte stöhnend und stöhnte schwitzend. Er bekam riesigen Durst, auch der Hunger, vertraut und verlässlich, meldete sich wieder; zudem verlangte sein Körper nach einem Besuch in der Latrine an der äußeren Burgmauer. Der Waffenmeister verrichtete seinen Dienst pflichterfüllt, ohne jeden Enthusiasmus. Karek spürte heute besonders, dass er ihn für einen hoffnungslosen Fall hielt. In einem Anflug von Zorn hatte Madrich ihm schon vor langer Zeit gesagt, dass eher ein Hund Eier lege, bevor er ein ordentlicher Kämpfer werden würde. Diese hundsgemeine Äußerung hatte den Prinzen nicht wirklich verletzt. Er hielt sich ja selbst für wenig geeignet, das Heer mit wirbelndem Schwert anzuführen und glorreiche Schlachten zu schlagen.

»Genug für heute. Morgen konzentrieren wir uns auf die Grundstellungen und die Beinarbeit.«

Karek brachte Schwerter und Weste zurück in den Stall. Seine Brust schmerzte von den zahlreichen Treffern, die seine halbherzige Deckung durchbrochen hatten. Die gepolsterte Weste konnte schlimmere Verletzungen verhindern, blaue Flecken gab es dennoch.

Roban, einer der Pferdejungen, mistete gerade den Stall aus, als Karek eintrat. Das war auch dringend nötig, denn es stank hier gewaltig.

Nach Roban. Wie halten die Pferde dies nur aus?

Karek kannte ihn seit frühester Kindheit. Robans blondes Haar erinnerte an Stroh, so dass der Stall wie eine ganz natürliche Umgebung für ihn wirkte.

Roban. Nicht nur Stroh auf dem Kopf.

Die einfache Kleidung strotzte vor Schmutz, was nicht nur an seinem Umfeld und seiner Arbeit liegen konnte.

Zwei Jahre älter und einen Kopf größer als Karek, betrachtete er den Prinzen mit breitem Mund. »Und? Haste Madrich wieder ordentlich verhaun?«, fragte er mit unschuldiger Stimme.

Der Prinz grinste zurück. »Klar, wische bitte sein Blut vom Hof und versorge seine Wunden.«

»Hehehe«, lachte Roban. »Sehr wohl, mein Held.«

Müde stapfte Karek durch die Burg. Er begab sich nach Westen in Richtung Soldatenlatrine. Instinktiv fing er an durch den Mund zu atmen, denn dieser Teil seiner Heimatburg stank entsetzlich. Dies lag an der Latrine und an den Aborterkern, Holzkonstruktionen, welche oberhalb an den Außenmauern aufgesetzt waren und die Fäkalien direkt in den Burggraben führten. Wenn der Wind von Westen wehte, stank seine Heimat entsetzlich. Nur, und so fähig waren die Burgkonstrukteure durchaus gewesen, kam der Wind selten von Westen. Und falls doch, traf er mit seiner anrüchigen Botschaft zunächst auf die zwei großen Bedienstetenhäuser, während die herrschaftlichen Gemächer mit mehr Sicherheitsabstand im Osten der Burg untergebracht waren. Auch so schlau waren die Burgkonstrukteure gewesen.

Heute wehte eine leichte Brise von Osten nur den salzigen Geruch des Meeres herüber. Er atmete tief durch. Für Anfang Frühling kam es ihm viel zu warm vor, kein Wunder, dass er beim Kampftraining so schwitzen musste. Der Prinz verwarf den Gedanken in die Vorburg zu gehen und sich nach Neuigkeiten aus der nahegelegenen Stadt Felsbach umzuhören. Er fühlte sich schrecklich müde.

Nachdem Karek sich in der Soldatenlatrine erleichtert hatte, schleppte er sich schnaufend in sein Schlafgemach im Ostturm der Burg. Vor zwölf Tagen war er auf Geheiß seines Vaters vom Nordturm in diese Kammer gezogen. Der genaue Grund hierfür blieb ihm bis heute verborgen. Es störte ihn aber auch nicht. Ganz im Gegenteil, der Umzug stellte eine gewonnene Schlacht im Krieg gegen die Langeweile dar. So nutzte er diese willkommene Abwechslung, um sich neu einzurichten. Das riesige dunkle Eichenbett stand im drastischen Gegensatz zum zierlichen Nachttisch aus weißem Eschenholz. Die Bücherregale beeindruckten alle durch unterschiedliche Bauart. Im Grunde passten die Möbel weder vom Stil noch farblich zueinander. Alle Elemente der Einrichtung besaßen nur eine Gemeinsamkeit: sie passten zu Karek. Die einfachen Regale beherbergten jetzt seine Bücher. Die letzten Jahre hatte er viel Zeit mit Lesen verbracht. Er durfte sogar einige Abschriften sein Eigentum nennen. Seine Lieblingstitel ‚*Krobeks Reisen zu den Südlichen Inseln*' von Tel Krobek, die zwei Bände ‚*Magischer Sinn und Unsinn*' von Varazik Anorat und ‚*Friede, sei morgen mein Gast*' von Meerif Korparim standen ganz vorne in Blickhöhe.

Er wusch sich in der weißen Blechschüssel das Gesicht, nahm den Krug vom Tisch, füllte einen Becher mit Wasser, trank gierig und plumpste dann auf seine Schlafstatt. Er und das Bett stöhnten.

Nur einen Moment ausruhen, dann ist es - gelobt sei Lithor - Zeit für das Mittagessen.

Er streckte die Beine aus. Jetzt konnte er direkt an die dunklen Balken der Holzdecke starren, denn den albernen Baldachin mit den unzähligen, schwindelerregenden, sich überschneidenden Toladar-Kreisen, welcher sein altes Bett wie eine Käseglocke umschlossen hatte, war er bei dieser Umzugsgelegenheit losgeworden.

Wenig später schlief er ein.

Das Staatsbankett

Es war soweit. Die Mitglieder des Staatsbanketts bewegten sich in Richtung Festsaal. Vorher waren sie natürlich jeder für sich mit allen Ehren im Thronsaal empfangen worden.

Der Prinz mochte den Saal nicht sonderlich, mutmaßlich weil er früher hierin nie Verstecken oder Fangen spielen durfte. Die Decke in Form eines Satteldaches hing viele Meter über ihm, zehn Rundbogenfenster, kunstvoll umrahmt von goldenen Ornamenten, erlaubten dem restlichen Tageslicht Einlass. Gegenüber den Rundbogenfenstern befanden sich zehn Kamine in der Wand, die im Winter bei den Festlichkeiten für angenehme Temperaturen sorgten. Kareks Trommelfelle klingelten immer noch von den Fanfaren, die jeden Gast nach dessen Ausruf mit heftigen Trompetenstößen willkommen geheißen hatten. Sechs Stöße für die beiden Fürsten, vier Stöße für die Herzöge, zwei für jeden der verbleibenden hohen Herren. So schrieb es das Protokoll vor.

Der Prinz schritt langsam zur Linken seines Vaters, König Tedore Marein, Regent des Reiches Toladar, zum Kopf der Tafel. Eine flache Krone aus Silber mit acht juwelenbesetzten Spitzen zierte sein Haupt. Die Erscheinung entsprach dem, wie die Untertanen sich einen König vorstellten: Die braunen Augen stets hellwach, groß gewachsen, mit breiten Schultern und schmalen Hüften, schlank für sein fortgeschrittenes Alter; charismatisch - umgeben von der Aura eines Herrschers.

Rechtmäßig führten Vater und Sohn die Gesellschaft an. Karek glaubte die Blicke aller Gäste wie kleine Nadelstiche in seinem Rücken zu spüren, so dass er auf dieses Privileg gerne hätte verzichten können. Zunächst verwendete er eine gute Portion Konzentration darauf, vornehmlich vornehm auszusehen. Des Weiteren versuchte er, die Last der gesellschaftlichen Konvention auf seinen Schultern zu verdrängen, indem er sich auf seine Schritte konzentrierte und diese zählte. Zweiunddreißig. Dreiunddreißig. Immer wieder schielte er zur Orientierung auf die Füße des Königs, denn sogar für Schrittlänge und Schrittgeschwindigkeit schien es enge Vorgaben zu geben.

Ganz schön viel auf einmal, was einem Königssohn abverlangt wird. Zweiundvierzig. Zumindest Zählen habe ich prima drauf. Dreiundvierzig.

Endlich erreichten sie die Stirnseite der festlichen Tafel. Hier lagen ein, zwei, drei, vier Gedecke. Karek, schon jetzt erschöpft von den bisherigen Strapazen, zog seinen Stuhl unter dem Tisch hervor und war gerade im Begriff, sich erleichtert darauf plumpsen zu lassen, als ihm im letzten Moment auffiel, dass der König direkt neben ihm stehen blieb. Locker legte sein Vater die Hände auf die Lehne seines Sitzplatzes.

Ach ja - da war doch was.

Mit rotem Kopf schob Karek den Stuhl so unauffällig wie möglich wieder unter den Tisch. Das enervierende Kreischen der Stuhlbeine auf dem Parkettboden hallte durch den Saal und erbrachte den Beweis für eine herausragende Akustik.

Dagegen ist das Heraufziehen der großen Zugbrücke während des Winterfrostes ein zartes Säuseln. Das fängt ja gut an.

Erst als alle geladenen Gäste hinter ihren Sitzgelegenheiten standen, setzte sich der König. Die Bankettteilnehmer folgten seinem Beispiel. Erleichtert nahm Karek links von ihm Platz und versuchte, sich zu entspannen. Das gelang ihm genau bis zu dem Moment, als er aus den Augenwinkeln sah, wer links von ihm saß - kein Geringerer als Fürst Schohtar Tomur, der im Auftrag des Königs über den Süden von Toladar herrschte.

Nur einmal zuvor hatte der Prinz Schohtar getroffen – am Tage seiner Ernennung zum Fürsten. Er war damals sieben Jahre alt gewesen, als dieser hässliche Mann urplötzlich in der Burg vor ihm auftauchte und ihn maßlos erschreckte. Noch Wochen danach war er mitten in der Nacht aufgewacht, weil ihm im Traum Schohtars entstelltes Gesicht erschienen war.

Von Roban, dem Pferdeknecht, hatte Karek später die Geschichte von Fürst Schohtar zum ersten Mal gehört. Jener Schohtar, der vor acht Jahren während des Krieges gegen das Südreich Soradar einige Wochen in Gefangenschaft im Verlies des Feindes verbringen musste. Sie saßen am Abend mit einigen anderen Jungen rund um ein Feuer, die Nacht wurde dunkler und die Geschichten blutrünstiger. Roban liebte es, von schimmeligen Verliesen und brutaler Folter zu erzählen – so kam er auf den Fürsten und sein Schicksal zu sprechen.

Angekettet an eine Wand in ständiger Dunkelheit spielten die Sorader Schohtar übel mit. Damals trug er noch den Titel eines Herzogs. Also, Herzog Schohtar beging den Fehler, den Kerkermeister mehrfach als unerträglich stinkenden Bastard zu beschimpfen, woraufhin ihm dieser kurzerhand mit einem Messer die Nase abschnitt.

»So besser?«, fragte der Kerkermeister hilfsbereit.

Schohtar schrie wie am Spieß, was wohl jeder in seiner Situation getan hätte. Das Blut sprudelte nur so aus der Wunde, strömte ihm in den Mund, über Lippen und Kinn.

Er brüllte panisch: »Ich verblute, ich verblute.«

»Nein, nein – keine Angst«, tröstete ihn der Kerkermeister und brannte die Wunde fürsorglich aus, indem er eine brennende Fackel gewissenhaft in ihr hin und her drehte. Gegen Schohtars Gebrüll ob dieser Behandlung wirkten die Schreie zuvor wie zartes Geflüster. Das flüssige Wachs der Fackel versengte die Lippen und hinterließ anstelle des Mundes einen vernarbten, schiefen, blutigen Schlund. Das Feuer der Fackel verbrannte seine Stirn, seine Augenwimpern, seine Brauen und ein beträchtliches Stück seiner Seele. Letzteres ließen zumindest Schohtars Taten seither vermuten, denn er war für seine rücksichtslose Härte gegenüber seinen Untergebenen berüchtigt.

Und nun, zu Beginn des Staatsbanketts, bereitete sich Karek auf den fürchterlichen Anblick dieser Fratze so nah neben sich vor. Dabei versteiften sich seine Nackenmuskeln erneut. Mit angehaltenem Atem und gesammeltem Mut zwang er sich, den Fürsten anzuschauen und widerstand dabei tapfer dem Reflex, sich bei dem Anblick zu schütteln.

Das weißgelbe Narbengewebe an Stirn und Kinn bildete einen Kontrast zu dem blutigen Loch, wo sich einst eine Nase befunden hatte. Die verbrannten Lippen bebten wulstig um den feuchten Mund herum, ob der Fürst sprach oder nicht. Oftmals hing ihm ein Speichelfaden über das Kinn, da seine Nerven die Lippen nur noch bedingt kontrollieren konnten. An der Kopfseite schlackerten Haare, grau wie schmutziger Schnee, ungelenk zu dicken Zöpfen gebunden.

Allem Anschein nach registrierte der Fürst seinen Blick, denn nun musterte er den Knaben seinerseits. Kalte, harte Augen wie Stahlkugeln flackerten spöttisch in lidlosen Augenhöhlen.

Es herrschte Stille im großen Festsaal.

Dann ergriff König Tedore Marein, Regent der Ostküste, mit fester Stimme das Wort: »Es stimmt mich froh, dass meine wichtigsten Lehnsmänner meiner Einladung zum heutigen Staatsbankett gefolgt und vollständig hier versammelt sind. Bevor die heutigen Themen vorgetragen werden, lasst uns mit einer Stärkung beginnen und uns erst danach der Staatskunst zuwenden.«

Mit einem Blick in das vertraute Gesicht seines Vaters beruhigte sich Karek wieder. Er wurde sich der Verantwortung des Königs bewusst. Alle diese Menschen zerrten mit ihren individuellen Wahrheiten und Interessen an ihm, wie Aasgeier an einem Stück rohen Fleisch. Die Thronfolge erschien ihm mit einem Mal alles andere als erstrebenswert.

Die livrierten Bediensteten, zumeist Kämmerer, trugen Becken zum Händewaschen und Tücher zum Abtrocknen für jeden Gast herein.

Karek gelang es, sich ohne Malheur die Hände zu säubern.

Vorsichtig schaute er sich um.

Eine Atmosphäre hier - steifer als die große Zugbrücke.

Er zählte die Küchenmägde. Sechs von ihnen begannen die Vorspeisen aufzutragen - mit Honig beträufelte Weißdornbeeren und Himbeeren, umgeben von einem Kranz einer gelben Frucht von den Südlichen Inseln, die Karek noch nie zuvor gesehen hatte. Jemand murmelte einen komischen Namen, es klang wie ‚Annanass'.

Die Stimmung an der Tafel lockerte etwas auf, so dass entlang des Tisches erste zaghafte Unterhaltungen begannen. Karek griff nach einem der kleinen Vorspeisentellerchen, konnte sich jedoch nicht so richtig an den süß-sauren Früchten erfreuen, da er krampfhaft überlegte, was er sagen sollte, falls Schohtar ihn ansprach. Und als hätten seine Gedanken es heraufbeschworen, wandte sich dessen Gesichtsruine ihm geradewegs zu. Rauch schien dem verquollenen Kratermund zu entweichen, als der Fürst lautstark mit mehliger Stimme spottete: »Ja, ja. Konnte unser Prinz es kaum erwarten, seine dünnen Beinchen von der beeindruckenden Bürde zu entlasten?«

Der Junge kämpfte um Fassung. Fürst Schohtar, dafür bekannt, dass ihm nichts von dem entging, was um ihn herum passierte, schien auch jetzt seinen Blick auf Karek zu richten, doch seine Stahlkügelchen zuckten unentwegt nach rechts und links, taxierten jedes Gesicht, jede Bewegung im Saal. Karek fühlte sich, als würden gleich drei Madrichs auf einmal bei den Schwertübungen seine Deckung durchbrechen. Der große Fürst Schohtar, der zweitmächtigste Mann in Toladar, machte sich gekonnt über seine Voreiligkeit mit dem Stuhl und seinen Leibesumfang lustig.

Der Prinz stammelte hilflos mit unterdrückter Stimme: »Wie ... Wie meint Ihr das?«

Schohtar ersparte sich eine Antwort auf diese überflüssige Frage, zumal in diesem Moment ein Mundschenk zwischen den beiden auftauchte und edle Kristallgläser mit Rotwein füllte.

Die Mundschenke hatten die Anweisung bekommen, den Gästen zu jedem Gang lediglich ein Glas Wein zu kredenzen. Mehr davon wäre dem Wesen des Staatsbanketts nicht zuträglich - schließlich sollten ungetrübt von den etwaigen Einflüssen des Alkohols bedeutende großpolitische Entscheidungen vorbereitet werden, welche über die Zukunft des Landes und seiner Bevölkerung entschieden. Das letzte Wort in allen Angelegenheiten oblag dem König, nur tat ein Herrscher gut daran, sich zu den gewichtigsten Themen, den Rat seiner Fürsten und deren Herzöge im Lande einzuholen. Und dies nicht zuletzt, um sich deren Unterstützung und Rückendeckung zu vergewissern.

Bei einem Festbankett hingegen floss der Wein in Sturzbächen die Kehlen der Gäste hinunter. In der Regel kippten dann spätestens nach dem dritten Gang die ersten Teilnehmer lallend vom Stuhl.

Ein weiterer, nicht unwesentlicher Unterschied zu einem Festbankett bestand darin, dass bei einem Staatsbankett, keine Frauen teilnehmen durften. Politik wurde ausnahmslos von Männern gemacht und die feinen Damen der Gesellschaft blieben außen vor. Das Fernbleiben des anderen Geschlechtes lockerte das Protokoll nicht unbedingt auf. Und die Stimmung ebenfalls nicht.

Vorsichtig schaute Karek sich um. Natürlich wusste er, wer an dem Staatsbankett teilnahm, das heißt, er kannte Position und Namen der mächtigen Herren. Dessen ungeachtet sah er die meisten heute zum ersten Mal. Rechts vom König saß Fürst Ransorg Gobarin, der Machthaber im Norden Toladars, danach ging es um die Ecke zur Längsseite der Tafel. Dort löffelte Hofmarschall Bathek Moll, der wichtigste militärische Berater seines Vaters, die Vorspeise, und daneben weilte Herzog Mondek, Vasall und Vertrauter des Fürsten Schohtar. Mondek regierte mit harter Hand einen Landstrich im Südwesten des Reiches. Danach folgten weitere Herzöge und hochstehende Berater, bis sich der Kreis beim ältesten Teilnehmer des Banketts, Magister Korn, nahe bei Fürst Schohtar auf dem letzten Platz der Längsseite der Tafel, schloss. Korn diente seit vielen Jahren als Lehrmeister am königlichen Hof und gab dem Prinzen an vier Nachmittagen in der Woche Kundeunterricht. Kriegskunde, Geschichtskunde, Staatskunde, Rechtskunde.

Als der Magister Kareks Blick bemerkte, wollte er den Prinzen allem Anschein nach mit einer wohlwollenden Miene beruhigen. Diese Miene erzeugte er, indem er mit beeindruckender Willensstärke gepaart mit beachtlicher Körperbeherrschung die Mundwinkel leicht in Richtung Himmel bewegte, in der Gewissheit, mit diesem Trick, seinem Gesichtsausdruck vorübergehend Freundlichkeit zu verleihen.

Magister Korn. Sein Lächeln, so hölzern wie die große Zugbrücke.

Dieser Mann galt als einer der fähigsten Rechtsgelehrten im Reich. Korn hatte dem Prinzen während des Staatskundeunterrichtes erklärt, dass dieser als nächster Anwärter auf den Thron ab seinem zwölften Geburtstag das Recht habe, an einem offiziellen Staatsbankett teilzunehmen. So kam es, dass insgesamt siebzehn Männer und ein Knabe, die unter Führung seines Vaters die Fäden der Macht und das Schicksal des Landes in den Händen hielten, sich nun mit einem Glas Rotwein zuprosteten.

Karek zählte die Kerzen auf dem Tisch. Vierundzwanzig. Er betrachtete sein Gedeck vor sich. Zwei Löffel, vier Messer und vier Gabeln, einen Gewürzständer mit Salz- und Pfefferstreuer, Muskatnuss und Safranfäden sowie kleine Töpfchen mit Zucker und Honig. Nur der König, die beiden Fürsten und er erhielten diese Ausstattung. Der Rest der Tafel musste sich drei verbleibende Gewürzständer teilen.

Tedore hob die Hand und augenblicklich wurde es still im Festsaal.

»Wir haben heute darüber zu reden, wie wir auf die Bedrohung der Sorader an unserer Südgrenze reagieren. Hierzu gibt es unterschiedliche Meinungen, und diese sollen hier zu Gehör gebracht werden. Lasst uns beginnen mit einer Einschätzung der aktuellen Lage durch Hofmarschall Moll.«

Die dürre, lange Gestalt Bathek Molls erhob sich. Nur der König durfte sitzen bleiben, während er das Wort führte.

Moll, zehn Jahre älter als der König, fuhr sich mit seiner Zunge über den lippenlosen Mund.

»Mein König. Werte Mitglieder dieses Rates. Wir wissen alle, dass seit nunmehr zwei Jahren König Pares Drullom im Südreich regiert. Über die Ziele und Beweggründe dieses neuen Herrschers ist wenig bekannt – eine Einladung vor sechs Monaten hier zu uns an den königlichen Hof schlug er krankheitsbedingt aus. Die wenigen Informationen, welche wir haben, fasse ich wie folgt zusammen: Unsere Spione melden, dass es keinerlei ungewöhnliche Aktivitäten an der Südgrenze des Reiches gibt. Wenn überhaupt Truppenbewegungen zu verzeichnen sind, dann weit entfernt von Toladar, an der Südküste Soradars. Die Flotte der Sorader besteht zurzeit aus lediglich zwanzig Kriegsschiffen – ihre Armada wurde demnach seit dem verlorenen Krieg gegen uns, als sie noch über zweihundert Schiffe ihr Eigen nannten, nicht wieder aufgebaut.

Der Handel mit dem Südreich läuft hervorragend. Wir liefern deutlich mehr Waren, als wir einkaufen, allem voran unsere Brennstoffe, wie Holz und Kohle. Die Importe bestehen weitestgehend aus soradischem Stahl. Demnach sind die wirtschaftlichen Beziehungen zurzeit positiv zu bewerten. Ich gehe davon aus, dass uns in den nächsten zwei Jahren keine unmittelbare Gefahr durch Soradar droht.«

Der Hofmarschall, hochangesehen, nachdem er vor acht

Jahren als oberster Führer des Militärs maßgeblich zum Sieg gegen Soradar beigetragen hatte, setzte sich wieder. Der Prinz wusste, wie gewichtig sein Wort war.

»Ja, ja.« Fürst Schohtar schien wenig beeindruckt. Er stand auf und eröffnete mit schneidender Stimme, welche Stahl zum Rosten bringen konnte, die Diskussion. »Verehrter Moll. Welchen Datums ist die Information über den Zustand unserer Südgrenze?«

Der Hofmarschall schoss wieder nach oben. »Den letzten Bericht erhielt ich vor etwa sechs Monaten.«

»Sechs Monate?«, der Fürst fuhr sich über sein vernarbtes Kinn. »Was kann denn alles so in sechs Monaten passieren? Ganze Königreiche erhoben sich und gingen wieder unter innerhalb eines halben Jahres. Ist es nicht sinnvoll, die Einschätzung der Lage dort dem Mann zu überlassen, der diese Grenze seit nunmehr elf Jahren erfolgreich schützt? Dem Mann, der für dieses Gebiet verantwortlich ist?«

Molls Gesicht gewann an Farbe. Die Münder hörten auf zu kauen. Die Bediensteten begannen zu schleichen.

»Also mirrr!«, sägte Schohtars Stimme durch den Saal.

Karek meinte, ein Vibrieren der Gläser wahrzunehmen.

Tedore warf in ruhigem Ton ein: »Fürst Schohtar. Sagt, was Ihr zu sagen habt.«

Moll setzte sich wieder und der Fürst fuhr fort. »Ich habe mir erlaubt, eigene Spione auf Soradar anzusetzen, um Informationen neueren Datums zu bekommen. Nach meinen aktuellen Informationen erhöhte sich die Waffenfertigung der Sorader in diesem Jahr auf das Vierfache. Weder

Winslorien noch wir importierten in dieser Zeitspanne Waffen aus Soradar. Was machen die also nur mit diesem vielen Gerät?«

Schohtar warf seine Stahlkügelchen mit prüfendem Blick jedem Gast einzeln in das Gesicht.

Dann wieder das Näseln: »Zudem sind in den letzten Monaten einige befestigte Gebäude, die hervorragend als Großkasernen dienen könnten, nicht allzuweit von unserer lieblichen Südgrenze errichtet worden. Noch sind dort keine Soldaten eingezogen, nur stellt sich auch hier die Frage: wozu das Ganze?«

»Eurem Ton entnehme ich, dass Ihr schon eine gewisse Vorstellung über die Verwendung habt«, mutmaßte Moll.

»Sehr richtig. Ich gehe davon aus, dass sich die Sorader unter ihrem neuen König Pares Drullom zumindest vorübergehend von ihrer Tradition als Seefahrernation mit entsprechender Flotte verabschiedeten und eine Fußtruppe aufbauen, um überraschend landeinwärts in unser schönes Toladar einzumarschieren.«

Schohtar setzte sich.

Lautes Gemurmel machte sich im Saal breit.

Fürst Ransorg Gobarin erhob sich. »Fürst Schohtar. Danke für Eure Sensibilisierung gegenüber eventuellen Gefahren durch das Südreich. Ich denke, Ihr erledigt Eure Aufgabe im Süden seit vielen Jahren hervorragend und Ihr seid zweifelsohne dort der richtige Mann am richtigen Ort, aber ...«

Karek fiel ein, dass er gelernt hatte, alle Worte, die vor einem ‚aber' gesprochen wurden, getrost zu streichen und für immer zu vergessen.

»... aber ich denke, dass Eure Ausführungen übertrieben und nichts als Panikmache sind. Die Sorader verfügen gar nicht über die Mittel, schon wieder gegen uns in den Krieg zu ziehen.«

»Verfügen wir denn über die Mittel, uns gegen sie zu verteidigen?«, konterte Schohtar.

Ransorg ignorierte diese Rhetorik und fragte: »Im Kerker welchen Volkes ist Euch so Übles widerfahren, Fürst Schohtar?«

»Ihr wisst es – also erspart uns die Spielchen und sagt, was Ihr meint sagen zu müssen«, antwortete Schohtar gelangweilt.

»Wollt Ihr es uns nicht sagen?«

Zunächst kam es Karek so vor, als sei diese letzte Frage ein geschickter Schachzug gewesen, doch als Schohtar zu einer Rede ansetzte, merkte er, dass Ransorg seinem Kontrahenten ohne Not erneut die Bühne überlassen hatte.

Vollends entspannt und in sachlichem Ton erklärte Fürst Schohtar: »Ihr denkt, mein Hass gegen die Sorader würde meine Sinne vernebeln. Ihr denkt, meine Vorbehalte gegen das Südreich seien meinen Rachegelüsten geschuldet. Seid versichert, edler Freund, dem ist nicht so. Meine Nase nahmen sie mir, nicht jedoch mein Urteilsvermögen. Wie nanntet Ihr meine Ausführungen? Panikmache! Ganz richtig. Die Anzahl der von Soradar in den letzten acht Monaten produzierten Äxte und Schwerter können ganz schön Panik machen, wenn sie gegen unser geliebtes Volk geschwungen werden.«

Der Prinz staunte, wie wortgewandt Schohtar die Argumente der Gegenseiten aushebelte.

So ging die Debatte weiter und einige Berater erläuterten ihre Einschätzung der Lage. Mit der Hitzigkeit der Wortgefechte verflog ein Gutteil der förmlichen Steifheit. Je lauter und emotionaler die Wortbeiträge, desto gelassener und sachlicher argumentierte Schohtar.

Gerade stand Herzog Mondek auf - ein imposanter Mann, gut aussehend und selbstbewusst, mit einer Ausstrahlung, die stets an der Grenze zur Arroganz flanierte. Er unterstütze in allen Punkten, wen wunderte es, seinen Fürsten Schohtar Tomur.

Inzwischen wurde der vierte Gang serviert. Fünf Bedienstete schleppten eine beeindruckende Geflügeltafel auf einer gigantischen Holzplatte herein.

Haben die hierfür etwa die große Zugbrücke ausgebaut?

Inmitten darauf thronte ein Schwan, dessen Kopf auf dem langen, geschwungenen Hals lebensecht präpariert alle Aufmerksamkeit auf sich zog, umgeben von kompletten Truthähnen und Enten, dazu verschiedene Saucen.

Karek machte sich an die Arbeit, die Ringe an den Fingern der Teilnehmer zu zählen. Als er die Zahl ‚fünfzehn' erreicht hatte, entdeckte er Sara, während diese mit einem Tablett voller Saucieren die Gäste versorgte. Als sie in seiner Nähe angekommen war, zwinkerte sie ihm zu.

Herzog Mondek, offensichtlich höchst zufrieden mit sich selbst und seinem Auftritt, setzte sich, wobei er gierig Sara beäugte, als diese sich neben ihm vorbeugte, um eine Sauciere mit einer dunklen Sauce auf den Tisch zu stellen. Gönnerhaft kniff er Sara in ihr ausladendes Hinterteil. Augenscheinlich hatte nur Karek dies beobachtet, alle Aufmerksamkeit war noch auf das prächtige Geflügelbuffet gerichtet. Das sollte sich ändern. Karek registrierte, wie Sara für einen kurzen Moment, nicht länger als ein Lidschlag, stutzte.

Dann rief sie laut: »Huch!«, riss die Sauciere hoch und verteilte dabei den kompletten Inhalt über Mondeks feines weißes Seidenhemd, seine feine graue Tuchhose und seinen feinen breiten Stoffgürtel. Mondeks feine edle Gesichtszüge verloren jede Ordnung; seine Überheblichkeit wich ungezügelter Wut.

Er sprang auf, braune Sauce spritzte, als würde ein nasser Hund sich nach einem Schlammbad schütteln. Dann brüllte er mit hochrotem Kopf Sara an: »Du unnütze, stümperhafte Schlampe.«

Karek dachte für einen Moment, er wolle sie schlagen, denn er holte mit der rechten Hand aus.

Sara tänzelte überraschend behände mit entschuldigenden Worten und Gesten zurück: »Mein Herr. Es tut mir so leid. Es war ein Reflex - es kam so überraschend und ich bin ... dort ... sehr empfindlich.«

Einige Herren lachten, andere schienen zu überlegen, wo genau ‚dort' war.

Mondek wollte sich nicht beruhigen. »Die Ungeschicktheit in Person. Ich verlange, dass dieses Weib auf das Schärfste bestraft wird.«

»Es war ein Versehen, aber ich werde Sorge dafür tragen, dass sie ihre Strafe erhält«, schaltete sich der König ein.

Schohtar lehnte sich zu Karek herunter und meinte im lockeren Plauderton, als wolle er sich bewundernd über den präparierten Schwan auf der Platte äußern: »Na, mein Prinz. Ihr habt es auch beobachtet. Von wegen Reflex - sie hat es mit berechnender Absicht getan. Ist dies das Personal, mit dem sich Euer Vater umgibt? Nicht einmal die Bediensteten hat er im Griff. Für diese ungeheure Dreistigkeit würde ich diese niedliche Magd umgehend auf die Tischplatte nageln und zum Vergnügen der Gäste häuten lassen. Das verschafft Respekt und zudem käme endlich Stimmung auf.«

Kareks Genickstarre verhärtete sich; fassungslos über solch zynische Brutalität fing er an zu schwitzen.

Erneut brachte er lediglich hervor: »Wie meint Ihr das?«

Schohtar glotzte ihn an wie einen Pickel.

Offensichtlich hat ihn meine schnelle Auffassungsgabe, gepaart mit meiner bisherigen Sprachgewandtheit tief beeindruckt. Der Mann ist ein Dämon.

Nur langsam lösten sich beim Prinzen die versteiften Muskeln. Er beobachtete erleichtert, wie Sara den Saal verließ, während Herzog Mondek sich fluchend mittels einiger Tücher vom Gröbsten reinigte.

Dieser Schohtar bekommt alles mit. War es wirklich Absicht gewesen? Was war nur in Sara gefahren?

In diesem Augenblick hob König Tedore die Hand.

»Bisher haben wir die unterschiedlichen Einschätzungen der Situation im Süden vernommen. Welche Optionen ergeben sich jetzt daraus? Fürst Schohtar, lasst uns Euren

Vorschlag hören.«

Schohtar erhob sich und formulierte ohne Umschweife seine Forderungen: »Drei notwendige Maßnahmen in der folgenden Reihenfolge: Steuererhöhungen um ein Fünftel. Aufstocken der Berufssoldaten um ein Drittel. Präventivangriff im Frühjahr bevor die Sorader so weit sind, uns angreifen zu können.«

Das Protokoll sah vor, dass immer nur einer spricht. Zumindest diese Doktrin schien für den nächsten Gang außer Kraft gesetzt. Aufgeregtes Geflüster raschelte um die Tafel.

Als die Ordnung wiederhergestellt war, gab es Gegenreden, Gegenvorschläge, Bedenken hier und Anmerkungen dort. Einen kompletten weiteren Gang wurde die Situation zerredet. Vor allem sprachen sich die meisten der hohen Herren gegen Steuererhöhungen aus, obwohl ohne eine solche, und da waren sich ausnahmsweise alle einig, das Aufrüsten des Militärs nicht zu finanzieren wäre.

Schohtar schien sich zu amüsieren. Karek spürte, dass für den Fürsten bisher alles genau so ablief, wie er es sich vorher ausgemalt hatte.

Dann rief plötzlich einer der Herzöge von Fürst Ransorg: »Wir haben die Meinung des Prinzen noch gar nicht gehört.«

Schohtar schien nur darauf gewartet zu haben und wandte sich dem Prinzen zu. »Ein guter Vorschlag. Was ist Euer Dafürhalten in dieser Angelegenheit?«

Fast wäre Karek ein ‚wie-meint-Ihr-das' herausgerutscht.

Tatsächlich hatte er sich nach all den Informationen des heutigen Abends Gedanken über die Situation im Süden gemacht. Ihm war sein Buch ‚*Friede, sei morgen mein Gast*' eingefallen, in welchem etliche Lösungen zur gewaltfreien Konfliktbeseitigung vorgeschlagen wurden. Der soradische Autor, Meerif Korparim, war dann auch in seinem Heimatland ganz schnell wegen dieses absonderlich zersetzenden Gedankengutes beseitigt worden. Erst sein Kopf, dann der Rest.

Alle Augen richteten sich auf ihn – seine Wangen glühten. Sollte er wirklich?

»Äh. Ich ... ich würde dafür sorgen, dass Winslorien und Toladar den Soradern kein Holz und keine Kohle mehr liefern.«

Gelächter brach aus, nicht laut, eher zaghaft. Zurückhaltung über diesen absurden Vorschlag gebot sich, er entsprang immerhin dem Hirn des zukünftigen Königs, auch wenn dieses scheinbar noch nicht so richtig funktionierte.

Herzog Mondek schob die Lippen vor und meinte: »Ah - ich verstehe. Ihr wollt mit dieser Maßnahme die Sorader im bevorstehenden Winter erfrieren lassen, da Ihr Euch erinnertet, dass es in diesem sonnendurchfluteten Wüstenstaat im Dezember bis auf klirrende zwanzig Grad abkühlen kann.«

Das Gelächter wurde lauter. Beifall heischend schaute Mondek lächelnd in die Runde.

Es gab, den Prinzen ausgenommen, nur zwei Menschen, die nicht grinsten oder lachten - sein Vater Tedore und Schohtar. Der König blieb ohne jede Regung, der Fürst drehte ihm den Kopf zu. Fast unmöglich, die verbrannte, zernarbte Miene des Fürsten zu deuten, doch in den kalten

Augen glaubte Karek, ein erstauntes Verstehen zu entdecken. Diese Erkenntnis schien Schohtar jedoch gar nicht zu gefallen, denn ein tiefer Schatten huschte über das Trümmergesicht.

Er schnarrte Karek an, so dass nur er ihn hören konnte. »Euch geht es nicht um die Kamine der Sorader, sondern um die Schmelz- und Schmiedeöfen.«

Der Knabe nickte stumm.

Der Fürst überlegte weiter: »Soradar lebt vom Eisen- und Waffenexport. Wälder und Gruben haben sie so gut wie keine. Ohne Holz und ohne Kohle kein Eisen und keine Waffen. Zumindest ein Druckmittel für Verhandlungen.« Sein Kratermund spuckte es verächtlich aus: »Für Friedensverhandlungen.«

Kein anderer schien die Gedanken des Prinzen zu begreifen. Mondek sonnte sich immer noch ahnungslos in dem Erfolg seines humorigen Hinweises. Auch sein Vater unternahm nichts, um den Faden aufzunehmen oder seinem Sohn in irgendeiner Art und Weise beizustehen. Karek fühlte sich gegen diesen widerwärtigen Schohtar hilflos und alleingelassen. Dieses Gefühl verstärkte sich dadurch, dass Karek begriff, wie gefährlich dieser Schohtar war. Seine Auffassungsgabe, schneller als der Bolzen einer Armbrust, sein Intellekt, geschliffener als die Kristallgläser auf dem Tisch, machten ihn zu einem Mann, den man sich nicht zum Gegner wünscht.

Doch genau Letzteres schien dieser Fürst zu sein, denn wie zur Bestätigung zischte Schohtar: »Behaltet es für Euch oder noch besser, vergesst es lieber gleich. Dafür fehlt mir die Fantasie. Die Welt, die ich erschaffe, ist noch nicht so weit. Mein Weltenwille ist eindimensional, die Reiche haben seit dem Großen Kaiser wieder ein Anrecht darauf, geführt zu werden.«

Jetzt wäre erstmalig ein ‚wie meint Ihr das?' angebracht gewesen, doch der Prinz traute sich nicht mehr, etwas zu fragen oder zu sagen. Schohtar schien genau zu wissen, was er wollte und folgte einem Plan. Den Prinzen beschlich, ohne Hintergründe und Motive zu verstehen, die Befürchtung, dass sein Vater und er in diesem Plan keine bedeutenden Rollen spielten, um nicht zu sagen, gar keine Rolle mehr. Das genauere Verhältnis zwischen Genie und Wahnsinn bei diesem Menschen auszuloten, konnte nicht die Aufgabe eines Dreizehnjährigen sein. Für Karek erwies sich dieses ganze Bankett mit seinen zwielichtigen Strategien, eingebettet in starre Formalität, als eine Nummer zu groß. Verunsichert ersehnte er sich das Ende dieser Veranstaltung herbei. Selbst essen wollte er nicht mehr und das war nun wahrlich höchst bedenklich. Stattdessen begann er, die Täfelungen an der Decke zu zählen.

Der Rest des Banketts rauschte an ihm vorbei - irgendwann später erlöste ihn sein Vater. König Tedore bedankte sich und betonte, dass er nach Abwägen aller Informationen und Positionen in den nächsten Wochen angemessene Entscheidungen fällen und diese dann verkünden werde.

Damit erklärte er das Staatsbankett für beendet. Höchst offiziell.

Maskerade

»Töte Prinz Karek Marein.« Vier Worte für das Wesentliche. »Und verschwinde danach unerkannt.« Überflüssige vier weitere Worte in der Auftragsbeschreibung. Sie war die Beste ihrer Zunft. Sie tötete und verschwand immer unerkannt. Logisch.

Die schwarz gekleidete Frau zog die schwarze Kapuze über den Kopf. Lediglich zwei kleine Löcher dienten ihren schwarzen Augen als Sehschlitze. Aus der Ferne betrachtete sie ihr Ziel mit den fünf Türmen, deren Umrisse wie die Finger einer Hand dunkle Schatten vor dem Nachthimmel formten. Da lag sie - die Burg Felsbach. Sie wunderte sich nicht, warum sie einen dreizehnjährigen Jungen töten sollte. Um solche trivialen Fragestellungen kümmerte sie sich nicht. Dunkle Kleidung, dunkle Nacht, dunkle Seele. Unschlagbares Dreigestirn. Lebendige Menschen, ob groß, ob klein, ob Frau, ob Mann, dienten in der Hauptsache einem Zweck: Lebendig zu streichen und durch mausetot zu ersetzen. Logisch. Vielleicht auch noch nebenbei dazu, von ihnen bezahlt zu werden, aber das war zweitrangig.

Zur Vorbereitung hatte sie einen Plan der Feste Felsbach erhalten. Der Grundriss der Burg befand sich auf der Schriftrolle im geheimen Quartier und in ihrem Kopf. Somit wusste sie, wo sie am einfachsten in die Burg einsteigen konnte und wo der Prinz schlief.

Sie lief zu Fuß. Das letzte Stück ging sie immer abseits von allen Wegen zu Fuß. Keiner sieht dich kommen, keiner sieht dich gehen. Geräuschlos näherte sie sich der äußeren Burgmauer. Einige Wachmänner patrouillierten auf den Wachgängen. Die Deppen ließen alle acht Meter Fackeln brennen. Dadurch wurden die Augen blind für alles außerhalb des Lichtkreises. Umzingelt von schwarzen Wänden glotzten diese Nachtblinden in tiefe Dunkelheit.

An sich hasste sie Licht. In diesem seltenen Falle verbündete es sich mit ihr. Wie ein riesiges Insekt klebte sie an der Mauer. Ihre Finger, bedeckt durch enge schwarze Handschuhe aus einer speziellen Seide, krallten sich geübt in jede Ritze und Fuge, die einen Weg weiter nach oben verhieß. So zog sie sich weiter hoch. Klettern konnte sie schon immer. Mauern hoch wie eine Eidechse, in Bäumen wie ein Eichhörnchen. Nach wenigen Momenten schlüpfte sie durch zwei Burgzinnen auf den menschenleeren oberen Wehrgang. Dort hinten ragte der Turm des Prinzen in die Höhe. In der Dunkelheit nur an sechs übereinander leuchtenden Lichtern zu erkennen. Sie schmeckte das Salz im Wind, er kam von Südosten, aus Meeresrichtung. Sie schlich also über die Westseite der Burg in Richtung Norden, um den Wach- und Jagdhunden in den Zwingern keine Witterung zu geben. Logisch.

Sie ging in die Hocke und schloss die Augen. Alle ihre Sinne waren geschult und schärfer als ihre Dolche und Stilette. Jetzt erntete sie den Lohn gnadenlosen Drills. Zwölf Monate totale Blindheit hatten zu ihrer Erziehung gehört. Das war schon fast sechzehn Jahre her, doch die damaligen Ereignisse holten sie immer wieder ein.

Es war am Tag ihres fünfzehnten Geburtstages gewesen. Die Erzieher schnappten sie sich nach dem Abendessen und fesselten sie auf einen Stuhl. Sie bekam ihr Geburtstagsgeschenk überreicht. Zwei Männer stülpten ihr einen speziellen Helm ohne Visier oder Sehschlitze über und befestigten diesen mit einem Spezialwerkzeug mittels zweier Anker am Kopf. Hierbei wurden ihr ohne jede Betäubung kleine Löcher schräg in den Schädelknochen über den Ohren gedreht. Sie schrie wie noch nie zuvor in ihrem Leben. Diese spezielle Konstruktion verhinderte, dass sie sich selbst befreien oder die Hilfe von anderen in Anspruch nehmen konnte. Was sie auch sicherlich getan hätte, denn sie riss und zog anfänglich an dem Metall, wann immer sie sich unbeobachtet fühlte. Vergeblich. Ohne passendes Werkzeug keine Chance. Die beiden Befestigungslöcher dieser barbarischen Maske spürte sie gelegentlich immer noch im Schädel. Das Jucken der Kopfhaut unter dem Metall in den ersten Tagen erwies sich als noch schlimmer als die Blindheit. Sie konnte sich nicht kratzen, somit schien es naturgemäß ständig zu jucken, und sie fühlte sich ungepflegt. Linderung verschaffte vorübergehend nur kaltes Wasser, wenn sie den Kopf heimlich in eine der Regentonnen steckte. Und es stellte sich als doppelt schwierig heraus, etwas heimlich zu tun, wenn man blind war.

Nach einer Woche hatte sie gebrüllt, gedroht und gefleht, man möge ihr diese widerwärtige Gesichtsbedeckung abnehmen.

Die, die ihr helfen wollten, konnten nicht. Die, die konnten, wollten nicht. Infolgedessen wurde sie gezwungen, ihr Leben blind fortzusetzen, aber so, als trüge sie diesen Helm überhaupt nicht. Sie erfüllte ihre Pflichten und absolvierte ihre täglichen Übungen in vollkommener Dunkelheit. Nach einem Monat voller Leiden, voller Zusammenstöße mit Pfählen, Mauern und Bäumen, voller hinterhältiger Schläge und Streiche von Rivalen, die ihre vorübergehende Hilflosigkeit ausnutzten, fing sie langsam an, mit ihren verbleibenden Sinnen zu ‚sehen'. Ihre Nase leitete sie, ihre Ohren warnten sie, ihre Fingerspitzen und ein Blindenstock wuchsen zu feinfühligen Tentakeln. Sie schmeckte ihre Umwelt wie ein Säugling, und ihre Haut, das größte Sinnesorgan, schien gelegentlich ihren bis dahin verborgenen sechsten Sinn mit Impulsen zu versorgen. Nach einer Weile erkannte sie die meisten Menschen schon an ihrem Geruch, auch wenn sie noch weit entfernt waren. Sie hörte sie atmen, drehte sich zu ihnen und sprach sie mit Namen an. Die heimtückischen Attacken nahmen umgehend ab. Logisch. Es konnte sich keiner von den Feiglingen mehr hinter seiner Anonymität verkriechen. Eine hartnäckige Ausnahme gab es jedoch. Woguran. Wogi, wie seine Kameraden ihn nannten, entpuppte sich seit Anbeginn der Erziehung als ihr Erzfeind und ließ keine Gelegenheit aus, sie zu quälen. Sie hatte ihm vor seinen Kameraden mal kräftig in die Nüsse getreten, nachdem er unverschämt geworden war. Dieses Ereignis trug nicht gerade zu einer wesentlichen Verbesserung ihres Verhältnisses bei. Daher nutzte der Drecksack den vorübergehenden Verlust ihres Augenlichtes schonungslos aus. Woguran spannte in Gängen Seile in Höhe unterhalb des Knies und machte sich einen riesigen Spaß daraus, wenn sie in ihrer Blindheit schmerzhaft darüber stolperte. Er begrapschte sie an den Brüsten, wenn er vorbei lief. Eines Nachts leerte er einen Nachttopf über ihr aus, während sie schlief. Natürlich dachte er, sie könne nicht mit absoluter Gewissheit sagen, wer es gewesen war. Sie hatte ihn jedoch ohne Zweifel am Geruch erkannt. Ein einziges Mal hatte sie sich beim Schwarzen Kanzler über Woguran beschwert. Der hatte sie verständig in Ruhe angehört und sie dann geradewegs drei Tage ohne Wasser und Brot ins Loch schmeißen lassen – mit dem Hinweis, da sei sie sicher. Im Loch schwor sie sich, selbst dafür zu sorgen, dass der niedliche Wogi das bekam, was er verdiente. Logisch.

Und es kam der Tag, an dem es soweit war. Etwa sechs Monate trug sie die dunkle Maske schon, als sie wieder einmal außerhalb der Stätte, so nannten alle ihr Heim, zum nahegelegenen Bachufer ging. Dort angekommen hielt sie den Kopf in den kleinen Fluss, damit das Wasser über ihre geschundene Kopfhaut fließen konnte und das Jucken linderte. Anschließend tastete sie nach dem großen Stein, der ihr mitunter als Sitz diente. Sie liebte es, dem gleichmäßigen Rauschen des plätschernden Wassers zu lauschen, unterbrochen von gelegentlich blubbernden Unregelmäßigkeiten. Plötzlich stellten sich die feinen Härchen an ihren Armen auf. Sie spürte, wie sich jemand von hinten an sie heranschlich. Ein unverkennbarer säuerlicher Geruch meldete sich in ihrer Nase. Eine Mischung aus Essig, Pisse und zermatschten Kartoffeln. Sie wirbelte rasend schnell herum und stieß mit dem Blindenstock etwa in Kopfhöhe zu. Sie hörte Woguran vor Schmerz brüllen.

Jetzt gilt es - er oder ich.

Eine bisher nicht gekannte Energie überrollte sie - in jedem Gelenk, in jedem Muskel. Ihr wurde heiß. Bevor Woguran sich von der Überraschung und dem Schmerz erholen konnte, rannte sie ihn wie ein Rammbock um. Beide fielen zu Boden. Mit einem Arm wehrte sie seine Schläge ab, mit dem anderen hämmerte sie mit dem Griffende des Blindenstockes, welchen sie wie einen Keil hielt, immer wieder auf die Stelle ein, an der sie das Gesicht ihres Gegners vermutete. Nach den Schreien zu urteilen, lag sie goldrichtig.

Sie glühte und hämmerte und hämmerte.

Blinde Wut.

Knochen knackten. Egal ob Nasenbein, Wangen- oder Kieferknochen. KNACK. Es klang so, wie das Wort klingt, wenn es schnell ausgesprochen wird. Knack. Knack. Die Schreie wandelten sich in Jammern, das Jammern wandelte sich in Stöhnen, das Stöhnen wandelte sich in Stille. Sie hämmerte weiter. Ihre Hände voll von warmer klebriger Masse. Ein paar Tropfen Flüssigkeit spritzten ihr auf die Lippen, dabei stieg ein metallischer Geschmack in Mund und Nase. Nach einer Ewigkeit hörte sie aufgeregte Stimmen auf sich zueilen. Hände rissen sie von ihrem Opfer weg. Sie spürte, wie sich das Entsetzen der Menschen um sie herum wie Wellen auf ihrer Haut brach. Eine unvergessliche Empfindung. Brutale Gewalt nicht sehen, sondern riechen, schmecken, spüren. Gleichzeitig glühte sie innerlich immer noch wie Kohle in der Esse. Gelegentlich dachte sie, alle ihre nachfolgenden Morde dienten dem Zweck, ähnliche Gefühlswallungen erneut erleben zu dürfen. Die Vielzahl der Gerüche und Stimmen erschwerten ihr zu begreifen, was sich abspielte. Die Menschen umringten sie immer noch. Jemand musste sich röchelnd übergeben. Ein weiterer ekelhafter saurer Geruch. Eine neue Erfahrung machte sie an jenem Tag. Sie lernte, wie Angst roch. Angst, schwanger von Abscheu und Beklemmung, begleitet von unheimlichem Geflüster. Seitdem roch sie menschliche Angst, wie ein Hund.

Sie rechnete damit, vom Kanzler für den Rest ihres Lebens in das Loch geworfen zu werden. Doch als sie später in die Stätte zurückgeführt wurde, passierte nichts. Kein Kanzler, kein Loch, kein Vortrag. Und kein Woguran mehr. Der Name fiel für den Rest ihrer Erziehung nie wieder, und das waren noch einige Jahre gewesen. Sie fragte auch nicht nach. Das Tragen der widerlichen Maske hatte seitdem ihre nicht visuellen Wahrnehmungen enorm verbessert. Ihr Gehör, ihr Tast- und Geruchssinn ermöglichten ihr eine für Menschen außergewöhnliche Wahrnehmung ihrer Umgebung. Auch wenn der Effekt mit Wiedergewinnung des Augenlichts langsam nachließ, sie vergaß nie mehr, worauf sie zu achten hatte. Alle zwei bis drei Jahre wiederholte sie die Übung, indem sie sich freiwillig für einige Tage mit einem dunklen Tuch die Augen verband.

Sie befand sich immer noch in der Hocke auf dem obersten Wehrgang der Burg Felsbach. Keinerlei Anzeichen von

Gefahr. Also weiter geht es. Hier, in der Nähe der Aborte, stank es erbärmlich. Kurz wünschte sie, sie könnte ihre Nase schließen, so wie die Augen, wenn zu viel Licht blendete. Zweimal wechselte sie die Ebenen und wich damit den wachhabenden Soldaten aus. Stets war sie eins mit der Schwärze der Nacht und Dothora ihr wohlgesonnen. Als hätte sie die Gunst der Göttin der Nacht nötig. Sie konnte ihr gestohlen bleiben. Sie kannte keinen Gott, keinen Skrupel, kein Gewissen. Sie glaubte nur an sich. Drei oder vier Auftragsmorde hatte sie durchgeführt, während ihre Opfer beteten. Tief versunken in die naive Fürbitte, war es für sie lächerlich einfach gewesen, von hinten an sie heranzuschleichen, ihre Lieblingsklinge anzusetzen und mit einem Ruck die Kehle durchzuschneiden. Hatte ihnen das Gebet genutzt? Wo blieb die schützende Hand der Angerufenen in diesem Moment? Dothora scherte sich einen Dreck um ihre Jünger. Wenn es Götter gäbe und einer davon sich an ihr hätte rächen wollen, wäre sie schon tausend qualvolle Tode gestorben. Doch sie lebte - tot waren nur die anderen. Nein, sie kannte keine Götter und die Götter kannten sie nicht.

Und jetzt wartete die Erledigung der aktuellen Aufgabe. In der Hocke beobachtete sie den Eingang zum Turm vom mittleren Wehrgang aus.

In solchen Situationen wurden die meisten Eindringlinge an ihren Schatten entdeckt. Ein Blick zum Himmel - eine dichte Wolkendecke verdeckte nach wie vor den Mond. Kein Mondlicht – also warf sie keinen Schatten. Es verwunderte sie, dass ihr Schatten es überhaupt mit ihr aushielt und sie nicht schon lange verlassen hatte. Aber er war noch da, schwarz und böse wie sie selbst, demzufolge beobachtete sie ihn stets voller Misstrauen und sorgte dafür, dass er sie nicht verraten konnte.

Eine einzelne Wache stand starr am Fuße des Turmes neben der Tür, an die Mauer gelehnt. Beide Hände lagen auf dem Knauf eines Bastardschwertes, welches senkrecht vor ihm auf dem Boden stand. Der Mann trug seine volle Rüstung: Eisenschuhe, Beinschienen, Eisenhandschuh, Armschienen, Brustpanzer, Halsberge und Helm. Sie hasste überflüssige Bewegungen, doch dieser Umstand ließ sie voller Unverständnis den Kopf schütteln. Nicht ganz so beweglich wie ein gestrandeter Walfisch – denn letzterer wiegt bestimmt nur die Hälfte. Alles Dilettanten. Einen dicken Helm überziehen, die Ohren bedecken und den Sichtkreis einschränken. Nicht einmal wach ist er. Soldat, wie heißt die Parole? Klar - wiegen statt wachen. Egal, ob Rüstung oder nicht, dieser Mann würde in Kürze sterben. Es gab nur einen kleinen Nachteil bei Opfern mit Rüstungen. Sie musste darauf achten, dass der Blech-Depp bei seinem Ableben als letzte Amtshandlung nicht laut scheppernd vornüber auf das Kopfsteinpflaster im Hof krachte. Metall auf Stein macht mächtig Lärm. Logisch.

Sie ließ sich mit beiden Armen eine Ebene tiefer herab und schlich um den Turm herum. Jede ihrer Bewegungen wirkte elegant, fließend, zielgerichtet. Leichtfüßig huschte sie über das Kopfsteinpflaster, wie jemand, der selbst im Neuschnee keine Spuren hinterlassen würde. Sie wählte das kleine Stilett aus ihrem Gürtel, da sie in Höhe des Kehlkopfes unter der Halsberge nach oben stechen musste. Die Schneide des Stiletts, geschmiedet aus bestem soradischen Stahl, war schwarz gefärbt, spitz und für solche Zwecke ein Stück weit biegsam. Sie schnellte aus dem Schatten heraus, dabei fand die Klinge wie immer genau den Weg, den sie finden musste. Logisch. Das Eindringen des Metalls oberhalb des Kehlkopfes durch die Zunge in den Rachenraum verhinderte jedes Schreien. Lediglich ein leises blutiges Gurgeln ließ sich erahnen, wenn man denn gewusst hätte, worauf zu achten wäre; dann sackte der Soldat zusammen. Sie trat hinter ihn, fasste unter die Arme und lehnte ihn lautlos in Sitzposition mit dem Rücken an die Turmmauer. Der Weg in den Turm war frei. Drei Treppen hoch, dann rechts. Die Tür dahinten musste es sein. Sie rechnete nicht mit einer weiteren Wache. Ihr war gesagt worden, dass die Posten entweder unten am Turm oder direkt vor der Tür zum Schlafgemach des Prinzen besetzt sein würden. Also - der unten am Turm war Geschichte. Dennoch hielt sie erneut inne, schloss die Augen und wartete ein paar Augenblicke, um auf Bewegungen, Atemgeräusche und andere Laute zu horchen. Ihre Sinne meldeten, dass kein anderer Mensch in der Nähe der Tür zum Schlafgemach des Prinzen sein konnte. Sie drückte die gusseiserne Klinke herunter, öffnete die Tür und huschte zum Bett in der Mitte des Raumes, das Stilett in der Hand. Bei schlafenden Menschen ging sie stets zügig vor. Es war wenig sinnvoll, zu versuchen sich langsam und so leise wie möglich zu nähern. Sondern: Gib dem Opfer keine Zeit richtig wach zu werden. Zum Kehle durchschneiden reicht es, wenn der Kopf aus der Traumwelt hervorlugt. Es war deutlich nach Mitternacht. Der Junge musste im Bett sein. Und zwar hier. War er aber nicht. Das Bett, leer wie ein Kuckucksnest. Zufall? Sie glaubte nicht an Zufälle. Der Zufall ist der ärgste Feind der Logik. Es war im Vorfeld etwas schief gelaufen. Einer muss gequatscht haben. Logisch.

Sie entschloss sich, vor allen weiteren Aktionen zunächst in Erfahrung zu bringen, wie sich ihr Auftraggeber hierzu aufstellt. Sie griff in ihre Tunika, zog eine Krähenfeder hervor und legte diese auf das Bett. Danach verschwand sie über die Mauer genau auf dem Weg, den sie gekommen war. Zu Fuß. Ungesehen. Unerkannt. Logisch.

Der Hundemagier

Wieder verging ein Vormittag in Kareks Prinzenleben mit dem immerforten Kreislauf Hunger, Frühstück, Waffentraining, Hunger.

Karek saß am Mittagstisch und war nach schmackhafter Fleißarbeit über fünf Gänge hinweg beim Nachtisch angelangt. Während er eine Schale mit Vanillecreme in sich hineinlöffelte, räumte Sara das Geschirr auf einem Beistelltisch zusammen.

Die Magd fragte ihn: »Habt Ihr schon gehört? Eine der Nachtwachen ist in der Früh tot im Hof aufgefunden worden. Man erzählt sich, diese sei betrunken vom oberen Wehrgang gefallen und hätte sich dabei den Hals gebrochen.«

»Das ist traurig. Die Wachen haben doch während des Dienstes strengstes Alkoholverbot, oder?«

»An sich, ja. Daher war der König auch äußerst verärgert. Euer Herr Vater hat heute Morgen schon die komplette Burgwache ins Gebet genommen. Komisch nur, dass alle behaupteten, dass der Verstorbene nie zuvor Alkohol angerührt haben soll.«

Karek zuckte die Achseln.

»Habt Ihr in den letzten Stunden irgendetwas Ungewöhnliches bemerkt, mein Prinz?«

Karek schaute auf. »Doch, doch. Madrich hat mich heute nur dreimal beim Waffentraining empfindlich erwischt, Robans Spott hingegen hat mich nicht einmal getroffen. Außerdem gibt es da noch eine Person, die ich lieb habe und der, für eine Küchenmagd, bemerkenswerte Dinge durch den Kopf gehen.«

Jetzt war es an Sara, die Achseln zu zucken. Karek merkte jedoch, wie sie sich ein kleines Lächeln verkniff.

Nach dem Mittagessen machte sich Karek auf den Weg zu den königlichen Hundezwingern. Der königliche Jagdmeister nannte den Prinzen einstmals *Hundemagier*. Einerseits glaubte Karek nicht an Magie. Die alten Erzählungen von Zauberern mit ihren aus den Händen geschüttelten Feuerbällen und magischen Artefakten, welche Menschen in Tiere verwandelten, fand er albern. Geschichten für Kleinkinder. Andererseits erinnerte er sich gerne daran, wie er auf dem Schoß seiner Mutter, Königin Ulreike, saß und immer wieder bettelte, dass sie mit ihm sein Lieblingsbilderbuch durchblätterte - einen schäbigen Folianten, seit Jahrhunderten im Besitz ihrer Familie. Dieses Werk schlug ihn immer wieder in seinen Bann, sobald er die wunderschön gemalten Bilder betrachtete, während er auf ihrem Oberschenkel hoppelte. Auf jeder Seite waren prachtvoll gekleidete Menschen in leuchtenden Farben abgebildet, Kraft und Zuversicht ausstrahlend. Das erste Bild zeigte eine Frau in weißem Gewand, strahlend schön und voller Lebensfreude. Seine Mutter erklärte ihm: »Dies ist Arelia, der Ursprung der Myrnen, die Mutter allen Lebens.« Von einer anderen Seite schaute mit viel Würde ein Mann mit einer Krone, er trug eine prunkvolle Rüstung, welche rötlich schimmerte, dazu einen weißen Mantel. »Das ist König Garosse«, sagte Ulreike. So ging es immer weiter bis zu einer

Dame in schwarzem Samt und Augen wie zwei Stücke Kohle, die Tarantea hieß. Seine Mutter erklärte ihm augenzwinkernd, dass diese Figuren, Myrnen genannt, bedeutende Zauberer und Zauberinnen aus alten Zeiten darstellten, die ihre Magie stets im Einklang mit der Natur einsetzten.

Seine Mutter starb überraschend über Nacht, als er nicht einmal fünf Jahre alt war. Hinterlassen hatte sie ihm außer einer gigantischen Lücke in seinem Leben, die niemand und nichts bis heute hatte schließen können, dieses Bilderbuch. Es begleitete ihn seither, er wusste noch alle Namen der abgebildeten Personen. Die Bilder spendeten ihm Trost, wann immer er ihn brauchte. War dieser Trost magisch? Dann galt auch ein Sonnenaufgang, eine Geburt, ein Regenbogen als Magie. In der heutigen Welt hatte er jedenfalls in seinem Leben bisher keinerlei Hinweis auf Zauberei oder irgendwelche unnatürliche Vorgänge oder mystische Gegenstände entdecken können.

Das Magischste, was ich bisher erlebt habe, ist die tagtägliche Umwandlung von verschiedensten bunten Nahrungsmitteln, die ich oben reinschiebe und die dann einen Tag später braun und kompakt unten wieder herauskommen.

Es gab jedoch nicht wenige Menschen, die das Verhältnis von Karek zu Tieren als magisch bezeichneten. Dies offenbarte sich zum ersten Mal vor sechs Sommern, als Karek sieben Jahre alt war. Damals spielte er im Innenhof Verstecken mit einigen Kindern des Gesindes. Roban, der heutige Pferdejunge, war als nächster mit Suchen an der Reihe gewesen. Der Prinz hielt es für eine herausragende Idee, sich den Hundezwinger als Versteck auszusuchen. So öffnete er den Verschlag zu den Jagdhunden, obwohl dies streng verboten war, schlüpfte hinein und schob den Riegel wieder zu. Die Tiere waren abgerichtet, ausschließlich auf den König und seinen Jagdmeister zu hören. Aus Sicht der Hunde dienten alle anderen Lebewesen dazu, entweder gejagt oder gefressen zu werden oder am besten erst das eine, dann das andere. Der kleine Karek befand sich plötzlich im Zwinger auf gleicher Kopfhöhe mit ihnen. Die überraschten Hunde zogen im ersten Moment drohend die Lefzen hoch und präsentierten mit dunklem Grollen acht Fleischfresser-Gebisse mit Eckzähnen wie Dolchspitzen. Karek ließ sich nicht beeindrucken und rief mit heller Stimme:

»Ruhe jetzt. Ihr verratet sonst mein Versteck.«

Er kraulte ganz selbstverständlich einem nach dem anderen das dichte Fell seitlich hinter den Ohren. Den Leithund Buk, einen besonders groß gewachsenen Rüden, umarmte er mit seinen beiden Ärmchen, so gut es ging. Buk schüttelte den Kopf und entzog sich Kareks Händen. Der Leithund glotzte ihn mit dunkelbraunen Augen unentschlossen an.

»Der ist verrückt. Und gleich ist er tot, die zerreißen ihn«, hörte er jemand voller Grauen außerhalb des Zwingers flüstern. Dort standen Talldum und Fills, zwei seiner Spielkameraden, die seinen todesverachtenden Versteckversuch beobachtet hatten und jetzt voller Entsetzen mit einem Sicherheitsabstand von zehn Metern vor dem Verschlag standen, obwohl der Zwinger gut verriegelt war.

»Komm da raus - schnell«, beschwor Fills ihn leise, um die Hunde nicht noch mehr aufzuregen.

»Die tun mir nichts. Ihr seid Angsthasen«, antwortete der Prinz. »Und haut ab, sonst verratet ihr doch Roban mein Versteck.«

Er wuschelte Buk wieder durch das Fell. Die Wildheit und Aggression in den Augen des Hundes verschwand. Mit einem Jaulen leckte er Karek quer über das Gesicht. Jetzt gab es für die anderen Hunde kein Halten mehr. Alle wollten ein Stückchen nackte Haut des Knaben schlecken und schmecken und so tanzten die rosa Zungen wie kleine Flammen nur so um ihn herum. Talldum und Fills wandten sich entsetzt kreischend ab, da sie glaubten, Karek würde gerade in Fetzen gerissen.

»Was ist hier los? Weg vom Zwinger!« Der königliche Jagdmeister tauchte auf und verscheuchte die Jungen vor dem Käfig.

»Aber, ...aber Karek ist da drinnen«, stotterte Fills.

»Junge, was redest du für einen Blödsinn – macht, dass ihr fortkommt.« Der Jagdmeister warf einen prüfenden Blick in den Käfig und kniff die Augen zusammen, um sie dann fassungslos wieder aufzureißen. Karek stand lächelnd inmitten der wildesten Hundemeute, die er je ausgebildet hatte. Der Jagdmeister sah sofort an der Körpersprache der Hunde, dass dem Knaben keine unmittelbare Gefahr drohte. Es war ein Wunder. Dennoch holte er den Prinzen umgehend aus dem Zwinger, bevor die Hunde es sich anders überlegten, und schalt auf ihn ein.

»Was hast du dir dabei gedacht. Das sind keine Kuscheltiere. Mach das nie wieder.«

»Ich wollte doch nur ein gutes Versteck«, jammerte Karek mit Tränen in den Augen.

»Wenn du dein Grab ein gutes Versteck nennst ... Und wieso bist du so heiß? Junge, hast du Fieber?«

Er legte Karek prüfend die Hand auf die Stirn.

»Nein, ich fühle mich gut.«

Der Jagdmeister hob ihn auf seine breiten Schultern und fuhr in einem versöhnlichen Ton fort. »Hm, na dann komm du Hundemagier. Das muss ich unbedingt deinem Herrn Vater erzählen.«

Zwei Tage später ging König Tedore Marein mit seinem Sohn Karek zu den Zwingern. Die Jagdhunde empfingen den König schwanzwedelnd mit angelegten Ohren. Tedore klopfte allen Tieren die Brust und beobachtete belustigt, wie sich die Tiere darum rissen, auch Karek gebührend zu begrüßen.

»Buk, komm her«, rief der Knabe, und der Leithund schoss auf ihn zu, warf sich auf den Boden, wand sich vor ihm, alle Beine nach oben gestreckt, auf den Rücken und bettelte um Streicheleinheiten.

»Wirklich ungewöhnlich, mein Sohn. Vielleicht wittern die Hunde unsere Verwandtschaft. Sie sind abgerichtet, mir zu gehorchen und das kommt auch dir zugute.«

»Ach, glaube ich nicht. Viele Tiere mögen mich einfach.

Auch die Pferde. Und Katzen. Sogar Wildschweine. Neulich im Wald lief mir eine Bache die ganze Zeit hinterher.«

»Tatsächlich? Dann sei froh, dass ihr Mann, der Keiler, dich nicht erwischt hat. Die werden schnell eifersüchtig.« So ganz ernst schien sein Vater die Geschichte nicht zu nehmen. »Verlass dich nicht darauf, dass alle Tiere harmlos sind. Es gibt genügend gefährliche Biester, die dich verletzten oder sogar töten können«, fuhr Tedore fort und dann überlegte er einen Augenblick. »Lass uns mal etwas ausprobieren, dann wirst du sehen, was ich meine. Unser Jagdmeister hat einen jungen Wachhund von seinem letzten Besuch in der Stadt Felsbach mitgebracht. Der Hund macht Probleme - er ist wild, unberechenbar und will sich nicht unterordnen. Mich kennt er noch gar nicht. Wir sehen ihn uns mal an, bevor wir ihn womöglich töten müssen.«

Hinter dem Stallgebäude lagen zwei kleine Zwinger. Im Abstand von etwa zehn Metern blieben Vater und Sohn stehen.

»Da hinten ist er. Warte hier«, befahl Tedore und schritt auf den linken Käfig zu. Ein schwarz-graues Ungetüm krachte wütend bellend gegen die Käfigwand. Tedore baute sich etwa einen Meter vor der Zwingertür auf und betrachtete den riesigen Wolfshund. Das Bellen ging über in ein grollendes tiefes Knurren. Die angespannten Muskeln und gesträubten Nacken- und Rückenhaare ließen das Tier noch größer erscheinen als es ohnehin schon war. Speichelfäden tropften von den hochgezogenen Lefzen. Die Spitze des rechten Eckzahnes war abgebrochen, was den Hund jedoch nicht ungefährlicher aussehen ließ. Ganz im Gegenteil. Der König schüttelte den Kopf und schritt zu seinem Sohn zurück. »Der wird nicht zu retten sein, fürchte ich. Schau dir den Köter mal genauer an. Du gehst aber nicht näher an ihn heran als ich eben.«

»Gut, Vater. Der ist ja riesig.«

Jetzt näherte sich Karek dem Käfig. Er blickte den Hund überhaupt nicht an, sondern starrte seitlich an ihm vorbei in die Ferne. Das Wolfstier tobte mit ohrenbetäubendem Bellen und Knurren aus dem breiten Brustkorb und sprang wütend die Käfigwand hoch.

»Siehst du Karek. Bei dem Köter ist alle Hoffnung verloren. Komm zurück«, rief sein Vater weit hinter ihm.

Karek sagte ruhig: »Hund. Sei lieb oder du wirst getötet werden. Also mache keinen Unsinn. Ganz egal, was dir vorher passiert ist. Jetzt bist du hier und keiner tut dir was.«

Karek schlug einen kleinen Bogen und marschierte in Seelenruhe die Zwingerwand entlang. Ganz beiläufig streckte er dem Tier seine Hand entgegen. Der Hund hörte urplötzlich auf zu knurren, legte den Kopf schräg und beobachtete Karek. Die unerwartete Stille rauschte Karek in den Ohren. Der Junge erwiderte den Blick nur für einen kleinen Moment, machte einen Seitwärtsschritt näher an den Käfig heran und hielt seine flache Hand durch die Käfigwand seitlich vor die Schnauze des Wolfshundes. Der Prinz hörte seinen Vater brüllen, verstand jedoch die Worte nicht, sondern konzentrierte sich auf das Tier. Ein schnelles, schüchternes Lecken über Kareks Finger, dann rannte der Hund zur gegenüberliegenden Wand, drehte sich um sich selbst, schleckte mit der langen Zunge nervös über sein eigenes Maul und legte sich mit dem Kopf zwischen seinen Pfoten hin. Karek drehte sich zu seinem Vater um, der auf ihn zustürmte, vom Käfig wegriss und mit ihm auf dem Arm zum Stall zurücklief.

»Der ist doch ganz brav«, brachte der Junge erschrocken hervor als er merkte, wie wütend sein Vater auf ihn war. Tedore setzte ihn ab und kniete nieder, so dass er mit seinem Sohn auf Augenhöhe war.

»Karek, wenn ich dir sage, dass du nicht näher als ich an den Hund herantreten sollst, dann meine ich das auch so und erwarte Gehorsam.«

»Ich wollte dir doch nur zeigen, dass Tiere mich lieb haben«, verteidigte sich der Knabe verlegen mit feuchten Augen.

Der König atmete tief durch.

»Das ist dir gelungen, mein Sohn. Ich bin beeindruckt und stolz auf dich.« Er nahm den Jungen fest in die Arme. »Wahrlich ein interessantes Talent. Du kommst nach deiner Mutter. Sie liebte das Leben und das Leben liebte sie – allen voran die Tiere.« Der König seufzte.

In den darauffolgenden Wochen war Karek der einzige Mensch, den der Riesenhund an sich heranließ. Fast jeden Tag nahm sich der Knabe Zeit, das Tier zu besuchen. Er hatte seinem Vater versprechen müssen, niemals zu dem Ungetüm in den Zwinger hineinzugehen, so dass er ihn immer durch die Käfigwand streicheln musste. Der Prinz gab ihm daher den Namen ‚Zaunkrauler'. Dem Hund schien der Name zu gefallen, denn seine spitzen Ohren stellten sich kerzengerade auf, sobald Karek den Namen aussprach.

Einige Wochen später teilte der Jagdmeister Karek mit, dass er den großen Wolfshund töten müsse.

»Das Tier lässt niemanden in seine Nähe. Du bist die einzige Ausnahme. Auch die anderen Hunde macht das Biest verrückt, indem es stets um sich beißt. So einen kann ich nicht gebrauchen. Was meinst du, was mir dein Vater erzählt, wenn der einen Menschen in der Burg anfällt.«

Karek war wie vor den Kopf geschlagen.

»Bitte töte Zaunkrauler nicht. Der ist doch nur traurig«, sagte er erschrocken.

»Was meinst du mit traurig? Was fehlt ihm denn?«

»Ich weiß es nicht. Ihm müssen schlimme Dinge passiert sein. Vielleicht sehnt er sich jetzt nur nach Freiheit.«

»Mach aus dem Hund nicht mehr als einen Hund. Der denkt bestimmt nicht über so was wie Freiheit nach. Das schaffen die wenigsten Menschen.«

»Kannst du ihn nicht einfach laufen lassen? Anstatt ihn zu töten, meine ich. Bringe ihn doch bei der nächsten Kutschfahrt in die Stadt in den Wald und lasse ihn frei. Bitte.«

Der Jagdmeister wollte widersprechen, überlegte es sich dann jedoch anders.

»Gut mein Prinz. Ich denke, die Idee ist statthaft. Es ist schließlich für einen Hundeführer wie mich eine Strafe, solch ein prachtvolles Tier töten zu müssen. Hier bleiben kann er jedenfalls auf keinen Fall.«

Eine Woche später war der Zwinger leer und der Jagdmeister berichtete ihm, er habe das Tier im Wald freigelassen. Karek war einerseits traurig, plötzlich ohne Zaunkrauler zu sein, andererseits froh, dass der Hund nicht getötet worden war. Doch über die Jahre, je mehr er sich der Erwachsenenwelt mit ihren Notlügen und zweckgebundener Moral näherte, desto geringer wurde seine Zuversicht, dass der Hundeführer ihm hierüber die Wahrheit gesagt hatte.

Seit jenen Tagen machte Karek fast täglich einen Abstecher zu den Hunden, denn er empfand dies als eine seiner wenigen freudvollen Tätigkeiten.

Wahrscheinlich, weil ich mir diese Aufgabe selbst auferlegt habe.

Zunächst führte ihn sein Weg zu den acht schlanken Jagdhunden, die im ersten Zwinger in der Nachmittagssonne dösten. Die Hunde rochen ihn bevor sie ihn sahen und stürmten schwanzwedelnd zum Gehegezaun. Jaulend und mit kurzem Bellen verlangten sie seine Aufmerksamkeit in Form der dazugehörigen Streicheleinheiten. Er öffnete das Tor und betrat lachend den Zwinger. Acht Zungen setzen alles daran, über seine Hände und sein Gesicht zu lecken. Wedelnde Schwänze peitschten ihm um die Beine. Nebenan machten sich schon die Wachhunde bemerkbar, die ihn mit aufgeregtem Bellen aufforderten, ihnen ebenso einen Besuch abzustatten. Karek ließ sich nicht lange bitten und verteilte auch im Zwinger nebenan freundschaftliche Klapse. Die großen wolfsähnlichen Tiere lagen ihm noch mehr am Herzen als die Jagdhunde. Die Begrüßung war ein wildes Getümmel schwarz-grau behaarter Leiber.

»Nehmt Rücksicht auf meine blauen Flecken«, stöhnte er, während er schmunzelnd die stürmischen Liebesbeweise abwehrte. Karek verabschiedete sich von den Hunden und kam seiner nächsten Pflichtaufgabe nach.

Kundeunterricht bei Magister Korn.

»Ihr riecht schon wieder nach den Hunden, mein Prinz«, monierte Magister Korn, als Karek sich neben ihn an den glatt polierten Lesetisch in der königlichen Bibliothek setzte.

»Ihr habt mir ja selbst beigebracht, dass Hunde hundertmal besser riechen können als wir. Die stöhnen jetzt im Zwinger, dass sie mächtig nach Mensch riechen.«

Der alte Lehrmeister rollte mit den Augen. »Nun denn, lassen wir das. Heute wollen wir uns auf Kriegskunde konzentrieren. Habt Ihr Euch, wie besprochen, die Aufzeichnungen über die berühmte Schlacht von Tanderheim vor acht Jahren angesehen?«

»Die habe ich schon vor zwei Jahren gelesen. Was ist daran besonders?«

»Wir haben einen großartigen Sieg davongetragen - einen historischen Sieg gegen das südliche Reich Soradar trotz Unterzahl«, entgegnete Magister Korn nicht wenig überrascht.

Karek veranschaulichte in neutralem Ton: »Wir standen mit unseren 4.000 Soldaten 5.000 Feinden gegenüber. Aber wir hatten die genaue Terrainkenntnis, die ausgeruhteren Soldaten und die bessere Moral auf unserer Seite.«

»Ganz richtig. Jeder Krieg muss aber erst einmal gewonnen werden. Und unsere Verluste betrugen lediglich 1.800

Soldaten.«

»Bei mir verbleibt bei diesem ‚Gewinnen' ein unbefriedigendes Gefühl. Ich kann es nicht genau erklären. Ich habe mich gefragt, warum wir die 900 feindlichen Soldaten, die sich ergeben oder zumindest dies versucht hatten, nicht als Geiseln genommen, sondern alle getötet haben. Wir siegten, standen dann aber für Verhandlungen mit leeren Händen da - abgesehen von 5.000 gegnerischen Leichen. Und, Ihr habt es selbst gesagt, diese Schlacht kostete auf unserer Seite über 1.800 Menschen das Leben – der gesamte Krieg noch viel mehr.«

»Ja, 1.800 tapfere Soldaten, die unser Heimatland erfolgreich verteidigt haben«, führte Korn aus. Eine Mischung aus Zorn und Unsicherheit schwang in seiner Stimme mit, denn er schien über die sonderbaren Ausführungen des jungen Prinzen äußerst irritiert zu sein.

Karek fragte: »Magister Korn. Eines wollte ich Euch schon immer fragen. Was hat mehr Bedeutung - der Krieg oder der Frieden?«

Froh über den Themenwechsel und mit dem Gefühl, sich wieder auf sicherem Terrain zu bewegen, setze der Magister zum Vortrag an: »Mein Kind. Natürlich ist der Frieden wichtiger. Doch dieses hohe Gut muss seit Anbeginn der Zeiten leider allzu oft mit Waffengewalt verteidigt oder erkämpft werden. Viele Menschen, die nicht über ihren eigenen Lebenskreis hinausschauen, verstehen dies nicht, daher ist es dem König vorbehalten, ein Auge auf die hohen Güter für die Allgemeinheit zu werfen und hierzu gehört zweifelsohne der Frieden.«

»Wenn der Frieden wichtiger ist, warum unterrichtet Ihr immer nur Kriegskunde und nicht auch einmal Friedenskunde?«

»Was? Wie? Friedenskunde? Was soll das denn sein?«

»Seht Ihr, das ist genau das Problem.«

»Ihr verwirrt mich. Was meint Ihr genau?« Korn fuhr sich mit der Hand über die klebrige Stirn.

»Ich denke, es wird zu viel über den Krieg nachgedacht und zu wenig über den Frieden. So war es auch beim Staatsbankett vor zwei Wochen. Es gibt jede Menge Kriegspläne, doch keine Friedenspläne. Es gibt jede Menge Kriegshelden, doch keine Friedenshelden.«

Magister Korn stutzte, wollte etwas sagen - schwieg dann jedoch. Karek bemerkte inmitten der trüben Augen ein zorniges Aufblitzen. Im nächsten Augenblick verlosch dieses Glühen wieder. Mit einem Mal tat Karek der alte Lehrmeister leid. Diese Hilf- und Sprachlosigkeit ereilte den Magister in den letzten Monaten immer öfter. Sein durchfurchtes Gesicht wurde mit einem Mal noch faltiger. Viele Sommer und Winter hatten kurvige Rinnen und tiefe Gräben quer über die Stirn und von den Tränensäcken bis zu den Mundwinkeln gepflügt. Die langen weißen Haare hingen über den Augen. Es schien fast so, als würde er sich hinter diesem Vorhang verstecken.

Ich bin vermutlich mit meinen Themen und Fragen kein leichter Schüler.

Der Prinz schlug vor, zum Thema Heimatkunde zu

wechseln. Diesen Vorschlag griff der Magister dankbar auf und bewegte unter großer Anstrengung sämtlicher Gesichtsmuskeln seine Mundwinkel nach oben. So diskutierten die beiden für den Rest der Lehrstunde ohne größeren Disput über die Traditionen und deren regionale Unterschiede in Toladar.

Nach Kunde begann für Karek der schwerste Teil des Tages - Zeit zur freien Verfügung bis zum Abendessen. Drei Stunden musste er noch überbrücken und dabei auch noch den aufkommenden Hunger ignorieren. Karek überlegte, ob er in die Vorburg zu den Handwerkern gehen sollte. Dort hatten sich ein Schmied, ein Seiler, ein Töpfer, ein Zimmermann, ein Knochenhauer und einige weitere spezialisierte Fachwerker angesiedelt. Den Waffenschmied besuchte er vor allem im Winter gerne, wärmte sich dann in der Nähe der Kohleesse auf und empfand dabei das rhythmische Hämmern auf den Amboss wie den Pulsschlag der Burg. Zudem mochte er den gutmütigen Schmied, der stets freundlich zu ihm war. Doch jetzt schwitzte er, es war Sommer, so verwarf er den Gedanken und ergab sich durch Nichtstun der hinterlistigen Schlange Langeweile.

Hohes Gericht

Am nächsten Tag sonnte sich der siegreiche Karek in seinem Erfolg. Erneut hatte er nach seinem Mittagsmahl, als Hauptgang gebackener Fasan mit Kirschen und Birnen gefüllt, überzeugend gegen den grimmigen Hunger gewonnen. Doch viel Zeit zum Feiern blieb ihm nicht, denn nun warteten neue Herausforderungen auf ihn.

Todesmutig wird er sich gleich auf den Weg in die Zwinger mit den wilden fleischfressenden Bestien machen, dort für Ordnung sorgen und seinen Führungsanspruch untermauern. Danach, und er bemühte sich den Dämpfer, der seiner guten Laune mit diesem Gedanken verpasst wurde, zu ignorieren, würde er sich in den Kundeunterricht begeben und vor Ort todesmutig der Langeweile die Stirn bieten.

Ergeben betrachtete der Knabe die leeren Teller, das gebrauchte Besteck und die Becher und Tassen. Auf allen Teilen des Geschirrs prangte das königliche Wappen Toladars, die zwei sich überschneidenden Kreise mit der grauen Schnittmenge. Selbst den Holztisch zierte dieses Symbol, großflächig eingearbeitet in das polierte Edelholz. Karek hatte sich früher immer einen Spaß daraus gemacht zu versuchen Speisereste, wie beispielsweise die Schalen von Pistazien oder Walnüssen, mit dem Zeigefinger genau in die Fläche der Schnittmenge zu schnippen. Er bestrafte sich mit großem Punktabzug, wenn die Geschosse über den Tischrand hinaus flogen und auf dem Boden landeten. Sara hingegen fand das mäßig lustig, und auch der Punktabzug tröstete sie wenig, musste sie doch die zahlreichen Fehlversuche aus allen Teilen des Speisesaales aufsammeln.

Zum einen erfüllte ihn dieses Emblem mit Stolz, schließlich symbolisierte es sein zukünftiges Reich Toladar. Zum anderen stand es für Verpflichtung, für Schuldigkeit, für Verantwortung. Und nicht zuletzt für die höfische Langeweile. Mit schrägem Blick und gekräuselten Mundwinkeln beäugte er die beiden Kreise.

Wie die ersten beiden Glieder einer Kette. Eine Kette, die mich umschlingt, festhält, begrenzt. Eine Kette, die ich mit mir herumtrage und die oftmals im falschen Moment zu kurz ist.

Magister Korn begrüßte den 'angeketteten' Helden mit seinem typischen Eisenlächeln. Karek wusste, dass sie sich für heute Rechtskunde, eines der Lieblingsgebiete seines Lehrmeisters, vorgenommen hatten.

»Seid gegrüßt, junger Prinz. Wir wenden uns heute einem bedeutenden Teil einer jeden Regentschaft zu – der Rechtskunde.«

Mit genau diesen Worten leitete Korn diesen Unterricht jedes Mal ein.

»Wisst Ihr noch, wie Euer Herr Vater, unser König, die Rechtsprechung neu gliederte?«

Karek wusste, Tedore hatte schon vor Jahren drei königliche Rechtsprecher ernannt, die dafür Sorge trugen, dass belanglose Streitigkeiten nicht bis zum König vordrangen und seine kostbare Zeit und sein Urteil verlangten.

»Ihr sprecht die drei Richter an, die sich um die einfachen Verstöße kümmern – die so genannte ‚Niedere Gerichtsbarkeit'.«

»Sehr richtig.« Korn war in seinem Element. »Die Zeit unseres Herrn Königs ist zu wertvoll, um sich mit Bagatellen, wie gestohlenen Äpfeln, ausgeschlagenen Zähnen, geprellten Zechen, Ehebruch, Erbstreitigkeiten oder Beleidigungen zu befassen. In entfernter gelegenen Ländern des Reiches übernehmen diese Aufgabe die jeweiligen Fürsten, zurzeit Schohtar oder Ransorg.«

Karek erinnerte sich. »Ich habe einmal einer solchen Verhandlung beigewohnt. Dabei ging es um einen Jäger, der im königlichen Wald hinter der Feste beim unerlaubten Sammeln von Brennholz erwischt wurde.«

»Ein klarer Fall von einfachem Diebstahl – eine Bagatelle«, bewertete Magister Korn fachmännisch mit erhobenem Zeigefinger.

»Das Urteil war auch ein klarer Fall von ‚einfachem' Handabhacken. Eine Bagatelle.« Karek machte eine Pause. Dann fuhr er fort: »Da der Jäger mit beiden Händen das Holz sammelte, betonte der Richter noch seine Milde und Großzügigkeit, denn nur eine Hand wurde abgehackt, und der Jäger durfte, als wäre dies nicht der Milde genug gewesen, sogar aussuchen, ob links oder rechts.«

Korn schüttelte darüber verständnislos den Kopf. »Es birgt auch Gefahren, wenn Richter zu nachsichtig sind.«

»Ihr findet die Bestrafung also nicht hart genug?«

»Der Richter war zumindest an diesem Tag in sanftmütiger Stimmung und legte die Gesetze zugunsten des

Angeklagten aus.«

»Na ja, diese sanftmütige Stimmung wollte sich nicht so richtig auf den Jäger übertragen. Erfreut schien er nicht gewesen zu sein, als er seinen linken Arm auf den Block legte.«

»Hm – wie meint Ihr das? Findet Ihr das Urteil etwa nicht angemessen?«, fragte der Lehrmeister in einem solch ungläubigen Ton, als hätte Karek stolz mit seinem Zeigefinger auf seinen fülligen Prinzenbauch gezeigt und ihm eröffnet, dass er guter Hoffnung sei.

»Er sammelte Holz im Wald für den Ofen, um sich auf den nahenden Winter vorzubereiten. Er wollte seiner Frau und seinen vier Kindern ein warmes Heim bieten. Er argumentierte, das Holz wäre ohnehin nutzlos verfault. Und Ihr findet es also angemessen, einem Mann dafür die Hand abzuhacken?«

»Die Frage stellt sich nicht. Es geht um das Prinzip. So sind nun mal unsere Gesetze. Und das war dem Jäger vorher bekannt oder hätte ihm bekannt sein müssen. Er bestahl auf schändliche Weise seinen König. Wenn ein jeder diesem Beispiel folgte – Tumult und Willkür wären die Konsequenz. Die Gesetze halten die Dinge zusammen.«

»Naja – nur nicht den Arm und die Hand des Jägers.«

Die graue Stirn von Magister Korn begann wieder zu glänzen. Ein Teil seiner Kraft schien in die Beherrschung seiner selbst und seiner Stimme zu fließen: »Mein Prinz, ich merke sehr wohl, worauf Ihr hinaus wollt. Doch gewisse Grundfeste unseres gesellschaftlichen Seins stellt man nicht in Frage – denn das zerstört die Ordnung und führt ins

Chaos. Recht ist nun mal Recht.«

»Ist es auch gerecht?«

Die faltigen Züge des Lehrmeisters verzerrten sich zu einer missbilligenden Fratze. Er kämpfte hart darum, seine tiefen Falten im Gesicht neu zu sortieren.

Karek tat so, als habe er nichts bemerkt. »Ihr sprecht und erklärt mir viel von unseren Gesetzen. Gibt es in Toladar Bücher, in denen die Gesetze aufgeführt sind?«

Magister Korn hatte sich wieder im Griff. Er knurrte: »Nein, unsere Rechtsprechung basiert auf jahrhundertelanger Tradition, Gewohnheit und Überlieferung.

»Aha!«

»Was meint Ihr?«

»Findet Ihr, dass das, was schon immer so gewesen ist, unwillkürlich richtig sein muss?«

»Öh, ja oder nein – so kann man das nicht generell sagen.«

Karek seufzte. Er merkte, dass er ein Fass aufgeschlagen hatte, das sowohl für den geistig unbeweglichen Magister Korn als auch für sein kindliches Gemüt eine Nummer zu groß war.

Er versuchte seine Meinung zusammenzufassen: »Mir hat der Jäger jedenfalls leidgetan, und ich fand die Strafe zu hart.«

Der Magister schüttelte unverständig den Kopf. »Die Strafe war angemessen und gerecht. Mitleid ist ein schlechter juristischer Ratgeber. Ihr seid noch sehr jung und betrachtet die Dinge natürlich mit kindhaften Augen. Ich bin sicher, in ein paar Jahren werdet Ihr anders darüber denken.«

»Hm, mit dem Argument gewinnt man jeden Krieg.«

Magister Korn schien eine Weile nachzudenken. Dann erklärte er: »Ihr seid jetzt fast vierzehn Jahre alt. Ihr habt mit Erreichen des zwölften Lebensjahres das Recht, den wöchentlichen Sitzungen der hohen Gerichtsbarkeit beizuwohnen. Auch wenn ich mich nicht erinnern kann, dass jemals ein so junger Prinz wie Ihr dies auch wirklich getan hat, empfehle ich es Euch, damit Ihr die hohe Rechtsprechung in der Praxis erfahrt. Denn letztlich ist die Niedrige Gerichtsbarkeit nichts anderes als eine Ableitung der Hohen Gerichtsbarkeit.«

Aus vorangegangenen Lehrstunden wusste Karek, dass sein Vater bei schwerwiegenden Fällen einmal in der Woche selbst urteilen musste. Ihm wurden hauptsächlich Fälle von Mord, Hochverrat und schwerer Körperverletzung vorgetragen. Schließlich wurden einem guten Herrscher einige hervorstechende Eigenschaften abverlangt - eine davon war Gerechtigkeit.

»Die Idee ist hervorragend. Danke, Magister Korn. Bei der nächsten Gelegenheit werde ich mir die Verhandlungen ansehen.«

Schon zwei Tage später bot sich ihm Gelegenheit, die Hohe Gerichtsbarkeit, vertreten durch den König Tedore Marein, in der Praxis zu erleben.

Wieder einmal hatte der Prinz dank Burgküche und Sara einen vorübergehenden Sieg gegen den Hunger errungen. Mit gemischten Gefühlen betrachtete er das Schlachtfeld in Form der vielen leeren Teller, Schüsseln, Bestecke,

Essensreste und Flecken auf dem Tisch.

Er rülpste vornehm in seinen Ärmel und lehnte sich auf dem Stuhl zurück. Auch Sara schien nicht wenig beeindruckt ob der gigantischen Menge, die der Prinz gerade verdrückt hatte.

Doch bevor sie darüber ein zweifelhaftes Lob verlieren konnte, fragte Karek schnell: »Hat mein Vater schon mit den Audienzen begonnen?«

»Ja, ich denke schon. Die Wachen haben soeben Position bezogen und die Tore wurden geöffnet.«

»Dann werde ich ihn mal aufsuchen.«

Sara bekam runde Augen. »Ihr wisst, mein Prinz, dass Euer Herr Vater besonders beim Rechtsprechen keine Störungen duldet?«

»Ich werde ihn auch nicht stören, sondern beisitzen.« Der Knabe stand auf und unterstrich seine Entschlossenheit, indem er den Rücken durchstreckte und seine Nase leicht anhob.

Kurze Zeit später ging Karek den Gang entlang, der seinen Turm mit dem Hauptgebäude der Burg verband. Die Wachsstöcke waren von den Bediensteten gelöscht oder, falls heruntergebrannt, durch neue ersetzt worden. Die schwere schwarze Doppeltür stand weit offen. Davor wartete eine Menschenmenge darauf, zum König vorgelassen zu werden. Sein Vater galt als ein Richter, der großes Geschick entwickelt hatte, einerseits durchaus die gesellschaftlichen Positionen der Kläger und Angeklagten zu berücksichtigen, andererseits, losgelöst davon, mit scharfem

Verstand und Menschenkenntnis die ihm vorgetragenen Fälle zu bewerten.

An allen Toren und Durchgängen standen Wachen, die aufmerksam jeden Mann und jede Frau musterten und einzeln überprüften. Die Saalwachen erkannten den Prinzen schon aus der Ferne, bildeten eine Gasse und ließen ihn passieren. Karek fiel auf, dass sich die Anzahl der Wachen im Vergleich zu früher fast verdoppelt hatte.

Er betrat den großen Saal. König Tedore Marein saß auf seinem erhöhten Königsstuhl. Der Thron aus weißem Ebenholz bildete einen Kontrast zu dem schwarzen, polierten Marmorpodest, auf welchem er stand. Des Königs Schultern waren von einem weiß-grünen Mantel umhüllt, der sich am Fuße des Thrones in lockere Falten legte. Auf der Stufe unterhalb des Thrones standen zwei verzierte Stühle – der eine war für die Gemahlin des Königs vorgesehen. Durch den Tod der Königin blieb dieser Stuhl zur Rechten des Königs seit vielen Jahren leer. Karek schmerzte der Anblick des leeren Stuhles. Er fröstelte und sein voller Bauch grummelte, als ihn die Erinnerung an seine Mutter wie ein kalter Regenschauer erfasste. Obwohl sie schon so lange gegangen war, vermisste er noch immer ihre Wärme, ihre Güte, ihre Weisheit, ihre Stimme, ihren Geruch. Sie war eine stete Quelle von Trost, Hoffnung, Geborgenheit und Lebenslust gewesen. Er vermisste, auch wenn er das früher nie für möglich gehalten hätte, ihre Regeln, ihre Strenge, die Ordnung und Halt in sein Leben gebracht hatten.

Der andere Stuhl diente dem Thronfolger, welcher in der Theorie berechtigt war, dem Gericht beizuwohnen, sobald er das Alter von zwölf Jahren erreicht hat. Dennoch löste sein Erscheinen ein erstauntes Getuschel aus.

Eine weitere Stufe tiefer saß der Schreiber des Königs an einem kleinen Tisch. Kaum einer kannte seinen richtigen Namen - jedermann nannte ihn Meister Blaufeder. Dieser Spitzname war den natürlichen Folgen seiner Profession geschuldet. Er protokollierte stets mit einer Feder und blauer Tinte die wesentlichen Geschehnisse am Hof. Die blaue Tinte hinterließ blaue Finger. Die blauen Finger wiederum färbten den Federkiel blau.

Rechts und links standen auch hier jeweils acht schwer bewaffnete Wachen der königlichen Garde und beobachteten die Vorgänge im Thronsaal. Keinem anderen der Anwesenden, mit Ausnahme der königlichen Familie, waren Waffen erlaubt. Auf beiden Seiten der großen Doppeltür blieb Platz für etwa vierzig stehende Zuschauer – in der Regel waren die Verhandlungen öffentlich.

Karek schritt gemächlich auf den für ihn vorgesehenen Sitzplatz zu. Einer der Zuschauer flüsterte etwas zu laut: »Der Prinz wird ja immer knubbliger.«

Er ließ sich nichts anmerken und nahm mit hochherrschaftlicher Miene auf dem Sitz zur Linken seines Vaters Platz. Die Augenbrauen des Königs zuckten fast unmerklich ein kleines Stück nach oben. Karek konnte es ihm nicht verdenken - es war schließlich das erste Mal, dass er zu den

Anhörungen der Hohen Gerichtsbarkeit erschien und diesen Platz einnahm.

Sein Vater richtete seine Aufmerksamkeit wieder auf den Ankläger im aktuellen Fall. Dieser war niemand geringerer als Herzog Mondek.

Ohne es zu wollen, suchte Karek Mondeks Kleidung nach braunen Saucenflecken ab. Natürlich erfolglos, die edle Kleidung des Herzogs war tadellos.

Mondek lamentierte seit der Prinz eingetreten war lautstark über eine Frau, deren öffentliche Verbrennung er forderte.

»Sie ist eine Hexe. Sie beschwört Dämonen und ist unzüchtig mit ihnen.«

»Das ist ungeheuerlich. Es ist richtig, dass Ihr zu mir gekommen seid.«

»Und, mein König, ein Augenzeuge berichtete mir, dass er beobachtete, wie sie nachts im Wald nackt um das Feuer tanzte, dunkle Rituale vollzog und böse Geister anrief.«

Ein entsetztes Murmeln ging durch die Zuschauer. Geflüster wie »Schande! Verbrennt die Hexe!«, rauschte durch den Saal.

Herzog Mondeks Mundwinkel nahmen einen noch selbstgefälligeren Zug an.

Karek glaubte Mondek kein Wort. Dies lag auch daran, dass er ihm kein Wort glauben wollte - musste er sich eingestehen. Doch Mondek gehörte zu Fürst Schohtar. Und nicht nur Schohtars Aussehen machte ihm spätestens seit dem Bankett richtig Angst.

Der König hob die rechte Hand. Es wurde augenblicklich wieder ruhig im Thronsaal. »Das ist fürwahr eine schwere Anklage, die Ihr erhebt, Herzog Mondek. Auf die es auch nur eine Strafe geben kann. Wachen, bringt nun diese Frau, wir wollen alle hören, was sie zu sagen hat.«

Karek hatte zwar noch nicht viel gehört, konnte sich allerdings nicht beherrschen: »Au ja. Ich habe noch nie eine Hexe gesehen. Und auch noch nie einen Dämon. Die soll dann mal einen rufen. Oder gleich zwei.«

Dies hätte er besser bleiben lassen sollen.

Zunächst entsetztes Murmeln, das sich dann bei einem Teil der Zuschauer in irritiertes Raunen wandelte.

Karek bemerkte, dass sein Vater erzürnt über seine Einmischung in die Vernehmung war. Mit zusammengezogenen Augenbrauen blickte er ihn missbilligend an. Für einen Moment stahl sich ein Funke Nachdenklichkeit in seine Augen, ganz so, als suchte er nach Anhaltspunkten, wie die Bemerkung seines Sohnes zu verstehen war.

Auch Mondek schien zu keiner eindeutigen Interpretation des prinzlichen Einwurfes zu gelangen - daher überging er diesen einfach und wandte sich wieder an den König.

»Das wollt Ihr Euch nicht wirklich antun, Majestät. Sie ist liederlich. Und sie weigert sich zu reden. Verurteilt sie!«

»Ihr wollt, dass ich diese Frau zum Tode verurteile. Euren Vorwürfen nach auch vollends zu Recht. Dies werde ich jedoch nicht in ihrer Abwesenheit tun. Wenn ich jemanden zum Tode verurteile, schaue ich ihm vorher in die Augen. Ich will die Angeklagte sehen. Sofort!«, befahl Tedore.

»Wie Ihr meint«, antwortete Herzog Mondek mit einer Note Verkniffenheit in der Stimme. Er schickte einen seiner Bediensteten. »Holt die Hexe!«

Zwei unbewaffnete Soldaten aus der Gefolgschaft des Herzogs führten eine Gestalt in schweren Ketten direkt vor den Tisch von Blaufeder. Ein einziger verdreckter Lumpen umhüllte ihren Körper von den Schultern bis zu den Knien. Mit nackten Füßen, schwarz vor Schmutz, stand sie gebeugt, mit gesenktem Gesicht bewegungslos vor der Hohen Gerichtsbarkeit. Ihr Zustand war erbärmlich - der widerwärtige Gestank, der von ihr ausging, schien die Luft in Gülle zu wandeln.

»Seht Ihr, mein König. Dieses Weib hat dem Menschsein entsagt«, erklärte Mondek und hielt sich demonstrativ die Nase zu.

Auch der unmittelbar vor ihr sitzende königliche Schreiber verzog das Gesicht, kniff sich ebenfalls in die Nase und rief empört: »Majestät - diese Person beleidigt meine Nase.«

Die Gestalt hob langsam den Kopf und betrachtete Blaufeder mit müden Augen. Ihre Handgelenke waren durch die Ketten gefesselt und dann mit den Fußgelenken verbunden. Beide Hände zitterten leicht.

Tedore fragte: »Wer bist du?«

Die Gestalt reagierte nicht, sondern starrte weiterhin auf Blaufeder.

Tedore wiederholte die Frage mit lauterer Stimme.

Jetzt wandte die Frau den Blick vom Schreiber langsam dem König zu. Nach einem Augenblick öffnete sie den Mund und machte Anstalten zu antworten, außer einem heiseren Röcheln waren jedoch keine Worte zu verstehen.

»Wie ich schon sagte, diese Hexe spricht nur noch mit ihren Dämonen.«

»Ist sie des Sprechens mächtig? Hat sie ihre Zunge noch?«

»Selbstverständlich – seit langer Zeit gibt es kein Zungenziehen an meinem Hof mehr.«

Magister Korn hatte Karek in einer der Lehrstunden erzählt, dass Tedore vor einigen Jahren das Abschneiden oder Herausreißen der Zungen außerhalb der Hohen Gerichtsbarkeit geächtet und schließlich verboten hatte. Herzog Mondek, ein großer Verfechter des Zungenziehens, hatte dies mit wenig Begeisterung aufgenommen. Man erzählte sich, ein Drittel seiner Bediensteten sei stumm. Und das Drittel konnte sich glücklich schätzen, diese Tortur überlebt zu haben, da in der Regel ein größerer Teil durch das Herausreißen der Zunge trotz Behandlung durch Brenneisen oder Pech jämmerlich verblutete.

Der König wandte sich wieder der Frau zu. »Du bist angeklagt, den dunklen Künsten verfallen zu sein. Dir wird Hexerei zur Last gelegt, und dir droht der Tod auf dem Scheiterhaufen. Sage mir, wer du bist.«

Blaufeder, schon etwas grün im Gesicht, würgte:

»Mein König. Setzt dieser Geschichte ein Ende. Dieses Weib stinkt unerträglich.«

»Mondek. Wer ist diese Frau?«

»Ihr wolltet sie sehen, dort steht sie und sollte selbst

Auskunft geben«, erwiderte der Herzog mit einem Anflug von Trotz.

Die rechte Hand der Frau machte träge, kreisende Bewegungen. Karek sah den König an und überlegte, ob er sich wieder einmischen sollte. Er konnte nicht anders: »Ich glaube, sie möchte etwas aufschreiben.«

Erneut machte sich Gemurmel breit. Es war höchst unwahrscheinlich, dass dieses stinkende Etwas des Schreibens mächtig sein sollte.

Die Miene des Königs verfinsterte sich. Doch dann verfügte er: »Blaufeder, gib ihr Feder und Papier.«

Der Schreiber schob angewidert eine leere Papierrolle und eine in Tinte getauchte Feder in die Richtung der Gestalt. Langsam nahm die Frau die Feder in die rechte Hand und begann, Worte auf die Rolle zu kritzeln. Durch die Ketten musste sie die linke Hand mitführen.

Bis auf das Rasseln der Ketten und das Kratzen der Feder störte kein Geräusch den Lauf der Obersten Gerichtsbarkeit. Dann stoppte sie, hob wieder schwerfällig den Kopf und blickte auf den Schreiber. Blaufeder nahm das Schriftstück mit langem Arm und weit von sich gestrecktem Daumen und Zeigefinger entgegen und warf aus der Entfernung einen Blick darauf. Seine Gesichtsfarbe wechselte von Grün zu Rot.

»Lest vor, Blaufeder.«

»Öh, ja. Sie schreibt: Öh ... 'was meint Ihr, wie Ihr riecht, wenn Ihr Euch zehn Tage an die Wand gekettet mit Eurem eigenen Urin und Kot beflecken müsst'.«

Herzog Mondek schaltete sich ein. Ein guter Teil seiner

adligen Arroganz schien verflogen, ersetzt durch eine fahrige Nervosität. »Majestät, Ihr seht doch, welch Geistes Kind diese Frau ist.«

Karek runzelte die Stirn. Blaufeders Verhalten wirkte seltsam auf ihn. Noch irritierender war der Auftritt von Herzog Mondek. Dieser schien nicht damit gerechnet zu haben, dass diese Frau anfangen könnte, vor Gericht etwas niederzuschreiben.

Der Prinz sprach leise den königlichen Schreiber an. »Lasst mich einen Blick auf das Papier werfen.«

Er nahm die Rolle von Blaufeder entgegen und studierte diese konzentriert. Die Falten auf seiner Stirn blieben, wodurch er deutlich älter wirkte. »Hier steht geschrieben: 'Was meinst du, wie du stinkst, Tintenfurz, wenn du zehn Tage an die Wand gekettet in deiner eigenen Pisse und Scheiße hockst'.«

Eine Welle aus Erheiterung und Empörung rauschte durch den Saal.

Der König war weder erheitert noch empört. »Sage deinen Namen.«

Die Frau starrte ihn verständnislos an.

»WER BIST DU?«, dröhnte Tedore lauter als ein Nebelhorn.

Wieder machte sie Schreibbewegungen und deutete auf den Tisch. Diesmal schob Blaufeder ihr unaufgefordert eine Rolle über den Tisch zu. Nachdem sie auch diese langsam vollgeschrieben hatte, ließ sich der König das Papier direkt von Blaufeder aushändigen.

Er las vor: »Ich bin Tatarie. San-Priesterin aus Tanderheim. Der Herzog hat mir die Ohren mit Harz stopfen lassen. Meine Nase war fünf Tage durch eine Klammer geschlossen. Drei Tage kein Trinken und das Atmen durch den Mund bei Hitze und ständigem Rauch haben meine Stimmbänder ausgetrocknet, so dass ich nicht sprechen kann.«

Es wurde laut im Saal. Karek beobachtete, wie vereinzelte Zuschauer anfingen nachzudenken, ob sich der Sachverhalt nicht etwas komplexer verhielt, als dieser auf den ersten Blick zu sein schien. Immerhin stand hier eine San-Priesterin vor Gericht. Die Aussage des Herzogs wog schwer, doch war er sowohl für seine Weibergeschichten als auch für seine Skrupellosigkeit bekannt. Wer weiß, was in Wirklichkeit dahinter steckte. Die Mehrheit der Anwesenden jedoch schien der Frau nicht zu glauben.

Mondek spürte dies augenscheinlich und setzte erneut an: »Die Hexe lügt. Sie will nur ihre Haut retten. Selbst hat sie sich die Ohren verstopft, um dem Irdischen zu entfliehen und sich ganz ihrer Dämonenwelt widmen zu können«, zeterte er lautstark.

Der König erwiderte: »Ich höre Eure Worte – auch wenn Ihr leiser sprecht. Es handelt sich bei der Angeklagten offensichtlich um eine San-Priesterin, also ein angesehenes Mitglied des Heilerordens. Oder bestreitet Ihr das?«

»Nein, sie ist eine San-Priesterin und das macht sie als Hexe noch gefährlicher.«

»Habt Ihr noch andere Zeugen oder Beweise für Eure Anschuldigungen?«

»Als wäre mein Wort nicht genug.«

»Euer Wort *ist* nicht genug!«, zischte Tedore leise, so dass nur Karek und der Herzog ihn hören konnten.

Karek vermutete, dass sein Vater Mondek nicht öffentlich brüskieren wollte.

Unbeeindruckt fuhr der Herzog mit lauter Stimme fort: »Glaubt Ihr, wegen dieser Hure würde ich hier solch eine Posse veranstalten?«

»Ein valides Argument. Vielleicht seid Ihr aber getäuscht worden.« Tedore baute Mondek eine Brücke, damit der Herzog das Gesicht wahren konnte.

Doch Mondek schien fest entschlossen, alles zu versuchen, um diese Frau zu vernichten. »Die Frau hat einzig und allein den Scheiterhaufen verdient.«

»Das entscheide einzig und alleine ich.«

Ein Zuschauer rief: »Wenn es noch Zweifel gibt, schlage ich die Wasserprobe vor. Lasst unseren Gott Lithor über Schuld oder Unschuld entscheiden.«

Allgemeine Zustimmung machte sich flugs im Thronsaal breit. Die Wasserprobe galt zwar als weniger unterhaltsam als der Scheiterhaufen, aber besser als nichts.

Herzog Mondek zog ein Gesicht. Er schien sich mit der Wasserprobe nicht zufriedengeben zu wollen.

Karek erinnerte sich mit Entsetzen. Er hatte vor vier oder fünf Sommern eine Wasserprobe zusammen mit Roban beobachtet. Sein Vater hatte ihm eigentlich an jenem Tag verboten beizuwohnen, während Roban schon seinen Dienst im Stall angetreten hatte und sich um die Pferde hätte kümmern müssen. Also schlichen sich die beiden heimlich mit tief ins Gesicht gezogenen Kapuzen unter den langen Steg und warteten auf den Vollzug des Gottesurteils. Immer mehr Menschen machten sich am Strand breit. Die guten Plätze auf dem Steg nahe am Geschehen waren den höheren Ständen vorbehalten, auch diese füllten sich nach und nach.

Viel Zeit verging, sie fingen schon an zu frieren, da sie bis zur Hüfte im Wasser standen, bis endlich die Abordnung mit dem Delinquenten kam. Sie lugten von unten durch die Bohlen nach oben. Ein junger Kerl mit schweren Ketten an Händen und Füßen rasselte über sie hinweg weiter bis zum Ende des Stegs, wo das Meer etwa drei Meter tief war. Die beiden Knaben sahen wenig, mussten sie schließlich im seichten Wasser stehen bleiben, konnten jedoch umso besser hören, was passierte.

Folgt man den jahrtausendalten Überlieferungen, bestand das Salzwasser aus den Tränen des Gottes Lithor und galt als rein und heilig. Wenn der Angeklagte untergehen würde, hieße dies, Lithor nähme ihn in sein Reich auf, und damit hätte er seine Unschuld bewiesen. Schwimmen auf der Wasseroberfläche hingegen bedeute, Lithor akzeptiert den Probanden nicht - er stößt ihn ab, was eindeutig seine Schuld beweisen würde. In solchen Fällen würde umgehend die Hinrichtung durch Trennen des Kopfes vom Rumpf stattfinden. Eigentümlicherweise kam letzterer Fall selten vor - wenn er überhaupt schon einmal vorgekommen war.

»Jetzt legt gleich Askia, der königliche Henker, los«, hatte

Roban aufgeregt geflüstert.

Schon hörten sie ihn: »Lithor erhöre uns und urteile in Deiner Weisheit und Güte über diesen Menschen«, sagte eine weiche, freundliche Stimme, die kleine Kinder sicherlich großartig in den Schlaf erzählen konnte.

Karek fröstelte nicht nur aufgrund des kalten Wassers.

»Hast du noch etwas zu sagen?«, fragte der Henker gemütlich.

Nur ein Schluchzen, bevor der junge Kerl unter großem Gejohle ins Wasser gestoßen wurde.

Jetzt konnten die Knaben ihn kurz sehen, wie er ins Meer eintauchte, durch Schaukeln des Körpers verzweifelt versuchte, mit dem Kopf über Wasser zu bleiben, ihn die Ketten dann aber nach unten zogen.

Ein Mann rief: »Er ist untergegangen. Holt ihn raus, er ist unschuldig.«

Ein anderer antwortete mit gewissenhafter Stimme: »Nein, um ganz sicher zu gehen, müssen wir noch einen Moment warten.«

Eine Ewigkeit später sahen sie, wie zwei Männer halbherzig mit langen Hakenstöcken in der See herumstocherten. Natürlich erwischten sie den Probanden erst, als dieser schon Algen ansetzte und längst jämmerlich ertrunken war.

Mühsam zogen ihn die beiden aus dem Wasser. Tot und kalt lag er auf dem Steg, die Jungen sahen, wie das Wasser durch die Ritzen tropfte, und sein für alle so überraschender Tod löste urplötzlich großes Wehklagen aus.

»Oh, er war ohne Schuld. Lithor habe ihn selig - Lithor

hat ihn aufgenommen.«

»Na toll!«, dachte Karek damals mit bitterem Geschmack im Mund, wütend ob seiner eigenen Sensationslust, die ihn an diesen Ort geführt hatte, nur um diesem seltsamen Treiben beizuwohnen. Er begriff die Vorgänge nicht richtig und fand in keinerlei Hinsicht Gefallen daran. Allein der Gedanke an die Stimme Askias warf ihm erneut Gänsehaut auf den Körper.

Robans Augen hingegen glänzten. Eer schien begeistert von dieser Wasserprobe, als er meinte: »Boah. Er war unschuldig. Was für ein Abenteuer.«

Tedores donnernde Stimme holte Karek wieder ins Hier und Jetzt zurück.

»So soll es sein. Die Wasserprobe wird über Schuld oder Unschuld dieser Frau entscheiden.«

Karek beobachtete, wie die ohnehin schon traurige Gestalt Tataries noch mehr in sich zusammensackte.

Der König fuhr fort: »Morgen zur Mittagsstunde wird die Wasserprobe durchgeführt. Wachen, nehmt die San-Priesterin in Verwahrung. Gebt ihr Essen, Trinken und Kleider. Für den heutigen Vormittag beenden wir die Sitzungen. Wachen, räumt den Saal.«

Mondek schien verdrossen über dieses Urteil, presste jedoch heraus: »Sehr weise, mein König. Wenn es das Feuer nicht tut, dann hilft das Wasser aus.«

Die Wasserprobe

Am späteren Nachmittag als der Saal endlich geräumt war und nur noch Tedore, Karek und vier der Leibwachen des Königs dort verweilten, holte Tedore tief Luft: »Mein Sohn. Ich weiß dein Interesse an akuter Rechtsprechung zu schätzen. Das rechtfertigt jedoch nicht deine Einmischungen mitten in der Verhandlung. Es wäre also angebracht, wenn du erst ein paar Mal stillschweigend zuhörtest und lerntest.«

»Magister Korn hat mir geraten, den Verhandlungen einmal selbst beizuwohnen.« Er senkte seinen Blick. »Ich konnte nicht an mich halten, Vater. Und ich mag den Herzog nicht.«

»Wen du magst oder nicht spielt vor Gericht keine Rolle.«

»Was spielt denn überhaupt eine Rolle vor Gericht? Die Wahrheit augenscheinlich nicht«, fuhr es dem Prinzen heraus.

Sein Vater sah ihn zunächst unverwandt an.

Mit einem Mal seufzte der König und meinte: »Der ganze Auftritt von Mondek glich einer Schnurre. Ich vermute, dieses Weib ist unschuldig – er will sie offensichtlich loswerden. Ich mag Mondek im Übrigen auch nicht – wahrscheinlich auch ein Grund, warum ich nicht gleich auf ihn gehört habe.«

»Und warum lässt du sie dann ertränken?«, fragte der Knabe mit einer ungewollten Heftigkeit in der Stimme.

Tedore schien überrascht ob der einfachen, direkten Frage seines Sohnes, welche schonungslos dessen Einstellung zum geltenden Rechtssystem und den damit verbundenen Gottesurteilen offenbarte. »Noch ist sie nicht tot.«

»Das Prinzip der Wasserprobe ist jedoch todsicher«, schnaubte Karek. Er merkte, dass sein Vater im Begriff war aufzubrausen, daher fragte er schnell in ruhigerem Ton: »Eins verstehe ich nicht. Warum hat Herzog Mondek sie nicht einfach töten lassen, sondern eine öffentliche Verurteilung erwirken wollen?«

»Auch hier kann ich nur mutmaßen. Wenn sie von geringerem Stand wäre als eine San-Priesterin, hätte er dies auch sicherlich getan. Aber die höchste Heilkundige der Stadt so einfach aus dem Weg zu räumen, erregt Aufsehen, und das ging ihm wohl zu weit.«

Karek fühlte sich überfordert. »Ich weiß nicht, was ich glauben soll. Was kann Mondek nur von ihr wollen?«

Tedore überlegte laut: »Mondek will ihre Verurteilung zum Tode durch Verbrennen auf dem Scheiterhaufen. Die Wasserprobe schien ihm nicht so sehr zu behagen.«

»Wo ist der Unterschied? Tot ist tot, oder etwa nicht?«

Tedore knete mit der Oberlippe seine Unterlippe. Dann sagte er: »Es gibt einen gravierenden Unterschied, mein Sohn. Stirbt sie als Hexe im Feuer, ist sie schuldig. Er könnte ihr gesamtes Hab und Gut konfiszieren. Sie muss etwas in ihrem Besitz haben, das er unbedingt will.«

Jetzt verstand Karek. »Stirbt sie bei der Wasserprobe, weil sie untergeht und ertrinkt, beweist dies ihre Unschuld. Ihr Hab und Gut fließt in ihre Erbfolge. Mondek geht leer aus.«

Der König nickte.

Karek ereiferte sich: »Aber nach wie vor gilt für die Frau: Tot ist tot. Obwohl wir nicht von ihrer Schuld überzeugt sind. Wie konnte es nur so weit kommen?«

»Sei nicht naiv. Die traditionelle Rechtsprechung, und in dieser Sache sind sich ausnahmsweise alle vier Reiche in Krosann mal einig, fußt auf folgender einfachen Prämisse: Der gesellschaftlich Höhergestellte spricht die Wahrheit.«

»Klar, je höher desto wahrer.«

Sein Vater fletschte mit einem lakonischen Zug um die Lippen die Zähne. »Kommt mein Sohn gerade aus einer Lehrstunde über beißende Ironie oder ist das jugendlicher Humor?«

»Eher jugendliche Ironie.«

Der König schüttelte den Kopf. »Karek, so gerecht wie möglich zu sein, ist oftmals nur eine Seite der Medaille. Ob ein König weise und angemessen handelt, erkennt das Volk besonders an seinen Urteilssprüchen. Daher ist die Aufgabe der Hohen Gerichtsbarkeit so wichtig. Und hierbei sollte ein König nun mal auch taktische und politische Aspekte in seine Urteile einfließen lassen. Mir werden Fälle vorgetragen, bei denen ich Gnade, Weisheit, Härte oder Politik vor Recht gelten lassen muss. Diese Dinge entscheiden über Freund oder Feind und manches Mal über Krieg und Frieden. Konkret bedeutet dies, dass ich sowohl Mondek als auch Schohtar brauche, um in erster Linie die Südgrenze zu schützen.«

»Hm – dann wäre doch der Weg des geringsten Widerstandes gewesen, Herzog Mondeks Wunsch zu entsprechen und die Frau kurzerhand auf den Scheiterhaufen zu stellen.«

Sein Vater hob die Hand. »Langsam. Mondek verspricht sich durch den Tod dieser Frau einen Vorteil. Und mich dünkt, dieser Vorteil wiederum verspricht für Toladar nicht Gutes.«

»Viel gewonnen hast du bei Mondek nach der heutigen Verhandlung sicherlich nicht, zumal du für die Wasserprobe entschieden hast.«

»Mondek war noch nie mein Freund. Nur - ich bin sein König und er hat mir Treue geschworen. Mit diesem Treueschwur sind wiederum zahlreiche andere Loyalitäten verbunden. Das ist zumindest der offizielle Stand. Und dieser öffentliche Rahmen hält die Dinge zusammen.«

»Verzeihe mir, Vater. Ich nenne diesen öffentlichen Rahmen geheuchelt und verlogen«, brummte Karek missmutig. »Und ungerecht!«, schob er hinterher.

»Ich nenne das Politik.«

»Und daran sollte ich mich wohl gewöhnen.«

»Gewöhnen nicht, jedoch danach handeln.«

Einen Tag später marschierte die Prozession mit jeder Menge privilegierter Gesellschaftsmitglieder feierlich mit ernsten Mienen auf den Steg, um der Gerechtigkeit genüge zu tun. Heute hatte Karek seinen Ehrenplatz in vorderster Reihe auf dem Steg sicher - Hunderte von Schaulustigen hingegen fanden auf den schmalen Brettern keinen Platz mehr und verteilten sich entlang des Ufers.

Karek vermutete, dass nur Tatarie und ihm nicht ganz so feierlich zumute war. Wut und Enttäuschung stiegen in ihm auf, er konnte nicht verstehen, warum sein Vater sich auf eine Wasserprobe eingelassen hatte. Aus seiner Sicht stand dieses sogenannte Gottesurteil in keinem Verhältnis zu den wagen, unglaubhaften Vorwürfen des Herzogs. Erst jetzt fiel ihm auf, dass er nie erfahren hatte, warum sie damals den jungen Kerl ertränkt hatten, als Roban und er heimlich unter dem Steg standen.

Wahrscheinlich wegen rechtswidrigen Spiegelns in königlichen Gewässern. Aber, gottlob, er war ja unschuldig.

Er starrte auf die Lücken zwischen den Stegbohlen. Ob Roban jetzt wieder da unten irgendwo im Wasser stand? Zuzutrauen wäre es ihm.

Herzog Mondek stolzierte dicht hinter der San-Priesterin, als könne er kaum erwarten, sie eigenhändig in das Wasser zu stoßen. Richtig zufrieden schien er nicht, eine öffentliche Verbrennung hätte ihm wohl besser gefallen, mit der Wasserprobe konnte er augenscheinlich aber auch leben. Er schon, Tatarie nicht mehr lange.

Die San-Priesterin trug einfache dunkle Leinenkleidung und sah im Vergleich zum Vortag fast aus wie ein Mensch. Schwere Eisenketten umringten ihren schmalen Körper mit den auf den Rücken gebunden Armen. Karek war sich sicher, dass Mondek in wenigen Augenblicken auf die ertrunkene Frauenleiche herabblicken, die Achseln zucken und ein untadeliges Gesicht aufsetzen würde. Mit gut dosierter Bestürzung in der hochherrschaftlichen Miene würde er sagen: »Lithor hat sich ihrer erbarmt. Sie war unschuldig. Ich werde die Verantwortlichen, die mir gegenüber wohl falsch Zeugnis abgelegt haben, streng bestrafen.« Der Knabe sah ihn regelrecht vor sich, nach diesen Worten pfeifend vom Steg schlendernd.

Der Prinz wusste, was jetzt kommt. Ihm graute davor.

Der königliche Henker, ein blonder, unverschämt gut aussehender Hüne mit großen blauen Augen, den jedermann daher nur ‚den schönen Askia' nannte, schob Tatarie an den Rand des Stegs.

»Lithor erhöre uns und urteile in Deiner Weisheit und Güte über diesen Menschen«, bat Askia mit dieser angenehmen, schmeichelnden Stimme. Würde er eine andere Profession ausüben, müsste man ihn sofort gerne haben.

Eine kurze Pause entstand, zu kurz, um es Andacht nennen zu können.

»Habt Ihr noch etwas zu sagen?«, flötete Askia fragend.

Die San-Priesterin flüsterte heiser und schwer verständlich: »Mondek, ich wünschte, ich wäre eine Hexe. Dann hätte ich dich tausendmal verflucht.«

Eine eisige Brise wehte in diesem Moment über den Steg, so dass einige der Schaulustigen sich wärmend die Arme um den Oberkörper schlangen. Das Meer knabberte schmatzend an den dicken Holzpfählen des Stegs, es schien aufgeregt auf ein neues Opfer zu warten.

Mondek griente nur abfällig.

Karek schüttelte den Kopf. Er wollte und konnte sich nicht mit diesen Geschehnissen arrangieren.

König Tedore hob den Arm. Der schöne Askia zögerte nicht und stieß die San-Priesterin mit einem kräftigen Schubs vom Steg herunter. Ein Schrei, ein Platschen und einige kurze Unregelmäßigkeiten im Wasser. Das war es dann mit der San-Priesterin aus Tanderheim in dieser Welt.

Obwohl oder gerade weil Karek aus eigener Erfahrung über den Ablauf genau Bescheid wusste, schloss er entsetzt und voller Zorn die Augen.

Ein Raunen ging durch die Menge und einige der Leute am Strand johlten.

»Sie sinkt wie ein Felsen«, hörte er jemanden sagen, den er nicht kannte.

»Zieht sie hoch«, sagte ein anderer mit einer vertrauten Stimme. Karek öffnete die Augen wieder. Der Inhaber dieser vertrauten Stimme hielt das oberste Amt von Toladar in seinen Händen; er war der König und sein Vater.

Erst jetzt fiel dem Prinzen das starke Seil in den Händen des Schönen Askia auf. Mit kräftigen Zügen holte der Henker das Tau ein und die San-Priesterin tauchte wieder auf. Das Seil war an ihrem Rücken an den Ketten eingehakt. Tatarie riss den Mund auf und holte tief Luft. Es war noch kein Wasser in ihre Lungen gelangt, da die Zeitspanne unter Wasser dank des Strickes nur kurz gewesen war. Tataries Brust hob und senkte sich rasend schnell, sie war bleich, als hätte sie bereits drei Wochen im Wasser gelegen, ihre Augen gereichten erst allmählich wieder zum Menschsein. Karek konnte ihre buchstäbliche Todesangst nur erahnen. In den wenigen Sekunden unter Wasser war sie um Jahre gealtert.

Die Schaulustigen am Strand rannten bis zur Brust ins Meer, um näher an die seltsamen Geschehnisse heranzukommen.

Tedore hob die Hand. »Die San-Priesterin Tatarie ist unschuldig. Lithor hat sie nicht verschmäht.«

Herzog Mondek stand mit hochrotem Kopf auf dem Steg. Seine Nasenflügel bebten. Es sah so aus, als würde er überlegen, ob er zuerst den König oder zuerst die San-Priesterin erwürgen sollte.

Er zischte: »Die Wasserprobe war leeres Getue - eine Täuschung. Die Prophezeiung wird sich niemals erfüllen. Das werdet Ihr noch ...«

Er unterbrach sich, wohlwissend, dass er jetzt mit weiteren Vorwürfen auf einem Grat, schmal wie eine Dolchklinge, wandelte.

Rede ruhig weiter, lieber Herzog. Unserem König öffentlich zu drohen, führt schneller zu einer Behandlung durch den schönen Askia, als ich ein Honigteilchen verputzen kann. Und was für eine Prophezeiung überhaupt wird sich nicht erfüllen?

Doch bedauerlicherweise fand Mondek rechtzeitig seine Fassung wieder und schwieg.

König Tedore verfügte: »Die Wasserprobe ist vorüber. Gehen wir! Wachen, führt die San-Priesterin in ihr Quartier, versorgt sie mit allem, was sie braucht. Sie wird dort bleiben, bis ich mit ihr gesprochen habe.«

Die Pozession setzte sich in Bewegung zur Burg zurück. Einige aus dem Volk machten ihrer Enttäuschung Luft, dass es keine Hinrichtung und somit keine Leiche gegeben hatte. Der größere Teil der Bürger jubelte dem König zu, freudig erstaunt darüber, dass die Wasserprobe zum ersten Mal seit unzähligen Jahren mit einem lebenden Probanden geendet hatte. Mehr hatte Tedore für die San-Priesterin nicht tun können.

In diesem Moment liebte Karek seinen Vater ganz besonders, wenn auch mit einem etwas schlechten Gewissen, hatte er ihn doch heimlich arg gescholten und ihm diese geschickte Inszenierung nicht zugetraut.

Das kann ins Auge gehen

Dichte Rauchschwaden waberten unter der niedrigen Holzdecke der Schänke. Stammgäste in diesem Loch waren abgehalfterte Söldner, die alles rauchten, was sie unter die Finger bekamen. Tabak, Blumen, getrocknete Hühnerscheiße – egal, Hauptsache an einem Stängel lutschen und quarzen. Zum Ausgleich soffen sie alles, was sie in die Kehle bekamen. Bier, billigen Wein, Fusel, gegorene Ziegenpisse - egal. Hauptsache runter damit. So rochen sie auch. Stinknormale Männer halt. Logisch.

Sie saß in einer dunklen Ecke an einem Tisch und zog ihre schwarze Kapuze tief ins Gesicht. Zugegeben, eine bescheidene Tarnung, doch zumindest ein Versuch, ihr Geschlecht zu verbergen. Schließlich waren Frauen in solchen Spelunken seltener als nicht gepantschter Wein. Daher hatte sie die Erfahrung gemacht, dass ihr grobes weibliches Charisma in dieser feinfühligen Männergesellschaft zu dieser Zeit an diesem Ort wie ein in Granit gemeißeltes Naturgesetz folgenden Ablauf ergab: Dumme Sprüche, nachhaltigen Ärger, tote Tote – genau in der Reihenfolge.

Jetzt fing auch noch einer an, Witze zu erzählen. Ein kolossaler Kalauer jagte den nächsten, der Lärm nahm ohrenbetäubende Ausmaße an.

»Was haben Huren und Totengräberinnen gemeinsam?«

Einige Kerle dachten, das wäre es schon und brüllten los

vor Lachen.

»Sag schon!«, bölkte einer der Intelligenteren ungeduldig.

»Beide verdienen Gold mit ihren Löchern.«

Einen Moment lang kehrte ein wenig Ruhe ein. Fast angenehm. Doch dann brachen die Intellektuellen der Sippe in Geheul aus, einen Moment später setzten die nächsten ein, keiner wollte jetzt zu spät sein, ein hysterischer Kanon, lauter als die Schlacht von Tanderheim.

Auch der Wirt lachte laut und kehlig, ob aus Frohsinn oder Stumpfsinn oder Geschäftssinn blieb sein Geheimnis.

Sie überlegte. Während ihrer Erziehung in der Stätte und auch später lernte sie, stets ihr Benehmen, wenn notwendig, optimal an die jeweilige Umgebung und Gesellschaft anzupassen. Um jetzt nicht aufzufallen, bräuchte sie drei behaarte Pranken und müsste mit debiler Grimasse brüllend mit einer Hand auf den Tisch hauen, mit der anderen den Kumpanen krachend auf die Schulter und sich mit der dritten Hand regelmäßig im Schritt kratzen. Sie liebte Herausforderungen, doch das war nun doch recht schwierig. Sie tat also nichts von alledem und blieb absolut regungslos sitzen. Soviel zur optimalen Tarnung.

Erste Blicke zu ihr herüber bestätigten ihre Befürchtungen.

Der Wirt brachte einen Krug Bier, den er vor ihr auf den Tisch knallte. Bierschaum spritzte über sie hinweg an die Wand. Weiterhin rührte sie sich nicht. Sie wartete auf ihren Auftraggeber oder genauer, auf den Unterhändler ihres

Auftraggebers. Schwachsinnige Idee, sich in diesem Loch zu verabreden. Sie hatte überlegt, vor der Tür zu warten, entschied sich dann jedoch dagegen, da dies noch auffälliger gewesen wäre.

Der Wirt wischte sich die Hände an seiner fleckigen Schürze ab, die zur Zeit des großen Kaisers vermutlich mal weiß gewesen war. Danach waren die Hände schmutziger als vorher. Er schlurfte zurück hinter das klobige Holzgestell, welches den Namen Tresen nicht verdiente, ohne die beiden leeren Tonkrüge auf ihrem Tisch, die dort sicherlich schon seit Monaten standen, mitzunehmen. Plötzlich fiel ihm tatsächlich noch etwas ein. Er grunzte ihr zu: »Auch was zu essen?«

Sie schüttelte den Kopf, was unter der Kapuze kaum zu sehen war. Zwei Männer, welche die Szene beobachtet hatten, grölten nach mehr Bier.

Einer der beiden brüllte: »Heh, der mag deinen Drecksfraß auch nicht.«

»Der ist nur schon satt. Das ist alles«, versuchte der Wirt zu beschwichtigen. Eine Argumentation, die sie ihm in dieser Spontaneität und Stichhaltigkeit nicht zugetraut hätte.

Der andere Mann kam in ihre Ecke, schritt auf ihren Tisch zu und brabbelte: »Sag ihm, dass du sein Schweinefressen nicht bestellst, selbst wenn du kurz vor dem Verhungern wärst.«

Sie bewegte sich nicht und schwieg. Er griff in Richtung ihrer Kapuze und machte Anstalten diese herunterzuziehen. Blitzschnell fuhr ihre Hand hoch und packte das Handgelenk des Mannes, bevor er sie berühren konnte.

»Verzieh dich!«, zischte sie leise.

»Hehe, was bist du denn für einer.« Der Kerl ließ nicht locker. Sie überlegte. Im Raum befanden sich sieben Männer mit dem Wirt. Drei Kumpel des Typen, der jetzt bei ihr stand, saßen an dem Tisch am Fenster. Richtig gefährlich sah keiner von denen aus. Direkt hinter ihr führte ein schmaler Gang zu den Gästezimmern, ein idealer Ort für ein Gemetzel, da sie dort nur von vorn angreifbar wäre. Sieben Männer machten sieben Leichen. Logisch.

Sie wog ab. Das bisschen Spaß gegen die Arbeit, sich hinterher das viele Blut von der Kleidung waschen zu müssen ...

Gut, gut. Fingerspitzengefühl muss her. Noch ein letzter sensibler Versuch, friedlich aus der Geschichte herauszukommen.

»Du setzt dich jetzt auf deinen runzeligen Arsch zu den anderen verfickten Versagern an den Tisch von dem du angekrochen bist und stinkst den Rest deines erbärmlichen Lebens vor dich hin«, sagte sie so freundlich wie möglich.

Zunächst geschah nichts. Sie überlegte - mit einem Mal vermisste sie etwas in der Schenke. Was fehlte? Ah, ja – kein Gegröle, kein Fußgescharre, kein Schmatzen, kein Rülpsen, kein Kratzen und kein Furzen mehr. Reine Ruhe.

Der Kerl zögerte. Irgendetwas an ihrer Gestalt, an der Situation, an der Stimme, schien ihn zu irritieren.

Dann stichelte einer seiner Saufkameraden: »Stopf ihm schon das Maul. Oder müssen wir dir helfen?«

Diese Schmähung wollte der Söldner scheinbar nicht auf sich sitzen lassen. Er schlug ihre Hand weg und griff erneut nach der Kapuze.

Sie wich mit dem Kopf etwas zurück, griff nach einem der leeren Tonkrüge und warf diesen senkrecht nach oben. Der Mann sah dem Gefäß irritiert nach. Dann ging alles viel zu schnell für ihn, so dass er vermutlich nicht einmal gemerkt hatte, woran er gestorben war. Blitzartig schossen die beiden Dolche in einer fließenden Bewegung aus den Ärmeln in ihre Hände und weiter tief in die Augen des Mannes. Der gesamte Bewegungsablauf geschah derart schnell, als sei gar nichts passiert, denn sie saß wieder seelenruhig auf ihrem Stuhl und fing mit einer Hand den Tonkrug auf, bevor er auf dem Tisch zerschellen konnte. Sie wollte schließlich nichts kaputt machen.

Bis auf das leise Schmatzen, als die Schneiden durch die Augäpfel geglitten waren, fehlten nach wie vor sämtliche Geräusche. Die beiden Knäufe ihrer Dolche schauten aus dem Gesicht des Mannes hervor.

»Will noch einer Stielaugen machen, wie ich unter der Kapuze aussehe?«, fragte sie flüsternd.

Erst jetzt brach der Kerl zusammen und riss dabei laut polternd zwei Stühle um - beide Waffen ruhten wieder in ihren Händen. Ein Dolch durch das Auge ins Gehirn hätte gereicht. Doch ein wenig Dramaturgie schmeichelt der eigenen Eitelkeit und schmälert fremdes Selbstbewusstsein. Manchmal hilft das. Ihre Kapuze war nicht verrutscht, so dass sie bisher ihrer Anonymität noch sicher sein konnte. Nicht, dass einer von diesem Abschaum sie kennen würde; es ging darum zu verhindern, dass er sie bei der nächsten Gelegenheit erkennen würde. Einer der Männer vom Tisch des Toten sprang auf, zwei andere jedoch drückten ihn wieder herunter.

Ihre Kutte hatte keine Blutspritzer abbekommen. Vielleicht kam sie aus der Sache ja doch noch *sauber* heraus. Entspannt lehnte sie sich zurück an die Wand und wartete ab. Die Dolche waren längst wieder in ihren Ärmeln verschwunden. Das erste menschliche Geräusch nach langer Zeit kam vom Wirt - ein etwas hilfloses Fluchen. Dann öffnete sich die Tür und ein hagerer, großgewachsener Mann trat herein. Etwa vierzig Jahre alt, bewegte er sich wie ein Soldat, den man gerade zum Offizier befördert hatte. Der Mann spürte augenblicklich, dass es zu ruhig im Schanksaal zuging, dass etwas vorgefallen sein musste. Er schob lässig seinen rechten Daumen in seinen Gürtel in die Nähe seines Schwertgriffes. Ein langer Einhänder mit einem blassen Rubin im Knauf baumelte in einer abgewetzten, einfachen Scheide an seiner linken Hüfte. Sie saß weiterhin regungslos in der Ecke. Der Kerl war mit Sicherheit gefährlicher als alle anderen Kerle in diesem Zimmer zusammen. Der neue Gast ließ seinen Blick durch den Raum, über die Söldner, über den Wirt hin zur Leiche mit den blutigen Augen schweifen. Schon war er am Ziel, denn er hatte sie entdeckt. Die Spur, die sie gelegt hatte, war auch deutlich genug. Der Hagere bewegte sich in ihre Ecke, hob einen Stuhl auf, machte einen Bogen um den Toten und setzte sich zu ihr an den Tisch.

»Wirt, da liegt was auf dem Boden, was da nicht hingehört«, sagte er ruhig. Dann sah er sie an. Mit gedämpfter Stimme fuhr er fort und ließ seine Augen kurz in Richtung

Leiche zucken: »Ärger?«

»Quatsch, nur ein Verehrer, mit dem ich Schluss gemacht habe.«

Der Mann verzog keine Miene. Sie nahm es ihm nicht übel. Es gab sicherlich keine drei Menschen in dieser verfluchten Welt, die ihren Humor teilten. Sie betrachtete sein Gesicht. Er sah gut aus. Gepflegt, perfekte Gesichtsproportionen, eine kleine Narbe über dem rechten Auge.

»Hm, hier ist jetzt wohl keine ungestörte Unterhaltung mehr möglich. Und der Geruch ist kaum erträglich. Wir sollten nach draußen gehen«, schlug er vor.

Sie legte ein Geldstück auf den Tisch und stand auf. Warum nicht gleich so. Sie hasste es, sich in Gebäuden zu verabreden, besonders in solchen stinkenden Spelunken. Beide verließen wortlos die Schenke und gingen ein Stück den Weg hinauf, der von der kleinen Ortschaft, einem Vorort von Tanderheim, wegführte.

Der Hagere eröffnete das Gespräch. »Euer Auftraggeber ist über Eure bisherige Erfolglosigkeit sehr verärgert. Nach unseren Informationen aus zuverlässiger Quelle erfreut sich der Prinz bester Gesundheit.«

»Nach Euren Informationen aus zuverlässiger Quelle sollte der Junge sich im Nordturm aufhalten«, äffte sie den Tonfall des Hageren nach. »Also war ich dort. Er aber nicht, denn er ist umgezogen. Die Informationen sind veraltet.«

»Dann sucht ihn da, wo er ist.«

»Pff. Zwei Gründe, warum ich dies nicht tue. Erstens:

Die Bezahlung, die ich bekommen habe, reicht dafür nicht aus. Der vermeintlich einfache Auftrag stellt sich jetzt deutlich komplizierter dar. Zweites: Wieso war der Junge nicht mehr dort, wo er hätte sein sollen? Ganz einfach. Es hat jemand gequatscht. Es gibt einen Spion in euren Reihen. Das erhöht mein Risiko enorm.«

»Ihr wollt also mehr Gold.«

»Doppelt so viel wie vereinbart und mehr Sicherheit, dass ich beim nächsten Mal, wenn ich in eine der am besten bewachten Burgen aller vier Königreiche einsteige, die Dinge so antreffe, wie sie mir vollmundig zugesagt wurden. Beschafft vernünftige Informationen.«

Der Mann grunzte verächtlich. »Verratet mir lieber, warum Ihr das Zeichen der Krähe hinterlassen habt. Jetzt sind sie gewarnt.«

»Aha. Schon gibst du dir selbst die Antwort, denn du hast davon gehört. Das ist der Beweis, dass ich überhaupt dort war. Und außerdem macht es die Sache doch nur spannender, jetzt, wo die Königsfamilie alarmiert ist. Vorausgesetzt ich sollte mich entschließen, den Auftrag fortzusetzen.«

»Es war ein Fehler und unprofessionell. Ihr habt Euch selbst verraten.«

»Sie wissen lediglich von der Krähe. Von mir wissen sie nichts. Meine wahre Identität kennt nach wie vor keiner.«

Der Hagere schnaubte wütend. Im nächsten Moment riss er ihr mit einer schnellen Armbewegung die Kapuze vom Kopf. Sie machte keinerlei Anstalten, dies zu verhindern. Viel dürfte er in der Dunkelheit ohnehin nicht erkennen. Er kniff die Augen zusammen und starrte auf ihre kurzen schwarzen Stoppelhaare.

Mit emotionsloser Stimme fuhr sie fort. »Jetzt bist du der Einzige, der in der ganzen Geschichte bisher mein Gesicht gesehen hat. Das birgt ein beträchtliches Risiko für mich und damit ist dein Schicksal besiegelt.«

»Pah, wollt Ihr mir etwa drohen?«

»Nicht drohen. Töten.«

Bis auf seine Hand, die instinktiv langsam wieder ein kleines Stück in Richtung Schwertgriff wanderte, zeigte der Hagere keine Reaktion. Ruhig entgegnete er: »Nur zu. Das haben schon viele Männer versucht.«

»Ja – Männer. Doch ich bin eine Frau.«

Er musterte sie von oben bis unten voller Abscheu. »Seid Ihr da sicher?«

Ihr Mund formte sich zu einem Strich. »Ja, ganz sicher. Ich bin eine Frau. Kurz bevor du stirbst, werde ich es Dir beweisen - versprochen. Jetzt darfst du jedoch erst einmal gehen und deinem Auftraggeber dein Scheitern erklären.«

Stille.

Eine Eule schrie und in der Nähe raschelte es leise im Dickicht.

Der Mann schüttelte den Kopf. »So kommen wir nicht weiter. Zurück zum Auftrag. Ich dachte, es gibt einen Ehrenkodex unter den Krähen. Eine einmal angenommene Aufgabe wird bedingungslos durchgeführt.«

»Auftragsmörder und Ehrenkodex. Schließt sich das nicht aus?«

»Zumindest tat es das in der Vergangenheit keineswegs.«

»Glaubst du also im Ernst, ich würde für die paar Kröten

jetzt jahrelang hinter dem Prinzen herhecheln bis ich ihn erwische? Und wie war das fremde Wort eben, *Ehre*?« Sie ließ ein Schnauben erklingen wie ein Pferd, das gerade abgestochen wird. Verächtlich fuhr sie fort: »Ehre sagte er, und, als wäre dies nicht genug, packte er noch einen oben drauf. *Ehrenkodex*. Was soll denn das sein? Wenn es überhaupt so etwas wie Ehre gibt, bisher ist mir keine begegnet, dann brauche ich keinen Kodex. Und wenn doch ein Kodex benötigt wird, dann doch nur aus Mangel an Ehre. Du dagegen ...«

Sie unterbrach sich. Soviel am Stück hatte sie seit Jahren nicht mehr geredet. Nach einer kurzen Pause resümierte sie: »Also mehr Gold und bessere Informationen oder scher dich weg.«

»Das sind Bedingungen, die nicht annehmbar sind.«

»Seit wann entscheiden Handlanger über Bedingungen?«

Die Augen des Mannes blitzten zornig auf. »Ihr seid Abschaum.«

»Wer sich Abschaum für die Drecksarbeit einkauft, anstatt diese selbst zu machen, ist das, was der Abschaum auskackt. Töte den Prinzen doch selbst.«

Sie ließ den Mann stehen, drehte sich um und ging den Weg in Richtung Schenke zurück.

Mit halbem Ohr vernahm sie, wie der Hagere ihr mürrisch nachrief: »Ich trage Eure Wünsche vor. Ihr erhaltet Nachricht auf dem üblichen Weg.«

Kamingeflüster

Es war Abend. Karek lag in seinem Schlafgemach in dem schweren Eichenbett unter einer dünnen Leinendecke. Er starrte an die Wand. Eine Kerze mit vier Dochten warf flackerndes Licht an die grauen Wandteppiche. Durch dieses Schattenspiel entstanden für den Prinzen an der Wand leckere Kuchen, ein Braten und ein frisches Brot, dessen Duft er regelrecht zu riechen vermeinte.

Essen! Habe ich schon wieder oder immer noch Hunger?

Er entschied, noch eine 'Kleinigkeit' aus der Burgküche zu besorgen. Bis spät in den Abend waren die Köche und Mägde in der Regel zugange, um das Essen für den nächsten Tag vorzubereiten sowie das gebrauchte Geschirr, die schmutzigen Töpfe und Kochutensilien des vergangenen Tages zu reinigen. Er stand auf und machte sich barfuß im Nachthemd auf den Weg in die Küche. Ein langer Gang verband seinen Turm mit dem Hauptgebäude der Burg. Seine nackten Füße patschten auf den rauen Steinen. In regelmäßigen Abständen angebrachte Wachsstöcke an den Mauern brannten bis zum Morgengrauen. Die Küche lag versetzt eine Ebene unterhalb des Thronsaales und des Speisesaales mit riesigen Abluftkaminen in entgegengesetzter Richtung. Hierdurch war einerseits die Entfernung zur Küche nicht allzu groß, so dass die Speisen ohne weitere Vorkehrungen ausreichend warm serviert werden konnten. Andererseits wurden die prunkvollen Säle nicht durch Koch- und Essensgerüche belastet.

Karek sah durch das gelbliche Fensterglas über der schweren Doppeltür mit den zwei königlichen Ringen, dass alle zwei Dutzend Kerzen im riesigen Leuchter des Thronsaales brannten. Sein Vater müsste demnach noch dort verweilen.

Besser ich husche schnell vorbei, anstatt mir einen vorwurfsvollen Vortrag über meine ausufernden Essgewohnheiten anzuhören.

Doch erregte Stimmen ließen den Prinzen anhalten. Sein Vater war nicht allein, sondern vielmehr in ein lautstarkes Streitgespräch verwickelt. Genau dieser Umstand erregte Kareks Neugierde. Bekanntermaßen befahl, verfügte und ordnete Seine Majestät an. Diskussionen gehörten eher nicht zu den Gepflogenheiten seines verehrten Vaters - von einem Staatsbankett, wie er es kürzlich erleben durfte, mal abgesehen. Zudem fiel dem Prinzen auf, dass die Türwachen nicht auf ihren üblichen Posten standen. Er machte einen Schritt auf die geschlossene schwarze Flügeltür zu und hörte dumpfe Wortfragmente, wobei er sicher war, hierbei seinen Namen vernommen zu haben.

So höre ich zu wenig. Und reden die etwa über mich? Aber ich weiß, was in solchen Fällen zu tun ist, denn ich kenne diese Burg und ihre Geheimnisse besser als jeder andere.

Kurz entschlossen rannte er die Turmtreppe ein Stockwerk höher und lief dort den Gang etwa zwanzig Meter weiter. Direkt gegenüber einer brennenden Fackel öffnete er in der rechten Wand eine grobe hölzerne Tür und betrat einen kleinen Abstellraum. Dichte Spinnweben zwischen den leeren Regalen und der gegenüberliegenden Mauer glänzten im Licht der Fackel. Karek schloss vorsichtig die kleine Tür und vollständige Dunkelheit umhüllte ihn. Er tastete sich an einer Wand entlang, bis er die dort eingelassene gusseiserne Klappe fand. Diese Schachtklappe gehörte zu einer der acht Feuerstellen, welche im Winter den großen Saal heizten. Langsam und vorsichtig öffnete er den Verschluss und steckte seinen Kopf in den Kaminschacht.

»Mein König, bitte überlegt Euch meinen Vorschlag.«

Karek erkannte die Stimme von Madrich. Die Akustik des großen Saales verstärkte die Worte genau in Richtung des Kamins.

»Ihr fürchtet also nach wie vor um die Sicherheit meines Sohnes?«

»Ja. Die Berichte unserer Spione sind zur Abwechslung mal nicht widersprüchlich, sondern eindeutig.«

»Diese Berichte waren schließlich der Grund, warum ich ihn habe umziehen lassen.«

»Was augenscheinlich dem Prinzen das Leben gerettet hat. Die Krähe tötete eine Wache, drang anschließend in die alte Schlafstätte des Prinzen ein und hinterließ ihr Zeichen – eine Krähenfeder. Traditionell der Hinweis darauf, dass dieser Auftragsmörder es jederzeit wieder versuchen wird.«

Kareks Atem setzte aus.

Das ist ja entsetzlich. Das muss die Burgwache sein, von der Sara erzählt hat. Von wegen betrunken von der Tormauer gestürzt. Und von was für einer Krähe ist die Rede?

»Wie konnte die Krähe in die Burg ungesehen hinein und wieder hinaus gelangen? Woher wusste die Krähe, wo sich der Prinz ein paar Tage zuvor aufgehalten hat? Jemand aus der Burg versorgt demnach den Feind mit Informationen.«

Eine Weile sprach niemand.

Spinnweben begannen Karek in der Nase zu kitzeln; er wischte sie mit dem Ärmel weg und konzentrierte sich, nicht zu niesen.

Schon fuhr der König fort. »Wir müssen die Ursache, das heißt den Auftraggeber ausfindig machen und beseitigen. Zudem will ich wissen, wer in der Burg mit unseren Gegnern zusammenarbeitet.«

»Genau dies braucht Zeit. Wir überprüfen zurzeit einige Hinweise, die auf das Umfeld von Fürst Schohtar deuten.«

»Wir brauchen keine Hinweise, sondern Beweise. Auf einen einfachen Verdacht hin wird Fürst Ransorg, trotz aller Verbundenheit, höchst ungern an einer Absetzung von Schohtar teilhaben oder sogar mit mir gegen ihn in den Krieg ziehen.«

»Hinweise führen zu Beweisen«, sagte eine dunkle Stimme, die Karek kannte, jedoch nicht direkt einer Person zuordnen konnte. »Ich stimme Madrich zu. Fürst Schohtar hetzt seit geraumer Zeit seine Lehnsherren und Vasallen gegen Euch auf. Sein wichtigster Verbündeter hierbei ist Herzog Mondek. Ob Schohtar wirklich so weit geht, die Thronfolge durch einen Mord zu verändern, vermag ich nicht zu beurteilen.

Jedenfalls reicht es nicht aus, die Wachen zu verdoppeln, um den Prinzen zu beschützen. Und in den Kerker schmeißen können wir ihn auch nicht, obgleich dies am sichersten wäre.«

Die dunkle Stimme verstummte. Durch den Hall und das leichte Echo klang die Stimme etwas verfremdet, doch jetzt erkannte er, zu wem diese gehörte. Und er hätte es sich gleich denken können. Neben König Tedore und Waffenmeister Madrich schmiedete auch Hofmarschall Bathek Moll im Thronsaal Pläne. Pläne, in denen unangenehm häufig ein Prinz namens Karek vorkam.

Jetzt meldete sich Madrich wieder zu Wort. »Wir könnten nicht nur etwas für Kareks Sicherheit tun, sondern auch etwas für seine Ausbildung. Leider bringt er wenig Talent für das Kampftraining mit. Was mich jedoch viel mehr irritiert ist, dass er in seinem Herzen den Gebrauch von Waffen gänzlich abzulehnen scheint.«

»Welcher Junge will nicht kämpfen? Braucht er mehr Übungseinheiten?«

»Wenn das Pferd nicht saufen will, nützt auch der fünfte Eimer Wasser nichts. Ich habe mit den anderen Meistern gesprochen. Desgleichen beim Schwimmen, Reiten und Jagen, im Grunde bei allen körperlichen Betätigungen ist der junge Prinz ohne Ehrgeiz und vollends lustlos. Zudem verschlechtert sich seine körperliche Verfassung durch seinen unbändigen Appetit von Tag zu Tag.«

»Madrich, zugestanden - der Prinz entspricht in mancherlei Hinsicht nicht gerade den Vorstellungen vom idealen Thronfolger, weder denen des Volkes noch den meinigen. Er bleibt jedoch mein Sohn und er ist der künftige König.«

»Ihn König zu nennen, macht ihn noch nicht zu einem«, warf Moll ein.

»Wir reden über einen Dreizehnjährigen«, antwortete Tedore mit Ärger in der Stimme.

»Fast vierzehn. Und Ihr habt im Alter von zwölf Jahren Eure ersten Wettkämpfe mit Schild und Schwert bestritten.«

»Ja - und jede Menge Prügel eingesteckt.«

»Für jeden Schlag, den Ihr einstecken musstet, teiltet Ihr drei aus. Und noch wichtiger - instinktiv trafen die meisten Eurer Schläge den Gegner im richtigen Moment an der richtigen Stelle. Das Volk liebte Euch von Anbeginn. Ihr wart und seid bei aller Ausübung von Macht auch stets Vorbild«, erklärte die dunkle Stimme.

Karek, der sich nur auf die Stimmen konzentrieren konnte, glaubte die typische berechnende Unterwürfigkeit fast aller Vasallen aus diesen Worten herauszuhören. Der Prinz sah seinen Vater in Gedanken vor sich. Auch heute noch, über vierzig Jahre später, wirkte der König in seinen Bewegungen jugendlich und kraftvoll.

»Reden wir über Madrichs Vorschlag. Ich kann und will meinen Sohn nicht einfach wegschicken.«

Jetzt ereiferte Madrich sich und seine Stimme wurde immer lauter: »Karek wird es außerordentlich schwer haben, sich den Respekt der Fürsten und des Volkes zu verdienen. Das lässt sich jetzt schon vorhersagen. Macht verleiht Ihr ihm durch das Recht seiner hohen Geburt, für Respekt und Anerkennung muss er jedoch selbst sorgen.«

»Bekommt er die Macht, bekommt er den Respekt.«

»Der Respekt, von dem Ihr sprecht, hat seinen Ursprung in Angst und Bedrohung. Der Respekt von dem ich spreche, entsteht durch Zuneigung. Seht Euch an. Fürchtet Euch oder liebt Euch Euer Volk?«

»Die hohen Herren fürchten mich, das Volk liebt mich.«

»Ihr sagt es, Euer Majestät.«

Was für Schönredner Madrich und Moll doch sind.

»Wenn wir Fürst Schohtar hierbei ausnehmen, ist es so. Und traut Ihr Eurem Sohn zu, ebenfalls auf diesem schmalen Grat zu wandern? Traut Ihr ihm zu, die Fürsten und Herzöge in Schach zu halten?«

»Intelligent genug ist er.«

Und wieder die dunkle Stimme von Moll: »Fürst Schohtar wäre der Erste, der gegebenenfalls mit Waffengewalt gegen Euren Sohn aufbegehren wird. Soll Karek ihm dann mit einem Buch in der Hand und weisen Worten auf den Lippen entgegentreten?«

»Eure Einschätzung von Fürst Schohtar teile ich. Eure Einschätzung von Politik hingegen erscheint mir ein wenig zu ... schwertlastig.«

»Es kommt in unseren Zeiten leider nun mal ab und an vor, dass ein Herrscher seinem Wort mit dem Schwert Nachdruck verleihen muss.«

»Und zum Erlernen dieses ‚Nachdruckes' schlagt Ihr vor, ihn heimlich unter einem anderen Namen in den Süden des Reiches zu schicken, Madrich?«

»Ja, in erster Linie allerdings zu seiner eigenen Sicherheit. Und nebenbei gilt: wenn jemand ihn ausbilden kann, dann Rogat.«

»Rogat ist ein ungehobelter Söldner.«

»Er ist immerhin mit Euch verwandt und vertrauenswürdig. Zudem ist er seit Jahren kein Söldner mehr, sondern bildet im Süden unsere Krieger und Offiziere militärisch aus – mit großem Erfolg, wenn ich das bemerken darf«, hörte Karek den Waffenmeister sagen. »Zudem sichert er den Südosten vom Rabenwald bis zur Küste ab.«

»Gut – vertrauenswürdig ist er. Doch dies, und der Fakt, dass wir die gleiche Urgroßtante haben, macht ihn nicht zu einem besseren Menschen. Und auch nicht zu einem besseren Lehrmeister als Ihr es seid.«

»Es geht weder um meine Künste als Lehrmeister noch um Rogat. Es geht um eine Veränderung des Umfeldes. Wir müssen den Prinzen zu seinem Schutz unbedingt im Geheimen zu Rogat schicken. Niemand darf ihn erkennen, niemand darf wissen, dass er dort ist«, argumentierte Madrich. »Nebenbei muss er sich in der soldatischen Ausbildung beweisen, ohne dass er von morgens bis abends als der süße Prinz verhätschelt wird. Wer Gehorsam verlangt, sollte wissen wie es ist, Gehorsam zu leisten. Wer führen will sollte wissen wie es ist, geführt zu werden. Öffnet die Augen. Euer Sohn ist hier in ständiger Gefahr. Darüber hinaus ist er verwöhnt und verweichlicht - ohne Drang und ohne Ziele. Daran etwas zu ändern, liegt an Euch. Noch ist Zeit.«

»Madrich, Ihr vergesst Euch. Ich habe schon für weniger auch Meister oder Berater in Schohtars Gruben geschickt«, knurrte Tedore. »Und sprecht leiser, sonst beherrscht unser Gespräch morgen den Hofklatsch. Oder brüllt weiter – dann muss ich zumindest keinem mehr erklären, warum Schohtars Gruben Euer neues Zuhause werden.«

Magister Korn hatte dem Prinzen erzählt, dass seit einigen Jahren Fürst Schohtar im Süden zunehmend liebend gerne Verbrecher zur Zwangsarbeit in seinen Gruben einsetzte. Grausame Geschichten rankten sich um die Zustände in diesen Gefangenenlagern.

Madrich antwortete mit gesenkter Stimme: »Verzeiht meine Wortwahl und meinen Gefühlsausbruch, mein König. Vorsorglich habe ich die Türwachen für die Dauer unserer Unterredung auf den Posten zum Innentor geschickt. Die Angelegenheit selbst jedoch verbessert sich nicht dadurch, dass ich in den Gruben Zwangsarbeit verrichte.«

Hofmarschall Moll fügte hinzu: »Ihr wisst, der Prinz ist zurzeit der einzige Anwärter auf den Thron. Einen anderen Sohn habt Ihr nicht, und das macht ihn besonders angreifbar. Wenn ihm etwas zustößt, bricht allerorts der schwelende Machtkampf zwischen Fürst Ransorg und Fürst Schohtar um die Thronfolge offen aus – mit den besten Karten für den Letzteren. Und dies bedeutet Chaos und Krieg innerhalb Toladars. Das wiederum würde, so wie Schohtar es auf dem Bankett darstellte, Soradar nun wirklich auf den Plan rufen, diese Schwächephase auszunutzen und einzumarschieren.«

»Ihr vergesst, dass mir erst einmal etwas passieren muss, bevor sich überhaupt jemand Gedanken um die Thronfolge zu machen braucht.«

»Jemand könnte sich auch hier bereits Gedanken gemacht haben, diesbezüglich etwas nachzuhelfen. Denken wir an die Beauftragung der Krähen – mit dieser Eskalation ist nichts mehr auszuschließen.«

»Nutzen wir die Zeit, Majestät. Schützen wir Karek und machen aus ihm einen fähigen König.«

»Vor allem einen überlebensfähigen ...«, ergänzte Madrich.

»Nun gut, die Angelegenheit werde ich mir durch den Kopf gehen lassen. Jetzt aber genug zu diesem Thema. Andere wichtige Aufgaben bedürfen ebenso unserer Aufmerksamkeit. Lasst uns jetzt über den morgigen Besuch von Fürst Schohtar sprechen. Ihm wird meine Entscheidung nicht behagen.«

Karek hatte genug gehört. Nein - er hatte viel zu viel gehört. In seinem Magen befand sich ein Klumpen Blei, der schwer gegen seine Bauchwandungen kullerte. Hunger hatte er keinen mehr. Er trottete wie betäubt in sein Schlafgemach zurück. Tränen schossen ihm in die Augen – die Worte in den Sinn:

Der Prinz entspricht in mancherlei Hinsicht nicht gerade den Vorstellungen vom idealen Thronfolger.

Und dann, das ganze Gerede von Krähen. Hat es einen versuchten Anschlag auf mich gegeben? In welcher Gefahr schwebe ich? Was soll das bedeuten? Ist Vater auch bedroht?

Er wollte nicht weg. Diesen Rogat hatte er vor etwa vier Jahren getroffen, als dieser eine Nacht auf der Burg verbrachte. Es hieß, vor vielen Jahren hätte Rogat hier am königlichen Hof gewohnt, sich dann jedoch mit dem König überworfen. Der Prinz hatte zu dieser Zeit das Licht der Welt noch nicht erblickt gehabt. Er schluchzte.

Die Kälte der Welt noch nicht verspürt – müsste es heißen.

Bei seinem letzten Besuch jedenfalls hatte Rogat ihn mit verächtlichem Blick von oben bis unten gemustert. Karek hatte sich splitternackt gefühlt, war umgedreht und weggelaufen. Geblieben sind die Erinnerung an kalte graue Augen und höhnisch grinsende Mundwinkel.

Schlechte Laune

Fast jeden Morgen seit dem frühen Tod seiner Mutter, Königin Ulreike, saß der Knabe allein am Tisch des kleinen Speisesaales beim Frühstück. Selten stand er früh genug auf, um zusammen mit seinem Vater speisen zu können. Auch heute war er zu lange im Bett geblieben.

Er merkte, wie Sara ihm prüfende Blicke zuwarf. Vermutlich, weil er ungewöhnlich still vor sich hin kaute. Er senkte seinen Kopf. Den Blick in den Spiegel bei der morgendlichen Wäsche hätte er besser sein gelassen. Seine Wangen wirkten bleich, seine Augen rot, unterstrichen von dunklen Schatten - Zeugnisse einer schlaflosen Nacht.

Karek stützte seinen Kopf in die Hände. »Ich bin satt.«

Sara erstarrte. Sie schien für einen kurzen Moment ihren Ohren nicht zu trauen. Dann erwachte sie aus ihrer Trance und wischte sich zerstreut die sauberen Hände an ihrer weißen Schürze ab. Sie beäugte den Teller. Es lagen noch vier Honigbrötchen darauf.

»Mein Prinz, ist Euch nicht gut? Soll ich den San-Priester holen?«, fragte sie besorgt.

»Ach Sara. Mir fehlt nichts.«

»Außer der üblichen fünf zum Frühstück verputzten Brötchen?« Die Küchenmagd schaute Karek fragend ins müde Gesicht. »Dothora war heute Nacht nicht gut zu Euch. Was ist passiert?«

»Schicksal«, seufzte der Junge und legte den gesammelten Schmerz aller bekannten Welten in dieses eine Wort.

Sara trat zu dem Jungen an den Tisch. »Karek, meine

Mittel sind bescheiden. Aber wenn ich Euch helfen kann, wenn Ihr etwas braucht oder reden wollt, bin ich für Euch da.«

Vermutlich hält auch Sara mich seit Langem für einen jämmerlichen Prinzen. Und jetzt noch ein jammernder jämmerlicher Prinz. Das darf nicht sein.

Jugendliche Entschlossenheit verdrängte kindliches Selbstmitleid. Mit einem Ruck, als hätte ihn jemand unter den Schultern gepackt und hochgerissen, stand er vom Tisch auf.

»Ich muss mit Vater reden. Jetzt gleich.«

Karek spürte, wie Sara ihm hinterher sah, als er den Speisesaal verließ.

Die schwarze Flügeltür zum Thronsaal traf er geschlossen an. Je zwei Wachsoldaten standen links und rechts mit wichtiger Mine davor.

Karek marschierte geradewegs darauf zu, doch bevor er die Hand an den gusseisernen Türgriff legen konnte, rief der Wachsoldat rechts neben ihm: »Halt! Des Königs Befehl lautet: keine Störung.«

Der Prinz verharrte nur einen kleinen Moment.

Dann gab er zurück: »Weißt du, wer ich bin?«

Die Wache nickte: »Ihr seid Prinz Karek, doch verzeiht, ich halte mich nur an die Vorgaben Eures Vaters.«

»Hat der König in dem Befehl auch ausdrücklich seinen Sohn, den Thronfolger von Toladar, einbezogen?«

»Mein Prinz. Aber nein – das nicht.«

»Also - dann lasst mich durch«, knurrte Karek. Es handelte sich zwar um ein helles, kindliches Knurren, doch es hatte seine Wirkung. Die Wache salutierte und ließ Karek gewähren.

Der Junge drückte die schwere Tür auf und betrat den Thronsaal. Er spürte den Luftzug, als einer der Wachsoldaten die Tür hinter ihm schloss, während er seine Aufmerksamkeit auf die Anwesenden im Saal richtete.

König Tedore saß wie gewohnt erhöht auf seinem Thron. Doch was war das? Normalerweise hielten die Gäste seines Vaters ehrfurchtsvoll Abstand und übten sich in devoten Gesten. Heute nicht. Zwar unterhalb des Thronpodestes, doch sehr nahe beim König mit einem Fuß auf der Erhöhung, stand Fürst Schohtar. In dieser provokativen und bedrohlichen Haltung redete Schohtar hitzig auf seinen Vater ein. Als er die Tür in seinem Rücken zuschlagen hörte, unterbrach er seinen Satz und fuhr abrupt herum.

»Was ist das? So befolgen die Wachen also Eure Befehle«, knarrte er mit seiner makaberen Stimme.

Tedore sah seinen Sohn verärgert an. »Der Fürst und ich haben einige Dinge unter vier Augen zu besprechen.«

»Ah, Euer Sohn. Wir haben uns köstlich während des Banketts amüsiert, nicht wahr, mein Prinz?« Schohtar schien zu überlegen. »Wisst Ihr was? Lasst ihn ruhig hier. Wir besprechen Angelegenheiten, in die der Thronfolger gar nicht früh genug eingeweiht werden kann, mein König.«

Die Worte ‚mein Prinz' und ‚mein König' trieften vor Spott. Karek verstand nicht, was hier gerade passierte.

Schohtar drehte sich um und fuhr fort, als gäbe es Karek

überhaupt nicht. »Ihr wollt also definitiv nichts gegen das verdächtige Aufrüsten der Sorader unternehmen?«

»Noch nicht. Zunächst brauche ich einen stabilen Frieden mit Winslorien im Westen. Danach kann ich den Hauptteil unserer Armee auf die Südgrenze und damit auf Soradar konzentrieren.«

»Merkt Ihr nicht, wie der Westen Euch hinhält, bis der Süden so weit ist?«

»Da sind wir unterschiedlicher Meinung, Schohtar. Der Westen hegt die gleichen Vorbehalte gegen Soradar wie Ihr. Die Winslorer und die Sorader machen keine gemeinsame Sache.«

Schohtars wulstige Lippen bebten unheilvoll. »An diese schlichte Vermutung knüpft Ihr das Schicksal des ganzen Reiches und damit das Überleben von Toladar?«

»Richtig – unser aller Überleben.«

»Diese Politik des Abwartens ist gefährlich und fordert den Süden doch nur heraus. Ihr kennt jetzt meinen Standpunkt, dass wir uns nur beschützen können, indem wir mit aller Härte den ersten Schritt tun«, verkündete Schohtar giftig. »Damit ist die Audienz mit Eurer Majestät wohl beendet.«

Ohne ein weiteres Wort drehte sich der Fürst um, öffnete die Tür und verschwand dahinter.

Wie konnte Vater es zulassen, dass sich jemand in seinem Thronsaal derart aufführte? Wie konnte er es zulassen, dass jemand in diesem Tonfall mit ihm redete? Wie konnte er es zulassen, dass Schohtar das Gespräch beendete und ohne jede Ehrerbietung hinausrauschte?

Jetzt stand Karek seinem Vater alleine gegenüber. Er merkte, dass dieser in Gedanken noch dem Gespräch mit seinem Fürsten nachhing.

Mit einem Mal sah Tedore sehr alt aus und wie zur Bestätigung murmelte er wie ein Greis: »Kriegsfürst Schohtar. Er ist es, der die Sorader im Süden und die Winslorer im Westen in Schach hält. Und das weiß er, und das nutzt er.« Dann hob der König den Kopf und fragte: »Mein Sohn, was machst du hier?«

Karek versuchte seiner Stimme Dringlichkeit zu verleihen. »Ich möchte mir dir sprechen.«

König Tedore sah auf ihn herunter. »Lass uns in meinen Schreibsaal gehen. Hier ist es zu groß, zu formell, zu unfamiliär.«

Die königliche Schreibstube lag hinter dem Thronsaal und war nur nach Durchqueren der großen Empfangshalle durch eine schwere Eichentür, die Tedore hinter ihnen schloss, erreichbar.

Karek kam direkt zur Sache. »Ich muss dir was gestehen, Vater. Ich habe euch gestern Abend belauscht. Dein Gespräch mit Madrich und Bathek Moll.« Karek gelang es halbwegs, das Schuldbewusstsein aus seiner Stimme zu verbannen.

Tedore blickte ihn stirnrunzelnd an. »Was soll das denn. Spionierst du uns nach?« Tedore hielt kurz inne und fuhr dann weniger aufgebracht fort. »Lass mich raten – der Kamin!«

»Wie – woher weißt du das?«

»Glaube nicht, du bist der einzige, der sich hier auskennt. Schließlich bin auch ich in dieser Burg aufgewachsen.«

»Und hast heimlich gelauscht?«

»Hmm, lassen wir das. Was hast du gehört und was beschäftigt dich jetzt?«

»Vater, es war in eurem Gespräch von einer ernsthaften Gefahr für mich die Rede. Das macht mir Angst. Was geht hier vor?«

Der König stöhnte. »Na gut. Du tust gut daran, zu mir zukommen. Du solltest ohnehin erfahren, von welchen Ereignissen wir zurzeit getrieben werden. Und dann müssen wir Entscheidungen fällen.«

Karek fühlte sich mit einem Mal um viele Jahre älter. »Bitte erzähle mir auch vom Mord an der Burgwache.«

»Hm. Ich habe immer versucht, dich nicht zu beunruhigen und solche unangenehmen Dinge von dir ferngehalten.«

»So wie allzu viele Einzelheiten über den Tod meiner Mutter vor neun Jahren?«

Tedores Gesicht blieb unverändert, wie aus Wachs, doch seine Augen schweiften freudlos in die Tiefen der Vergangenheit ab. »Ja, Karek. Du warst erst vier Jahre alt. Für uns beide begann eine schlimme Zeit. Schau mich an – ich stürze mich seitdem noch mehr in die Regentschaft, um mich den Verlust meiner Gemahlin vergessen zu lassen. Schau dich an, du scheinst über die Jahre den Schmerz über den Verlust deiner Mutter buchstäblich in dich hineinzuessen.«

Karek musste schlucken und blieb still.

»Du weißt, Ulreike ist in der Nacht auf unerklärliche Weise an Atemnot gestorben. Es ist nicht auszuschließen, dass ihr im Essen oder Trinken ein seltenes Gift von einer Pflanze, die beispielsweise nur auf den Südlichen Inseln wächst, verabreicht wurde.«

Karek schluckte abermals, sagte auch jetzt noch kein Wort.

»Dies ist lediglich eine Vermutung und einen Beweis konnten weder die Leibärzte noch die San-Priester erbringen. Wer gewinnt durch ihren Tod? An dieser Frage scheiterten alle weiteren Bemühungen, die Sache aufzuklären. Wir wissen es nicht. Richtige Feinde hatte sie keine, richtige Freunde leider auch nicht, denn für die meisten Menschen am Hof gehörte sie einfach nicht hier her.«

Noch nie zuvor hatte sein Vater mit ihm über die damaligen Geschehnisse gesprochen.

»Wo hätte sie denn besser hingepasst?«

»In eine freundlichere Welt. Und das ist die Crux, denn gerade von den Welten so wie unsere, die sie am nötigsten hatte, wurde sie abgelehnt.« Tedore sank auf einen Stuhl nieder. »Setzt dich, Karek. Wir müssen uns jetzt auf die Gegenwart konzentrieren. Regelmäßig entsende ich Spione ins Reich, um Antworten zu finden. Zurzeit stellt sich heraus, dass starke politische Kräfte die Zeit nach König Tedore ohne uns, die Mareins, zu planen scheinen. Denn schließlich bin ich nicht mehr der Jüngste. Folglich muss die natürliche Thronfolge durchbrochen werden, wenn die Dynastie der Mareins enden soll. Das heißt, es besteht die Möglichkeit, dass der Giftanschlag dir galt. Oder es sollten die Geburten weiterer Thronanwärter verhindert werden. Seitdem werden wir besser bewacht und abgeschirmt denn je. Mit begrenztem Erfolg. Der Mord an der Burgwache durch die Krähe untermauert diesen Verdacht und zeigt auf, wie gefährlich das Leben zurzeit auf unserer Burg Felsbach ist.«

»Der Anschlag vor ein paar Tagen galt also wirklich mir?«, fragte Karek und fröstelte.

»Mit großer Sicherheit. Kurze Zeit vorher war der Tatort schließlich noch dein Turm mit deinem Schlafgemach. Einer unserer Spione meldete, dass in der Burg von Fürst Schohtar mehrere Pläne von Felsbach aufgetaucht sind und zudem zwielichtige Gestalten Zugang zu Schohtars Beratern gefunden haben. Ich leitete einige Vorsichtsmaßnahmen ein – unter anderem ließ ich dich umziehen. Ansonsten bleibt nur abzuwarten, da ich bisher keinerlei Beweise gegen Schohtar vorbringen kann. Er ist ehrgeizig, ich will jedoch einfach nicht glauben, dass er abtrünnig geworden ist.«

Karek konnte jetzt nur an sich denken: »Und jetzt überlegst du wahrhaftig, mich zu Rogat zu schicken?«

Tedores Lippen wurden schmal. »Du scheinst ja mit dem Kopf im Kamin gut aufgepasst zu haben. Dann hast du bestimmt auch gehört, dass du hier nicht mehr sicher bist.«

»Wo sollte ich denn sicherer sein, als in unserer eigenen Burg, bewacht von unseren eigenen Mauern und Soldaten?«

»Solange jeder Karek kennt, ist Karek nirgendwo sicher. Also solltest du mit einer neuen Identität innerhalb meines Reiches dorthin, wo dich keiner kennt. Und hier kommt Rogat als beste aller Möglichkeiten ins Spiel.«

»Du vertraust Rogat?«

»Rogat hat viel erlebt, ist unbelehrbar und geradeaus. Das ist wahrscheinlich der Grund, warum ich ihm vertraue.«

»Das verstehe ich nicht.«

Tedore legte seine Hand auf Kareks Schulter. »Rogat hat nie versucht, sich bei mir lieb Kind zu machen. Er gab sich nicht unterwürfig und hat trotz unserer Verwandtschaft keine Forderungen gestellt oder Vergünstigungen verlangt. Er war stets offen zu mir und hat nicht einmal einen Hehl daraus gemacht, dass er mich, seinen König, nicht sonderlich gut leiden kann. Er strebt nicht nach mehr Macht, sondern ist zufrieden mit dem, was er hat. Ich habe gelernt, solchen Menschen zu vertrauen.«

»Ich erinnere mich an ihn. Und ich mochte ihn nicht.«

»Er war schon immer ein Kinderschreck«, grinste Tedore freudlos. »Doch in seiner Feste bist du gut aufgehoben. Dort herrscht strenge Zugangskontrolle, es gibt keine fahrenden Händler und keine Reisenden. Die Gefahr, dass dich jemand erkennt, ist gering. Und wir müssen handeln. Bitte vergessen wir nicht: Jemand beauftragte eine Krähe, dich zu töten.«

»Es gibt ein altes Buch über die Krähen in der Bibliothek. Sie werden darin beschrieben als ein ehrwürdiger Orden von Gelehrten, welche sich um die Erforschung von Körper, Geist und Seele kümmern.«

»Ja, das war einmal. Vor ungefähr dreihundert Jahren wandelte sich dieser Orden in die berüchtigtste Gilde von Auftragsmördern aller vier Reiche. Gerüchte besagen, dass der Hauptsitz in Toladar liegt. Die Erfolgsquote ist erschreckend. Man sagt: Wenn eine Krähe einen Mordauftrag übernommen hat, wird sie diesen ausführen. Egal was passiert, es gibt kein Zurück. Das Opfer hat nur eine Chance: Die Krähe muss vor ihm sterben. Denn dann gibt ihr Kodex vor, dass kein weiterer Mörder angesetzt werden darf, da das Scheitern als eine Art Gottesurteil zugunsten des Opfers angesehen wird. Hierzu sind jedoch nur ganz wenige Fälle bekannt.«

Karek verzog seinen Mund. »Und jetzt soll ich flüchten?«

»Wir würden parallel ein Ablenkungsmanöver starten und verlautbaren, den Prinzen Karek zur weiteren Ausbildung in den Westen zu schicken. Diese falsche Fährte beschäftigt dann hoffentlich unsere Feinde und die Krähen eine Weile.«

Karek fragte leise: »Was habe ich für eine Wahl?«

»Mein Sohn. Du selbst hast dich bei mir über das eintönige Prinzenleben beklagt. Du bist klug und wissbegierig. Rogat besitzt im Übrigen eine eindrucksvolle Bibliothek und gute Ausbilder.«

»Ausbilder, die nicht wissen dürfen, dass ich der Prinz bin?«

»Das ist richtig. Und ich will offen sein. Für meinen Geschmack ist Madrich zu nachsichtig mit dir. Und, was er über deine Kampfeskünste gesagt hat, hast du hoffentlich ebenso vernommen.«

Kareks Mine verfinsterte sich weiter. »Ein muskelbepackter, schwertschwingender, schlanker Strahlemannprinz, dessen Name vom Volk jetzt schon voller Ehrfurcht an jeder Straßenecke geraunt wird, wäre dir natürlich lieber.«

»Ein Prinz mit ein wenig mehr Ehrfurcht vor seinem Vater würde mir im Moment schon ausreichen«, polterte Tedore. Dann fuhr er in versöhnlicherem Ton fort. »Höre die Worte deines Königs und Vaters: Für mich sind dein heller Verstand und dein gutes Herz liebenswert. Das sind gute Grundlagen um zu herrschen, doch es bedarf noch anderer Eigenschaften.«

Wieder schnürte es Karek den Hals zu.

Diese Ereignisse und Enthüllungen der letzten Stunden sind wirklich anstrengend. Und wenn ich jetzt heule, verzeihe ich mir das nie.

Er versuchte, den dicken Kloß im Hals unbemerkt Stück für Stück herunterzuschlucken.

Sein Vater fasste ihn an den Schultern. »Unser Familienwappen zeigt es. Wo Licht scheint, fällt auch Schatten, wo endlich Friede herrscht, ging langer Krieg voraus. Doch ein wichtiger Teil des Ganzen ist einfach nur Grau. In jedem Grau gibt es Teile von Weiß und Schwarz. Du versuchst, dich ausschließlich auf der hellen Seite des Lebens zu sonnen und das Schwarz zu verdrängen. Akzeptiere wenigstens das Grau und bereite Dich darauf vor – das Schwarz holt dich von ganz alleine ein.«

Karek verließ seinen Vater nach diesem Gespräch schlechtgelaunt und mit mehr Fragen als vorher.

Er spazierte zum Hofgarten, ohne es zu merken. Dort angekommen, setzte er sich auf den Rand eines runden Wasserbeckens. Bunte Zierkarpfen drehten darin ihre Kreise um eine Statue seines Ururgroßvaters König Potzwarik, der für seine Verschwendungssucht und Selbstüberschätzung in die Geschichte Toladars einging. Der Prinz gab seinen Fragen aktuelle Namen wie Sara, Schohtar und Rogat.

So tief in Gedanken versunken merkte er nicht, wie Almine, die Enkelin des Waffenmeisters Madrich auftauchte und sich neben ihn setzte. Erst als sie ihn ansprach, schaute er auf.

»Lithor zum Gruße. Sieh mal Karek, die Fische. Die glotzen mich alle an.«

Er wiederum glotzte Almine an. Sie erwischte ihn in denkbar schlechter Stimmung. Zudem erinnerte ihn das Mädchen an ihren Großvater, der ihn tagtäglich beim Schwerttraining verprügelte. Sie musste diesen Frühling ihren zehnten Geburtstag gefeiert haben. Eigentlich sah sie mit ihren dunkelbraunen glatten Haaren mit einer gelben Schleife darin ganz nett aus. Und jetzt saß sie neben ihm und lächelte die dusseligen Karpfen an.

»Die glotzen nicht dich an, sondern mich«, stellte er klar.

Ihre braunen Augen wurden groß und rund. »Nein – du willst mich nur ärgern. Es dreht sich nicht immer alles um dich. Die Fische mögen nur mich, weil ich sie oft mit altem Brot füttere.«

Auch das noch. So schnell von jetzt auf gleich, können nur Mädchen nerven.

»Klar dreht sich alles um mich. Ich bin schließlich der Prinz und auch besonders schlau. Die Karpfen folgen nur Menschen, die intelligenter sind als sie selbst. Sieh hin!«

Er stand auf, schlenderte betont lässig um das Becken herum zum Punkt gegenüber - es ließen sich sicherlich Zeitgenossen finden, die es arrogant nennen würden. Sofort folgten ihm ausnahmslos alle Karpfen zu seiner neuen Position. Der Prinz hatte diese Beobachtung früher des

Öfteren gemacht. Begeistert über diese Entdeckung, war er schon als Sechsjähriger um das Becken gerannt, und die Fische folgten ihm im Kreis, bis entweder ihm oder den Karpfen schwindelig geworden war. Na ja, meistens ihm.

Die kleine Almine ging daher leer aus. Fassungslos starrte sie in das unbewohnte Wasser vor sich. Sie stellte sich erstaunt auf die Zehenspitzen, um den Verbleib der Fische in Erfahrung zu bringen und konnte dadurch sehen, dass genau ihr gegenüber sich alle Karpfen in Richtung Karek drängten.

Schlagartig fing sie an zu weinen. »Du bist so gemein.« Ihre Stimme kippte. »Und überheblich ... und dick. Ich hasse dich.« Sie drehte sich um und rannte weg.

Karek sah ihr nach, bis sie hinter einer Ecke verschwand.

Immerhin hat sie nicht ‚fett' gesagt.

Die Karpfen glubschten ihn ausnahmslos vorwurfsvoll an und auch die Miene seines steinernen Ururgroßvaters, König Potzwarik, hatte sich verfinstert.

Seine ohnehin schlechte Laune nahm bedrohliche Ausmaße an.

Erinnerungen

Sie stand direkt vor der Ruine. Ein riesiger Haufen Müll aus Steinen, Holz, Schutt, Asche und Erinnerungen. Und mitten darin war sie aufgewachsen. Nein, aufwachsen passt nicht. Mitten darin wurde sie aufgezogen – bei Tieren verwendet man den Ausdruck ‚gezüchtet'.

Nur einige Tage nach ihrem zehnten Geburtstag kaufte sie der Schwarze Kanzler auf dem Markt wie einen Sack Muscheln und nahm sie als einziges Mädchen mit in die Stätte. In seine Stätte, nicht ihre Stätte. Der Ort hier war nie ihre Stätte geworden. Zugegeben, gelernt hatte sie hier sehr viel. Lesen, schreiben, kämpfen, töten. Vor allem jedoch zu hassen. Sie hasste den Kanzler, sie hasste die Erzieher, sie hasste die anderen Kinder, sie hasste das Essen, sie hasste den Garten, sie hasste ihre Hilflosigkeit, sie hasste sich selbst. Hass – die stärkste, reinste und erhabenste aller Emotionen. Ihr Lebenselixier. Aus diesem Hass zog sie Kraft und Selbstbewusstsein. Dieser Hass ermöglichte ihr das Ignorieren aller moralischen Grenzen. Während andere zögerten und zauderten und noch überlegten, was gut und was schlecht, was richtig und was falsch ist, handelte sie. *Meistens schlecht und falsch.* Zumindest nach den herkömmlichen Maßstäben der Gesellschaft. Dabei war es so einfach: Für sie selbst stellte sich die Frage nach richtig oder falsch überhaupt nicht. Sie entschied ausschließlich nach den Grundsätzen der Logik. Wenn sie etwas haben wollte, nahm sie es sich. Wenn ihr dabei jemand im Weg stand und dies verhindern wollte, musste er aus dem Weg geräumt werden. Logisch.

Moralische Prinzipien belasten; logische Prinzipien befreien.

Sie ging ein Stück weiter und betrachtete auf dem Boden eine eiserne Klappe mit einem Griff; darunter befand sich ein Riegel, der vorgeschoben war. Das Loch. Mehr als einmal hatte sie hier drin in völliger Dunkelheit gesessen, bei ungeheurer Hitze tagsüber und klirrender Kälte in der Nacht, ohne Kleidung, ohne Wasser, ohne Gnade. Jedoch *mit* viel Hass – der blieb ihr stets treu. Er kühlte sie tagsüber, wärmte sie in der Nacht und flüsterte ihr seine Treue tröstend ins Ohr.

Es musste so zwei Jahre her sein seit sie das letzte Mal hier war, um kräftig aufzuräumen. Sie ging in die Hocke, schob den verrosteten Riegel auf, packte den Griff mit beiden Händen, zog kräftig nach oben, so dass die Klappe sich mit einem lauten Quietschen öffnete. Umgehend schlug ihr ein übler Geruch aus einer etwa zwei Meter tiefen Grube ins Gesicht. Sie hielt den Atem an, denn der Gestank war so stark, dass sie darüber hätte laufen können.

Der Totenschädel einer in großen Teilen verwesten Leiche schaute sie mit seinen großen hohlen Augen vorwurfsvoll an. Weiße fingerdicke Maden schlängelten sich durch Reste faulenden Fleisches. Das Loch kam ihr jetzt noch enger vor als früher. Vielleicht lag es daran, dass sie damals natürlich kleiner war, vielleicht lag es auch an dem jetzigen stinkenden Inhalt, vielleicht an beidem.

Der Schwarze Kanzler. Oder das, was von ihm übrig ist.

Sie erinnerte sich, wie der Mistkerl gewimmert und gebettelt hatte, als sie ihn dort hineingeworfen hatte. Nicht einmal richtig wehren wollte er sich. Naja, kurz danach musste sie sich um einen wichtigen Auftrag kümmern und hat ihn hinterher wohl ein wenig vergessen. Halb so wild, schließlich ist er noch da, wo sie ihn vor zwei Jahren eingeschlossen hatte. Nur schreit er jetzt nicht mehr und sein Zustand hatte sich definitiv verschlechtert. Ihr fielen die beiden kleinen Tierskelette neben der Leiche des Kanzlers auf. Ratten. Folglich hatte er sich wohl eine Weile vom Regenwasser und von Ratten, roh und nahrhaft, ernähren können. Gemütlich. Sie dachte in diesem Moment ebenso an die zwei Erzieher, die ihr damals an ihrem fünfzehnten Geburtstag die Maske aufsetzten und die Befestigungsanker in den Schädel drehten. Bevor sie dem Schwarzen Kanzler mit der Grube ein neues Zuhause verpasst hatte, feierte sie zunächst Wiedersehen mit den zwei Männern. Sie musste ihnen zugutehalten, dass die beiden wenigstens ein schlechtes Gewissen plagte. Gut, gut - dies hätte auch der angespannten Situation geschuldet sein können, als sie nebeneinander auf Stühlen gefesselt um ihr Leben bettelten. Neugierig, wie sie in solchen Dingen nun mal war, wollte sie herausfinden, wie viele Hufeisennägel sie den Männern in den Kopf hämmern konnte, bevor sie das Zeitliche segneten. Der Erste enttäuschte sie – er war nach nur elf Nägeln hinüber. Der Zweite vertrug immerhin zwanzig. Gut, gut – es kann auch daran gelegen haben, dass sie bei dem die

Nägel nicht in voller Länge in den Schädel getrieben hatte.

Kurz zuvor hatte sie fünf andere Erzieher kurzerhand mit dem Schwert erledigt. In einem unerklärlichen Anflug von Altersmilde ließ sie danach einige Jungen, vermutlich zwischen acht und sechzehn Jahre alt, laufen, bevor sie alle Wohnhäuser und Stallungen abfackelte. Sie hasste sich dafür, nicht alle getötet zu haben. Mitleid ist eine Schwäche, Erbarmen eine Sünde; zumindest in ihrer ganz persönlichen Religion.

Und allein diese traurigen Trümmer und ein paar verweste Leichen erinnerten an den einst so stolzen Orden der Krähen. Gedanklich reiste sie noch weiter zurück in ihre Vergangenheit. Eine Reise ohne Ziel. Sie konnte sich kaum an die ersten zehn Jahre ihres Daseins erinnern. Einzelne Fragmente mit blutigen Gesichtern in prunkvollen Hallen verfolgten sie. Sie schüttelte den Kopf. Die ersten zehn Jahre ihres Lebens wollten nicht mehr *in* den Kopf. Die zweiten zehn Jahre wollten nicht mehr *aus* dem Kopf. Erst jetzt überkam sie ganz langsam die Hoffnung, irgendwann mit diesem Kapitel abschließen zu können.

Doch sie war nicht zum Vergnügen hier. Sie wusste, dass sie zurzeit alleine in der Gegend war, denn sie lag schon seit drei Tagen auf der Lauer und hatte keine Auffälligkeiten feststellen können. Es liegt in der Natur der Sache, dass man dem Auftraggeber eines Berufsmörders nicht trauen sollte.

Sie ging zum nahegelegenen Bachufer. Der riesige Stein, auf dem sie vor langer Zeit so gerne gesessen und dem Rauschen des Wassers gelauscht hatte, war noch da. Wo sollte er auch hin? Sie bückte sich. Am Boden hinter dem Stein verbarg sich eine Vertiefung. Dort entnahm sie einen Lederbeutel, eingefettet zum Schutz gegen Witterungseinflüsse. Sie öffnete den Beutel und schaute hinein. Dreißig Große Goldstücke und zwei Blätter Papier. Wie früher setzte sie sich auf den Stein und las:

Wie gewünscht die weitere Bezahlung und Informationen. Die Zielperson wird die Burg in etwa sechs Wochen in Richtung Süden verlassen. Grund hierfür wird ein längerer Aufenthalt in der Feste Strandsitz sein. Erfüllt dort Euren Auftrag!

Das andere Blatt enthielt eine detaillierte Skizze dieses Ortes. Sie hatte von dieser Burg schon gehört, war jedoch noch nie innerhalb der Feste gewesen. Das würde sich in Kürze ändern. Logisch. In etwa sechs Wochen also – damit hatte sie noch ein wenig Zeit für andere Aufgaben. Sie schloss die Augen und horchte auf das blubbernde Rauschen des Baches. Stetig und regelmäßig, doch nie gleich. Ein akustisches Kunstwerk der Natur. Das Rauschen drang durch ihre Ohren immer tiefer in ihren Kopf. Sie hörte mit einem Mal, wie ihr Blut durch ihre Adern strömt. Sie fühlte sich stark und ungebrochen.

Als sie wieder die Augen öffnete, fühlte sie sich erholt, als hätte sie stundenlang geschlafen. Sie wog die Goldmünzen in ihrer Hand ab. Weitere sechzig Münzen warteten nach erfolgreichem Abschluss des Auftrages auf sie. Merkwürdig, dass ein einzelnes Menschenleben so viel wert sein sollte.

Fast drei Tage lief sie zu Fuß zurück zu ihrer Hütte im Wald. Wann immer es ging, verzichtete sie auf das Reiten. Pah, Pferde. Dummes großes Getier, geboren um zu dienen. Bäumen sich nur ein einziges Mal in ihrem Leben halbherzig auf, wenn jemand zum ersten Mal auf ihren Rücken steigt. Nach wenigen Sekunden erlischt die Gegenwehr. Gebrochen für den Rest ihres traurigen Daseins. Willenlos, mutlos, charakterlos. Sie hasste Pferde.

Ihr Heim inmitten der Einsamkeit des Blutwaldes bestand aus vier Holzwänden, einem Holzdach, einem großen Holzschrank, einer Feuerstelle und einer Schlafstätte aus Strohmatten auf festgestampfter Erde. Sie liebte diese einfache Behausung umgeben von turmhohen dichten Bäumen, fernab von den Geräuschen und Gerüchen menschlichen Zusammenlebens.

Gerade legte sie ihren Lederbeutel ab, als ihre Sinne Gefahr meldeten. Zu spät. Ein schwarz-graues Ungetüm griff sie von hinten an. Der riesige Wolfshund sprang ihr mit einem weiten Satz in den Rücken und warf sie um. Sie gab einen Laut von sich, den selbst Menschen mit viel Fantasie niemals mit Lachen in Verbindung gebracht hätten.

»Glaub' nur nicht, ich hätte dich nicht gehört. Hast du mich vermisst, Drecksvieh?«

Der gewaltige Hund jaulte, wedelte mit dem Schwanz und versuchte, sie mit seiner Zunge im Gesicht zu erwischen.

»Bäh, du stinkst, lass mich in Ruhe, hau ab, Drecksvieh.« Sie strafte ihre Worte Lügen, indem sie den Hund im Nacken und hinter den Ohren kraulte.

Vor knapp sechs Jahren hatte sie den Köter abseits der Straße gefunden. Damals war sie auf dem Weg zur Stadt gewesen, als sie ihn schwer verwundet auf dem Waldboden jaulen hörte. Jemand hatte das Tier vermutlich mit einem Speer abgestochen - tief in die Flanke. Die geöffnete Schnauze hatte gequält gehechelt. Ein Tümpel Blut umrundete ihn.

Pah, Hunde. Unterwürfige, schwanz-wackelnde Flohsäcke, die kaum zu was anderem taugen, als zum Kacken und zum Fressen. Sie hasste Hunde. Sie dachte damals daran, einfach weiter zu gehen, doch das tiefe aggressive Knurren als er ihrer gewahr wurde, machte sie neugierig. Offensichtlich steckte eine gehörige Portion Wolf in dem Köter. Leergeblutet, bewegungsunfähig und fast schon Asche, und doch grollte er im Todeskampf noch trotzig die Welt an. So stellte sie sich auch ihren eigenen Tod vor.

Als sie näher herantrat, versuchte das Biest doch glatt, sie mit einer schnellen Kopfbewegung zu beißen. »Drecksvieh«, dachte sie. Danach blieb der Wolfshund regungslos liegen - nur der Brustkorb hob und senkte sich noch langsam. Sie erinnerte sich kaum, wie sie Nadel und Faden aus ihrem Lederbeutel holte, die tiefe Wunde grob vernähte, um den Blutfluss zu stoppen, ihn auf ihren Umhang und dann zur Straße zog. Ein fahrender Händler half ihr mit seinem Wagen, das Tier in die Nähe der Hütte zu bringen. Anstatt ihn umzubringen, gab sie ihm zwei Kleine Goldstücke. So eine Dummheit. Auch das war ein Grund, warum sie sich nicht gerne diese Geschehnisse ins Gedächtnis rief. Sie wusste auch nicht mehr, wie sie es geschafft hatte, das schwere Ungeheuer hierher zur Hütte zu bringen. Sie erinnerte sich kaum, wie sie die Wunde behandelte, ihn tagelang mit Fleisch fütterte und ihm Schutz unter ihrem Dach bot. Jedenfalls pflegte sie Drecksvieh wieder gesund, nicht ohne einmal heftig von ihm gebissen zu werden. Jeder andere Mensch hätte das Tier abgestochen. Aber sie war nicht *jeder andere Mensch*. Sie war wie sie war. Logisch.

Sie zählte das Gold, das sie zurzeit bei sich trug. Es war genug für ihre Zwecke. Ein Stück von der Hütte entfernt, tiefer im Wald, unterhielt sie ein Geheimversteck mit Kisten voller weiterer Goldmünzen. Ihre Aufträge hatten ihr ein kleines Vermögen beschert. Ein großes Vermögen kam noch hinzu, nachdem sie die Schatzkisten des Schwarzen Kanzlers geleert und hierher gebracht hatte. So viel Gold konnte ein einzelner Mensch in einem Leben überhaupt nicht ausgeben. Sie blinzelte Drecksvieh an. Sie war schon eine gute Partie.

Schlagfertig

Karek machte sich am späten Nachmittag auf den Weg in die Bibliothek. Er liebte diese Räume voller Papier mit Illusionen, Geschichte und Geschichten, Wissenswertem, Erfahrungen, Unsinn, Fantasie und Staub. Es gab zwar auch eine Menge Literatur, mit der er wenig anfangen konnte, teils weil sie ihm zu schwierig, teils weil sie ihm zu langweilig vorkam, doch die Bücher, die halbwegs interessant klangen, hatte er schon gelesen. Und mit entsprechender Hartnäckigkeit entdeckte er in den oberen Regalen mittels einer langen Leiter auch jetzt noch den einen oder anderen verstaubten Schmöker, der sich dann doch als recht informativ entpuppte und somit half, die Zeit zu vertreiben. Die letzten Tage waren wie die Jahre zuvor gewesen. Der Prinz verlor sich im Reigen von Hunger und Langeweile, von Training und Kundeunterricht und verdrängte die unangenehmen Dinge, die ihn in den Tagen zuvor ereilt hatten.

Gerade bog er in den Gang Richtung Bergfried ein, als er eine wütende Frauenstimme hörte. Und diese Stimme kam ihm sehr bekannt vor.

»Finger weg!«

Karek lugte vorsichtig um die Ecke in einen verwinkelten Korridor, der zum Palas, dem riesigen Herrenhaus der Burg führte.

Eine Burgwache drückte Sara mit Knie und Oberkörper hart gegen die Mauer und versuchte, seine Hand in ihre Bluse zu schieben.

»Hab dich nicht so. Was hast du gegen ein bisschen Spaß.«

»Spaß habe ich gerne – jedoch nicht mit dir«, fauchte die Küchenmagd.

»Halt still, du Miststück.«

Saras Stimme änderte sich. »Das ist meine letzte Warnung und deine letzte Chance. Lass mich sofort los«, sagte sie ruhig mit eisigem Ton. So hatte Karek Sara noch nie sprechen hören. Er hatte das Gefühl, als wehe ein winterlicher Nordwind durch den Gang.

Die Wache knurrte: »Du wirst dich wundern«, und der Soldat ließ Saras Arm los, um ihr in das Gesicht zu schlagen. Karek entschloss sich einzugreifen, wie genau wusste er noch nicht. Doch just in diesem Moment rammte Sara ihrem Peiniger ihr Knie in den Unterleib. Gleichzeitig hämmerte sie ihre Handkante ins Gesicht des Mannes. Die Wirkung des Schlages wurde durch den entgegenknickenden Körper noch verstärkt. Schon stellte die Magd ihren rechten Fuß vor, um damit der Wache das Standbein wegzuziehen. Jetzt reichte ein kleiner, fast zärtlicher Stubser aus, um ihr Werk zu vollenden. Mit lautem Krachen fiel der Kerl zu Boden – eine Hand im Schritt, die andere an der blutenden Nase.

Er wimmerte: »Du verdammte Hure. Du hast sie mir gebrochen.«

»Nächstes Mal schiebe ich dir dein Nasenbein direkt ins Gehirn. Dann hast du es hinter dir«, entgegnete Sara mit leiser Stimme, frostiger als ein Hagelsturm.

Karek stand atemlos hinter der Gangecke. War das

wirklich seine Sara – die warmherzige Küchenmagd?

Die würde es selbst Madrich gehörig auf die Glatze geben. Sara haut gestandene Männer noch schneller um, als ich kleine Mädchen zum Weinen bringen kann. Sie scheint ja prima für sich selbst sorgen zu können.

Leise und nachdenklich entfernte sich Karek vom Ort des Geschehens. Er hatte vergessen, dass er sich ursprünglich auf dem Weg in die Bibliothek befunden hatte.

Beim Frühstück am nächsten Morgen stand der Prinz noch ganz unter dem Eindruck des gestrigen Erlebnisses. Still beobachtete er Sara aus den Augenwinkeln. Er wunderte sich, dass ihm ihre eleganten Bewegungen und ihr selbstbewusstes Auftreten nicht früher aufgefallen waren.

Wenn Sara eine gewöhnliche Küchenmagd ist, bin ich ein gewöhnlicher Hufschmied, nur hat es mir noch keiner gesagt.

»Was ist los mit Euch – Ihr scheint ganz woanders zu sein, mein Prinz?«, riss Sara ihn aus seinen Gedanken. »Wollt Ihr darüber reden?«

»Danke Sara, ich weiß, du meinst es gut«, hörte er sich sagen. »Mich beschäftigt augenblicklich tatsächlich vielerlei.«

Karek sah auf und suchte Saras Blick. Ihm fiel zum ersten Mal auf, dass ihre Augen hellgrün leuchteten.

»Was ich dich immer schon fragen wollte... Hast Du eigentlich Fürst Mondek beim Staatsbankett absichtlich in der Sauce gebadet?«

Saras Mundwinkel zuckten. »Was meint Ihr denn?«

»Ich würde nicht fragen, wenn ich nicht schon eine Meinung hätte.«

Sie schürzte die Lippen. »Es war ein Unfall.« Sie lächelte. »Also gut, ein geplanter Unfall.«

Karek konnte es nicht fassen. Dieses Eingeständnis könnte sie den Kopf kosten.

»Du bist ganz schön mutig, viele würden sagen dreist und aufmüpfig, für eine Dienstmagd. Aber du hast für den einzigen lustigen Moment an diesem Abend gesorgt. Danke dafür.«

»Behaltet es für Euch – mit Eurem Herrn Vater hatte ich schon eine ernste Unterhaltung, weil ich so viel von der schönen Sauce verschwendet habe.«

Karek blieb ernst. »Sag mal. Hast du eine Zwillingsschwester?«

Ein unbeteiligter Beobachter hätte das kurze Stocken in Saras Bewegungen nicht wahrgenommen. Sie setzte sich scheinbar unbeschwert ihm gegenüber an den Tisch, faltete ihre Hände und blickte fest in die Augen des Prinzen.

»Nein – wie kommt Ihr darauf?«

»Ich habe gestern eine Magd bei einem Rendezvous mit einer der Wachen beobachtet, die genau so aussah wie du.«

»Ach, Ihr wart das. Ich wusste, dass uns jemand bemerkt hat – ich ... war jedoch ein wenig abgelenkt.«

Beide saßen regungslos auf ihren Stühlen.

Der Knabe rührte sich als Erster, indem er seine Finger an der Serviette säuberte und den Teller mit den Brötchen zur Seite schob.

»Du hast die Wache schneller umgehauen als ich ‚Frühstück' sagen kann. Wenn alle Küchenkräfte nur halb so schlagkräftig sind wie du, braucht Toladar keine Soldaten mehr.«

»Wenn alle Prinzen nur halb so denkfähig sind wie Ihr, braucht Toladar keine Berater mehr.«

Schweigen.

Es war so ruhig wie in der großen Kirche um zwei Uhr morgens.

Sara durchbrach die Stille. »Karek, habt Ihr mit irgendjemanden über die gestrigen Geschehnisse gesprochen?«

»Nein – du bist die Erste.«

»Ich glaube, Ihr solltet dringend mit dem König über meine Person und meine Aufgaben sprechen. Bitte behaltet die Geschichte bis dahin für Euch.«

»Dann sollte ich die ‚bis-dahin'-Zeit möglichst kurz halten. Ich suche meinen Vater direkt auf.«

»Wartet nicht gleich Madrich mit seinen Waffenübungen im Hof auf Euch?«

»Richtig. Damit kannst du mir helfen. Bitte richte ihm aus, dass ich heute keine Waffenkunde absolvieren werde.«

»Äh, er wird wütend werden und fragen warum?«

»Dann sage ihm, ich nehme ab jetzt Unterricht bei Sara.«

Wenig später saß Karek im königlichen Schreibsaal seinem Vater gegenüber. Er hatte Glück, denn der König hatte dort ohnehin einige Dokumente zu beurkunden. So war Tedore damit beschäftigt, wichtige Ernennungen und Erlasse zu falten, mit Wachs zu versehen und dort hinein das königliche Siegel zu drücken.

Er begrüßte Karek mit einem Lächeln.

»Wie laufen die Vorbereitungen für meine große Reise zu Rogat, Vater?«

Tedore unterbrach das Versiegeln der Umschläge und antwortete: »Ich denke, in sechs Wochen kann es losgehen. Der Kurier müsste Rogats Feste inzwischen erreicht haben – ich erwarte ihn spätestens in drei Tagen zurück.«

»Wie ging der Fall mit der San-Priesterin aus? Hast du mal mit ihr geredet?«

»Nein noch nicht. Was hältst du davon, wenn wir sie gleich rufen lassen.«

»Gerne. Doch mir liegt noch etwas anderes auf dem Herzen, Vater.«

Der König hob die Augenbrauen.

Karek machte es ihm nach. »Sara!«

Die bereits hochgezogenen Augenbrauen des Königs wanderten tatsächlich noch ein Stück weiter nach oben. »Ja, was ist mit ihr?«

Karek erzählte von seiner Beobachtung in dem Gang. »Sie hat nur eine Aktion benötigt und der Mann lag auf dem Boden. Ich habe das zufällig mitbekommen, ohne dass Sara mich bemerkt hatte. Doch eben beim Frühstück habe ich sie darauf angesprochen. Sie meinte nur, ich solle mit dir über ihre Person sprechen.«

Sein Vater reagierte völlig unerwartet. Selten hatte der Prinz ihn so aufbrausend erlebt.

»Überall schnüffelst du herum. Du musst nicht alles wissen. Damit ist das Thema erledigt, Karek«, wetterte er.

Verdutzt schwieg der Knabe. Der König des Reiches: immer mächtig, immer wichtig, immer richtig. Und er selbst, der kleine Prinz, von dem erwartet wird, einfach nur zu funktionieren, anstatt unbequeme Fragen zu stellen. Der Ärger, den Karek herunter schluckte, schmeckte bitter. Er merkte jeden Tag ein wenig mehr, dass sein Leben im Begriff war, sich in vielerlei Hinsicht gravierend zu ändern und kaum etwas so blieb, wie bisher. Um sich selbst von diesen beunruhigenden Gedanken abzulenken und seinen Vater nicht noch mehr zu reizen, wechselte er das Thema. »Wollen wir nun Tatarie aus Tanderheim aufsuchen?«

Tedore ging ohne jede Regung auf den Themenwechsel ein. »Seit der Wasserprobe habe ich sie nicht mehr gesehen. Sprechen sollten wir mit ihr. Nur lässt ein König seine Gesprächspartner gewöhnlich zu sich kommen.«

Der Junge ignorierte den nach wie vor vorhandenen Groll in der Stimme seines Vaters.

»Lass uns einfach so zu ihr gehen. Ich denke, man lernt am meisten über Menschen, wenn man sie überrascht.«

Der König fragte: »Ist das der Grund, warum du in den letzten Tagen mit einer Überraschung nach der anderen zu mir kommst?«

Fragt sich, wer wen in Erstaunen versetzt. Innerhalb weniger Stunden verwandelte sich meine einfache Küchenmagd in eine tollkühne Streitmacht und keiner gibt mir Antworten.

Tedore schaute ihm in sein zerknirschtes Gesicht. »Schon gut. Gehen wir also ausnahmsweise zu ihr. Ich hörte, sie soll sich gut erholt haben.«

Auge um Ohr

Forand blutete. Das Blut floss aus der Risswunde am rechten Unterarm herunter bis in die Handfläche. Der alte Krieger fluchte. Er hatte am Morgen weder Armband noch Armstulpen angelegt, sondern in Erwartung eines heißen Sommertages nur die offene Hartlederweste angezogen. So floss sein Blut ungehindert - seine Schwerthand wurde rutschig und das präzise Führen des Schwertes nicht einfacher. Nicht nur einmal hatte Forand weniger geübten Kämpfern durch diese Schmiere aus Schweiß und Blut die Waffen aus der Hand gleiten sehen. Zum Glück gehörte er nicht zu den ‚weniger geübten'. In einer schnellen Bewegung nahm er sein Schwert in die linke Hand und wischte sich das Blut der rechten an der ledernen Jagdhose ab. Genau in diesem Augenblick griff der Kabo an.

»Mistvieh! Das muss Zufall sein. Die Vögelchen sind schließlich dumm wie Heu«, redete er sich ein.

Ein ausgewachsener Kabo überragte sein Pferd gut um einen Kopf. Zwei Eigenschaften machten diese Riesenvögel zu einem gefährlichen und tödlichen Gegner - zum einen die messerscharfen Klauen, vier an jedem Fuß, zum anderen der mächtige spitze Riesenschnabel. Die Krallen hatte sein Pferd bereits zu spüren bekommen. Der Kabo brach aus einem Gebüsch hervor und schlitzte den Bauch des Pferdes in einer Länge von fast einem ganzen Meter auf. Voller Entsetzen versuchte das Pferd mit einem Sprung zur Seite seinem Angreifer zu entgehen. Zu spät - die Gedärme quollen bereits aus dem Bauch des Tieres - kurz danach brach es zusammen. Halb fiel, halb sprang Forand in diesem Moment von seinem Reittier. Während er versuchte, in einer fließenden Bewegung sein Schwert zu ziehen und sich auf den Aufprall vorzubereiten, dachte er an seinen Sohn Maks. Dachte an die Ratschläge, die er ihm stets gegeben hatte.

»Maks, reise nie durch dir völlig unbekanntes Terrain, ohne vorher die Gegend zu beobachten. Vermeide zu nahe an unbekannten Dickichten vorbei zu reiten, besonders, wenn diese hoch genug sind, größeres Ungeziefer beherbergen zu können. Siehst du Maks? Hör auf mich. Habe ich es dir nicht gesagt.«

Warum hörte er nur selten auf sich selbst?

Die Landung war, trotz seiner Reflexe und außergewöhnlichen Körperbeherrschung, hart. Ein spitzer Stein schnitt seinen rechten Oberarm beim Abrollen in halber Länge tief auf. Darum konnte er sich jetzt natürlich nicht kümmern. In einer Bewegung stand der alte Krieger wieder auf den Beinen und hielt sein Schwert in der Hand. Die betagten Knochen taten ihm weh. Nur die Kämpfe, die vielen, seinen Lebensrhythmus bestimmenden, immer wiederkehrenden Kämpfe auf Leben und Tod, begegneten ihm jedes Mal jung und frisch. Ganz allmählich machte er sich Sorgen über die Schere, welche sich zwischen seinem Alter und den Anforderungen an seinen Körper auftat und immer größer wurde.

Da der Rumpf eines Kabos rein äußerlich eher Ähnlichkeit mit einem stummelflügeligen Wildschwein als mit einem

Vogel hatte, konnte er nicht fliegen. Die kräftigen Beine und der muskulöse Hals jedoch verliehen dem Vogel blitzartige Geschwindigkeit. Allein gegen einen Kabo zu kämpfen, galt als Dummheit. Einen Kabo allein getötet zu haben, galt als Lüge.

Jetzt stand er hier dem Vieh gegenüber. Und der Riesenvogel griff an. Forand blieb die Zeit eines Wimpernschlages, um sich wegzudrehen und dem tödlichen Schnabelhieb auszuweichen. Fast hätte er es geschafft. Der Schnabel hackte zwar knapp an seinem Kopf vorbei, erwischte jedoch dabei sein linkes Ohr. Die Ohrmuschel riss ab und flog ihm in einem hohen Bogen direkt vor die Füße. Forand verspürte keinen Schmerz. Noch nicht. Keine Zeit für Schmerzen. Keine Zeit zum Sterben. Im nächsten Augenblick flog sein Schwert von der linken in die rechte Hand. Wut, Verzweiflung und viele Jahre Kampfroutine führten seinen Arm blitzschnell zu einem mächtigen Hieb von oben in Richtung Hals des Riesenvogels. Das dichte Gefieder rund um den muskulösen Hals verhinderte einen glatten Durchschlag. Letztlich bremste die Wirbelsäule das weitere Eindringen des Kurzschwertes. Das Biest stieß einen ohrenbetäubenden Schrei aus und versuchte instinktiv, mit einem der klauenbewehrten Füße seinen Peiniger aufzuschlitzen. Forand sprang zurück und gelangte dadurch außerhalb der Reichweite der tödlichen Klauen. Gleichzeitig ruckte der Kopf des Kabos kräftig nach hinten. Hierbei glitt dem alten Krieger das immer noch tief im Hals des Vogels steckende Schwert aus der Hand. Die Waffe während eines tödlichen Kampfes fallen zu lassen, war der gröbste aller Anfängerfehler. Erst verlierst du dein Schwert – dann dein Leben. Er kannte Streiter mit Sägemehl in den Hosentaschen, um die vor Anstrengung und Aufregung schwitzenden Hände griffiger zu machen und dem Rutschen der Waffen vorzubeugen.

»Maks, denke immer daran. Konzentriere dich auf deine Waffe. Sie ist dein verlängerter Arm und sorgt für ein verlängertes Leben. Lasse dein Schwert niemals fallen, wirf dein Schwert niemals weg, sondern klammere dich daran und das Leben klammert sich an dich.«

Und jetzt stand er ganz schön klug ohne Waffe da.

So schnell er konnte rannte Forand zu seinem verendenden Pferd, welches zuckend in einer großen, stinkenden Blutlache lag. Pferd hatte ihm einen letzten Dienst erwiesen und war auf die Seite gefallen, an der sein Eichenschild hing. So konnte er den Speer aus der Gurtschlaufe reißen. Der Kabo wackelte mit dem Kopf und versuchte vergeblich, den schmerzenden Stahl an seinem Hals abzuschütteln. Erneut stieß er einen grellen Schrei aus, sammelte sich und stürmte auf Forand zu.

»Maks, bleibe auch in Zeiten großer Gefahr ruhig. Lasse dich nicht von Panik übermannen, sondern finde die richtige Mischung aus Instinkt, Reflexen und Überlegung.«

Er umklammerte den Speer mit beiden Händen und zielte auf die Brust des angreifenden Vogels. Der Kabo schwankte merklich unkoordiniert auf seinen Beinen - anscheinend hatte das Schwert im Hals doch ein paar Nervenstränge verletzt. Dann ging alles schnell und erstaunlich einfach. Der Vogel taumelte auf Forand zu und fiel ihm direkt in den vorgehaltenen Speer. Der Krieger riss sein altes Schwert aus dem Hals des Vogels und stieß es senkrecht durch den Kopf in das Gehirn. Erst jetzt konnte er sicher sein, diesen Kampf beendet zu haben. Zu welchem Preis stellte er nun fest. Pferd war tot. Seine ersten drei Pferde hatten noch Namen gehabt. Karex, Kort und Bein. Er hatte diese Tiere geliebt und jedes Mal gelitten, wenn sein Reittier gestorben war. Danach hieß jedes Pferd nur noch Pferd. Das machte ihm den Verlust etwas leichter. Das müsste jetzt Pferd sieben oder acht gewesen sein.

Kopfschüttelnd betrachtete er sein Schwert mit der dunklen zweischneidigen Klinge, welches er so fahrlässig losgelassen hatte. Ein neuer, seltsamer Gedanke durchfuhr ihn. Oder hatte sein treuer Begleiter ihn losgelassen? Er packte das Heft. Es fühlte sich an wie immer. Obwohl ohne Hohlkehle, lag das Schwert mit mustergültiger Balance, den Schwerpunkt zweifingerbreit hinter dem Handschutz, perfekt in Forands Hand. Es schien ihm zuzuflüstern: »Alles ist gut, alter Krieger, ich bin bei dir. Passe beim nächsten Mal besser auf mich auf, und ich passe auf dich auf.«

Auf den ersten Blick erschien die Waffe schlicht, denn ihr fehlten sowohl ein eindrucksvoll mit Edelsteinen oder Gold verzierter Knauf als auch kunstvolle Gravuren auf der Klinge. Doch eine Ausnahme gab es – im Knauf war ein Symbol eingraviert, wie ein durchgestrichenes T:

Ŧ

Forand liebte gerade die schlichte Eleganz dieser Waffe,

ganz besonders faszinierte ihn die Einheit von Klinge, Knauf, Griff und Parierstange. Bei genauer Betrachtung schien das gesamte Schwert, bis auf die aus schmalen Lederstreifen bestehende Wickelung des Griffes, aus einem einzigen Stück hergestellt worden zu sein. Keine Naht, keine Lötstelle, nichts wies darauf hin, dass Teile zusammengesetzt worden waren - an sich sehr unüblich bei den traditionellen Herstellungsmethoden der Schmiede Toladars. Das Schwert hatte sein alter Lehrmeister ihm feierlich überreicht, kurz bevor er starb. Und so verfügte Forand, dass die Waffe nach seinem Tod an seinen Lieblingsschüler To Shyr Ban gehen würde. Er hoffte, mit diesem Schwert würde die alte Tradition der Schwertkunst auch die nächsten Jahrhunderte überdauern.

Das Pochen an seiner linken Kopfseite riss ihn aus seinen Gedanken und erinnerte ihn an seine Gesichtsverletzung. Ein Griff an den Hals - feucht, klebrig, blutüberströmt. Der Verlust seines Ohres bekümmerte ihn nicht wirklich - vor Jahren hatte er den kleinen Finger der linken Hand während eines Schwertkampfes verloren. Der Verlust des ersten Körperteiles schmerzt am meisten - so sagte man. Also hatte er dies schon hinter sich. Jetzt bargen der drohende Blutverlust und eine mögliche Entzündung der Wunden an Kopf und Arm die größte Gefahr. Forand würde sich Graumoos suchen und Verbände anfertigen müssen.

Sein Sohn Maks war mit vierzehn Jahren an einem harmlosen Kratzer am Bein, welcher sich dann entzündet hatte, gestorben. Alle guten Ratschläge für das Leben und das

Überleben waren nur Wind gewesen. Denn die steten Kampfübungen mit Schwert und Kolben konnten Maks gegen diesen Feind nicht helfen. Seinem Jungen hatten weder Graumoos noch die Priester und Doktoren noch Gebete helfen können. Das Abnehmen des Beines hätte ihn vielleicht gerettet, als der Wundbrand und die Fäulnis noch nicht den ganzen Körper befallen und vergiftet hatten. Doch Forand zögerte damals. Der Verlust des ersten Körperteiles schmerzt am meisten. Und erst recht, wenn es sich um das Bein eines Vierzehnjährigen handelt. Forand fasste sich an den Hals, fand die Kette mit dem silbernen Medaillon. Mit Daumen und Zeigefinger fühlte er darauf die kleinen Vertiefungen und Kanten der vier Buchstaben der Inschrift. MAKS.

Der Schmerz seiner blutenden Wunden fühlte sich belanglos gegen die Pein dieser Erinnerung an. Die Verworfenheit der Welt lässt sich daran ablesen, dass viel zu häufig Kinder vor ihren Eltern sterben. Leider kam dies in der jetzigen Zeit oftmals vor. Das durfte nicht sein. Der alte Krieger schüttelte den Kopf, ein stiller Versuch, damit in die Gegenwart zurückzukehren.

Er betrachtete den Kadaver des Kabos. Was machte der Vogel nur so weit weg von seiner Heimat im Norden der Insel? Kabos waren in dieser Gegend seit vielen Jahren nicht mehr gesehen worden. Er holte sein Jagdmesser aus der Satteltasche und schälte damit die Augen aus den Augenhöhlen. Es gab Magika-Meister, die zwei Große Goldstücke pro Auge bezahlten. Wofür die faustgroßen Augäpfel benötigt wurden, wusste er nicht. An sich verabscheute er die ‚Kabo-Töter', die im Süden in Achter- oder gar Zehnergruppen systematisch diese Viecher abschlachteten. Er musste jetzt jedoch Gold für ein neues Pferd zusammenbekommen.

»Maks – sieh mal: zwei Augen für ein Ohr. Ich habe schon schlechtere Geschäfte gemacht.«

Forand stand auf und blickte um sich. Rascheln aus zwei Richtungen drang an seine Ohren. Inwieweit seine Ortungseigenschaften durch den Verlust der Ohrmuschel in Mitleidenschaft gezogen wurden, konnte er noch nicht sagen. Das Rascheln kam jetzt jedenfalls aus allen Richtungen. Große Schatten brachen durch die hohen Büsche und der alte Krieger fand sich von sechs ausgewachsenen Kabos umringt wieder. Grimmig bemerkte er, wie die Riesenvögel auf die blutigen Augen ihres Artgenossen in seiner Hand stierten.

»Maks - heute ist mein Glückstag. Das macht weitere vierundzwanzig Große Goldstücke.«

Die San-Priesterin

Die beiden Wachen links und rechts von der Tür drückten steif die Rücken durch, als Tedore und Karek sich näherten. Das Blut schoss ihnen in den Kopf, denn niemals hätten sie mit dem Erscheinen des Königs an diesem Ort gerechnet. Die San-Priesterin bewohnte eines der einfachen Gästezimmer im Erdgeschoss des Palas. Nur die beiden bewaffneten Soldaten an der Tür erinnerten daran, dass dieser Raum einen besonderen Gast beherbergte.

Tedore klopfte laut. Tatarie, in ein graues Gewand gekleidet, öffnete die Tür. Sie wirkte für einen kleinen Moment überrascht, den König und den Prinzen als Besucher auf ihrer Türschwelle zu sehen, fasste sich jedoch sehr schnell.

»Mein König, mein Prinz.«

Ihre Stimme klang wieder normal. Nichts an ihrer Erscheinung erinnerte noch an die traurige Gestalt aus der Verhandlung und der Wasserprobe. Sie trug ihre braunen Haare offen, ihre grauen Augen strahlten innere Ruhe und Selbstbewusstsein aus.

Tedore schloss die Tür hinter sich, schritt in den Raum und steuerte auf einen kleinen Tisch zu, der an jeder Seite einen Stuhl beistehen hatte.

»Setzen wir uns.« Er zeigte mit ausgestrecktem Arm auf die Sitzgelegenheiten und wandte sich der Frau zu. »Wie fühlst du dich?«

»Deutlich besser. Ich habe fast drei Tage nur geschlafen und mich gut erholt«, antwortete Tatarie mit weicher Stimme und setzte sich. »Und sauber bin ich seit der Wasserprobe auch.«

Karek dachte noch darüber nach, ob die Spur Ironie in ihrer Stimme angebracht war, als Tedore schon ungerührt meinte: »Traditionell geht es bei der Wasserprobe noch deutlich sauberer – und nebenbei - ein klein wenig toter zu.«

»Mein König. Verzeiht, dies sollte keine Klage sein.« Sie senkte die Augen.

Karek saß auf dem Platz gegenüber und musterte die San-Priesterin. Sie wirkte ernst und setzte ein abwartendes Gesicht auf, während sie auf die Tischplatte schaute.

»Herzog Mondek ist inzwischen mit seinem Gefolge abgereist. Ich denke, er hatte sich einen anderen Verlauf dieser Verhandlung ausgerechnet. Großzügig wie er ist, hat er sich bereit erklärt, als Strafe für dich anstelle deines Todes eine lebenslange Haft im Kerker zu akzeptieren. In seinem Kerker, wohlgemerkt.«

Die San-Priesterin wurde bleich wie der Morgennebel. »Ich dachte, die Wasserprobe habe meine Unschuld bewiesen?«

»Das ist nur zum Teil richtig. Mondek argumentiert, dass lediglich der Beweis erbracht wurde, dass du keine Hexe bist. Die anderen Vorwürfe verbleiben seiner Meinung nach. Daher sein Angebot.«

»Mein König, gegen Mondeks Kerker ist der Scheiterhaufen eine Belohnung. Und, dass lebenslange Haft dort nur einen sehr überschaubaren Zeitraum darstellt, ist ein schwacher Trost. Ihr dürft mich ihm nicht ausliefern.«

Derartige Forderungen konnten dem König nicht gefallen und prompt antwortete er: »Was ich darf und was nicht, entscheide ich. Mondeks Geschichte über dich kennen wir. Erzähle uns die Dinge aus deiner Sicht.«

Die Frau überlegte. »Was wollt Ihr wissen?«

»Was sollten wir wissen?«, knurrte der König ungehalten.

Karek wusste, und die Schärfe in Tedores Stimme erinnerte ihn daran, dass sein Vater für gewöhnlich keine Gegenfragen auf seine Fragen duldete.

Spätestens jetzt wurde der Frau dies auch deutlich - sie sammelte sich. »Zunächst einmal, dass ich unschuldig bin. Als San-Priesterin sammele ich natürlich Kräuter und braue Tränke – das liegt in der Natur der Profession. Das macht mich nicht zu einer Hexe.«

Tedore runzelte die Stirn. »Menschen sehen das, was sie sehen wollen. Und oftmals ist es das, was ihnen nützlich erscheint. Wie kommt Herzog Mondek dazu, dich anzuklagen?«

»Darüber habe ich mir auch schon den Kopf zerbrochen. Es muss mit dem verstorbenen Azari zusammenhängen.«

»Was für ein Azari?«

»Drei fremde Männer brachten einen schwerverletzten Mann zu mir. Sie sagten, er sei vom Pferd gestürzt und baten mich, ihm zu helfen. Dann verschwanden sie wieder. Ich sah schnell, dass der Mann mehrere Stichwunden im Rücken hatte – keine tief genug, um tödlich zu sein, doch die Menge der Wunden hatte zu erheblichem Blutverlust geführt, zudem waren sie voller Eiter und Wundbrand. Es war zu spät – ich konnte ihn nicht retten. Er wachte nur einmal für einen kurzen Moment auf. Schwach hielt er meine Hand und flüsterte: ‚Die Prophezeiung ... des Großen Schwertmeisters Hand ... Pomuroje, pecteroje, animaje osteroto – in Tunika.‘

Er wiederholte diese sonderlichen Worte noch einmal mit so viel Eindringlichkeit, dass ich mir sie genau gemerkt habe. ‚Pomuroje, pecteroje, animaje osteroto.‘

Wenig später starb er. Ich durchsuchte seine Tunika, die ich ihm für die Behandlung der Stichwunden hatte ausziehen müssen und fand eingenäht darin tatsächlich eine alte Schriftrolle aus einer seltenen Haut. Die Zeichen darauf verstand ich nicht, hatte solche auch noch nie zuvor gesehen. Ich konnte mir keinen Reim aus dieser Sache machen, also verstaute ich die Rolle in meinem versteckten Keller bei den anderen Wertsachen, die ich sicher verwahrt wissen wollte.«

Karek unterbrach die Frau aufgeregt. »Das Lied vom Großen Schwertmeister? Das kennt wohl jedes Kind:

Des Großen Schwertmeisters Hand,
wird krönen des Königs Sohn.
Kämpfen um des Kaisers Stand,
den Besten auf Krosanns Thron.«

»Wie üblich bei Prophezeiungen, sind diese Worte nicht eindeutig zu verstehen«, sagte Tedore. »Erzähle weiter!«

Tatarie nickte. »Zwei Tage später tauchten Männer von Herzog Mondek auf. Sie erzählten feixend, sie hätten drei Geächtete aufgeknüpft, von denen einer kurz vor seinem Tod den verletzten Azari mit seiner geheimnisvollen Mission erwähnt habe. Sie wollten sich den Mann und sein Hab und Gut ansehen. Ich schickte sie zum Teufel, nicht ahnend, dass sie dies womöglich wörtlich nahmen, denn sie kamen mit Herzog Mondek wieder. Die Leiche des Azari lag inzwischen hinter dem Haus vergraben. Mondek ließ seine Leute den Leichnam wieder ausgraben und durchsuchen. Es war ekelhaft, da sich die Maden schon über den Toten hergemacht hatten. Als seine Männer nichts fanden, fing er an zu toben und brüllte mich an, ich solle herausrücken, was ich dem Mann abgenommen habe.« Tatarie atmete tief durch. »Ich leugnete, irgendetwas bekommen oder gefunden zu haben. Ich bin keine gute Lügnerin, er glaubte mir kein Wort, sondern ließ mich festnehmen und in seinen Kerker werfen. Jeden Abend kam er und wollte wissen, wo die Habe des Azari geblieben sei. Seine Männer hatten meine Hütte ohne Ergebnis auf den Kopf gestellt.«

Karek wollte wissen: »Und du hast ihm nichts von der Schriftrolle erzählt, obwohl du Mondek inzwischen hilflos ausgeliefert warst?«

Die San-Priesterin hob den Kopf und reckte das Kinn vor. »Ich bin Tatarie Kalann. Erste San-Priesterin von Tanderheim. Wenn ich reden will, rede ich. Und nur dann.«

»Dann haben wir dich ja glücklicherweise in der richtigen Stimmung erwischt«, griente Karek.

»Ich habe bei der Verhandlung nicht alles mitbekommen, da ich sehr geschwächt und fast taub war. Ich bin Euch über den Verlauf der Angelegenheit dankbar, obwohl ich während der Wasserprobe vor Angst fast den Verstand verloren habe.«

»Du hast einige Tage in Mondeks Kerker verbracht. Was hat den Herzog daran gehindert, dich zu foltern?«

»Ich war schwer angekettet und bekam kein Essen und kaum Trinken – das war Tortur genug«, erwiderte Tatarie mit einem Anflug von Empörung in der Stimme, während die schrecklichen Ereignisse sie wieder einzuholen schienen.

Tedore schüttelte leicht den Kopf. »Nach Mondeks Maßstäben ist das eine Vorzugsbehandlung. Er hätte dich genüsslich ganz langsam in Scheiben schneiden lassen können.«

Die San-Priesterin schauderte und senkte den Kopf. »Ihr habt recht. Ich denke, nur die massiven Proteste gegen meine Inhaftierung und die vielen Fürbitten der Bürger haben ihn davon abgehalten. Immerhin bin ich die Stadt-Heilerin. Zahlreiche Menschen in Tanderheim und Umgebung habe ich mit Erfolg behandelt und einige verdanken mir ihr Leben. Mondek hingegen ist äußerst unbeliebt. Vermutlich entschied er daher, das Volk nicht noch weiter gegen sich aufzubringen, und mich durch Euch verurteilen zu lassen. Dahinter hätte er sich verstecken können.«

»Was gewinnt Mondek durch deinen Tod?«, fragte Tedore.

»Mein Land und mein Haus. Ich habe dieses Land von meinem Vater geerbt, der es von Eurem Vater für seine Dienste überschrieben bekommen hat. Dieser Besitz wäre in seine Hände gefallen, wenn ich als Hexe verbrannt worden wäre.«

»Und damit auch das, was er erhoffte, bei dir zu finden. Hm, ... So einen Aufwand für eine Schriftrolle?«

Karek sah sie an. »Dieses Pergament würde ich gerne mal

sehen. So versessen wie Mondek hinter dem Teil her ist, steht da vielleicht ein neues leckeres Kuchenrezept drauf.«

Tatarie hielt inne, dann stellte sie fest: »Was sind die Bürden dieser Welt gegen den Humor Eures Sohnes?«, lächelte sie Tedore an.

Der König erwiderte ihr Lächeln nicht, sondern runzelte die Stirn. Er entgegnete: »Bedauerlicherweise sind Männer wie Herzog Mondek komplett humorlos. Tatarie, dieses Schriftstück interessiert auch mich. Ich wünsche, es mir anzusehen. Du wirst es holen. Wenn deine Geschichte stimmt, sollte dies kein Problem darstellen.«

Die Frau gab ernst zur Antwort: »Ihr schickt mich dort hin? Doch nur auf mich allein gestellt, werde ich Euch diese Rolle nicht von meinem Besitz holen können. Herzog Mondek wird mich bestimmt nicht in Ruhe kommen und wieder gehen lassen.«

»Ich gebe dir eine königliche Ermächtigung und zwanzig meiner Soldaten mit. Ihr werdet eines meiner Schiffe nehmen und in spätestens sechs Tagen wieder hier sein.«

»Sind die Soldaten als Geleitschutz oder als Gefangenentransport zu verstehen?«

»Sie werden dich sicher hin und dann wieder zurückgeleiten. Also aus meiner Sicht Geleitschutz, aus deiner wohl eher Gefangenentransport.«

Die Heilerin nickte schwach.

Träume

Forand blutete. Immer noch. Das Blut an den Händen des alten Kriegers vermischte sich mit dem des Kabos, den er getötet hatte. Doch wie sich herausstellte, hatte dieser jede Menge zorniger Kollegen.

Er prüfte, ob sich im Kreis der langsam näher kommenden Riesenvögel eine Schwachstelle befand. Angesichts der durchaus beeindruckenden Geschwindigkeit, welche ein Kabo beim Angriff zustande bringt, verwarf er den Gedanken wieder, an einer Stelle durchzubrechen und fliehen zu können. Der Kreis wurde immer enger; der Gestank der Vögel immer eindringlicher. Der alte Krieger betrachtete die mächtigen Schnäbel, die ihn im nächsten Augenblick erbarmungslos zerhacken würden.

»Maks, mein lieber Junge. Endlich sehen wir uns wieder - ich komme.«

Der Kabo zu seiner Rechten setzte als Erster zum Angriff an. Forand sah es in seinen Augen und machte sich bereit. Zwei schrille kurze Pfeiftöne ertönten. Die Kabos erstarrten und blieben stehen, als wären sie in Stein gemeißelt. Forand sah erstaunt in die Richtung, aus der die Laute kamen. Er konnte kaum etwas sehen, da die Sonne ihn blendete.

»Maks? Moment, seit wann steht die Sonne mittags im Norden?«

Er kniff die Augen zusammen und sah eine helle Gestalt auf sich zutreten. Die strahlende Figur nahm die Konturen einer Frau mit einer langen Flöte in den Händen an. Sie sah jung aus. Auf dem Kopf trug sie eine kleine Haube aus weißen Federn. Ihre langen schwarzen Haare bildeten einen perfekten Kontrast dazu und zu ihrem weißen, fast durchsichtigen Kleid, das an Brust und Becken durch Daunen verstärkt wurde. Sie ging mit leichtem Schritt auf Forand zu.

»Ich bin doch noch gar nicht tot. Wieso sehe ich wunderschöne Wesen des Jenseits?«, flüsterte er, als hätte er Angst, die Kabos um ihn herum aufzuwecken.

Die seltsame Frau blickte ihn fragend an, sie schien die Stirn zu runzeln, doch es waren keine Falten zu sehen. »Komplimente eines Mörders.« Ihre Stimme klang, ganz im Gegensatz zu den harten Worten, weich wie Moos.

»Meine Dame, wie ... meint Ihr das?«, stotterte er weiterhin flüsternd.

Sie drehte sich, zeigte auf den toten Kabo, der mit blutendem Hals und zerfetzter Brust auf dem Boden lag und wandte sich Forand wieder zu. Die Anmut und Eleganz in dieser kleinen Bewegung musste ihren Ursprung in einer anderen Welt haben. Er spürte eine ungewöhnliche Aura, wie ein schwacher Nebel, welche die Frau umhüllte.

»Wollt Ihr leugnen, eines meiner Kinder getötet zu haben?«

»Meine Dame – ich habe einen Kabo getötet, der mich angegriffen hat. Nennt Ihr diese Riesenvögel Eure Kinder?«

»Ganz recht. Aber jetzt geht es um Euch. Blutrausch und Habgier schauen aus Euren Händen direkt in Euer Gesicht.«

»Wie ..., was?« Der alte Krieger sah erschrocken auf die beiden blutigen Augäpfel in seiner linken Hand.

»Hat mein Kind sich selbst die Augen herausgerissen, diese Euch in die Hand gedrückt und sich dann in Euer Schwert gestürzt?«

»Oh! Ihr versteht nicht. Ich wurde zuerst angegriffen ... von dem ... Wieso eigentlich Kind?«

»Ich bin Arelia. Es gibt Menschen, die nennen mich 'Mutter des Lebens'. So könnte man sagen, alle Lebewesen seien meine Kinder und diese sind zahlreich. Betrachten wir nur die Vielfalt der Vögel. Der neugierige Spatz, der eitle Pfau, der stolze Adler und der imposante Kabo.«

Forand betrachtete die Frau erneut. Ihre dunklen Augen durchbohrten ihn wie Dolche. Ihr Mund trug ein sanftes Lächeln, welches auf dem Weg zu ihren Augen gänzlich verloren ging. Ihre femininen Gesichtszüge wirkten mit einem Mal hart und unergründlich. Eben hatte sie noch ausgesehen wie höchstens achtzehn Sommer – jetzt wirkte sie dreißig Jahre älter. Forand überdachte seine Lage. Er hatte sein Leben lang gelernt, in gefährlichen Situationen schnelle Entscheidungen zu treffen. Sein Instinkt sagte ihm, dass diese Gestalt ehrbar war. Seine Erfahrung sagte ihm, traue niemandem. Er entschied, zunächst auf seinen Instinkt zu hören, sich somit ihrem Urteil zu überlassen. Schließlich hatte nur ihr Erscheinen ihn davor bewahrt, als Vogelfutter zu enden. Er war demnach eigentlich schon tot – was hatte er noch zu verlieren?

Augenblicklich wurden Arelias Gesichtszüge freundlicher – ihr sanftes Lächeln erreichte die dunkeln Augen.

»Auch so ein typisches menschliches Vorurteil. Habt Ihr einen Kabo jemals Fleisch essen sehen?«

Forand wurde immer verlegener. »Meine Dame, nein ... Jedoch heißt es, dass die Riesenvögel blutrünstige Fleischfresser seien. Wie kommt Ihr darauf, mich dies zu fragen? Lest Ihr etwa meine Gedanken?«

»Wenn Ihr es so sehen wollt .... Und ganz untypisch für euch Menschen sind Eure Gedanken gerade dabei, Euch zu retten.«

»Das ist freundlich von meinen Gedanken – aber ich verstehe nicht.«

Arelia führte ihre Flöte zum Mund und spielte eine kurze Melodie. Die Kabos bewegten sich wieder, Lithor sei dank, in die richtige Richtung, denn langsam wichen sie zurück und glotzten Arelia erwartungsvoll an. Die geheimnisvolle Frau erklärte: »Es sind die freundlichen Gedanken, die für Euch sprechen. Wenn Ihr auch nur einen einzigen Moment daran gedacht hättet, mich zu attackieren, würdet Ihr jetzt gleichermaßen zwischen meinem toten Kabo und Eurem toten Pferd liegen. Zudem habe ich in Euren Gedanken gesehen, dass Eure Worte der Wahrheit entsprechen. Der Kabo hat Euch angegriffen. Hierfür solltet Ihr Verständnis aufbringen. Kabos sind an sich harmlose Pflanzenfresser. Dennoch werden sie, nur ihrer Augen wegen, seit Jahrzehnten von den Menschen verfolgt und getötet. Darum verwundert es nicht, wenn die Riesenvögel das bloße Erscheinen eines Menschen als Bedrohung empfinden und sich wehren.«

»Ich verstehe. So hat alles zwei Seiten, meine Dame. Ich will die Augen nicht mehr. So wichtig ist mir Gold nicht. Ich bin kein Kabo-Jäger. Lasst mich gehen.«

Forand ließ beschämt die Augäpfel auf den Boden fallen.

Arelia nickte »Es ist das Beste, wenn ich Euch jetzt allein lasse. Einen Ratschlag möchte ich Euch dennoch geben. Behaltet diese Geschehnisse besser für Euch. Erzählungen darüber werden Euch kein Glück bringen. Aber letztlich ist es Euch überlassen, von unserem Zusammentreffen zu berichten oder zu schweigen. Ich bin sicher, wir sehen uns wieder, denn unsere Bekanntschaft war kein Zufall. Ihr habt noch eine Aufgabe zu erfüllen.«

Forand wachte auf und rieb sich die Augen und die Stirn. Ihn plagte ein gewaltiger Brummschädel. Was war geschehen? Dort lag Pferd, tot, inmitten der eigenen Gedärme, in einer riesigen Lache schwarzen Blutes. Der Gestank hatte Millionen von Fliegen angelockt.

Er überlegte. Ein Kampf mit einem Kabo. Es tauchten weitere der Riesenvögel auf. Dann diese merkwürdige Frau.

Großflächig suchte er den Boden nach dem Kadaver des Kabos ab. Wo war das tote Vieh? Nichts zu finden. Wie konnte das sein? Hatte er nur geträumt? Nein – seine Sinne sind zwar alt, jedoch noch alle beieinander. Und schließlich hatte er sich die Wunden im Gesicht und am Unterarm nicht selbst zugefügt. Das Ohr! Er fasste sich an seine schmerzende linke Gesichtshälfte und erschrak über die unerwartete Berührung seines Ohres. Hatte der Kabo ihn nicht am Kopf erwischt und die Ohrmuschel abgerissen? Er betastete seinen Schädel rundum vorsichtig und konnte keinerlei Verwundung feststellen. Es stimmte ihn nahezu froh, immerhin die Verletzung am Unterarm zu entdecken. Die Wunde blutete nicht mehr und hatte begonnen, sich zu schließen. Er betrachtete seine sauberen Hände. Waren die nicht voll von Blut gewesen? Er fasste sich an die Stirn. Bis auf die Schmerzen im Kopf fühlte er sich überraschend gut – lebendiger als vor den seltsamen Geschehnissen.

Pferd jedoch war und blieb tot. Forand zog unter großer Kraftanstrengung und summendem Protest tausender Fliegen seinen schweren Eichenschild unter dem Kadaver des Tieres hervor. Er griff nach seinen Waffen und verharrte trotz der lästigen Insekten noch einen Moment neben seinem toten Reittier. Wenn er beim Angriff des Kabos auf den Kopf gefallen und der Rest seiner Erinnerung nur Hirngespinst war? Er musste geträumt haben. Wahrscheinlich kamen solche Wahnvorstellungen mit dem Alter.

»Maks, du fehlst mir auch jetzt. Kinder können mit solchen Situationen viel unvoreingenommener umgehen. Träume und Realität liegen bei ihnen ganz nah beieinander. Mit dem Alter hingegen rücken sie leider immer weiter auseinander. Und ich habe vor langer Zeit aufgehört, an Träume oder Wunder zu glauben.«

Er sollte jetzt zum Dorf zurückkehren. Er schätzte den Fußweg auf zwei Tage ein, da er unmöglich mit dem Gewicht der Waffen durchmarschieren konnte. Das heißt, er würde in der Wildnis übernachten müssen. Nicht weiter tragisch für ihn – das war er gewohnt. Forand schulterte seine Last und wollte sich gerade auf den Weg machen, als eine Schneeflocke an seinem Gesicht vorbeiflog. Schnee im Sommer bei den Temperaturen? Er fing das Schwebeteilchen vorsichtig mit der Hand ein und betrachtete es. Eine Daune, zart und strahlendweiß. Nachdenklich verstaute er diese in seiner Gürteltasche.

Müde erreichte der alte Krieger nach zehn Stunden Fußmarsch am späten Abend die Küste und sein Dorf Tastir. Die große Hitze hatte ihm zugesetzt. Doch er wunderte sich, wie er den weiten Weg, schwerbepackt, bei diesem warmen Wetter wider Erwarten ohne jede Pause hatte absolvieren können. In seinen alten Knochen steckte noch mehr, als er gedacht hatte. Jetzt freute er sich, nicht in der Wildnis, sondern doch in seinem richtigen Bett schlafen zu können. Diese merkwürdige Mutter des Lebens schien etwas mit ihm gemacht zu haben. Augenscheinlich nichts Schlechtes, denn einen solchen Marsch an einem Stück hätte er vielleicht in seinen besten Jahren hinbekommen, und die lagen eine Ewigkeit zurück.

Lärmend rannten ihm ein paar Dorfkinder entgegen und halfen ihm beim Tragen seiner Sachen und der schweren Waffen. Der Clanführer, Nar Byn Ben, steckte den Kopf aus seinem Rundbau und musterte den herannahenden alten Krieger.

»Forand. Brauchst du Hilfe?«

»Nein, nur Ruhe. Lass uns später reden.«

Nar Byn Ben, der nie viele Worte machte, nickte.

Völlig ermattet sank Forand auf die Strohmatte im Schlafraum seiner kleinen Hütte. Er schaffte es vorher lediglich, einen Becher Wasser zu trinken und seine Weste auszuziehen. Jetzt sehnte er sich nur nach tiefem Schlaf.

Doch entgegen seiner Hoffnung ließ dieser auf sich warten. Er dachte an Maks, wie so oft vor dem Einschlafen. Vor neun Sommern hatte er Toladar über Nacht den Rücken gekehrt und sich hier auf der Insel Hakot niedergelassen. Das Leben in Tastir, einfach und schlicht, gefiel ihm. Es beruhigte ihn, am Strand zu sitzen, die Finger in den feinen Sand gebohrt auf das Meer zu blicken und die rauschenden Wellen zu zählen. Balsam für seine aufgewühlte Seele.

Die Bewohner des Dorfes Tastir respektierten ihn, doch er machte sich nichts vor - sie liebten ihn nicht. Immer noch war er ein Fremder, ein Festländer. Und die Festländer hatten in den Augen der Ureinwohner noch nie etwas Gutes auf die Südlichen Inseln gebracht. Forand konnte es ihnen nicht verdenken. Regelmäßig überfielen Piraten oder Sklavenhändler die kleinen Dörfer und nahmen alles mit, was sie nicht vorher getötet oder zerstört hatten. Auch äußerlich unterschied sich der alte Krieger von den Inselbewohnern. Hier waren die Menschen dunkelhäutig, manche tiefschwarz, so wie sein einstiger Lieblingsschüler To Shyr Ban, ein Sohn Tastirs, den er fünf Jahre lang ausgebildet hatte. Vor zwei Jahren hatte To sein Dorf Tastir verlassen. Die Insel Hakot war zu klein für ihn geworden, er wollte die Welt entdecken und erleben.

Auf Hakot kannten die meisten Männer keinen Bartwuchs, trugen kurze, schwarze Haare und schauten ihn aus dunkelbraunen, glänzenden Augen an. Und was sahen sie? Einen alten Mann, mittlerweile zwar von der südlichen

Sonne braungebrannt, jedoch nach ihren Maßstäben immer noch weiß wie Brotteig. Einen dichten dunkelgrauen Bart, der die komplette untere Gesichtshälfte vereinnahmte. Grüne, traurige Augen, die an jedem Ort stets signalisierten, dass ihr Besitzer eigentlich lieber woanders sein würde. Wo dieses Woanders sein könnte, ließen sie jedoch offen. Und nicht zuletzt sahen sie seine Haare. Dichte Strähnen umfluteten glatt seinen Kopf wie ein graues Kopftuch und fielen ihm über die Schultern, wenn er sie nicht zu einem Zopf gebunden hatte. Er hätte sich rasieren und die Haare schneiden lassen können, doch er legte keinen Wert darauf, sich dem Aussehen der Menschen anzupassen. Sie sollten ihn so akzeptieren, wie er war, als er kam. Das Anpassen und Vereinheitlichen wollte er bewusst hinter sich lassen. Lange genug hatte er sich während seiner militärischen Laufbahn als Teil des Systems ein- und untergeordnet, die schlimmste Zeit war die bei Hofe gewesen. Naja - nicht ganz eingeordnet. Ein menschlicher Fehler unterlief ihm zu jener Zeit dann doch. Eine Liebe, die nicht hätte sein dürfen. Dieses Eingeständnis diente als Brücke zu einem neuen Gedanken. Es war, als hätte ihm jemand einen Pfeil in den Kopf geschossen, mit einem in den Schaft eingeschnitzten Namen. Ein Name, den er seit vielen Jahren einfach nicht mehr zugelassen hatte. War es Zufall, dass ausgerechnet jetzt, nach den merkwürdigen Geschehnissen am heutigen Tag, ihn dieser Name, diese Erinnerung einholte?

Bevor ihn endlich der Schlaf nach Anderwelt holte, murmelte er: »Sara«

Das geheimnisvolle Pergament

Der Gedanke, bald seine vertraute Heimatburg verlassen zu müssen, breitete sich in Kareks Hinterkopf langsam jedoch stetig aus, wie Unkraut im Garten.

Er absolvierte sein tägliches Ausbildungsprogramm jetzt mit höherer Ernsthaftigkeit. Zudem nahm er sich vor, weniger zu essen, hielt dies jedoch lediglich einen Tag oder sogar nur bis zur nächsten Mahlzeit durch. Wenigstens schien die Langeweile mit einem Mal aus seinem Leben verschwunden zu sein. Zu viele Gedanken beschäftigten ihn. Ganz besonders überlegte er, wer die undichte Stelle im Hofstaat sein könnte.

Wer gibt Informationen nach außen? Nicht jedermann kommt an detaillierte Pläne der Burg. Es muss jemand aus dem näheren Umfeld sein. Einer der höherstehenden Berater des Königs vielleicht. Zum Beispiel Hofmarschall Moll.

Doch der Prinz wollte keine voreiligen Schlüsse ziehen, nur weil er für Moll keinerlei Sympathien hegte. Bisher gab es nicht einen einzigen Anhaltspunkt dafür, dass der Hofmarschall ein Verräter war.

Er schlenderte gerade nach seinem Besuch in den Hundegehegen über den Burghof, als ihm Almine über den Weg lief. Sie hatte seit der Geschichte mit den Fischen im Brunnen nicht mehr mit ihm gesprochen, oder umgekehrt, was auf dasselbe herauskam.

Zu spät um wegzusehen oder ihn komplett zu ignorieren, meinte sie schnippisch: »Ach, da ist ja Prinz Oberschlau.«

Karek blieb gelassen, da er wusste, dass er sich im Hofgarten wenig edelmütig verhalten hatte.

»Hallo Almine.«

»Ich habe Opa Madrich nicht erzählt, wie gemein du gewesen bist.«

»Danke. Tut mir auch leid. Mir ging es an dem Tag nicht gut, und du warst mit recht auf mich sauer.«

Sie beäugte ihn misstrauisch und schien zu prüfen, wie ernst es dem Prinzen mit diesen Worten war. Allem Anschein nach kam sie zu einem positiven Ergebnis, denn sie streckte ihm versöhnlich ihre kleine Hand entgegen und fragte lächelnd: »Wieder Freunde?«

Karek erwiderte ihr Lächeln und nahm ihre kleinen Finger in beide Hände. »Klar, wieder Freunde.«

Eine kleine Pause entstand, dann fragte Almine: »Hast du eigentlich viele Freunde?«

»Klar, jede Menge!«

Er schluckte.

Hm, ich muss sie nur noch finden.

»Dann ist ja gut. Ich weiß, du hast es als Prinz nicht immer einfach.«

Karek schaute auf und fragte sich, worauf sie hinaus wollte. Doch sie schien zufrieden, hatte wohl gesagt, was sie sagen wollte und rannte plötzlich los.

Oh, heute hat sie es mir aber heimgezahlt.

Dann drehte das Mädchen sich noch einmal um und rief: »Hast du es schon gehört? Die komische San-Priesterin ist im Anmarsch. Sie ist eben mit der königlichen Galeone im Hafen eingelaufen. Eine Gruppe Reiter holt sie dort ab.«

Jetzt stand er auf der Burgmauer und schaute nach Westen in Erwartung Tataries und ihrer Reisegesellschaft, wie von den königlichen Kundschaftern angekündigt. Es musste Schwierigkeiten gegeben haben, denn seit ihrem Aufbruch waren mehr als acht Tage ins Land gegangen, womit das Schiff zwei Tage überfällig war. Eine Staubwolke tauchte in der Ferne auf. Er wartete, bis er sich davon überzeugt hatte, dass es tatsächlich die San-Priesterin mit ihrem Gefolge war, und begab sich dann zum Burgtor hinunter. Noch war die mächtige Zugbrücke hochgezogen und bildete steil emporragend eine zusätzliche massive Wand vor dem Haupttor. Der Prinz beobachtete, wie die Torwächter sich aufmachten, die Brückenwinde zu bedienen. Diese spulte zwei riesige Ketten ab, welche über Holzrollen durch Mauerschlitze geführt wurden. Langsam senkte sich die Zugbrücke.

Da rasselten sie wieder in seinem Gemüt – die Ketten. Karek betrachtete die groben Glieder und verglich sein Leben mit dieser Zugbrücke. Auch er wurde bei Bedarf wie eine Marionette an Fäden hochgezogen, um dann wieder nach Belieben heruntergelassen zu werden.

Das kurze Gespräch mit Almine ging ihm nicht aus dem Kopf.

Hast du eigentlich viele Freunde?

Freunde? Hatte er welche? War der Pferdejunge Roban, der Spielkamerad aus alten Zeiten, sein Freund? Eher nicht. Da machte ein kleines Mädchen mit einer einzigen harmlosen Frage ihm eindringlich klar, wie einsam er war. War seine Langeweile nichts anderes als eine versteckte Form von Verlassenheit? Über die Einsamkeit des Herrschenden, egal ob König, Kaiser oder Clanführer, hatte er schon gehört und gelesen. Nur dass ein Thronfolger diese Einsamkeit zwangsläufig erben konnte, wollte er bisher nicht wahrhaben. Lag es nur an seiner zukünftigen exponierten Stellung? Oder genügte er sich selbst nicht und brauchte andere, um das Gefühl zu haben, liebenswert zu sein? Konnte er jemals wissen, ob er als einfacher Mensch liebenswert war? Oder seine Autorität als König lediglich Unterwürfigkeit erzeugte?

Er schüttelte diese seltsamen Gedanken ab, als einige Momente später hohles Getrommel von Pferdehufen auf dem Holz erklang. Karek sah sich die Heimkehrer genau an und ihm fiel auf, dass im Vergleich zum Tag der Abreise einige der königlichen Soldaten fehlten. Er entdeckte Tatarie, die in der Mitte ritt. Den Prinzen befiel eine unangenehme Vorahnung. Es musste Schwierigkeiten gegeben haben und wahrscheinlich zu Kämpfen gekommen sein. Jedenfalls war er auf die Erzählung der Heilerin gespannt. Hoffentlich hat sie das geheimnisvolle Pergament gefunden.

Wenig später, es war inzwischen früher Abend, hatte König Tedore in den Thronsaal geladen, um zu erfahren, wie die Mission der San-Priesterin Tatarie verlaufen war. Der Prinz saß auf dem ihm zugedachten Stuhl, sein Vater auf dem Thron. Bis auf die Königswache waren sie alleine im Saal. Karek schaute zu seinem Vater, der mit einer tiefen

Furche auf der Stirn einen kurzen Bericht las.

»Sieben meiner Soldaten tot – nach einem vermeintlich einfachen Auftrag - eine Seereise nach Tanderheim, um ein Stück beschriebene Haut zu holen.«

Karek wusste, wie sehr den König jeder Verlust auch nur eines Einzelnen seiner Soldaten erzürnte.

Bevor der Prinz etwas sagen konnte, betraten Tatarie und der Hauptmann der Truppe den Thronsaal. Sie verbeugten sich und begrüßten König und Prinz ehrfürchtig.

»Ihr seid zurück und sieben meiner Soldaten fehlen.« Tedore kam, nicht ohne Vorwurf in seiner Stimme, ohne Umschweife zur Sache. »Ich erwarte einen genauen Bericht über die Geschehnisse.«

»Sehr wohl, mein König, ich schlage vor, dass ich mit meiner Darstellung der Ereignisse beginne«, antwortete die San-Priesterin.

Tedore drehte seine rechte Handfläche ein wenig in ihre Richtung und signalisierte damit sein Einverständnis.

»Wir kamen wie geplant am Ende des zweiten Tages unserer Reise im Hafen der Stadt Tanderheim an. Von dort begaben wir uns direkt zu meinem Anwesen. Ich besitze zwar nur einen kleinen Landstrich, der jedoch frisches Wasser bietet und groß genug ist, um allen Soldaten ein Nachtlager zu bieten. Mit Schrecken musste ich feststellen, dass mein Haus bis auf den Steinsockel niedergebrannt war. Alles, was sich im Haus befunden hat, war zerstört.«

»Dein Heim verbrannt? Das ist doch kein Zufall. Und die Schriftrolle«, platzte Karek heraus. Er konnte sich einfach nicht zurückhalten. Sein Vater warf ihm einen gestrengen

Halt-den-Mund-und-lass-sie-reden-Blick zu. Der Prinz schaute wieder gespannt auf die San-Priesterin.

»Die Schriftrolle befand sich in einer Truhe in meinem Keller, der aus Stein unter der Hütte gebaut worden war. Dieser Keller dient mir auch dazu, leicht verderbliche Arzneien und Tränke kühl und dunkel aufzubewahren. Unglücklicherweise war der Eingang zu diesem Keller, eine eiserne Falltür, durch den Brand komplett verschüttet. Wir beschlossen, das Nachtlager ein Stück flussaufwärts aufzuschlagen, denn auch rund um das Haus war alles verbrannt und stank nach verkohltem Holz. Am nächsten Tag begannen einige von uns, die Falltür freizulegen. Wir kamen ganz gut voran, denn sechs Eurer Soldaten wurden eingeteilt, um hierbei zu helfen. Sie verhielten sich vorbildlich und halfen alle ohne Murren bei dieser Arbeit.«

Tedore beugte sich vor und knurrte gereizt: »Weib, sind meine sieben Soldaten an der Langatmigkeit deiner Erzählungen gestorben?«

Tataries Gesicht verlor Farbe. Sie schluckte. »Mondek. Gegen Mittag erschien Herzog Mondek mit seinem Gefolge. Er war sehr wütend, mich in vermeintlicher Freiheit zu sehen und wollte mich ohne Umschweife festnehmen lassen; ich konnte ihm gerade noch Eure Ermächtigung zeigen. Natürlich wollte er wissen, warum denn königliche Soldaten dort im Dreck buddelten, doch ich erklärte ihm hierzu nur, er solle dazu den König selbst befragen. Er schrie, dass ich wohl das suchen würde, was ihm zustehe und ich würde schon erleben, wo das endet. Dann verschwand er wutschnaubend.

Gegen Abend hatten wir den Zugang endlich freigelegt, so dass ich die Klappe öffnete und im Keller verschwand. Von oben drang plötzlich Kampfgeschrei und wütendes Gebrüll zu mir. Es musste einen Überfall gegeben haben, denn ich hörte Stahl auf Stahl krachen und schreckliche Todesschreie. Später erfuhr ich, dass es etwa ein Dutzend waren, aussehend wie Vogelfreie, die ohne Warnung über uns herfielen. Wenn ich nicht just in dem Moment im Keller verschwunden wäre, stünde ich mit Sicherheit nicht hier. Leider wurden vier der Soldaten, die mir beim Schutt beseitigen geholfen hatten, in den ersten Augenblicken getötet. Glücklicherweise griffen jetzt unsere restlichen Streiter ein. Sie hatten den Kampflärm gehört und stürzten sich auf die Feinde. Nur zwei oder drei der Gesetzlosen konnten entkommen. Wir hatten sieben Tote und zwei Verletzte auf unserer Seite. Den Verwundeten konnte ich helfen - um die getöteten Soldaten tut es mir sehr leid.«

»Gibt es Aufschlüsse über die Angreifer. Waren diese in irgendeiner Form Herzog Mondek zuzuordnen?«, fragte Tedore.

Jetzt meldete sich der Hauptmann erstmalig zu Wort: »Nein, es gab keinerlei Hinweise auf eine Verbindung, was eine solche jedoch nicht ausschließt.«

»Kümmert Euch um die Familien der getöteten Soldaten.«

Er wandte sich wieder der San-Priesterin zu. »Hast du das Pergament in deinem Keller unversehrt vorgefunden?«

»Das habe ich, Euer Majestät. Und allmählich scheint es sicher zu sein, dass die Rolle zumindest für Herzog Mondek eine enorme Wichtigkeit hat.«

Ihre Augen glänzten. »Es scheint Hinweise auf ein Artefakt der Macht zu geben, mit dem jeder Krieg zu gewinnen ist.«

»Wenn Schohtar glaubt, dass dem so ist, dann wird er alles tun, um dieses Artefakt zu bekommen. Schohtars Handeln richtet sich streng nach zwei Prinzipien: Macht und Gold.«

»Wo ist da der Unterschied?«, fragte Tatarie.

»Zeige uns jetzt das Objekt der Begierde!«, befahl der König.

Etwas zögerlich holte die San-Priesterin einen länglichen Behälter aus ihrem Gürtel. Ein Schatten lag auf ihrem Gesicht, als sie den Deckel entfernte und eine lederne Rolle herausgleiten ließ.

Es fällt ihr sichtlich schwer, das Pergament herauszugeben. Scheinbar hatte sie andere Pläne damit.

An der senkrechten Falte über der Nase seines Vaters erkannte Karek, dass auch dieser zu derselben Erkenntnis gelangt war. Misstrauisch beobachtete er sie genau. Die Frau schüttelte ihren Widerwillen ab, trat vor und streckte Tedore das Pergament hin. Der König nahm es und rollte es vorsichtig auf. Er strich fast zärtlich über die Rolle, prüfte das Material zwischen Daumen und Zeigefinger.

»Das ist Haut vom sehr seltenen Wüstenhirsch, fast unzerstörbar dadurch, dass die Fellhaare mit einer speziellen Kalklauge entfernt wurden. Nur die Myrnen beherrschten diese Technik, das heißt, diese Rolle kann durchaus einige Tausend Jahre alt sein.«

Karek reckte seinen Hals, um auch einen Blick darauf werfen zu können. Der obere Teil bestand aus einer Zeichnung – diese sah aus wie eine Landkarte, im unteren Teil waren jede Menge Schriftzeichen zu sehen, die Karek nicht kannte.

»Myrnen?« Ihm fiel der warme Platz auf dem Schoß seiner Mutter, sein Bilderbuch und ihre Erklärungen dazu ein. »Gab es die Myrnen also wirklich?«

»Oh ja. Doch die Myrnen sind vor langer Zeit ausgestorben. Ein stolzes, fortschrittliches Volk. Seither ranken sich geheimnisvolle Geschichten und Legenden um sie.«

Karek hatte vor lauter Neugierde Tatarie fast vergessen, doch nun warf diese ein: »Die Myrnen sollen sogar magiekundig gewesen sein. Andere Erzählungen behaupten, sie seien Götter gewesen.«

Der König winkte ab. »Wie auch immer.« Er betrachtete erneut das Pergament. »Lettern aus einem längst vergessenen Zeitalter. Der Text ist in der Alten Sprache der Myrnen verfasst worden«, stellte Tedore fest. »Sie wird seit über dreitausend Jahren nicht mehr gesprochen.

»Kannst du es lesen, Vater?«, fragte Karek aufgeregt.

»Nein – leider nicht. Es gibt heutzutage in allen vier Reichen zusammen keine Handvoll Menschen mehr, die dies hier entziffern könnten.«

»Herzog Mondek müsste mehr darüber wissen, wenn ich mir überlege, welche Mittel er angewandt hat, um diese Rolle in seine Hände zu kriegen.«

»Wir müssen zunächst so viel wie möglich selbst herausbekommen. Ich nehme die Rolle unter Verschluss bis wir jemanden gefunden haben, welcher der Alten Sprache mächtig ist.«

»Tatarie, du wirst wieder im Zimmer im Palas untergebracht, bis wir mit der Angelegenheit einen Schritt weiter sind.«

»Als Euer Gast oder Eure Gefangene?« Eine Spur Ungeduld schlich sich in ihre weiche Stimme.

»Seht es so: als Gast, der gut beschützt wird. Die Wachen vor deiner Schlafstätte verbleiben dort. Du wirst die Burg nicht verlassen, da ich zum einen davon ausgehe, dass dir außerhalb dieser Gemäuer weiterhin Gefahr droht. Und zum anderen, damit das klar ist, weil ich nicht schlau aus dir werde.«

Tatarie nickte nur stumm.

Wenig später saß Karek mit seinem Vater im königlichen Schreibsaal. Das alte Pergament lag ausgebreitet auf dem Tisch, zwei Briefbeschwerer sorgten dafür, dass sich die Haut nicht zusammenrollte. Karek beugte sich darüber, konnte in den Schriftsymbolen jedoch nichts erkennen. Merkwürdig. Es gab weder Wortstrukturen noch sich wiederholende Zeichen. Er richtete sein Augenmerk daher auf die Zeichnung. »Das ist doch eine Karte. Vielleicht kriegen wir raus, von welchem Landstrich.«

»Die Karte könnte viele Tausend Jahre alt sein. In dieser Zeit verändern sich Landschaften. Durchaus möglich, dass der Ort auf der Karte jetzt einige Meter unter dem Meeresspiegel liegt.«

»Irgendwie hängt dieses Schriftstück mit der Prophezeiung zusammen, sonst hätte der sterbende Azari mit seinen letzten Worten diese nicht Tatarie gegenüber erwähnt.

Des Großen Schwertmeisters Hand,
wird krönen des Königs Sohn.
Kämpfen um des Kaisers Stand,
den Besten auf Krosanns Thron.

Es klingt halt so, als könne zukünftig niemand Kaiser werden ohne die Unterstützung des Großen Schwertmeisters.«

»Der Kaiser ist der Herrscher über alle vier Königreiche. Einen solchen Kaiser gab es vor fünfhundert Jahren genau einmal«, sagte Tedore.

»Was ist eigentlich mit dem Großen Schwertmeister? Lebt er noch?«, fragte Karek.

Sein Vater verzog das Gesicht. »Garemalan, der Jadekrieger, letzter Großer Schwertmeister von Toladar gilt seit Jahren als verschollen. Niemand weiß, ob er überhaupt noch lebt. Er verließ den Hof vor langer Zeit. Und über einen Nachfolger habe ich nie etwas gehört.«

Der Prinz überlegte: »Bringt jedes Reich einen Großen Schwertmeister hervor?«

»Jedes Reich kann einen Schwertmeister ernennen. Einen Großen Schwertmeister indes kann es immer nur einmal geben, und den letzten hatte Toladar gestellt - ebendiesen Garemalan, der sich gegen alle anderen Schwertmeister durchsetzen konnte. Er bleibt solange Großer Schwertmeister, bis er den Titel freiwillig hergibt oder stirbt.«

»Wie kann dieser mit den uralten Worten der geheimnisvollen Myrnen zusammenhängen? Und glaubst du, dass die Myrnen Magie beherrschten?«

»Sieh mal Karek. Mit den Geschichten rund um Garemalan verhält es sich ganz ähnlich wie mit den Mythen um die Myrnen. Der Jadekrieger ist seit vielen Jahren verschwunden – seitdem werden die Gerüchte über seine Fähigkeiten und Taten immer wilder. Inzwischen soll er über tausend Menschen im Zweikampf besiegt haben, mit dem linken Arm so gut fechten wie mit dem rechten und seine grünen Augen sollen nachts besser als am Tag sehen. Dabei gingen nur einige Jahre ins Land. Die Erzählungen über die Myrnen reifen indes seit Tausenden von Jahren. Du kannst dir vorstellen, wie wenig Wahrheit der Überlieferungen von Generationen von Menschen standhält. Ich glaube nur, was ich sehe.«

Der König beugte sich wieder über das Pergament. »Dennoch - interessant ist diese Rolle in jedem Falle.«

»Für Mondek scheint dieses Schriftstück jedenfalls von enormer Wichtigkeit zu sein. Dafür hat er sogar einen Krieg mit seinem König riskiert.«

»Zumindest suchte er nicht die offene Konfrontation, sonst hätte er keine Vogelfreien oder Söldner, die als solche verkleidet waren, anheuern müssen.«

»Können wir Mondek nicht fragen, was er mit dem Pergament wollte?«

»Damit würden wir verraten, dass wir es haben. Das möchte ich zunächst noch vermeiden. Und nicht nur aus diesem Grund will ich verhindern, dass er Tatarie wieder in die Finger bekommt. Obwohl ich der San-Priesterin nicht vertraue. Hast du bemerkt, wie widerwillig sie mir das Pergament übergeben hat?«

Es klopfte an der Tür und Hofmarschall Moll steckte den Kopf herein und sagte: »Mein König, entschuldigt die Störung. Die zwei Abgesandten aus Winslorien fragen nach einer Audienz.«

Tedore nickte. »Gut, dass sie da sind. Führe sie in den Thronsaal. Winslorien ist mir wichtig. Wir brauchen die Königsfamilie des westlichen Reichs als Verbündete, damit wir uns auf die umkämpfte Grenze im Süden konzentrieren können. Karek, wenn die Zeit gekommen ist, wirst du die winslorische Königstochter heiraten. Warte hier, wenn du möchtest.«

Sein Vater verließ den Schreibsaal und schloss die Tür hinter sich.

Wie war das? Die winslorische Königstochter? Schön, dass ich auch gefragt werde. Die ist zum Glück erst acht oder neun Jahre alt. Da habe ich ja noch Zeit.

Der Prinz starrte wieder auf das Pergament. Auch er nahm die Haut nun zwischen Daumen und Zeigefinger und rieb sie vorsichtig. Dieses Gefühl kannte er – eine solche Oberfläche war ihm vertraut. Ursprünglich das Fell eines Wüstenhirsches, hatte sein Vater gemeint. Alte Schriftrollen aus der Bibliothek waren trocken und brüchig und kaum noch zu gebrauchen, obwohl die erst wenige Hundert Jahre alt waren. Diese hier war zwar vergilbt, jedoch in einem guten Zustand. Sollte dieses Material wirklich einige Tausend Jahre alt sein? Er rieb es noch einmal zwischen seinen Fingern. Ja, er war sicher, dass es sich bei dem Bilderbuch seiner Mutter mit den schönen Männern und Frauen um dasselbe Material handelte.

Mit einem Mal kam eine Idee über ihn. Er riss einen passenden leeren Bogen Papier von einer Rolle auf dem Schreibpult und legte diesen über das alte Pergament. Aus einer Lade des Pultes entnahm er einen dünnen Kohlestift und begann, die Zeichnung und die Schriftzeichen durchzupausen. Er beeilte sich, da er nicht wusste, wie sein Vater auf diesen Einfall reagieren würde. Schließlich waren offenkundig schon einige Menschen für dieses Stück Tierhaut gestorben.

Mit der Zeichnung war er schnell fertig. Es fiel ihm ein kleiner Punkt in einem Rechteck auf, den er vorher für einen Fleck gehalten hatte. Vielleicht ist dies ein wichtiger Hinweis – er zeichnete einen kleinen Kringel um den Punkt. Die Schriftzeichen nachzumalen, erwies sich als schwierige Aufgabe. Die vielen geschlängelten und gekringelten Lettern erforderten Zeit. Er arbeitete fieberhaft weiter, die Buchstaben saugten ihn hinein in eine alte unbekannte Welt. Er musste einfach eine Abschrift dieser Rolle besitzen. Er merkte, wie er durstig wurde, wahrscheinlich, weil seine Zungenspitze vor lauter Konzentration und Anstrengung aus seinem Mund schaute. Und pinkeln musste er jetzt auch noch. Sein Vater konnte jeden Moment wiederkommen und ihm das Fortführen seiner Arbeit verbieten. Während er immer schneller den kurvigen Schriftzeichen folgte, bekam er Schuldgefühle, was er gerade ohne Wissen seines Vaters bewerkstelligte.

Ach was. Wenn ich daran denke, was mir Vater so alles in letzter Zeit verschwiegen hat, ist das ja harmlos. Und was mit Sara los ist, wollte er mir auch nicht sagen.

Endlich war er fertig. Durch die Tür des Schreibsaales drang weiterhin kein Ton. Karek faltete sein Papier zweimal und versteckte es in seinem Hosenbund. Er atmete tief durch. Dann entspannte er sich allmählich und schenkte sich einen Schluck Wasser aus einer Glaskaraffe in einen Becher ein. Er trank in gierigen Schlucken.

Eben noch voller Furcht, sein Vater könne in den Schreibsaal kommen, hoffte er nur wenige Augenblicke später auf sein baldiges Erscheinen. Er wollte jetzt nicht in die Audienz hineinplatzen und blieb daher weiter sitzen, obwohl ihn seine Blase immer mehr drückte. Gerade als er beschloss, sich jetzt doch auf den Weg zur Latrine zu machen, öffnete sich die Tür und Tedore trat ein.

»Das wäre erledigt. Ich denke, wir müssen uns in den nächsten Monaten um unsere Westgrenze keine Sorgen machen. Mit dem König von Winslorien habe ich ein Treffen im Herbst vereinbart. Dann werden wir unser Bündnis erneuern und den Frieden auf breitere Füße stellen.«

Karek schaute ins Nirgendwo. »Das klingt gut, Vater. Brauchst du mich noch?«

Tedore überlegte. »Nein, gehe ruhig. Ich verstaue diese merkwürdige Schriftrolle nur noch hier in meiner geheimen

Lade.«

Karek stand auf und verließ das Zimmer. Ihm kam das Knistern des Papiers in seinem Hosenbund lauter vor als ein Gewitter. Doch seinem Vater fiel nichts auf.

In seiner Schlafstätte angekommen, faltete der Prinz den Bogen auseinander und brütetet wieder über der Karte. Der Landstrich schien in der Nähe einer Ostküste zu sein, soviel war zu erkennen. Der Küstenverlauf war ihm jedoch vollends unbekannt, hier in der Gegend konnte das nicht sein. Er betrachtete die unbekannten Lettern. Vermutlich beinhalteten diese Zeichen einen Hinweis darauf, wo die Landschaft auf der Karte darüber zu finden war. Und nicht zu vergessen, was Tatarie von dem verstorbenen Azari erzählt hatte, der die Rolle in seine Tunika hatte einnähen lassen. Diese fremden Worte hatte er sich eingeprägt: *'Pomuroje, pecteroje, animaje osteroto'* lauteten sie. Auf die Rückseite des Papiers schrieb er sie mit einem Kohlestift auf. Enthielten die Lettern eine Prophezeiung oder einen Hinweis zu der Karte? Der sterbende Mann verwendete das Wort Prophezeiung und musste die Worte für sehr wichtig gehalten haben. Er verstand selbst nicht, warum ihn diese Schriftrolle so faszinierte.

Er seufzte, faltete sein Papier vorsichtig zusammen, hielt es sich vor die Nase und sagte zu sich selbst: »Ich werde dein Geheimnis schon lüften.«

Dann legte er es unter sein Kopfkissen.

Die nächsten Tage in Kareks Leben vergingen ohne

nennenswerte Ereignisse. Weder Magister Korn noch ein anderer Gelehrter in der Burg waren in der Lage, nur eine Silbe der rätselhaften Rolle zu verstehen, geschweige denn zu übersetzen. Enttäuschung machte sich in Karek breit. Es muss doch möglich sein, wenigstens ansatzweise herauszubekommen, um was es in dem Pergament geht. Er beschloss, in der Burgbibliothek nach Hinweisen auf die Alte Sprache zu suchen.

Der alte Bibliothekar zeigte auf ein hohes Regal im letzten Winkel der königlichen Buchsammlung. »Da ganz oben könnten Bücher sein, die Auskunft oder Hinweise auf die Alte Sprache liefern. Sicher bin ich nicht – doch es ist ein Versuch wert.«

Karek bedankte sich. Dieser Raum flößte ihm immer Ehrfurcht ein. Das Wissen, die Fantasie, der Schweiß tausender Menschen manifestierte sich hier in Tinte und Papier. Tedore besaß eine der wertvollsten Sammlungen von Büchern, Folianten und Pergamenten in ganz Krosann. Viele Originale wogen schwer in den Regalen. Noch mehr Bücher waren Abschriften, erstellt von Hundertschaften von Priestern in ihren Skriptorien.

Am Ziel angekommen, stieg der Prinz eine ewig lange Leiter hoch, wischte dabei dichte Spinnweben zur Seite, legte den Kopf schräg und versuchte, die Lettern auf den verstaubten Buchrücken zu entziffern. Die meisten waren unlesbar. Er zog willkürlich ein Buch heraus und fing an, darin zu blättern. Das Papier zerfiel in viele Einzelteile – es schien sich um eine Abhandlung über Pflanzen zu handeln, da vereinzelt Fragmente von Blumenbildern auftauchten. Auch die nächsten drei Bücher enthielten wenig Interessantes.

Ein riesiger Foliant, der hochkant nicht ins Regal gepasst hatte und daher quer lag, fiel ihm auf. Er zog das ledergebundene Buch mit beiden Armen hervor, die Leiter wackelte bedrohlich und der Schweiß lief Karek den Rücken hinunter. Körperbeherrschung und Akrobatik gehörten nicht unbedingt zu seinen Stärken.

Die Leiter beruhigte sich. Staub und Spinnweben kitzelten ihn im Gesicht. Den Folianten konnte er mit einem Arm kaum tragen, so dass er ihn auf die Leiter legte und Sprosse für Sprosse nach unten beförderte. Dort angekommen wuchtete er das Buch auf den Boden. Er setzte sich davor und versuchte, seinen Atem zu beruhigen.

Der Kugelfisch tanzt auf der Leiter. Das war sicherlich ein köstlicher Anblick.

Eine verschnörkelte Gravur zierte den Ledereinband. Karek strich mit den Fingern die Linien entlang und tatsächlich erinnerten diese ihn an die Schriftzeichen auf dem geheimnisvollen Pergament. Er öffnete den Folianten. Der Luftzug wirbelte dabei eine neue Staubwolke auf. Hustend kniff er die Augen zusammen und starrte auf die erste beschriebene Seite.

'Dieses Werk beinhaltet eine Zusammenstellung der bekannten magischen Artefakte der Letzten Myrnen. Solche Gegenstände der Macht wurden erschaffen, als die Myrnen erkannten, dass ihr Volk dem Untergang geweiht war. Die Myrnen wollten durch diese Maßnahme ihre Magie bündeln und für die Nachwelt erhalten. So wurden alltägliche Objekte mit den stärksten Zaubern versehen und hierdurch zu Gegenständen der Macht.'

Obwohl Karek mit diesem Magiezeugs wenig anfangen konnte, blätterte er fasziniert weiter.

Die nächste Seite offenbarte eine Zeichnung eines Helmes und eines Armbandes. Ganz unten auf der Seite war zu lesen: 'Die Allianz aus Helm und Armband des Maderadas galt zur Zeit der Letzten Myrnen als mächtiges Artefakt für Intelligenz und Weisheit.'

Karek schüttelte den Kopf. Nicht schon wieder dieser Magiequatsch. Doch dann erregten die Lettern zwischen der Skizze und dem Text seine Aufmerksamkeit. Er erkannte einige der geschlängelten Schriftzeichen wieder. Die Alte Schrift.

Er blätterte vorsichtig um.

Diese Seite besaß den gleichen Aufbau wie die davor. Zu sehen war eine Skizze von einem Speer und einem Gürtel. Am Fuß der Seite las er:

‚Die Allianz aus Speer und Gürtel des Binaradabas galt zur Zeit der Letzten Myrnen als mächtiges Artefakt für Glauben und Hoffnung.'

Wiederum tauchten in der Mitte die Schriftzeichen der Alten Sprache auf. Könnte unten die jeweilige Übersetzung oder zumindest Zusammenfassung der Worte stehen? Karek blätterte aufgeregt weiter. Beschrieben waren nur die ungeraden Seiten. Er hielt inne über einer Zeichnung eines

Schwertes und einer Sanduhr.

'Die Allianz aus Schwert und Sanduhr des Toluderadas' galt zur Zeit der Letzten Myrnen als mächtiges Artefakt für Schnelligkeit und Fortschritt.'

Karek blinzelte. Die Zeichen der Alten Schrift auf dieser Seite kamen ihm vertraut vor. Er beschloss, das Buch mit in sein Zimmer zu nehmen. Mit beiden Armen trug er den riesigen Folianten wie ein Brett unter großer Anstrengung zu seiner Schlafstätte. Dort angekommen, blätterte er die Seite mit dem Schwert und der Sanduhr auf, nahm seine Abschrift auf der Papierrolle hervor und hielt diese daneben. Tatsächlich. Einige der Lettern ähnelten sich wie ein Ei dem anderen. Das hieße also, sein altes Pergament könnte etwas mit einem Schwert und einer Sanduhr zu tun haben. Toluderadas? Wer soll das denn sein?

Den ganzen Nachmittag verbrachte Karek damit, die gekringelten Schriftzeichen mit den entsprechenden Worten zu verbinden. Dies stellte sich als äußerst schwierig heraus, da es nur Zeichen für komplette Wörter gab und nicht für einzelne Buchstaben.

Plötzlich fiel ihm auf, dass er kurz davor war, das Abendessen zu verpassen. Das wäre ja noch schöner. Er erschrak beim Blick in den Spiegel. Eine schmierige Schicht aus Schweiß und Staub überzog sein Gesicht. Schnell wusch er sich mit dem kalten Wasser aus der Schale und hastete in Richtung Speisesaal.

Soldatenleben

In einem Gefolge von dreißig Soldaten und acht weiteren Anwärtern für die gehobene Militärausbildung reiste Karek seit nunmehr drei Tagen in den Südosten des Reiches zur Feste Strandsitz.

Einige Wochen zuvor hatte ein Pferdekurier Großmeister Rogat, dem Herrn der Feste, sein Kommen mittels königlich versiegeltem Schreiben angekündigt und war auch wohlbehalten wiedergekehrt. Für den Vorgang galt höchste Geheimhaltung. Niemand in Strandsitz, mit Ausnahme von Rogat, durfte Kareks wahre Identität kennen. Daher bestanden die Männer aus fähigen Berufssoldaten, die von Dörfern und Festen an den Grenzen des Landes im Westen und im Norden ausschließlich für diesen Patrouillendienst zusammengerufen worden waren. Madrich selbst hatte aus über hundert Streitern jeden Einzelnen von ihnen ausgewählt. Der Kampfmeister war sicher, dass keiner der Soldaten den Prinzen in den letzten zehn Jahren zu Gesicht bekommen hatte.

Der Abschied war ihm schwergefallen. Kurz zuvor hatte er noch im engeren Kreis seinen vierzehnten Geburtstag gefeiert. Schon in zwei Jahren dürfte er dem Gesetze nach den Thron besteigen – natürlich nur, wenn es König Tedore nicht mehr gäbe, was hoffentlich niemals eintreten würde.

Außer seinen Vater würde er besonders Sara vermissen. Selbst Madrich hatte ihn zum Abschied in die starken Arme genommen und kurz gedrückt, so fest, dass sämtliche seiner

Rückenwirbel geknackt hatten und er für Rest des Tages kaum noch Luft bekam.

Die Gruppe war groß genug, um etwaige Wegelagerer abzuschrecken und klein genug, um nicht über Gebühr Aufmerksamkeit zu erregen. Um die Tarnung perfekt zu machen, wurden neben Karek noch acht Jungen zwischen vierzehn und fünfzehn Jahren für eine militärische Erstausbildung mit der Chance auf eine gehobene soldatische Laufbahn in das Gefolge aufgenommen. Durch diese Vorkehrungen ahnte niemand, dass der Thronfolger des Reiches der Ostküste, Prinz Karek Marein, der Reisegruppe beiwohnte.

Er schaute an sich herunter. Sein einfaches Leinenhemd und eine braune Leinenhose, die von einer Kordel gehalten wurde, waren gar nicht so übel.

Seine schulterlangen Haare hatte er auch hinter sich gelassen – jetzt schmückten ihn fingerbreite Borsten, die steil nach oben abstanden.

Im Gepäck hatte er nichts, was an seine königliche Abstammung erinnerte - von der Abschrift des geheimnisvollen Pergamentes der San-Priesterin abgesehen. Da er sich von dieser nicht hatte trennen können, lag sie sicher verstaut in seinem Lederrucksack. Sogar von seinem richtigen Namen, Karek, hatte er sich verabschieden müssen.

Linnek heiße ich jetzt. Nicht einmal bei der Namensfindung durfte ich mitreden. Linnek, was für ein bescheuerter Name.

»He, du! Wie ist dein Name?«, dröhnte einer der anderen

Anwärter, der plötzlich neben ihm auf einem braunen Gaul ritt.

»Ka..., Linnek«, stammelte Karek.

»Was für ein bescheuerter Name.«

»Wie heißt du denn?«

»Krall.«

»Krall? Wie die Kralle ohne e?«

»Wie jetzt? Häh? Wie ohne äh?«

»Ich meinte geschrieben, wie Kralle ohne e.«

»Willste mich verarschen, Fettsack? Bin ich ein Schreiberling oder was? Wie soll ich das wissen? Bist wohl son ganz Schlauer, der auch noch Lesen und Schreiben kann.«

Fettsack?

Karek verlor die Geduld und schulmeisterte: »Eure analytischen Fähigkeiten beeindrucken mich. Selbstverständlich bin ich sowohl des Lesens als auch des Schreibens mächtig. Selbst die Mathematik ist mir nicht fremd. Meine Kunst geht sogar so weit, dass ich bis drei zählen kann – und augenscheinlich bin ich Euch da schon zwei voraus.«

Krall schwieg für einen Moment. Dann brach es aus ihm heraus. »Hör mal zu, du überhebliche Tonne. Ich glaube, dir fehlt was. Ab jetzt bin ich dein Lehrmeister für das richtige Leben. Nenn mich ‚Meister Krall'. Ich zeig ich dir, wie weit du mit Schlauscheißersprüchen kommst. Und dann kannste jeden Abend zusammenrechnen, wie oft ich dir tagsüber in die Fresse gehauen habe. Und wenn du willst, das auch aufschreiben. Also – denke daran. Meister Krall lehrt dich ab sofort das echte Leben.«

»Wieso? Du bist genauso wenig Meister wie ich.«

Krall hob die Faust. »Warte, bis wir anhalten. Dann zeige ich dir, wer der Meister ist.«

Sie ritten schweigend nebeneinander weiter. Das erste Gespräch mit einem der anderen Anwärter verlief in eine Richtung, die Karek so nicht beabsichtigt hatte.

Der nennt mich Dicker, Fettsack, Tonne. Und wenn ich mich wehre, missfallen ihm meine Schlauscheißersprüche. Ist dies das echte Leben?

Er schielte aus den Augenwinkeln zu 'Meister Krall' hinüber. Krall saß kerzengerade auf seinem Pferd und wirkte körperlich kräftig und gestählt, zudem mindestens einen ganzen Kopf größer als der Prinz. Er trug eine kurze Kutte aus grober Wolle und eine fleckige Lederhose. Seine schmale Oberlippe und die Spitze seines Kinns waren mit einem blonden Flaum überzogen. Sein kurzes Haar dagegen wirkte eher hellbraun - dies könnte jedoch auch dem ungewaschenen Zustand geschuldet sein.

»Was glotzt du so blöde?« Krall stierte ihn wütend aus großen blassen Augen an.

»Mache ich gar nicht«, versicherte Karek hastig.

Kaum unterwegs und schon habe ich meinen ersten richtigen Kumpel. Einen primitiven Vollidioten.

»Das heißt: 'Mache ich gar nicht, Meister Krall'«, befahl der Kraftprotz.

»Klar, Meister Krall. Und für dich bin ich ab sofort Prinz Linnek.«

»Boah. Du und ein Prinz - das ich nicht lache. Ha. Alles was du bist, ist tot, wenn ich dich in die Finger kriege. Du bist tot, Fettsack. So was von tot. Einfach tot.«

»Tot wie gestorben, leblos, dahingeschieden? Oder eher wie heimgegangen, verblichen, nicht mehr unter den Lebenden?«, fragte Karek nach.

Links neben den beiden Jungen ertönte ein Lachen. Ein weiterer Rekrut schloss mit seinem Pferd zu den beiden auf.

»Neee - tot. Einfach tot. Klugscheißender Fettsack«, fauchte Krall, dessen Aggression durch das fremde Lachen noch geschürt wurde.

»Wer bist du denn?«, fragte der Prinz den Neuankömmling mit dem Versuch, aus dem unerquicklichen Gespräch herauszukommen.

»Ich heiße Mussand und komme aus Winterbrück. Mein Vater hat dort einen Schweinehof.«

»Lithor zum Gruße. Ich bin Linnek, und der da ist Meister Krall.«

»Wieso Meister?«

»Frag' ihn.«

Mussand richtete sich auf. Sein Sattel knirschte. »He Krall - du bist doch auch Anwärter. So wie wir«, stellte Mussand fest und sah den Angesprochenen an.

»Fettsäcke und Freunde von Fettsäcken nennen mich Meister«, knurrte Krall. »Ich verstehe ja, dass du dich zu dem dicken Schweinchen hingezogen fühlst, Schweinehirt. Überleg dir aber genau, was du tust. Sonst schneide ich euch beiden eure Ringelschwänzchen ab.«

»Hm - hatte deine Mama dich nicht lieb?«, fragte Karek. »Was ist dein Problem? Wir essen ab heute alle zusammen aus einem Topf und sollten zusammenhalten.«

Krall spuckte geräuschvoll auf den Boden. »Ich kann so

geschwollen daherredende Tonnen wie dich nicht leiden. Hältst dich wohl für was Besseres. Du wirst schon sehen, was es heißt, mich zum Feind zu haben.« Mit einem Schenkeldruck beschleunigte er sein Pferd und ritt zur Spitze der Kolonne.

»Komischer Kauz«, konstatierte Mussand.

»Der gefällt mir gar nicht. Mit dem bekommen wir noch jede Menge Ärger«, vermutete Karek. Er musterte seinen neuen Reisebegleiter. Mussand war etwa so groß wie er selbst, sehr schlank und wirkte trotz dünner Arme und Beine drahtig und zäh. Eckige Wangenknochen dominierten seine Gesichtszüge. Braune Augen schauten freundlich zu ihm herüber. Doch immer wieder musste er sich auf sein trabendes Pferd, einen alten Apfelschimmel, konzentrieren. Allzu häufig schien er noch nicht geritten zu sein.

Zwei Stunden später setzte die Dämmerung ein. Die Reisegesellschaft errichtete ihr letztes Nachtlager. Morgen Nachmittag würden sie ihr Ziel erreichen. Die Männer saßen im Kreis und sahen zu, wie sich in der Mitte einige Stücke erlegtes Wild über den Lagerfeuern drehten. Schon der Geruch des gebratenen Fleisches ließ dem Prinzen das Wasser im Mund zusammenlaufen. Einer der Männer, der Karek schon seit Anbeginn der Reise wegen seiner tiefschwarzen Haut aufgefallen war, saß etwas abseits. Auch seine Kleidung war schwarz, so dass in der Dämmerung im Grunde nur das Weiß seiner Augen zu sehen war. Karek und Mussand hielten sich ebenfalls etwas abseits, während Krall es sich in der Nähe des Feuers, über dem sich ein Wildschwein drehte, bequem gemacht hatte. Die Plätze direkt um die Feuer herum gehörten den älteren und zumeist ranghöheren Soldaten. Karek betrachtete das Wildschwein, wie es von brauner Kruste umgeben alle viere von sich gestreckt über den Flammen kreiste. Er erwischte sich dabei, wie ihm trotz seines Hungers das Wildschwein mit einem Mal leidtat. Schnell verdrängte er diesen merkwürdigen Anflug von Mitgefühl.

Krall sah zu dem schwarzen Mann hinüber und grölte: »Hehe, Dunkler. Besser du schläfst nicht wieder zu nahe am Feuer.«

Einige Männer lachten.

Zu den blitzenden weißen Augen gesellte sich ein blitzendes weißes Gebiss mit mindestens hundert Zähnen. Der dazugehörige Mund blieb stumm und grinste als Antwort einfach nur – still und in sich gekehrt.

Krall wartete noch einen Augenblick, suchte und fand in Karek ein vermeintlich neues Opfer. »Heh, Fettsack! Friss uns gleich nicht das ganze Schwein hier weg. Lass erst die anderen dran«, blökte er.

»Hat da eben ein Pferd gefurzt?«, fragte Karek unschuldig.

Erstaunlich, wie schnell ich mich an dieses Milieu hier angepasst habe. Ich werde bestimmt recht schnell ein prima Soldat.

Krall sprang auf und wollte sich auf seinen neuen ‚Freund' stürzen.

Ein Soldat hielt ihn am Arm fest. »Sachte. Ihr werdet noch genügend Gelegenheit erhalten, euch näherzukommen.

Während der Ausbildung dürft ihr von morgens bis abends auf einander ein kloppen – und nicht nur mit Worten.« Wissendes Gelächter aus dem Halbdunkeln bestätigte diese Aussage.

Krall schüttelte wütend die Hand ab, setzte sich dann jedoch wieder.

»Dann hole ich mir die fette Tonne eben später«, grummelte er.

Einige der Soldaten begannen, die ersten Stücke Fleisch von den gegrillten Tieren abzuschneiden. Karek sah neugierig zu dem schwarzen Mann. Er überlegte, ob er mal zu ihm hinüber gehen sollte, sah jedoch vorerst davon ab, da er sich zunächst seine Portion Wild besorgen wollte. Einige Zeit später, gesättigt und träge, verschwand er noch mal kurz in die Büsche und legte sich dann auf sein Nachtlager. An den Schwarzen dachte Karek nicht mehr, vielmehr schlief er erschöpft ein.

Am nächsten Morgen wurde er unsanft mit einem Fußtritt geweckt. »Auf. Wir wollen weiter«, sagte einer der Soldaten aus dem Westen zu ihm, dessen Namen er vergessen hatte.

Der Himmel spuckte ein paar wenige Wölkchen aus, ansonsten kündigte sein helles Blau wiederum einen heißen Tag an. Ohne nennenswerten Zwischenfall tauchte gegen Mittag in der Ferne der Bergfried der Feste Strandsitz auf. Wenig später erblickte Karek die Verteidigungsanlage. Die halbrunde Mauer mit den Burgzinnen wirkte wie ein riesiger Unterkiefer, welchem jeder zweite Zahn abhandengekommen ist. Vom Meer aus war diese Burg uneinnehmbar, da sie fast hundertfünfzig Meter oberhalb der Steilküste direkt am Abgrund errichtet worden war. Eine senkrechte, von Menschen nicht zu erklimmende Felswand schützte die Bewohner vor ungebetenen Gästen.

Zehn Reiter tauchten in der Ferne auf. Schon von Weitem war zu sehen, dass sie schwer bewaffnet ohne Eile auf die Reisegruppe zuritten. Der Anführer der Reiter, ein Soldat in einer leichten Rüstung und mit einem Halbhelm auf dem Kopf, hob die Hand zum Gruß. »Ich bin Weibel Karson. Stellvertretend für Großmeister Rogat heiße ich euch willkommen. Folgt mir in die Feste.«

Über eine Zugbrücke ging es in die Vorburg. Ein tiefer Graben verlief in einem gleichmäßigen Bogen nach Westen und Osten so weit das Auge reichte.

Nachdem die Truppe das Haupttor passiert hatte, zeigte Karson auf ein großes Gebäude mit einer weißen und einer schwarzen Eingangstür.

»Das sind die Unterkünfte für die Rekruten. Wir erwarten noch zwei weitere Gruppen mit Anwärtern in den nächsten Stunden. Nach deren Eintreffen wird euch Großmeister Rogat persönlich begrüßen. Bis dahin legt euer Gepäck dort hinten an die Mauer. Um die Pferde müsst ihr euch selbst kümmern. Der Stall ist da drüben. Wasser gibt es im Brunnen, Bedienung gibt's keine.«

Karek stieg von seinem Pferd ab. Alles tat ihm weh, Hintern und die Innenseiten seiner Schenkel brannten wie Feuer. Gewissenhaft kümmerte er sich zunächst um sein

Pferd, nahm ihm den Sattel ab, tränkte es und führte es in den Stall. Dankbar stupste es ihn mit dem Maul freundschaftlich vor die Brust. Der Junge tätschelte ihm die Blesse. Erst dann ging Karek zur Mauer, um sich einen Platz im Schatten zu suchen. Er ließ sich stöhnend neben Mussand nieder, der überhaupt nicht erschöpft wirkte.

Am Abend waren alle Gruppen eingetroffen, so dass insgesamt zweiundvierzig junge Männer aus allen Teilen des Reiches in einer ungeordneten Linie im Burghof nebeneinander standen. Weibel Karson hatte sie alle antreten lassen. Die Anwärter schauten genau in die tiefstehende Sonne und kniffen die Augen zusammen.

Rogat, der eigentlich den militärischen Rang eines Marschalls besaß, sich jedoch lieber Großmeister nennen ließ, marschierte langsam an der Reihe entlang und blickte den Anwärtern einem nach dem anderen in das Gesicht.

Mit jedem Schritt machte sich Verachtung in seinem Gesichtsausdruck breit, wie Tinte auf Löschpapier. Karek musterte er mit versteinerter Miene exakt genauso lang wie alle anderen. Er erreichte das Ende der Reihe. Bisher kam kein einziger Ton über seine Lippen. Karek erwartete jetzt das traditionelle Militärgebrüll und sensibilisierte seine Ohren schon einmal für stark erhöhten Lärmempfang. Doch Rogat schüttelte nur den Kopf, sprach dann Weibel Karson in einem entspannten Plauderton an, als würde er mit diesem über das Wetter reden.

»Das wird Jahr für Jahr schlimmer. Jetzt werden nur noch Knechte und Versager zu uns geschickt und wir sollen fähige

Offiziere aus ihnen machen. Die taugen nicht mal für gemeine Soldaten. Was denkt sich Tedore eigentlich dabei?«

Der Beitrag des Weibels ließ nicht lange auf sich warten: »Wir sollten diesmal wirklich ein Zeichen setzen und diesen Müll zurückschicken.«

»Ja, ein Trauerspiel. Ich denke über den Vorschlag nach.« Rogat ging ohne ein weiteres Wort und ohne sich noch einmal umzudrehen zurück in Richtung Hauptburg.

Weibel Karson übernahm jetzt die Initiative und lieferte Karek endlich den Beweis, dass beeindruckendes Brüllen nach wie vor gute militärische Tradition war: »Ihr habt euch entschieden, nicht nur Soldaten zu werden. Nein – ihr wollt sogar als Offiziere ausgebildet werden und eine eigene Truppe befehligen. Deswegen seid ihr in dieser Feste und nicht in irgendeinem anderen beliebigen Ausbildungslager.

Vergesst erst einmal die Offizierslaufbahn – zumindest für die ersten zwei Jahre. In dieser Zeit findet die Grundausbildung für alle Berufssoldaten statt. Wir werden prüfen, was in euch steckt. Jeder Zweite von euch wird es nicht schaffen, sich für die weiteren zwei Jahre zu qualifizieren. Wenn ich euch Jammerlappen so ansehe, bezweifele ich, dass überhaupt einer von euch das Zeug dazu hat.«

Karson machte eine Pause, spuckte verächtlich einen beachtlichen Fladen Speichel auf den Boden und brüllte noch lauter: »Wen von euch hat man hierher gezwungen?«

Niemand machte Anstalten, sich zu melden.

»Das heißt im Umkehrschluss, ihr seid alle freiwillig hier.«

Keiner regte sich.

»Wer hierbleibt, tritt in die Armee Toladars ein. Haut ihr nach diesem Eintritt ab oder...« Sein Ton wurde gehässig. »Verlasst versehentlich die Feste ...«, wieder änderte sich seine Stimme und nahm die Lautstärke eines Erdbebens an. »... ist das Fahnenflucht. Fahnenflüchtige, das heißt Deserteure werden ohne Verhandlung sofort hingerichtet. Todesstrafe ohne Wenn und Aber.«

Wieder machte der Weibel eine Pause.

»Jemand da, der es sich jetzt noch mal anders überlegt? Wer von euch gehen will, sollte das jetzt tun. Jetzt sofort. Das ist die letzte Gelegenheit.«

Stille. Reglosigkeit.

»Dann, seid begrüßt als Sodatenanwärter. Für ein starkes Toladar. Für unseren König.«

Er klatschte in die Hände, als hätte der Haufen verschüchterter Knaben bereits einen Krieg gewonnen.

Karek sah sich um. Die meisten Jungen schienen nicht zu wissen, ob sie jetzt auch klatschen, jubeln oder weinen sollten.

Viel Zeit blieb ohnehin nicht, denn wieder ergriff Weibel Karson das Wort und erklärte: »Wir werden euch jetzt in zwei Gruppen aufteilen. Eine Gruppe trägt ein schwarzes Banner, die andere ein weißes. Die beiden Gruppen werden von jeweils einem Hauptmann geleitet.« Er drehte sich um, und sprach zwei Männer an, die sich bisher im Hintergrund gehalten hatten. »Beginnt mit der Auswahl.«

Ein großer, breitschultriger Mann trat vor. »Ich bin Hauptmann Bostun und mir folgt das weiße Banner«, donnerte Hauptmann Bostun, tatsächlich noch mal eine

Schippe lauter als Karson zuvor, so als wolle er den Bergfried umbrüllen.

»Ich fange an und suche mir eine von euch Flachpfeifen aus.« Mit prüfendem Blick schritt er, wie Rogat zuvor, die Reihe ab und packte sich einen Jungen, den Karek bisher nicht kannte. Der Kerl war über einen Kopf größer als alle anderen und wartete mit Schultern auf, breiter als ein Kutschbock.

»Jetzt darfst du dir einen aussuchen,« sagte Bostun und wandte sich dem anderen Hauptmann zu. Dieser trat aus dem Schatten hervor. Es war der Schwarze aus Kareks Reisegesellschaft - jener vom Lagerfeuer mit den leuchtenden Augen und dem strahlenden Gebiss.

Karek hörte Krall drei Plätze neben sich stöhnen und dann etwas flüstern, das wie »Achduscheiße« klang.

»Ich bin To Shyr Ban. Ich freue mich auf die Arbeit mit euch. Alle, die nicht dem weißen Banner folgen, folgen mir. Ich nehme den da.« Er deutete auf Krall. Dieser ignorierte zunächst für einen kleinen Moment die Auswahl, trat dann jedoch vor und schritt mit zerknirschter Miene zu Shyr Ban.

Da haben sich ja zwei gefunden. Da wird Meister Krall sicherlich jede Menge Spaß bekommen. Wundert mich, dass Shyr Ban sich den aussucht und dann noch als Ersten. Hoffentlich komme ich jetzt zu den Weißen, dann bin ich Krall los.

Erneut schritt Bostun die Reihe ab, um seinen nächsten Anwärter auszusuchen. Karek stellte sich etwas auf die Zehenspitzen, da er hoffte, hierdurch ein wenig Aufmerksamkeit zu erhaschen. Bostun würdigte ihn jedoch keines Blickes, sondern wählte wiederum einen Jungen mit beeindruckender Statur aus.

Shyr Ban zeigte danach auf einen unscheinbaren Knaben, den Karek in dem Moment zum ersten Mal bemerkte.

Bostun schien ausschließlich nach Körperbau und Wuchs vorzugehen, denn auch jetzt fiel seine Wahl auf einen großen Burschen, der Karek in seiner Reisegesellschaft schon aufgefallen war, da Hunderte von Pickeln sein Gesicht bedeckten.

Shyr Ban deutete auf einen mittelgroßen Anwärter, den eine lange Narbe auf der rechten Wange entstellte.

So ging es immer weiter, bis nur noch zwei Rekruten zu verteilen waren.

Mussand war kurz zuvor bei Hauptmann Bostun gelandet, so dass Karek, der immer noch nicht gewählt worden war, jetzt noch inständiger hoffte, ebenfalls zu den Weißen zu kommen. Er spürte, wie ihm das Blut in den Kopf schoss.

Das ist zutiefst entwürdigend, dass ich hier immer noch stehe. Die wollen mich beide nicht. Die Weißen sind die Guten – ist doch immer so. Daher ist Krall bei den Schwarzen und Mussand bei den Weißen gelandet.

Hauptmann Bostun sah sich den letzten verbliebenen Anwärter neben Karek genau an. Ein mittelgroßer, schmächtiger Kerl, voller Pickel und schmalen Lippen. Dann schweifte sein Blick zu Karek hinüber. Der Junge machte sich gerade, zog den Bauch ein wenig ein und setzte ein "nun-wähl-mich-doch-endlich" Gesicht auf.

Bostun deutete auf den Pickligen.

Karek versank vor Scham mit feuerrotem Kopf tief in

den Boden. Shyr Ban forderte ihn auf, zu seiner Einheit zu stoßen. Die beiden neu gebildeten Gruppen wurden dem Quartiermeister überlassen.

Allerletzter. Und dann auch noch ein Schwarzer. Schlimmer geht es nicht.

Er steigerte sich regelrecht in sein Selbstzerwürfnis hinein.

Dabei kann ich essen wie drei Ochsen und rasend schnell kleine Mädchen in die Flucht schlagen.

Es war schon spät am Abend, als Karek mit den anderen zusammen hinter der schwarzen Tür verschwand. Der Quartiermeister verteilte die Jungen auf vier Schlafräume. Karek landete in einem Fünferzimmer mit vier weiteren Anwärtern, von denen er einen bereits kannte. Krall. Ausgerechnet Krall. Sofort ging der Streit um die besten Schlafplätze los. Krall schnappte sich unter massiver Androhung von Prügel für jeden, der die Dinge anders sah als er, die beste Schlafstätte direkt unter dem Fenster. Auf dem Weg dorthin rammte er ganz nebenbei Karek den Ellenbogen in den Bauch, so dass er zusammensackte und ihm die Luft wegblieb.

»Das ist erst der Anfang, Fettsack«, flüsterte er ihm zu. »Wir werden jede Menge Spaß haben. Schlaf gut.«

Karek blieb stumm – er hatte auch gar nicht die Luft zu sprechen oder zu schreien, sondern war nur damit beschäftigt, sich vor Schmerz zu krümmen. Stöhnend legte er sich in das Bett auf eine Strohmatte direkt hinter der Eingangstür und drehte sich zur Wand. Der Schmerz ging, das Selbstmitleid kam. Er war der Runde in einer viereckigen, kantigen Welt. Ein Kreis, unfähig sich anzupassen oder zumindest unauffällig in eine Ecke zu schmiegen. Sein bisheriger Schutzschild, der offizielle Thronfolger des Reiches zu sein, wirkte hier nicht.

Karek kämpfte dagegen an, direkt am ersten Tag alles hinzuschmeißen. Sollte er beten – Lithor könnte ihm helfen – ihm Trost und Kraft geben – so zumindest die Lehre. Er faltete die Hände, doch anstelle eines Gebetes kamen wütende Gedanken.

So lässt sich der Prinz von Toladar nicht behandeln. Ich sollte alles hinschmeißen. Ich bin wahrscheinlich der Einzige hier, der das könnte, ohne als Deserteur hingerichtet zu werden. Ich darf mich jedoch nicht von so einem Mistkerl fertigmachen lassen.

Er öffnete die Augen und sah sich in seinem neuen Zuhause um. Das Schlafquartier war halb so groß wie sein früheres Gemach in der Burg Felsbach. Und das für fünf Bewohner oder eher Insassen. Graue raue Wände bedeckt von Unmengen zerquetschter Mücken, umrahmt von kleinen Blutflecken. Wie viele Anwärter hier schon ihr Blut gelassen haben? Die niedrige Decke aus dunklem Holz machte den Raum auch nicht gerade wohnlicher. Die Betten waren einfach und solide – die Strohmatten sauber. Nur war er eine mit Daunen gefüllte Matratze gewohnt, so dass ihn jetzt hundertfaches Pieksen das Gefühl vermittelte, er läge er auf einem Igel.

Ihm fielen Worte ein, die durch einen Kamin hallten und

sich wie Würmer in den Apfel in seinen Kopf gebohrt hatten: Der Prinz entspricht in mancherlei Hinsicht nicht gerade den Vorstellungen vom idealen Thronfolger.

Also - kneifen gilt nicht. Hilf dir selbst, so helfen die Götter.

Die gefalteten Hände ballten sich zu Fäusten. Er entschloss sich, die Sache durchzustehen. Jetzt erst recht.

Weglaufen

Früh am nächsten Morgen, die Sonne schickte zaghaft erste Strahlen in die verwinkelten Gemäuer der Burganlage, schlug eine hektische Glocke wilden Alarm. Karek hatte ob der ungewohnten Gesellschaft ohnehin kaum geschlafen. Er rappelte sich hoch und setzte sich auf die Kante seines Bettkastens. Gegenüber schlief der Junge mit der Narbe quer im Gesicht einfach weiter. Er hatte spärliches blondes Haar und eine viel zu lange spitze Nase.

Karek stand auf und schüttelte ihn am Arm. »Ich denke mal, die Glocke will uns sagen, dass heute der Rest unseres Lebens beginnt und wir aufstehen und dieses preisen dürfen.«

Der Junge füllte sich nach und nach mit Leben wie eine Eidechse nach einer kühlen Nacht in der Morgensonne. »Danke«, sagte er, gähnte und richtete sich gemächlich auf. »Ich bin Blinn.«

»Gute Idee, sich vorzustellen, wenn man schon so eng zusammen wohnt.« Er winkte in die Runde. »Ich heiße Linnek.«

Krall brummelte aus der anderen Ecke schlecht gelaunt, während er sich an einigen Mückenstichen an den Beinen kratzte. »Halts Maul, Labermops und lass das Narbengesicht in Ruhe. Schlimm genug, dass ich mit dir auf einem Zimmer liege.«

Karek ignorierte ihn und schaute sich um, während er sich anzog. Die beiden anderen Zimmergenossen hatte er am Abend zuvor zwar wahrgenommen, ansonsten waren sie ihm bisher immer noch fremd. Einer der beiden, ein schmächtiger Bursche, der Krall bestenfalls bis zur Hüfte ging und im Bett direkt neben dem von Karek an der gleichen Wand schlief, rappelte sich auf die Beine. Er warf Karek merkwürdige Blicke zu, während sie sich beide ihre einfachen Leinenhemden überzogen.

Auch Krall, inzwischen aufgestanden, beäugte den Kleinen kritisch, stellte sich genau neben ihn und höhnte auf ihn hinunter: »Heh, was bist du denn für eine halbe Portion? Wie heißt du?«

»Stobomarik«, antwortete der Junge knapp.

»Stobo was? So heißen doch sonst nur Krankheiten, die keiner kriegen will.«

Obgleich keiner von den Jungen Anstalten machte, dies lustig zu finden, gefiel Krall sich in seiner Rolle. »So, du Wichtel. Du musst jetzt aufstehen. Ach, tschuldige, du stehst ja schon.« Krall rülpste vor Lachen. Die restlichen Jungen blieben stumm.

Als Kralls Lachanfall allmählich abebbte, entgegnete der Kleine unbeeindruckt: »Wichtel finde ich gar nicht so schlecht. Von mir aus nennt mich so.«

Karek zuckte die Schultern und wandte sich dem letzten verbleibenden Zimmerkameraden gegenüber dem Kleinen zu. Der Knabe sah völlig unscheinbar aus. Nicht groß - nicht klein, nicht dick - nicht dünn. Nicht blond, nicht dunkelhaarig. Kaum vorhanden.

Wenn die Burg vom Feind erobert und sämtlichen Bewohnern der Kopf abgeschlagen würde, der Knilch würde überleben. Die würden den einfach übersehen.

»Ich bin Linnek. Wie heißt du?«, fragte er ihn.

»Wie heißt du? Mein Name ist Eduk.«

»Eduk ist ja noch bescheuerter als Linnek«, tönte Krall aus seiner Ecke unter dem Fenster.

»Als Linnek«, murmelte Eduk.

Krall warf Eduk einen scharfen Blick zu. »Was redest du. Hast du ein Problem?«

»Ein Problem. N...nein.«

»Mit was für Idioten und Kröten bin ich in einem Zimmer gelandet?«

»Das könnte wahrlich jeder von uns sagen«, meldete sich Karek zu Wort. »Kommt, lasst uns nicht streiten, wir müssen zusammenhalten.«

»Zusammenhalten«, wiederholte Eduk.

»Stellt das Echo ab oder ich schlage ihn tot«, fauchte Krall.

In diesem Moment ertönte die Glocke zum zweiten Mal - hektisch, metallen und unwiderruflich.

Es blieb keine Zeit mehr, weder zum Streiten noch zum Totschlagen.

Es ist schon erstaunlich, was für Existenzen hier in diesem Zimmer eine gehobene militärische Laufbahn einschlagen möchten. Die königlichen Anwerber, die auf der Suche nach Berufssoldaten und Offizieren regelmäßig Toladar durchstreifen, scheinen ihre Aufgabe nicht sonderlich ernst zu nehmen. Ein Wichtelzwerg, ein fast unsichtbares Echo, Blinn mit der Narbe, mein hirngeschädigter Kumpel Krall. Nicht zu vergessen, ein dicker Geheimprinz, der womöglich die allerschlechtesten Voraussetzungen von allen mit sich bringt. Für den können zumindest die Anwerber nichts. Armes Toladar.

Ein fröhlicher To Shyr Ban empfing die Schwarzen im Hofgelände. Von den Weißen war noch nichts zu sehen.

»Guten Morgen. Der erste Tag ist doch etwas Besonderes. Ihr bekommt nach dem Frühstück eure Anwärteruniformen. Danach treffen wir uns wieder hier und gehen laufen. Lasst also schwere und überflüssige Gegenstände zurück. Jetzt geht zum Frühstück.«

Das Frühstück im großen Speisesaal der Hauptburg war annehmbar, für Karek nur viel zu wenig. Zwei kleine Brötchen mit Ziegenkäse und ein Apfel.

Keine Sara in der Nähe, die mir hilft, den fürchterlichen Resthunger zu besiegen. Wie soll ich hier nur satt werden?

Seine Kameraden der schwarzen Truppe saßen alle an einen großen Tisch gedrängt am Ende des Saals. Karek saß zwischen Eduk und Blinn und war froh, dass Krall ein gutes Stück entfernt von ihm Platz genommen hatte.

Die Jungen der weißen Gruppe aßen zusammen am Tisch in der Nähe des Eingangs und machten sich ebenfalls gierig über das Frühstück her.

Kurze Zeit später versammelte sich die schwarze Truppe im Innenhof auf der Westseite. Alle trugen eine einfache Uniform aus Leinen. Schulterpartie, Ellenbogen und Knie waren mit schwarzem Leder verstärkt. Karek musste die Hose zwei Größen weiter nehmen, damit diese um seinen Bauch passte. Leider waren jetzt die Hosenbeine viel zu lang, so dass er sie umkrempelte, was seine Erscheinung nicht gerade aufpolierte.

Der Hauptmann fragte jeden nach seinem Namen und seinem Heimatort. Als Karek an der Reihe war, würdigte er mit einem dezenten Schmunzeln den Stil seines Beinkleides. Dem Knaben stieg das Blut in den Kopf. Schon war der Hauptmann aber an ihm vorbei. Karek erfuhr, dass der Kleine aus seinem Zimmer, Stobomarik, aus dem nördlichsten Zipfel Toladars stammte.

Gegenüber kamen die Weißen zusammen und stellten sich in zwei Reihen auf. Sie trugen die gleichen Uniformen wie die Schwarzen – nur waren hier alle Lederpartien in Weiß gehalten. Der Prinz entdeckte Mussand unter ihnen und winkte ihm zu. Mussand schaute in seine Richtung und grüßte lächelnd zurück.

Hauptmann Shyr Ban, der den Kontakt zwischen Karek und Mussand aus den Augenwinkeln mitbekommen hatte, führte aus: »Fragt ihr euch, warum wir die Einteilung in weiße und in schwarze Anwärter vorgenommen haben? Großmeister Rogat legt Wert darauf, sich von Anbeginn der Ausbildung im Konkurrenzkampf zu messen. Richtige Feinde haben wir hier nicht, somit werden Gegenspieler geschaffen. Also Männer. Für die Dauer der Grundausbildung sind die Weißen unsere Feinde.

In den nächsten Tagen werdet ihr die Spielregeln sicherlich besser begreifen.

Wir brechen jetzt gemeinsam auf. Es geht darum, möglichst lange zu laufen, also übertreiben wir es nicht mit dem Tempo.«

»Wie? Laufen? Wohin?«, fragte ein hohlwangiger Junge mit rotem Haar, der im Zimmer neben Karek untergekommen war.

»Einfach so laufen.«

»Häh? Wieso?«

Der Hauptmann funkelte den Jungen erzürnt an. »Die wichtigsten Regeln beim Militär, das heißt die oberste Direktive schon mal jetzt und gleich vorab. Disziplin. Disziplin. Disziplin. Mit Leben gefüllt bedeutet dies: Ich befehle und ihr gehorcht. Bedingungslos. Wer nicht funktioniert, wird aussortiert.«

Das Blut schoss dem Rotschopf in den Kopf und seine Gesichtsfarbe ließ seine Haare verblassen. Die Mehrzahl der Knaben starrte am Hauptmann vorbei ins Leere.

»Gut. Hätten wir das geklärt. Los jetzt.«

Der Trupp setzte sich in Bewegung. Die Weißen schauten neugierig herüber. Karek war froh, als sie außer Sichtweite waren und die Zugbrücke überquerten. Für ihn war Laufen eine Qual. Sein Bauch wackelte bei jedem Schritt, sein Atem ging unregelmäßig. Sie liefen und liefen. Karek keuchte, schnaubte mit jedem Meter lauter. Nach einem unendlich langen Stück über die staubige Ebene konnte er nicht mehr. Er ersetzte einen müder werdenden Muskel nach dem anderen durch pure Willenskraft. Er wollte sich auf keinen Fall blamieren und schon gar nicht als Erster schlappmachen. Doch befand er sich bereits ganz hinten in der Gruppe und drohte, den Anschluss zu verlieren. Dann setzten auch noch Seitenstiche ein. Noch ein Stück, noch ein kleines Stück – doch der Schmerz, die Erschöpfung und die Atemnot wurden unerträglich. Noch ein paar Meter. Plötzlich ging nichts mehr. Die Welt drehte sich um ihn herum – er musste heftig keuchend stehen bleiben.

»Halt!«, befahl To Shyr Ban. »Pause.«

Die Jungen blieben keuchend stehen, nur Krall war kaum aus der Puste und grinste höhnisch. Dafür hasste Karek ihn mehr als für alle seine bisherigen Gemeinheiten zusammengenommen.

Karek stand gebückt, seine Arme auf die Oberschenkel gestützt, am Ende der Truppe und versuchte verzweifelt, sein Gleichgewicht zu halten. Zu allem Überfluss musste er sich jetzt auch noch übergeben. Das durfte nicht wahr sein, doch sein Magen rebellierte. Während er würgend einen Großteil des Frühstücks ausspuckte, war er froh, dass dieses doch nicht so reichhaltig gewesen war.

»Männer, schaut Euch Linnek an«, donnerte Shyr Ban.

Jetzt macht der Hauptmann mich vor den versammelten Kameraden zur Sau. Ich bin das Gespött von allen. Boden, bitte öffne dich und verschlucke schnell den Kugelfisch.

Der Prinz traute sich nicht, den Hauptmann anzusehen. Beschämt wischte er sich mit dem Ärmel den verschmierten Mund ab. Die meisten Jungen atmeten tief durch – keiner sah aber auch nur annähernd so erschöpft aus wie Karek.

Die Stimme von To Shyr Ban dröhnte weiter. Sein Atem ging ganz normal, er schien nicht einmal zu schwitzen, als sei er gerade vom Mittagsschläfchen aufgewacht. »Ich frage euch, hat Linnek sich angestrengt?«

Die Mehrzahl der Jungen nickte und der Kleine aus

seinem Zimmer, Stobomarik, den Krall auf seine liebenswürdige Art inzwischen Wichtel getauft hatte, sagte: »Der ist so platt, dass er kotzen muss. Sieht man doch. Noch ein paar Meter und wir müssen den nach Hause tragen.«

Karek empfand trotz der Scham ein wenig Dankbarkeit für diesen Kommentar.

Doch in diesem Moment ergänzte Wichtel: »Das wäre Schwerstarbeit, denn leicht sieht der nicht gerade aus.«

Glücklicherweise waren die meisten Knaben zu sehr außer Atem, um überhaupt Lachen zu können.

Der Hauptmann wirkte wider Erwarten zufrieden. »Auch ich denke, dass Linnek alles gegeben hat. Und das ist, was ich von euch verlange. Nicht mehr, nicht weniger. Pause jetzt. Wir gehen dahinten unter den Baum in den Schatten und ruhen uns aus.«

»Pause – ich brauche keine Pause. Lasst den Fettsack liegen. Ich kann ewig so weiterlaufen«, prahlte Krall.

»Soldat Krall«, sagte To Shyr Ban gedehnt. »Was meinst du? Wer hat sich mehr angestrengt? Linnek oder du?«

Krall sah auf Karek herab, der einer Ohnmacht nah, auf allen Vieren in Richtung Baum krabbelte.

»Ich musste mich doch kaum anstrengen.«

»Das beantwortet meine Frage nicht. Wer hat sich jetzt mehr angestrengt?«

»Die Tonne natürlich, aber nur weil...«

»Eben habt ihr mir alle eure Namen gesagt. Weder der Name Fettsack noch der Name Tonne waren darunter – da bin ich mir sicher. Wer hat sich mehr angestrengt?«

»Na schön. Der da!« Er zeigte mit spöttischem Gesicht

auf Karek.

»Richtig. Nichtsdestotrotz, Soldat Krall, ich bin beeindruckt von deiner Kondition und physischen Stärke.«

Krall schaute triumphierend in die Runde, dennoch war ihm anzusehen, dass er sich über die Bemerkungen des Hauptmanns ärgerte.

To Shyr Ban ließ seine Jungen noch den Mittag über im Schatten Pause machen. Krall gab Karek die Schuld an seiner öffentlichen Zurechtweisung durch den Hauptmann und funkelte ihn wütend an.

Letzterer unterhielt sich mit den meisten über ihre Erwartungen an die Ausbildung. Mit Karek wechselte er kein Wort.

Erst nachdem er verkündet hatte, dass sie gleich zurücklaufen werden, kam er zu ihm und sagte: »Ein paar Kilo weniger machen es leichter.«

»Ich danke Euch für den Ratschlag, doch das nutzt mir in diesem Moment wenig.« Der Prinz rappelte sich hoch.

Am frühen Abend kamen sie in der Burg an. Die Weißen exerzierten zu dieser Zeit auf dem Übungsplatz im Burghof. Danach begannen sie mit Holzwaffen in Zweikämpfen aufeinander einzudreschen.

Der Riese, den Hauptmann Bostun als Ersten gewählt hatte, rief laut: »Schaut euch die schwarzen Versager an. Was machen die denn den ganzen Tag? Die üben Weglaufen.«

Kollektives weißes Gelächter setzte ein. Krall wollte erbost antworten, doch To Shyr Ban bedeutete ihm zu schweigen und schob ihn weiter zum Brunnen, wo sie sich erfrischten und den Schweiß abwuschen.

»Morgen früh absolvieren wir das Gleiche noch mal. Wir laufen wieder bis zu dieser Stelle.«

Ein unterdrücktes Murren machte die Runde.

Die Baronesse

Zärtlich betrachtete sie ihren Geliebten. Sie war Freifrau Calinka Cornika mit Herz und Seele. Um genau zu sein, betrachtete sie ihren *zukünftigen* Geliebten – dies erhoffte sie sich. Groß gewachsen, sehr schlank, im besten Alter, verkörperte Gutsherr Tandrik Kasarr die Sorte Mann, deren bloßes Erscheinungsbild ihren Herzschlag beschleunigte.

Sie konnte sich kaum sattsehen an ihm – seine edlen Gesichtszüge, die markante Nase, die braunen Augen. Selbst die kleine Narbe über dem rechten Auge stand ihm gut, zeugte diese doch von seiner ungezügelten Männlichkeit. Er trug Beinkleider aus feinstem Leder, die unter seinem blutroten Wams besonders gut zur Geltung kamen. Brokatstreifen und Seidenrüschen verzierten die Ärmel seines edlen weißen Hemdes. Stoffe, die in der Regel der Kleidung höfischer Damen vorbehalten waren, in Tandriks Fall jedoch dessen männliches Erscheinungsbild elegant unterstrichen. Seine starken Arme mit den langfingrigen Händen, wie geschaffen dazu, schöne Frauen zu umarmen und an sich zu drücken. An seiner Seite trug er ein prächtiges Langschwert mit einem Rubin im Knauf. Zugegeben, die abgewetzte Scheide passte so gar nicht zu der sonstigen gepflegten Erscheinung des Gutsherrn. Doch selbst diese winzige Nachlässigkeit fand sie einfach nur süß.

Seine gesellschaftliche Stellung am Hofe des Fürsten Schohtar machte ihn wahrhaftig noch attraktiver. Als enger Vertrauter und Ratgeber des Fürsten besaß er Zugang zu allen höfischen Bereichen und nahm an den vertraulichsten

Sitzungen des Fürsten teil. Der Fürst hatte ihm für seine treuen Dienste einen Landstrich direkt an der Küste Toladars überschrieben. Und während seines Aufenthaltes in Sternfeste, der Burg des Fürsten, bewohnte er ein großzügiges Zimmer in der Hauptburg.

Tandrik stand mit ihr am Teich im Burggarten und ergriff ihre rechte Hand. Sie ergötzte sich an ihrem Spiegelbild im Teich - das attraktive Paar auf der Wasseroberfläche blickte voller Liebe und Zuversicht zu ihnen herauf.

Er zeigte elegant auf einen Schwarm leuchtender Goldfische, welche aufgescheucht durch seine Armbewegung das Weite suchten.

»Calinka, die Goldfische verstecken sich voller Scham vor Eurer Schönheit.«

Ein kurzer Ruck, ein kleines Schaudern ging durch ihren Körper. Dann kicherte sie – leise und zurückhaltend: »Ihr seid ein Schmeichler, Tandrik.«

Er beugte sich vor, hob ihre Hand und seine Lippen berührten für einen flüchtigen Moment zärtlich ihren Handrücken. Wie der Kuss eines Schmetterlings. Ein Kribbeln durchfuhr sie. Wie ein Korsett drückte ein süßes Verlangen auf ihren Brustkorb. Sie konnte es kaum erwarten, mehr von diesem Mann zu bekommen.

Kennengelernt hatten sie sich erst vor drei Wochen. Sie besuchte an jenem Tage für Einkäufe mit einer Dienerin die Stadt Stern und sah sich auf dem Marktstand die farbigen Seidentücher von den Südlichen Inseln an. Nach langer

Verhandlung mit dem Stoffhändler erwarb sie acht der wunderbaren Tücher und wirbelte diese begeistert voller Übermut über ihrem Kopf durch die Luft, erfreut am sonnendurchfluteten Farbenspiel der bunten Seide. Dabei lief sie versehentlich auf der Straße einem Reiter vor das Pferd. Zu ihrem Glück nicht irgendeinem unsensiblen Grobian, sondern ebenjenem Gutsherrn Tandrik Kasarr. Im letzten Moment riss dieser geistesgegenwärtig sein Ross zur Seite, vor Schreck fiel sie zu Boden. Der Reiter stieg ab, betrachtete sie; es schien ihm zu gefallen, was er sah. Mit starken Armen hob er sie auf.

Für sie war es Liebe auf den ersten Blick. Das durfte sie sich natürlich nicht anmerken lassen. Sie gab sich verzweifelt und untröstlich, entschuldigte sich hundertmal für ihre Ungeschicklichkeit. Der edle Herr nahm heldenhaft alle Schuld auf sich und war noch untröstlicher, sie in diese Lage gebracht zu haben.

»Wie ist Euer Name?«, fragte er, während er sie noch im Arm hielt.

»Edler Herr, ich bin Freifrau Calinka Cornika aus Winslorien«, wisperte sie.

»Was macht Ihr hier so fern von Eurer Heimat? Euer Gatte sollte besser auf seine liebreizende Frau aufpassen.«

Sie mochte seine tiefe Stimme auf Anhieb. Ihre Erfahrung mit Männern hatte sie gelehrt, die ersten drei Komplimente sichtbar zur Kenntnis, jedoch ohne greifbare Erwiderung entgegenzunehmen.

»Genau genommen bin ich eine Baronesse. Baronesse Calinka Cornika.« Sie lächelte schüchtern und schlug ihre langen Wimpern nieder.

Seine dichten Augenbrauen indes wanderten nach oben. »Baronesse Calinka. Es ist nicht zu glauben, dass eine bezaubernde Frau, wie Ihr es seid, noch nicht den Mann ihres Lebens gefunden hat.«

Das zweite Kompliment. Sie musste sich kaum anstrengen, leicht zu erröten und schüttelte fast unmerklich den Kopf.

Eine kurze Pause entstand – alle ihre Sinne prickelten.

»Calinka, es war mir eine Ehre, Euch nahezu umzureiten.« Eine Prise selbstsicheren Gewinnerlächelns unterstrich seine Worte. »Darf ich Euch als Wiedergutmachung für den morgigen Tag zu einer Kutschfahrt einladen? Eure liebliche Gesellschaft würde mich glücklich machen.«

Schmeichelei – Nummer drei.

Sie konnte ihr Glück kaum fassen. Dass sie sich selbst bei der ersten Gelegenheit einem fremden Mann buchstäblich in die Arme warf, war schon töricht genug. Sollte auch er wirklich Interesse haben? Das wäre himmlisch.

»Aber gern«, hauchte sie.

So fing diese wunderbare Romanze an, und jetzt stand sie mit ihrem Geliebten Hand in Hand im Garten der Burg und hielt nach Goldfischen Ausschau.

»Sehen wir uns heute Abend?«

»Oh, Tandrik. Verzeiht. Zum Abendessen bin ich geschäftlich mit einem Weinhändler verabredet. Meine Familie trägt sich mit dem Gedanken, ein Weingut in Toladar zu erwerben.«

Seine Stimme bekam einen rauchigen Unterton. »Ich meine später am Abend. Treffpunkt hier.«

Ihr Herz vollführte einen freudigen Hopser. Es war soweit. Dies könnte ihre erste gemeinsame Nacht werden.

»Ja, mein Galan. Dann verspreche ich, mich bei der Weinprobe zurückzuhalten. Eine Baronesse mit allzu betörten Sinnen wird Euch wenig Vergnügen bereiten.«

»Kommt darauf an, wie betört. Über alle Maßen betörend seid Ihr jetzt schon.«

Er berührte sie mit zusammengeführtem Zeigefinger und Daumen zärtlich unter ihrem Kinn und hob ihr Gesicht an.

Sie lachte leise, machte sich los und drehte sich um die eigene Achse, so dass Ihre langen blonden Haare sich um sie drehten wie ein Sonnenschirm.

»Mein Galan. Ich muss jetzt aufbrechen. Umso eher sehen wir uns wieder.«

Am Abend trafen sie sich wie verabredet am Teich. Er saß schon dort auf einer Bank und erwartete sie. Die warme Nachtluft war angenehm – durch Büsche und Bäume drang der Lärm aus der Burg nur gedämpft zu ihnen herüber. Er betrachtete sie, nahm die Finger ihrer rechten Hand in seine. Sie sah an seinen Nasenflügeln, wie ihr Parfum, ein Hauch von Rosenöl an ihrem Hals, ihn verlockte. Ihren Wangen hatte sie mit dem roten Farbstoff der Schildlaus einen Hauch permanenter Schamhaftigkeit verliehen. Ihr dunkelblaues Kleid mit den abnehmbaren Schmuckärmeln aus feinster Seide bildete einen attraktiven Kontrast zu ihren blonden Haaren. Die Schleppe schwebte bei jeder ihrer Bewegungen um ihren Körper. Ein perlmuttbesetzter Stoffgürtel mit einer dazu passenden trapezförmigen Gürteltasche betonte ihre schlanke Taille.

»Fürst Schohtar möchte Euch kennenlernen«, sagte Tandrik mit leicht belegter Stimme.

»Oh. Welche Ehre. Wie kommt es dazu?«

»Ich bitte um Nachsicht. Dies ist wohl meine Schuld. Ich habe offensichtlich zu viel von Euch geschwärmt. Jetzt ist er neugierig geworden.«

»Wann wollt Ihr mich ihm vorstellen?«

»Jetzt gleich. Umso früher haben wir dann Zeit für uns alleine.«

Er bot ihr seinen Arm. Sie steckte die Schleppe hoch und hakte sich mit freudiger Erwartung ein.

Gutsherr Tandrik Kasarr und seine Begleitung passierten zahlreiche Wachposten bis vor den Regentschaftssaal von Fürst Schohtar. Calinka fiel auf, dass es erstaunlich viele Wachen waren. Die dortigen Posten begrüßten den Gutsherrn ehrfürchtig, verwehrten ihm jedoch den Einlass.

»Ich bitte um einen Moment Geduld. Das ist ungewöhnlich. Als einer der engsten Vertrauten des Fürsten habe ich sonst freien Zutritt.«

Die Tür öffnete sich und eine eigenartige Stimme rasselte bis in den Flur. »Um Mitternacht seid ihr beide wieder hier!«

Ein alter Mann mit einem durchfurchten Gesicht schlurfte heraus. Weiße lange Haare hingen ihm über die Augen. Begleitet wurde er von einem Edelmann, der eine finstere

Miene zur Tür hinaustrug.

»Herzog Mondek. Schön Euch zu sehen. Darf ich Euch die Baronesse Calinka Cornika vorstellen?«

Beide Männer blieben stehen. Der Herzog schien überrascht, dass jemand so weit in die Hauptburg vordringen konnte.

»Ah ja, Tandrik. Meine Dame. Meine Verehrung. Herzog Mondek.«

Als Antwort erhielt er ein bezauberndes Lächeln und einen grazilen, höfischen, formvollendeten Knicks.

»Wolltet Ihr uns nicht Euren Begleiter vorstellen?«, fragte Tandrik.

»Immer um Wahrung der Etikette bemüht, vorzüglich«, antwortete Mondek tonlos. »Verschieben wir dies auf später. Dringende Staatsgeschäfte. Ihr versteht.« Er schob den Alten weiter den Gang entlang und verschwand, ohne sich umzudrehen.

Calinka stupste Tandrik mit der Kuppe ihres Zeigefingers auf das Brustbein. »So ganz gelegen scheinen wir nicht zu kommen. Zeigt mir doch jetzt Euer Domizil.«

Eine nasale Stimme, die gewohnt war, Befehle auszusprechen, so durchdringend wie kompromisslos, ertönte: »Tandrik. Was hast du hier zu suchen?«

»Mein Fürst. Ich habe Euch doch von der Baronesse erzählt. Es wäre ihr eine große Ehre, Eure Bekanntschaft zu machen.«

Ein merkwürdiges helles Knurren, das eine entfernte Ähnlichkeit mit den Worten ‚komm rein – mach es bloß kurz' aufwies, hallte ihnen entgegen.

Calinka und Tandrik betraten den Regentschaftssaal des Fürsten. Schohtars Sitzplatz, ein beeindruckendes Gebilde aus Gold, Elfenbein, Ebenholz und Juwelen dominierte die Einrichtung. Ein Traum von einem Thron. Nur, dass Schohtar keineswegs einen königlichen Eindruck vermittelte, was nicht nur daran lag, dass er kein König war.

»Ah, ja - die Baronesse.«

Sie merkte, dass ihre Augen wider Willen rund wurden, denn einen solchen Anblick hatte sie nicht erwartet. Diesen Mann hässlich und liederlich zu nennen, wäre geschmeichelt. Fettige graue Haare, die zu langen Zöpfen gebunden, sich wie Tentakel wirr um seinen Kopf schwangen. Das Gesicht ein roter Fleischklumpen, oben mit zwei Schlangenaugen, die hektisch hin und her blickten, unten mit wulstigen Erhebungen, die sich beim Sprechen bewegten. In der Mitte klaffte ein Loch. Die Nase fehlte komplett. Der lädierte Nasenraum mit merkwürdigen Verbrennungen rundherum musste die Erklärung für diese mehlige Stimme sein.

Calinka konzentrierte sich darauf, nicht ständig in das Loch im Gesicht des Fürsten zu starren.

»Majestät ..., ich ...«

»Nein, nein. Ich bin doch nicht der König. Nur sein bescheidener Diener im Süden seines Reiches.«

Der spöttische Ton dieser Worte verätzte seine Stimmlage noch mehr als die fehlende Nase.

Tandrik mischte sich ein. »Herr Fürst, darf ich vorstellen: Freifrau Calinka Cornika aus Winslorien.«

»Ja, ja. Wir waren schon gerade dabei, uns vorzustellen,

mein Guter«, näselte Schohtar. »Aus Winslorien also? Baronesse, was führt Euch hier her, ins ferne Toladar?«

»Die feinen Waren in Eurem Land. Stoffe, Wein ...«

»Und die feinen Männer, wie mir scheint.« Er gluckste, doch seine kleinen Augen blieben hart wie Kieselsteine. Calinka fielen jetzt die fehlenden Augenbrauen auf.

»Mein Fürst. Mein Herz kann dem nicht widersprechen. Seht mir eine kleine Einschränkung Eurer Worte nach. Nicht Männer, sondern lediglich der Singular. *Ein* feiner Mann.«

Mit einem mädchenhaften Strahlen beleuchtete sie Tandrik, der hölzerner als ein Eichenklotz zurücklächelte. Ich bin überaus erfreut, den mächtigen Lehnsherren und Fürsten dieses Mannes kennenzulernen.«

»Ja, ja. Kann ich mir denken. Wie war noch Euer Familienname? Cornika?«

»Genau - Ihr habt ihn beim ersten Mal schon gut verstanden«, entgegnete Calinka. Ihre Stimme verlor in diesem Moment einen winzigen Anteil an mädchenhafter Samtigkeit. Tandrik merkte nichts, Schohtar reagierte sofort. Die kleinen Äuglein wurden noch härter, blitzende, hellwache Augäpfel wanderten von ihr zu Tandrik. Schohtar registrierte mit einem abfälligen Zucken der Wülste, die mal Mundwinkel gewesen waren, dass sein guter Gutsherr so gar nichts von diesem unterschwelligen Schlagabtausch mitbekommen hatte.

Die Augäpfelchen hüpften zurück zu ihr. Die wulstigen Lippen bebten und schürzten sich zu einem Krater.

»Hm, Cornika - ein merkwürdiger Name. Und ein seltener, da ich ihn noch nie zuvor gehört habe. Woher kommt er?«

»Oh - Euer Interesse an meiner Familiengeschichte ehrt mich, Fürst Schohtar.« Begeistert legte die Baronesse los. »Der Name geht zurück auf eine Vereinigung mit den Varulls aus Alandar. Es ging um eine Vermählung meiner Ururgroßmutter mit dem Bruder des Herzog Vesper im nördlichen Nordreich mit dem Ziel, das Bündnis zwischen Alandar und Winslorien auf breitere Füße zu stellen. Als nun mein Ururgroßvater, Freiherr von Korsille nach seinem Jagdunfall ...«

»Ja, ja. Verzeiht, Baronesse. Verschieben wir das. Ihr habt sicherlich mitbekommen, dass heute noch wichtige Regierungsarbeit ansteht.« Er wandte sich Tandrik zu. »Passt gut auf sie auf. Sehr gut sogar. Morgen Mittag wünsche ich Euch zu sehen. Bis dahin macht Euch schlau über den Inhalt dieses Schreibens.«

Tandrik nahm einen versiegelten Brief aus der Hand Schohtars entgegen und verneigte sich.

Wenig später betrat Baronesse Calinka zum ersten Mal das Schlafgemach des Gutsherrn Tandrik Kasarr. Tandrik umschlang ihre Hüfte mit dem rechten Arm und zog sie an sich.

»Endlich sind wir allein.«

»Liebster, langsam. Wir haben die ganze Nacht für uns und ich möchte jede Sekunde genießen. Lasst mich zuerst die Schleppe ablegen. Und nicht nur die.« Sie lächelte verheißungsvoll.

Tandrik stöhnte leise und pfefferte sein Langschwert in

die Ecke. Kurze Zeit später segelte sein edles Beinkleid durch die Luft und landete über dem Schwert. Ohne Hose legte sich Tandrik auf das Bett, verschränkte seine Arme hinter dem Kopf und starrte auf Calinka. Die Baronesse stellte sich an das Bettende, löste mit langsamen Bewegungen die Verschnürung ihres Mieders. Tandrik schluckte. Er sagte keinen Ton, doch seine körperliche Reaktion verriet, dass ihn durchaus erregte, was er sah. Sein Blick wurde immer gieriger und wanderte von ihren kleinen, perfekt geformten Brüsten zu ihren Hüften und den langen Beinen, die noch von einem Hauch von Seide umgeben waren.

Sie sah ihm tief in die Augen und hauchte: »Geliebter. Nur noch ein ganz klein wenig Geduld. Bin ich eine begehrenswerte Frau?«

»Ihr seid eine Frau, wie ich sie noch nie erleben durfte. Eine bezaubernde, unwiderstehliche Frau.«

Er schloss für einen kurzen Moment die Augen. Ein kleines Zucken, ein süßer Schmerz schien ihn zu durchdringen. Gänsehaut bildete sich an seinen nackten Beinen.

Er sah an sich herunter und entdeckte den Dolch, der tief in seinen Eingeweiden steckte. Er schien im ersten Moment zu versuchen, dies als einen Teil des Liebesspieles zu verstehen, doch als das Blut in einer Fontäne an beiden Seiten der Klinge herausspritzte, kam die Erkenntnis, dass hier etwas völlig aus dem Ruder lief. Er riss entgeistert die Augen weit auf.

»Aber?«

Calinka presste ihre rechte Hand auf seinen Mund. Die

andere Hand riss die blonde Perücke vom Kopf. Unbändiges Entsetzen schien ihn zu durchströmen. Fassungslos starrte er auf ihre Haare. Kurze schwarze Stoppeln. Calinka war verschwunden. Dafür nahm sie ihre Stelle ein. Und sie betrachtete ihn voller Verachtung. Sein Blick wurde glasig.

»Nein. Nein. Ihr? Hexenabschaum«, brachte er gepresst unter ihrer Hand hervor.

»Erinnerst du dich? Ich hatte versprochen, dir zu beweisen, dass ich eine Frau bin. Kurz vor deinem Tod.«

Nur ein hässliches Stöhnen bekam sie zur Antwort, als sie den Dolch aus seinem Bauch zog.

Kreideweiß schien er sich seinem Schicksal zu ergeben, doch sie wusste, so schnell gab ein kampferprobter Soldat nicht auf und beobachtete ihn genau. Als er unauffällig tief Luft holte, um im nächsten Moment nach den Wachen zu brüllen, schnitt sie ihm mit einem Ruck die Kehle durch. Der kampferprobte Soldat lag nur noch im Bett - still und tot.

Was für ein Idiot. Dabei hatte sie ihn vor der Spelunke gewarnt. Wenn er ihr damals gesagt hätte, sie wäre hässlich, hätte sie mit ihm kurzen Prozess gemacht. Aber er hatte es gewagt, ihre Weiblichkeit in Frage zu stellen, was zweifelsohne die Höchststrafe verdiente. Logisch.

Vom ersten Tag an, als er endlich die Straße am Markt entlang ritt und sie ihm vor das Pferd springen konnte, hatte er sie mit seinen Augen von oben bis unten befummelt. Es bedurfte nur noch des einmaligen Schluchzens und zweimaligen Augenklimperns und schon rutschte ihm sein

Spatzenhirn in die Hose. Männer - berechenbar wie die Gezeiten.

Sie riss sich die beknackten Schmuckärmel von der Bluse und knöpfte diese zu. Ihr schwarzes Unterkleid und die dunkle Bluse boten ihr in der Dunkelheit der Nacht ein Mindestmaß an Schutz.

Sie dachte nicht näher darüber nach, warum sie Tandriks Hose, die edlen Beinkleider ihres Geliebten, der so plötzlich und unerwartet aus dem Leben gerissen wurde, in die Hand nahm und den versiegelten Brief von Fürst Schohtar aus dem Bund zog. Sie steckte ihn in ihre Gürteltasche, so auch die blonde Perücke.

Interessante Wochen lagen hinter ihr. Doch jetzt war sie froh, dass es vorbei war, denn das höfische Gehabe, welches sie sich vor einigen Jahren von einer ehemaligen Kammerzofe in unzähligen Lehrstunden hatte beibringen lassen, verabscheute sie zutiefst. Vor allem, weil die erste Lektion darin bestand, zu lernen, sich den Männern ständig unterzuordnen, oder zumindest so zu tun - mit der Konsequenz, dass ihr leibhaftig die Rolle der Frau in der privilegierten Gesellschaft vor Augen geführt wurde. Ihr Blick fiel auf die lange Schleppe aus feinstem Stoff, die sie auf den Boden hatte fallen lassen. Der komplette Wahnsinn gipfelte in diesem schrecklichen Kleidungsstück. Die edle Dame kleidete sich mit einem elend langen Stofflappen, aus dem sich locker Kleidung für eine komplette Bauernfamilie nähen ließe. Sie zog dieses Teil stolz meterweise hinter sich her durch den Dreck. Und dies ohne jeglichen Nutzen, wenn man von der permanenten Stolpergefährdung einmal absieht. Was sollte das? Eine symbolische Leine? Den edlen Herren fortlaufen ging doch ohnehin nicht. Was blieb überhaupt noch? Die perfekte Frau war ruhig und schön und willig. *Ruhig schön willig* ging bei Bedarf auch noch gerade durch. Wenn dann noch Zeit blieb, durfte die Dame sich in devoter Bewunderung des starken Geschlechts üben.

Sie warf ihre Stirn ganz und gar undamenhaft und unkultiviert in Falten. Was ging sie das an? Wieso machte sie sich hierüber überhaupt einen Kopf. Vergeblich versuchte sie auf andere Gedanken zu kommen, doch was geschieht, wenn man an etwas *nicht* denken will? Ihr fielen die Frauen aus den unteren Schichten der Gesellschaft ein, wie Bäuerinnen und Erntehelferinnen - auch als solche hatte sie sich schon verkleidet - denen es noch viel schlechter erging, zumal bei ihnen die harte Arbeit auf den Feldern, im Haus und am Herd dazu kam. Schwanger mit bereits fünf Kindern mit zwanzig, grau und verhärmt mit dreißig, gebeugt und zahnlos mit vierzig, tot und begraben mit fünfzig.

Die Frauen, die nicht in diesem Sinne funktionierten, liefen ständig Gefahr, wegen jeder Kleinigkeit auf dem Scheiterhaufen zu enden. Einmal zu wenig die Beine breit gemacht - und du wirst zur Hexe. Einmal zu viel und du wirst zur Hure. Ein verdammt schmaler Grat zum Wandern, den diese Gesellschaft bereitstellt. Sie indes pfiff auf diesen Grat und stolzierte nebendran in die Richtung, die ihr gerade genehm war. Sie ballte die Faust. Für Männer war sie Hexe,

Hure, Dame, Opfer, Traum und Albtraum in einer Person. Welche dieser Rollen sie gerade einnahm, bestimmte sie ganz alleine. Niemals einem anderen Menschen untertan; und einem Manne schon gar nicht. Ein Gefühl von Freiheit und Überlegenheit erfüllte sie.

In den letzten Tagen hatte es nur zwei wackelige Momente gegeben, ansonsten lief alles wie geplant. Der kritischste Augenblick, nur wenige Stunden her, als sie Fürst Schohtar Tomur vorgestellt wurde. Ein gefährlicher Mann. Noch intelligenter als hässlich, und mehr geht kaum. Schohtar war sofort misstrauisch geworden und begann, sie zu durchleuchten. Sie hatte dieses Ekel herausgefordert, indem sie ihm zeigte, dass ihr dies nicht entgangen war, ganz und gar unpassend zum sonstigen Auftreten des naiven Blondchens. Aber ganz ohne Risiko ging es nicht - wo bliebe denn da der Spaß.

Der zweite brenzlige Moment geschah, als sie mit Tandrik am Teich stand.

»Die Goldfische verstecken sich voller Scham vor Eurer Schönheit.«

Da war sie kurz davor gewesen, in den Teich zu kotzen. Dass Männer Idioten sind, wusste sie vorher, doch mit solch einem verbalen Geniestreich hatte nicht einmal sie gerechnet. Wenn sie länger darüber nachdachte, wäre ihre vorübergehende Unpässlichkeit doch nicht so schlimm gewesen. Sie hätte ruhig ins Wasser reihern, sich danach den Mund abwischen können und erklärt, sie wollte nur die Fische füttern. Die Erklärung hätte dieser Volltrottel ihr auch noch abgenommen.

Sie reckte sich wie eine Katze nach dem Mittagsschlaf, ging dann zum Fenster, öffnete es und stieg hinaus auf das Dach. In der Hocke aktivierte sie alle Sinne. Der Turmschlag der Stadtkirche wehte herüber. Zwölf Mal. Mitternacht. Der Wind wehte den würzigen Geruch frisch gemähten Grases herüber.

Wieso war sie nur so neugierig, wo ihr doch die Menschen, die Gesellschaft, die Politik so was von egal waren? Doch sie konnte nicht widerstehen, zumal der Balkon der Regentschaftshalle des Fürsten ganz in der Nähe über das Nebendach zu erreichen war. Trittsicher wie ein Eichhörnchen schlich sie auf allen Vieren bis zum Dachsims direkt über die Galerie, die an der dem Innenhof zugewandten Seite einmal rund um das Gebäude herum verlief. Vorsichtig ließ sie sich darauf hinunter. Eine der Balkontüren stand halb offen, zugezogene Vorhänge versperrten ihr jedoch den Blick in den Raum.

Drei Männer unterhielten sich. Die plärrende Stimme des Fürsten sägte zwar in ihrem Kopf, die anderen Stimmen jedoch erreichten sie etwas leiser und undeutlicher, so dass sie einmal mehr froh über ihr außergewöhnliches Gehör war.

Schohtar meckerte lautstark: »Er hatte mir vorher versichert, dass er sie nur ein paar Mal flachlegen will – also nix Ernstes und dann ... bringt dieser Idiot doch glatt diese dusselige Baronesseschlampe hierher.«

Wenn der wüsste, wie todernst ihre Liebschaft gewesen

war.

»Seine ständigen Frauengeschichten sind ein Risiko,« lästerte die Stimme des Mannes, den sie ein paar Stunden zuvor als Herzog Mondek kennengelernt hatte.

»Da sind wir ja alle dankbar, dass Ihr und Tandrik in dem Punkt so grundverschieden seid, Mondek«, giftete der Fürst. »Ich will, dass Ihr überprüft, ob jemand eine Calinka Cornika aus Winslorien kennt. Forscht auch nach der Familie Varull und nach Herzog Vesper aus Alandar. Ich will alles über die Frau wissen. Einfach alles. Inklusive ihrer Geschlechtskrankheiten – ist das verstanden?«

Devote Zustimmungsfloskeln wehten zur ihr auf den Balkon herüber.

»Jetzt zu Euch, Magister Korn. Seht mir die Frage nach, doch ich muss wissen, woran ich bin. Warum seid Ihr Eurem König und Eurem Prinzen gegenüber so wenig loyal? Im Grunde bin ich kein Freund von Hochverrat – es sei denn dieser nutzt mir, hehe. In solchen Fällen bin ich natürlich geneigt, großmütig meine moralischen Bedenken hinter die Zweckmäßigkeit der Sache zu stellen.« Er wieherte.

Mondek fiel brav in das Lachen mit ein. Erst der Hengst, dann das Pony.

Eine neue Stimme. Wenig amüsiert. Das musste der angesprochene Magister Korn sein.

»Mein Fürst. Ich bin loyal meinem Heimatreich Toladar gegenüber. Dieses Reich sehe ich in ernster Gefahr. Tedore ist ein schwacher König. Viel zu nachgiebig und wenig vorausschauend. Sein Sohn Karek ist noch unfähiger. Er ist nicht nur schwach, sondern stellt zudem die Grundfeste unserer gesellschaftlichen Ordnung infrage. Er ist beispielsweise auch zu weich für unser bewährtes Rechtssystem. Ihn beschäftigen Themen wie: warum es Kriegshelden aber keine Friedenshelden gibt.«

»Friedenshelden. Niedlich.« Schohtar gluckste kehlig. Bevor Mondek mit einem Lachecho folgen konnte, fragte er schnell: »Und was stört Euch noch?«

Sie hörte diesen Magister Korn tief Luft holen. »Unser Königreich wird von Soradar überrollt werden, wenn die Politik des Hauses Marein weiterhin Bestand hat. Ihr hingegen werdet mit harter Hand regieren und die aufbegehrenden Sorader in Schach halten.«

»Hehe, sehr richtig. Nicht nur das. Ich werde Soradar überrollen. Nun gut. Wenn ich merke, dass Ihr ein doppeltes Spiel treibt, wird Euch die gleiche harte Hand, die Ihr so preist, in hundert kleine Teile schneiden. Und glaubt nicht, dass Ihr dann schon tot seid.«

Pony Mondek schnaubte, als schiene er bereit, eine gebührende Lachsalve zum Besten zu geben. Als sein Herr und Meister jedoch todernstes Schweigen folgen ließ, hörte sie ihn nicht einmal mehr atmen.

Dann fuhr Schohtar fort: »Magister Korn – was ist jetzt mit dem Bengel? Wann verlässt er endlich die Burg?«

»Seine Abreise erfolgte bereits vor einigen Tagen. Er müsste mittlerweile auf der Feste Strandsitz seine ersten Tage verlebt haben. Was habt Ihr denn mit ihm vor?«

»Lasst das meine Sorge sein. Er wird jedenfalls beseitigt

werden. Danach kann ich seinen trauernden Vater Tedore trösten. Und, weil ich kein Unmensch bin, die beiden wieder vereinen.«

Sein mehliges Lachen, mit einer kurzen Verzögerung begleitet vom biederen Gelächter Herzog Mondeks verursachte ihr Kopfschmerzen.

Sie wollte die Galerie gerade verlassen, als der Fürst näselte: »Mondek, mein Guter. Ihr sorgt dafür, dass wir das Pergament oder zumindest eine Abschrift davon in unsere Hände bekommen. Wir wollen doch alle ganz sicher gehen, dass sich die Prophezeiung der Myrnen nicht erfüllt. Dafür müssen wir kämpfen. Um den Kampf zu gewinnen, brauchen wir das Artefakt. Um das Artefakt zu bergen benötigen wir das Pergament. Ist doch nicht so schwer, oder?

Somit sorgen wir dafür, dass nicht nur die Dynastie der Mareins so unerwartet endet, sondern gleichermaßen, dass die Dynastie der Familie Schohtar Tomur beginnt. Und ihr meine Freunde, gehört zu dieser Familie, nicht wahr?«

Die beiden letzten Worte ‚nicht wahr' hallten auf den Balkon herüber wie Peitschenhiebe.

»Ja, aber natürlich«, bekräftigte Mondek. Jetzt wurde seine Stimme verschlagener: »Mit der Schriftrolle kann uns sicherlich auch der gute Herr Magister helfen.«

»Korn – besorgt uns diese Information – Ihr könntet geraderücken, was Mondek dilettantisch versaubeutelt hat.«

»Aber, aber mein Fürst,« stammelte Mondek.

»Nix da – Tatarie, dieses San-Priester Weib, tanzt Euch

seit Langem auf der Nase herum und ist dabei nur ein wenig nass geworden. Anstatt dieser gierigen Hure die fünfzig Großen Goldstücke zu geben, die sie für das Pergament verlangt hatte, habt ihr sie direkt in Tedores Arme geführt, so dass dieser jetzt persönlich seine Hand über sie hält. Ein wahres Meisterstück.«

»Die Umstände waren unglücklich.«

»Sagte er, bevor der Henker ihm die Schlinge um den Hals legte.«

»Aber, aber ... «

»Ihr solltet Euren Fehler lieber wieder gutmachen und nicht rumstottern, Mondek. Magister Korn, helft diesem Vorzeige-Herzog, den Hals aus der Schlinge zu ziehen, und in meinem zukünftigen Reich ist Euch ein exponierter Platz am Hofe sicher.«

»Ich kenne Tedores Versteck für geheime Dokumente. Vermutlich wird er dort die Schriftrolle lagern. Ich werde sehen, was ich tun kann.«

»Vergesst das Sehen, sondern konzentriert Euch auf das Tun, mein Guter. Und Mondek – wer weiß, wofür Tatarie nochmal nützlich sein kann. Die macht fast alles, wenn die Bezahlung stimmt.«

Sie hatte genug gehört. Dieser Schohtar war mit allen Abwassern gewaschen. Zugestanden: Seine Methoden entsprachen der herkömmlichen, stinknormalen Machtpolitik. Druck, Drohungen, Verrat, Mord, Intrigen, Skrupellosigkeit, schärfste Sanktionen und, wenn es sich absolut nicht vermeiden ließ, großzügige Bestechungen. Also – nichts dagegen einzuwenden, nur professionell. Dass er sie jedoch als dusselige Schlampe bezeichnet hatte, ging ihr schon gegen den Strich. Gut, genauer betrachtet, war diese Aussage auf Calinka gemünzt, doch auch diese besaß schließlich ihren Stolz.

Sie zog sich wieder hoch auf das Dach. Von dort zum obersten Wehrgang der Außenmauer der Burg waren es fast vier Meter. An sich kein Problem für sie. Nur, dass der Wehrgang ein gutes Stück höher als das Dach verlief. Sie brauchte für einen solchen Sprung Anlauf. Tief unten im Hof brannten lediglich zwei einsame Fackeln, so dass sie sich von tiefer Dunkelheit umgeben aufrichtete und ungesehen in Richtung Ende des Daches sprintete. Beim Absprung drückte sie sich kräftig ab, dabei knackte es und ein Dachziegel zerbrach in mehrere Teile. Ihr Sprungbein rutschte ein wenig nach hinten. Die vorgesehene Landung konnte durch den verunglückten Absprung nicht mehr hinhauen. Sie warf beide Arme nach vorn und flog auf die Innenseite der Burgmauer zu. Mit den Händen bekam sie den Rand des Wehrganges zu greifen – ihre Füße federten den Aufprall an den breiten Querbalken ab, so dass sie sich mit den Armen auf den Wehrgang ziehen konnte. In der Hocke sondierte sie die Lage. Überall um sie herum herrschte Stille. Der tote Tandrik blieb bisher unentdeckt, ansonsten wären alle Wachen längst in Alarmbereitschaft. Ärgerlich blickte sie zurück auf das Dach. Sie hätte die Stelle des Absprungs vorher überprüfen müssen. Nichts dem Zufall überlassen. Logisch.

Einige Tage später erreichte sie ihr bescheidenes Zuhause mitten im Blutwald. Ein fürchterlicher Gestank empfing sie etwa hundert Meter von ihrer Holzhütte entfernt. Eine Leiche, die Verwesung war fortgeschritten, lag in der Nähe eines Baumes auf dem Boden. Tausende Fliegen klebten an ihr wie eine schwarze Decke. Unwillig erhoben sie sich in die Luft, als sie näher herantrat. Der Mann, zerfetzt wie er da lag, war Opfer eines Raubtieres geworden. Die Kehle, von Reißzähnen herausgerissen, ein Teil des Körpers und der Beine gefressen. Nur seine nietenbeschlagene schwarze Lederkutte schien unversehrt. Sie stieß ihn mit dem Fuß an, so dass er auf die Seite rollte. Die Nieten auf seinem Rücken bildeten die Form eines Vogels.

Es raschelte, der Wolfshund stürzte hüpfend wie ein Fohlen, vor Freude jaulend auf sie zu. Er stellte sich auf die Hinterbeine, die Vorderpfoten an ihren Schultern und leckte ihr über die Nase.

»Das warst du wohl. Braves Drecksvieh. Da hast du prima aufgepasst, dass sich niemand meinem bescheidenen Holzschloss nähert.«

Drecksvieh drehte wachsam mit hoch erhobenem Kopf und gespitzten Ohren eine große Runde, um ihr zu zeigen, dass sie da zweifelsohne richtig lag.

Sie löste die blutbefleckte Gürteltasche von der Leiche und ging die restlichen Schritte zu der Behausung. In ihrer Abwesenheit schien, dank Drecksvieh, niemand die Holzhütte betreten zu haben. Sie öffnete den Schrank und begann das, was von Calinka noch übrig geblieben war, dort einzuräumen. Die Perücke mit den blonden Haaren und zahlreiche Schminkutensilien – vornehmlich die sündhaft teure Creme, die jede Unregelmäßigkeit inklusive kleiner Narben perfekt kaschierte. Dann ihre Lieblingsteile, sorgfältig verwahrt in einem Holzkästchen: Zwei kleine Einlagen aus Metall, die perfekt an die Innenseiten ihrer Wangen angepasst waren. Vor einigen Jahren schon hatte sie sich diese Wangeneinlagen von einem geschickten Schmied herstellen lassen. Mithilfe der Schalen von Gänseeiern, ausgefüllt mit flüssigem Stahl, waren sie optimal auf ihr Gesicht angepasst worden. Das Tragen dieser Teile veränderte ihr Antlitz enorm. Ihre hohen Wangenknochen verschwanden, ihr Gesicht wurde rundlicher, weiblicher und, wie sie fand, dümmlicher. Letzteres schien die Männer keineswegs zu stören – ganz im Gegenteil.

Calinka Cornikas Kleider hatte sie alle verbrannt. Gold besaß sie genug, um sich ähnlichen Adelsplunder jederzeit neu kaufen zu können.

Zu guter Letzt verstaute sie den versiegelten Brief von Fürst Schohtar auf dem Schrankboden. Um den wollte sie sich später kümmern, für heute hatte sie die Nase voll von den Spielchen der Mächtigen in diesem verfluchten Land.

Erst jetzt machte sie sich daran, die Gürteltasche des Toten zu öffnen. Sie fand eine kleine Ampulle mit einer durchsichtigen Flüssigkeit. Vermutlich Gift. Zudem klimperten vier Kleine und drei Große Goldstücke darin. Sie warf einen tieferen Blick hinein. Der restliche Inhalt ließ sie stirnrunzelnd innehalten. Langsam zog sie die Krähenfeder mit Daumen und Zeigefinger aus der Tasche. Bisher dachte sie, die letzte aller Krähen zu sein. Ihren Unterschlupf mitten im Blutwald hatte sie immer streng geheim gehalten. Dass der Tote mit der Krähenfeder nur zufällig hier vorbeigekommen sein könnte, schloss sie sofort aus. Blödsinn. Was für ein Spiel lief hier also? Wer suchte mit welcher Motivation nach ihr? Hatte dieser Mann den Auftrag, sie zu beseitigen? Wenn ja, wer steckte dahinter? Schohtar schloss sie aus. Der würde warten, bis sie den Prinzen erledigt hatte. Und dann sicherlich keine Krähe beauftragen, denn es galt als ein ungeschriebenes Gesetz, dass sich niemals eine Krähe auf eine Krähe ansetzen lässt. Eine Menge Fragen suchten nach Antworten.

Stabsoffiziere

Im großen Speisesaal der Hauptburg ging es beim Frühstück lauter her als gewöhnlich. Es standen die ersten gemeinsamen militärischen Übungen an, somit machte sich die Anspannung durch angeregte Unterhaltungen ein wenig Luft.

Karek saß wie bei jeder Mahlzeit zwischen Eduk und Blinn. Er hatte sein Essen längst verputzt und schielte nun auf den Teller direkt auf der anderen Seite des Tisches. Auf diesem lag noch ein Brötchen, goldig, knusprig, verlockend.

Karek sah Wichtel in die grünen Augen. »Magst du dein Brötchen nicht mehr?«, fragte er hoffnungsfroh.

Der Kleine grinste. Er schien mit der Frage gerechnet zu haben. Seit ein paar Tagen gab Wichtel oftmals einen Teil seines Essens an sein Gegenüber ab, so auch heute, als er den Teller hinüber reichte.

»Nimm es. Und gut ist.«

Karek war ihm sehr dankbar, fühlte er sich seitdem nicht mehr wie kurz vor dem Hungertod.

»Danke. Du bist ein echter Kumpel«, mit diesen Worten nahm sich Karek das Brötchen und veredelte es, indem er fingerdick Butter darauf schmierte.

»Ein echter Kumpel«, meinte Eduk neben ihm. »Und du bist echt verfressen.«

»Wie soll ich meine gute Figur denn sonst halten?«

Blinn warf ein: »Gute Figur? Du bist wahrscheinlich schwerer als Wichtel und ich zusammen. Es gibt durchaus

Stimmen, die würden dich, wie soll ich sagen, ich traue mich kaum, es auszusprechen, *dick* nennen.«

Karek riss erstaunt die Augen auf und fragte mit leisem Entsetzen. »Nein. Nicht wirklich! Sag schon - ist das vielleicht der Grund, warum Krall mich immer Fettsack oder, wenn er gute Laune hat, Tonne nennt?«

Blinn bemerkte trocken: »Nee, also wirklich. Da einen Zusammenhang zu vermuten, ist schon sehr weit hergeholt.«

Karek schmunzelte, dann hob er die Schultern und sah an sich herunter. »Und außerdem ... Diese Lauferei und das karge Essen setzen mir echt zu. Ich hab schon etwas abgenommen.«

»Abgenommen? Wo denn?«, fragte Eduk interessiert.

»Ihr seid Blödmänner«, schmatzte Karek.

So brachen beide Einheiten mit einem einigermaßen gesättigten Geheimprinzen am frühen Morgen erstmalig gemeinsam auf. Die Weißen marschierten voraus und die Schwarzen hielten gebührenden Abstand, blieben jedoch in Sichtweite.

To Shyr Ban, wie immer entspannt und in bester Laune, erklärte die Regeln des heutigen Manövers. »Es wird darum gehen, ein abgestecktes Terrain mit einem kleinen See zu erreichen, welches die Weißen verteidigen. Sie werden rundherum Wachposten und Barrieren aufstellen und sich entsprechend unserer Angriffsstrategie verschieben, um einen Durchbruch zur Mitte zu verhindern. Gekämpft wird nur mit Knüppeln, die wir selbst herstellen müssen. Wichtig ist zudem, möglichst wenig Körpertreffer einzustecken.«

Karek rollte mit den Augen.

Das ist ja wieder genau mein Ding. Hirnlos mit Holzknüppeln aufeinander einschlagen.

Der Himmel leuchtete in einem freundlichen Blau, die Luft war selbst für südliche Verhältnisse für den frühen Morgen ungewöhnlich warm und die Gräser auf den Feldern wurden von einem sanften Wind gestreichelt.

Shyr Ban ging voran und schlug einen Weg ein, der nach Westen in ein Dickicht führte. Die Weißen verschwanden am Horizont.

»Hier fertigen wir unsere Waffen an. Macht euch stabile Knüppel – jedoch nicht zu schwer. Ihr sollt diese auch noch schwingen können.«

Karek hackte sich mit einem kleinen Beil einen passenden Stock zurecht. Er setzt sich zu To Shyr Ban auf einen Stein und schnitzte mit einem Messer daran herum.

Dann fiel ihm etwas ein. »Hauptmann Shyr Ban, Ihr seid doch Azari?«

»Ja, seit meiner Geburt.«

»Die letzten Worte eines Azari, der vor Kurzem bei einem Überfall getötet wurde, lauteten: Pomuroje, pecteroje, animaje osteroto. Sagt Euch das etwas?«

Shyr Ban schüttelte den Kopf. »Nein. Davon verstehe ich kein Wort. Was soll das für eine Sprache sein?«

»Die Alte Sprache der Myrnen«, erklärte Karek.

»Die Alte Sprache spricht niemand mehr, den ich kenne. Da kann ich dir nicht weiterhelfen.«

Inzwischen wedelten die meisten der schwarzen Anwärter mit grimmigen Gesichtern mit einem Holzstecken herum. Karek warf einen Blick auf Krall, der stolz mit beiden Händen einen gigantischen Knüppel hin und her schwang, welcher, wenn er nur etwas länger wäre, locker einer Handelskogge als Hauptmast hätte dienen können.

»Blinn und Linnek – ihr zwei kundschaftet das Gebiet um den See aus. Haltet Abstand und lasst euch nicht gefangen nehmen. Ich brauche nur eine Lagebeschreibung.«

Krall motzte umgehend: »Wieso soll der Fettsack kundschaften gehen? Der ist nicht stark und auch nicht schnell. Warum lasst Ihr mich das nicht machen?«

»Soldat Krall. Der Befehl ging an Blinn und Linnek. Keine Diskussion mehr. Und überhaupt bin ich von deiner unkameradschaftlichen, eigensüchtigen Art wenig angetan. Wir sind die Schwarzen. Wir sind *eine* Kompanie. Wir halten zusammen. Wir sind so schnell wie der Langsamste von uns. Wir sind so stark wie der Schwächste von uns. Also sorgen wir dafür, dass wir alle stark und schnell werden.

Und glaube mir, du wirst nicht immer zu den Gewinnern gehören, sondern auch Situationen erleben, in denen du auf die Hilfe der Kameraden angewiesen bist. Ich wünsche, dass wir aufeinander achten.«

»Aufeinander achten«, echote Eduk.

Blinn und Karek machten sich auf den Weg. Sie verließen das Dickicht und näherten sich kurze Zeit später dem Terrain, das es zu erobern galt. Einige riesige Felsformationen bildeten einen Kreis; ein Teich war nicht zu entdecken.

»Verdammte Geschwister. Die Felsen sind zu steil. Da können wir nicht drüberklettern«, sagte Blinn und fuhr mit seinem Zeigefinger die Narbe in seinem Gesicht entlang.

»Ja, wir müssen uns etwas anderes überlegen. Was für Geschwister?«

»Unser Götterpaar – Lithor und Dothora natürlich. Die sind doch für alles verantwortlich oder etwa nicht?«

»So kann man es sehen«, meinte Karek, unsicher, ob er diese Interpretation von Gläubigkeit genau so teilen konnte. Wenn er *der* Logik folgte, hatten die beiden Götter dafür gesorgt, dass es nur wenige Durchgänge gab.

»War ja zu erwarten. So wollen unsere lieben Hauptmänner sicherstellen, dass wir ordentlich aufeinander einkloppen müssen«, meinte Karek und zog die Mundwinkel nach unten.

Die Weißen fällten kleine Bäume und errichteten Barrikaden. Der Hauptzugang war schon etwa in Brusthöhe der Verteidiger durch übereinander gestapelte Querbalken zugebaut.

Die beiden Kundschafter machten in der Ebene gar nicht erst den Versuch, sich zu verstecken, sondern hielten auf das Gelände zu. Als ihre Gegner Linnek und Blinn in der Ferne auftauchen sahen, winkten sie drohend mit ihren Knüppeln. Karek zählte fünf Verteidiger an diesem Schutzwall.

Im Westen und im Osten machten sie eine ähnliche Beobachtung. Auch hier versperrten die Weißen fleißig den Durchgang. Hierzu spitzten sie dicke Pflöcke an und rammten diese mit dem Nacken einer schweren Axt senkrecht nebeneinander in die Erde.

»Über die Palisaden kommen wir sicherlich nicht drüber. Wenn, dann nur durch den Haupteingang«, sagte Blinn.

»Das ist genau das, was sie wollen«, antwortete Karek. »Dort werden sie uns erwarten.«

Die beiden hatten genug gesehen. Sie kehrten zu ihrer Einheit zurück.

Nachdem sie ihrem Hauptmann ausführlich Bericht erstattet hatten, fragte Karek nach: »Es geht also im Grunde nur darum, die feindlichen Reihen zu durchbrechen?«

»Richtig. Es geht nicht darum, das Terrain zu erobern und zu halten. Ziel ist es nur, den Teich zu erreichen und ein erfrischendes Bad zu nehmen. Es gibt jedoch nur wenige strategische Punkte, an denen wir durchbrechen können. Das erleichtert unseren Gegnern die Verteidigung leider enorm.«

Karek sah sich um und begutachtete die kleinen gerade gewachsenen Bäume um sich herum.

»Hauptmann Ban. Ich habe eine Idee. Darf ich diese vortragen?«, fragte Karek.

To Shyr Ban nickte. Sie gingen ein Stück abseits der Gruppe und diskutierten eine Weile.

Als der Hauptmann wieder zurückkam, zeigte er auf lange bambusähnliche Äste, die steil nach oben wuchsen. »Neues Kommando. Jeder macht sich einen Stab, etwa zwei Daumen dick mit mindestens zwei Metern Länge.

»Das ist ja länger als ein Speer«, platzte Wichtel heraus. Wir haben doch schon die Knüppel. Was wollen wir mit so langen Teilen?«

»Euer Kamerad Linnek hat einen interessanten Vorschlag, den er gerne ausprobieren würde. Wenn das klappt, haben wir Spaß, wenn nicht, sind wir die Obertrottel.«

Krall verzog das Gesicht. »Was sollen die Ideen von dem Fettsack schon taugen? Der ist doch schon jetzt ein Obertrottel. Wenn es schief läuft, wissen wir ja immerhin, wen wir verprügeln müssen.«

»Soldat Krall. Zum letzten Mal: Einen Fettsack gibt es in meiner Truppe nicht. Es gibt einen Vorschlag von Linnek. Ich habe mich auf diesen eingelassen und übernehme somit die Verantwortung. Demnach versucht mich zu verprügeln, falls wir uns blamieren sollten«, erwiderte der Hauptmann eindringlich. Krall glotzte wütend auf den Boden, sagte jedoch nichts.

Die Gruppe verteilte sich jetzt erneut in die Büsche und jeder suchte nach geeigneten Ästen, um einen langen Speer herzustellen. Karek besorgte sich mithilfe der kleinen Axt einen langen Stecken, betrachtete diesen von allen Seiten und prüfte die Stabilität. Er begann, seine Idee zu bereuen.

Den weiteren Vormittag übte die Gruppe, den Vorschlag von Karek umzusetzen. Sogar Krall mit einem Stab etwas länger als der Bergfried der Feste Felsbach, hatte Spaß daran, auch wenn er dies selbst unter Folter niemals zugeben würde. To Shyr Ban verwendete viel Zeit darauf, Kommandos zu erklären, die er mit entsprechender Gestik vornahm.

»Wenn ich die gestreckte rechte Faust zeige, heißt das Sammeln. Alle laufen zu mir.« Er streckte seinen rechten Arm hoch und ballte die Faust.

Dann war es soweit. Die Einheit brach auf, um Kriege zu gewinnen, Land zu erobern und Ruhm zu ernten.

Die Hitze wurde immer unerträglicher, so dass die Jungen sich regelrecht auf die Eroberung des Teiches mit der Aussicht auf ein erfrischendes Bad freuten.

To Shyr Ban teilte seine Anwärter in vier Gruppen auf, die sich alle in unterschiedlicher Richtung dem umkämpften Terrain näherten. Die Verteidiger hatten sich ebenfalls auf die möglichen Zugänge verteilt und glotzten über ihre Barrikaden.

Hauptmann Ban gab das Angriffskommando.

Alle schwarzen Streiter rannten sternförmig auf die Felsenformationen zu. To Shyr Ban hielt sich in der Mitte und erreichte den ersten Felsen, der nur etwa acht Meter vom Hauptdurchgang entfernt war. Er streckte seine rechte Faust senkrecht nach oben. Seine Streiter reagierten sofort und strömten zusammen.

Karek hörte Hauptmann Bostun frohlocken: »Das gibt es doch nicht. Zu mir. Sie sind wirklich so blöd und kommen alle durch die Mitte. Alle die Mitte verteidigen.«

Der schwarze Trupp rannte unbeirrt weiter – alle hielten ihre Speere waagerecht in Hüfthöhe vor sich.

Der Prinz lief keuchend in dritter Reihe. Der Schweiß lief seinen Körper herunter wie ein Wasserfall. Den Speer hielt er in der linken Hand, den Knüppel in der Rechten.

Die Schwarzen hatten den Schutzwall fast erreicht.

Karek hörte laute Stimmen dahinter.

»Was wollen die mit den Lanzen?«

»Selten dämlich – die Dinger sind viel zu sperrig und träge. Träumen wohl, sie säßen wie bei einem Turnier auf einem Pferd.«

In diesem Moment warfen alle Schwarzen ihre Knüppel nach den Gegnern.

Hauptmann Bostun frohlockte: »Ducken! Mann, sind die behämmert. Schmeißen ihre Waffen weg. Die langen Stöcke können unserem Schutzwall nichts anhaben. Und im Nahkampf sind sie nutzlos. Wartet, bis sie nah genug sind. Sie sind dann wehrlos.«

Krall erreichte die feindliche Blockade als Erster. Von vier Weißen duckten sich zwei weg, um den heranfliegenden Knüppel nicht an den Kopf zu kriegen. Die anderen beiden Verteidiger standen nebeneinander, starrten auf das Ende von Kralls Lanze und wunderten sich, warum er mit vollem Tempo eine Lanze in den massiven Schutzwall rammen wollte. Doch Krall senkte kurz vor dem Zusammenprall den langen Stecken. Ungläubige Gesichter starrten ihn an. Die Lanze bohrte sich in den Boden. Krall hielt das andere Ende der Stange mit beiden Fäusten fest, drückte sich hoch und sprang mithilfe des Stabes mehr als einen Meter über den Schutzwall samt Verteidiger hinweg. Krall hatte eine beachtliche Höhe erreicht. Die Landung war das Schwierigste. Am höchsten Punkt stieß er sich vom Stab weg, riss die Arme in die Luft und landete mit beiden Beinen am Ufer des

Sees. Die verdutzten weißen Anwärter brauchten einen Augenblick, um zu begreifen, was gerade passiert ist. Dann stürzten sie sich mit Gebrüll auf ihn. Doch Krall hechtete lachend und prustend ins Wasser und hatte somit die Mission erfolgreich erfüllt.

»Haltet die Stellung!«, brüllte Bostun, doch es war zu spät. Die zuvor geordnete Verteidigung wandelte sich in Chaos. Die anderen Schwarzen benutzten ebenfalls ihre Stäbe, um in einem hohen Bogen über die Gegner hinwegzufliegen. Karek und Wichtel erreichten als letzte den Schutzwall. Keiner der Verteidiger beachtete sie mehr. Alle starrten ungläubig in die andere Richtung auf die planschenden Gegner. Um jetzt an dem unbewachten Schutzwall vorbeizukommen, musste Karek nicht einmal den Stab benutzen. Ganz am Rand quetschte er sich durch eine Lücke an der Barrikade vorbei, lief direkt auf den Teich zu und beschloss, mit der Stabtechnik einen riesigen Sprung ins Wasser zu wagen.

»Hoppla, hier komme ich«, rief er übermütig, nachdem ihn keiner der Gegner mehr aufhalten konnte. Er setzte, so elegant sein rundlicher Körper es zuließ, zum Sprung an, steckte den Stab fest in die Erde, klammerte sich an das Ende und glitt in die Luft. Es war wahrlich ein erhebendes Gefühl. Er stieß einen Jauchzer aus, denn schließlich war dieser Erfolg seiner brillanten Idee geschuldet, doch dann geschah es. Mit einem lauten Knacks brach sein Stab in der Mitte durch. Er verlor vollends die Kontrolle über seinen Körper und platschte unbeholfen wie ein Sack Hufeisen in den Teich. Sein gewichtiger Einschlag in das Wasser musste durchaus beeindruckend gewesen sein, denn als er mit knallrotem Kopf ob der Atemnot und des Schreckens wieder auftauchte, empfing ihn lautes Gejohle. Auch die Weißen brüllten mit. Er wischte sich das Wasser aus den Augen, alle anderen die Lachtränen.

»Verdammte Geschwister. Mach das noch mal«, gurgelte Blinn, während er sich vor Lachen auf die schmalen Schultern von Wichtel stützen musste.

Einzig Hauptmann Bostun sah keinen Grund zur Freude. Er brüllte mit rotem Gesicht: »Was seid ihr für unfähige Idioten. Nicht einen Einzigen habt ihr aufgehalten. Nicht mal den Dicken oder den Zwerg. Noch nicht mal einen Treffer gesetzt.« Er konnte sich kaum beruhigen.

Hauptmann Ban grinste indes nur lautlos in sich hinein.

Karek spuckte einen Schwall Wasser aus.

Hätte ich nur meine Schnauze gehalten. Wie kann ich mit meinem Gewicht nur auf solch eine Schnapsidee kommen? Wie ein Amboss, der in die Suppe platscht. Jetzt bin ich wochenlang der Blödmann.

Wie zur Bestätigung schmetterte ihm Krall in diesem Moment seine Pranke auf den Rücken und brüllte ausgelassen: »Hey Wassertonne, der war riesig. Wir werden noch ne Menge Spaß miteinander haben.«

Karek interpretierte diese Aussage eher als Drohung, denn als Lob.

Geteiltes Leid

Einige Tage später saß Karek kurz vor Sonnenuntergang auf einer Steinbank im Burghof hinter dem Übungsplatz. Er mochte diese Stelle und wollte für sich allein sein, den Trubel im gemeinsamen Schlafraum für einen Moment hinter sich lassen.

Seine Ausbildung lief seit knapp vier Wochen. 'Lief' war genau der richtige Ausdruck, denn bisher hatten sie, bis auf die Manöverübung rund um den See, überwiegend *Weglaufen* geübt. Karek merkte, dass sein Körper sich langsam auf die Strapazen einstellte. Er schaffte die Laufstrecke bis zu der Baumgruppe jetzt ohne Ohnmachtsanfall und ohne Kotzen. Doch stolz darauf sein konnte er nicht, zumal er immer noch der Schlechteste war.

Krall ließ kaum eine Gelegenheit aus, sich über ihn lustig zu machen. Das eine oder andere Mal durfte er auch noch spüren, wie sich Kralls Ellenbogen oder Faust schmerzhaft in seinen Körper bohrten. Das Letzte was er tun wollte war, sich beim Hauptmann über Krall zu beschweren. Er musste alleine mit dieser Situation fertig werden. Ein Schatten setzte sich neben ihm auf die Bank.

»Hallo Mussand. Schön dich zu sehen. Wie ist es dir bisher ergangen?«

Der Junge sah schlecht aus. Die dunklen Ränder unter den Augen waren nicht zu übersehen. Noch dunkler waren die blauen Flecken an Armen und Beinen.

Mussand verzog den Mund und sagte tonlos: »Ich habe

Probleme mit Dragan.«

»Wer ist Dragan?«

»Erinnerst du dich an den Typen – groß wie ein Leuchtturm, breit wie ein Scheunentor?«

»Der, den Hauptmann Bostun begeistert als Allerersten ausgewählt hatte - mit einem Gesicht, als wolle er ihn heiraten?«

»Ja, genau der.«

»Dann ergeht es dir ähnlich wie mir mit Meister Krall, dessen Liebenswürdigkeit du ja schon auf dem Weg hierher kennenlernen durftest.«

»Klar – auch so ein Eierkopp, der nur mit Kraft und Brutalität protzen kann.«

»Und was macht Dragan genau?«

»Er schikaniert und schlägt mich von morgens bis abends. Und nicht nur mich. Es gibt noch zwei andere, die er sich als Opfer ausgeguckt hat. Bostun unternimmt nichts dagegen.«

»Hast du dich etwa beschwert?«, fragte der Prinz.

»Klar – Dragan ist unberechenbar. Skrupellos, rücksichtslos. Mir blieb nichts anderes übrig.«

»Ich fürchte, das wird dir nur als Zeichen von Schwäche ausgelegt.«

Mussand senkte den Kopf und sagte leise: »Du hast leider recht. Seitdem ist es noch viel schlimmer geworden. Auch der Hauptmann demütigt mich jetzt bei jeder Gelegenheit.«

Karek wusste nicht, was er sagen sollte. Im Grunde steckte er in einer ähnlichen Situation, hatte jedoch das Gefühl, es mit To Shyr Ban als Ausbilder weitaus besser getroffen zu haben.

Er suchte gerade nach tröstenden Worten, als Hauptmann Bostun wie aus dem Nichts auftauchte und anfing, Mussand anzubrüllen.

»Was hast du hier gemeinsam mit dem Feind zu schaffen? Das ist Hochverrat. Im wirklichen Krieg würde ein solches Verhalten die sofortige Todesstrafe bedeuten. Sofort auseinander.«

Er packte den vor Schreck erstarrten Mussand am Kragen und zerrte ihn von der Steinbank herunter wie eine Puppe.

Karek stand auf und ergriff den Arm des Hauptmanns. »Übertreibt Ihr nicht ein wenig? Ob schwarze oder weiße Truppe – wir sind eine Armee, ein Reich.«

Bostun schüttelte die Hand ab und schlug Karek mit der rechten Faust ohne jegliche Vorwarnung mit aller Wucht mitten ins Gesicht. Der Junge fiel um wie hohes Gras unter der Sense. Der Schmerz in seiner Nase ließ ihn fast ohnmächtig werden. Entsetzt riss er die Augen auf. Bostuns Gesicht über ihm mutierte zu einer wutverzerrten Grimasse.

Er brüllte auf ihn herab: »Was weißt denn du? Wenn du mich noch einmal anfasst, bringe ich dich um. Auf dem Schlachtfeld lebst du oder stirbst du – diskutieren ist dort nicht vorgesehen.«

Ohne ein weiteres Wort trieb der Hauptmann Mussand mit Tritten vor sich her zur weißen Tür des Anwärtergebäudes und verschwand mit ihm dahinter.

Karek lag auf der Erde. Seine Nase blutete, sein Gesicht

brannte und ein Schwindelanfall hinderte ihn daran, sich aufzusetzen. Die Steinbank drehte sich um ihn herum wie ein Karussell auf dem Jahrmarkt.

So viele Prügel wie in den letzten drei Wochen habe ich zuvor in all meinen Lebensjahren zusammen nicht bekommen. Die Waffenübungen mit Madrich waren kuschelige Streicheleinheiten dagegen.

Er brauchte bis spät in den Abend, es war inzwischen stockdunkel, um sich so weit zu erholen, dass er sich ins Gebäude schleppen konnte. In seinem Schlafraum angekommen, sackte er auf dem Bett zusammen. Eduk und Wichtel glotzten ihn aus erschrockenen Gesichtern mit großen Augen an.

Nur Krall zeigte keinerlei Reaktion, sondern sah mit seinen blassen Augen völlig emotionslos auf ihn herab, als betrachtete er einen Maulwurfshügel. Kareks ohnehin schon rekordverdächtiger Grad der Verzweiflung stieg noch weiter an.

Wahrscheinlich haut er mir jetzt auch noch ein paar Mal in die Fresse.

Krall bewegte sich jedoch nicht, sondern unkte höhnisch: »He, Fettsack. In den Burggraben geplumpst? Warte doch, bis die Zugbrücke unten ist.«

Karek stöhnte nicht nur der Schmerzen wegen, sondern weil er jetzt auch noch Kralls eigenwilligen, gemeinen, spöttischen Humor ertragen musste.

In diesem Moment stürmte Blinn zur Tür herein und starrte Karek an. »Es stimmt also! Die Jungs haben erzählt, Hauptmann Bostun hätte einen von Shyr Bans Leuten zusammengeschlagen.«

»Wenn einer der Tonne die Nase brechen darf, bin ich das«, meinte Krall in einem Ton voller fürsorglicher Gehässigkeit. »Blinn, beweg' deinen Arsch; hol Shyr Ban. Die Nase muss gerichtet werden.«

Zwei Tage später fühlte sich Karek besser. Eine kleine Ledermaske um seine Nase brachte diese wieder in eine halbwegs ansprechende Form und jetzt kam das erfolgreichste Heilmittel aller Welten zum Zuge, sowohl für die äußeren als auch für die inneren Wunden: die Zeit. Wobei Karek die Erfahrung machte, dass die äußeren Wunden wesentlich schneller verheilten.

Eduk, Wichtel und Blinn standen neben ihm am Bett. Wichtel meinte aufgeregt: »Die ganze Feste redet von deinem Kampf.«

»Kampf? Was für ein Kampf?«

»Wie? Der Kampf mit Bostun – was denn sonst?«

Karek schüttelte vorsichtig den Kopf. »Das war kein Kampf. Das war eine Hinrichtung. Und ich habe überzeugend die Rolle des Delinquenten übernommen.«

Wichtel fragte: »Häh? Des was?«

»Egal.«

»Bostun tobte gestern den ganzen Tag. Seine Männer hatten unter seiner Wut ganz schön zu leiden. Ich bin froh, dass wir bei To Shyr Ban gelandet sind.«

Karek nickte vorsichtig zustimmend. Dann schaute er sich demonstrativ um. »In unserem Quartier fehlt offensichtlich ein großer Spiegel. Wie sehe ich aus?«

»Genau wie vorher – immer noch scheiße«, schmeichelte Blinn.

»Na ja – wenn man davon absieht, dass dein Zinken fast so fett ist wie dein Bauch, ist alles beim Alten«, ergänzte Wichtel wohlwollend.

»Alles beim Alten«, bekräftigte Eduk.

Karek musste grinsen, was augenblicklich einen stechenden Schmerz in der Nase auslöste. Dennoch fühlte er sich wohl. Er schaute in die Runde und ihn beschlich zum ersten Mal das Gefühl, in dieser merkwürdigen Feste willkommen zu sein. Diese Empfindung verflog in dem Augenblick, als sich die Tür öffnete und Krall, zurück von einem Latrinenbesuch, hereinpolterte.

»Was steht ihr alle um die Tonne rum?«, grunzte er gereizt. Ausgerechnet der kleine Wichtel entgegnete ruhig: »Ist ja gut, Krall. Wenn dir das Gleiche passiert wäre, würde ich auch an deinem Bett stehen.«

Eduk und Blinn hielten die Luft an. Karek erwartete, dass Krall das fast Unmögliche schafft und den Kleinen jetzt noch einen Kopf kürzer machen würde, doch nichts passierte. Krall grummelte irgendetwas Unverständliches, rempelte sich durch die Jungen in Richtung seiner Schlafstätte und ließ sich darauf fallen. Er kratzte sich erst im Schritt und dann an einigen Mückenstichen an seinen Armen und Beinen herum.

»Was glotzt ihr alle so blöde?«, fauchte er in die Runde.

»So blöde«, rutschte Eduk heraus.

Blinn und Karek drehten sich unauffällig weg, ein Grinsen unterdrückend.

Direkt am nächsten Tag versammelten sich die Schwarzen im Hof. Hauptmann To Shyr Ban erklärte den heutigen Tagesablauf. Er unterbrach sich, als die weiße Truppe ebenfalls auftauchte und sich aufstellte, um das morgendliche Begrüßungsritual zu vollziehen. Hauptmann Bostun schritt die Reihe seiner Soldaten ab und korrigierte lautstark das Erscheinungsbild dreier seiner Anwärter.

To Shyr Ban schlenderte zu Bostun hinüber, trat ihm in den Weg und stellte sich dicht vor ihn. Er sagte langsam und betont: »Guten Morgen, Hauptmann Bostun. Gestatte einen Hinweis in eigener Sache. Du kannst jederzeit zu mir kommen, wenn du dich über einen meiner Jungs beschweren möchtest oder ein sonstiges Problem hast. Aber greife nie, nie wieder einen von ihnen an.«

Bostun, zunächst sprachlos ob dieser Provokation direkt vor den Augen und Ohren aller schwarzen und weißen Rekruten, lief rot an.

Nahezu atemlos vor Wut brachte er hervor: »Wer will mich denn daran hindern?«

Shyr Ban antwortete mit einem fröhlichen: »*Ich*.«

Die Mehrzahl der Anwärter zog unbewusst ihre Köpfe ein, als wollte sich im nächsten Moment der Himmel auftun und gleichzeitig Blitz, Donner, Hagel, Regen und auch jede Menge Blut ausspucken.

Bostun eröffnete das Unwetter: »Du weißt nicht, wen du vor dir hast. Du wirst gar nichts tun, denn du kannst gar nichts tun. Ich bin dir in allen Belangen überlegen.«

»Zugegeben, im Aufschneiden hast du die Nase vorn«, stellte Shyr Ban ruhig fest.

Bostun legte seine Hand auf seinen Schwertknauf. »Wir können in einem Übungskampf gleich die Verhältnisse geraderücken. Du kannst doch ein bisschen fechten. Es heißt, du hättest mal beim großen Garemalan, dem Jadekrieger, gelernt.«

»Ja, und wenn er dich ausgebildet hätte, wüsstest du, dass der Schwertkampf nicht leichtfertig provoziert werden sollte.«

»Garemalan war ein Schwätzer. Seine Schwertkunst ist längst überholt und wahrscheinlich ist er lange tot. Ich werde dir jetzt ein paar neue Dinge beibringen.«

Bevor Hauptmann To Shyr Ban antworten konnte, schallte eine scharfe Stimme über den Hof. »Hauptmann Bostun und Hauptmann Shyr Ban, es freut mich außerordentlich, dass Ihr mir bei meinem Frühstück Gesellschaft leistet.«

»Jawohl, Großmeister Rogat.« Bostun drehte sich zackig um und schritt auf Rogat zu, der im Eingang der Hauptburg stand. Shyr Ban folgte ihm.

Die Jungen standen enttäuscht im Hof. Zu gerne hätten sie gesehen, wie sich die beiden Hauptmänner duellieren.

Wichtel fragte Blinn: »Sag mal, wer ist denn dieser Garemalan eigentlich?«

Bevor Blinn antworten konnte mischte sich Krall ein. »Garemalan ist der Große Schwertmeister. Der beste Fechter im Reich, vom König selbst berufen.«

»Und der ist tot?«

»Blödsinn! Bostun hat keine Ahnung. Er ist lange nicht mehr gesehen worden und gilt daher als verschollen. Ich glaube jedoch nicht, dass er tot ist.«

»Warum heißt er Jadekrieger?«

Krall schien alles über Garemalan zu wissen. »Weil er Augen wie Jadesteine hat – grün und leuchtend.«

In diesem Moment kamen die beiden Hauptmänner wieder von Rogat zurück. Bostun mit einem Gesicht, finster wie die Höhlen im Turmgebirge, Shyr Ban, freundlich, wie ein sonniger Frühlingsmorgen.

Soldaten sollen kämpfen

Es hieß später, Rogat habe beide Hauptmänner zusammengefaltet, weil sie ihre Truppe nicht im Griff hätten. Und so verschieden sie beide waren, so verschieden gingen Bostun und Shyr Ban damit um. Zumindest war dies das, was Karek in den nächsten Tagen beobachten konnte. Bostun ließ seinen Ärger und seine Aggressionen an seiner Gefolgschaft aus. Hierbei bekamen diejenigen, welche er am wenigsten leiden konnte, am meisten ab. Unglücklicherweise gehörte Mussand zweifelsohne zu dieser Gruppe. Der Prinz hatte versucht, mit Mussand in Kontakt zu treten und ihm auf dem Hof zugewinkt. Mussand blickte zwar mit gesenktem Kopf in seine Richtung, zeigte jedoch ansonsten keinerlei Reaktion. To Shyr Ban hingegen verhielt sich, als sei nichts geschehen. Autoritär, doch immer gerecht und menschenfreundlich führte er die Ausbildung fort. Karek dankte ihm im Stillen, dass er sich öffentlich vor ihn gestellt hatte.

Jetzt standen die Jungen nach dem Frühstück aufgeregt im Burghof – und zwar in einem speziellen ovalen Areal, das von einfachen Sitzbänken umgeben, als Kampfplatz diente. Der Boden bestand aus festem Sand, nur einige Büschel niedrigen Grases wirkten wie Oasen in einer Wüstenlandschaft. Heute sollten zum ersten Mal Zweikämpfe mit Übungswaffen stattfinden. Selbstverständlich schwarze Streiter gegen weiße Streiter.

Auf einem erhöhten Podest saß ein älterer Mann mit dünnem weißen Haar, kleinen Augen und einer Falkennase. Ein einfacher Holzschemel diente ihm als Sitz. Seit über fünfzig Jahren nannten ihn alle 'Greif' – ein Schelm, wer hierbei einen Zusammenhang mit der Form seines Riechorganes vermutete. Er war ein ehemaliger Berufssoldat, der seit Ewigkeiten in der Feste lebte und seine beste Zeit lange hinter sich hatte. In der Burg war Greif aufgrund seiner Erfahrung und einstigen Fähigkeiten hoch angesehen. Er verdiente sich zudem über die letzten fast zwanzig Jahre einen Ruf als vorbildhafter Kampfrichter und in dieser Rolle saß er jetzt hier im Hof.

Die heutigen Regeln waren einfach. Jeder der einundzwanzig weißen und einundzwanzig schwarzen Rekruten musste einmal kämpfen. Somit ergaben sich einundzwanzig Zweikämpfe mit einundzwanzig zu vergebenden Punkten. Als Waffe für alle Kämpfe wurde das Schwert ausgesucht – Übungsschwerter aus Hartholz, um genau zu sein. Ziel war es, die meisten dieser Kämpfe für sich zu entscheiden. Hierzu schickten die beiden Hauptmänner jeweils einen ihrer Anwärter in das Scharmützel. Eine ungeschriebene Regel besagte, dass die Hauptmänner etwa gleich starke Gegner in den Kampf schicken sollten, ob sie sich tatsächlich daran hielten, oblag alleine ihnen. Letztlich zählte wie im echten Krieg der Gesamtsieg – so dass es weniger schlimm war, wenn die eine oder andere Schlacht aus strategischen Motiven verloren ging.

Karek schaute sich nach Schutzkleidung um, die es jedoch nicht zu geben schien, denn der erste Kampf ging umgehend los.

Viele der Soldaten und anderes Personal der Feste, die dienstfrei hatten, machten es sich bereits auf den Bänken bequem und johlten. »Grünschnäbel, zeigt, was ihr nicht könnt ...«

Lautes Gelächter.

Die Münze entschied, welche Partei den ersten Kämpfer in die Arena entsenden musste. Die Wahl fiel auf Shyr Ban. Der nickte einem Jungen zu, den Karek aufgrund seines ausgefallenen Laufstils schon oft beobachtet hatte. Der Kerl hob beim Laufen die Füße höchstens einen Zentimeter vom Boden hoch. Ein Wunder, dass er nie stolperte.

Bostun musterte den Knaben abfällig und wählte einen seiner Anwärter, einen mittelgroßen Rotschopf, als Gegner für ihn aus.

Die beiden Kontrahenten standen sich wenig später mit ihren Übungsschwertern gegenüber und tanzten einige Momente im Kreis. Dann krachten die Holzschwerter dumpf aufeinander. Der Weiße durchbrach beim zweiten Versuch die Deckung und erwischte den Schwarzen mit einem Streich an der Schulter. Greif hob einen kleinen weißen Schild in die Höhe – das Zeichen, dass die Weißen einen gültigen Treffer erzielt hatten.

»Autsch«, klagte der schwarze Anwärter. Die zuschauenden Soldaten riefen lachend: »San-Priester, San-Priester schnell. Er stirbt.« Das Lachen wurde lauter.

Beschämt und wütend rannte der Junge auf seinen Gegner zu, nur mit dem Erfolg, dass er sich einen weiteren Treffer auf den linken Oberschenkel einfing.

Der zweite weiße Schild wanderte nach oben.

Auch der dritte Hieb ließ nicht lange auf sich warten und Kareks Kamerad verließ mit gesenktem Kopf und schmerzverzerrtem Gesicht den Kampfplatz.

»Eins zu null führen die Weißen.« Der Kampfrichter fuhr fort: »Jetzt stellen die Weißen als Erstes ihren Kämpfer.«

Bostun wählte seinen Kleinsten aus, der immer noch zwei Köpfe größer als Wichtel war.

Shyr Ban schickte Blinn in die Arena. Der Junge schlug sich gut, jedoch verlor auch Blinn knapp mit zwei zu drei Treffern.

So ging es immer weiter. Meistens waren die Kämpfe schnell zu Ende, denn die Technik der Anwärter, gerade bei den Versuchen, gegnerische Attacken zu parieren, war äußerst mangelhaft.

Die zuschauenden Soldaten schlossen vor jedem Zweikampf Wetten auf den Sieger ab. Münzen klingelten beim Durchwandern zahlreicher Hände. Flüche der Verlierer und Jubel der Gewinner hallten nach jedem Gefecht durch den Hof.

Karek beobachtete die Fähigkeiten der einzelnen Kämpfer genau und kam zu dem Schluss, dass er durch die vielen Übungen mit Madrich sogar zu der Kategorie der besseren Streiter gehörte, denn die meisten Anwärter waren Anfänger - hatten sie doch im Gegensatz zum Prinzen niemals einen ausgebildeten Trainer in Anspruch nehmen können.

Es rächte sich nun, dass ihr Hauptmann viel Zeit auf »einfach nur durch die Gegend laufen« und wenig Zeit auf Kampfübungen verwandt hatte. Die Schwarzen lagen nach elf Kämpfen inzwischen drei zu acht hinten, als Shyr Ban Karek auf den Platz schickte. Aufgeregt, mit einem flauen Gefühl im Bauch, erwartete er seinen Gegner, den Bostun nun bestimmen würde.

Bostun warf ihm einen hasserfüllten Blick zu und zeigte auf den zu Fleisch gewordenen Bergfried. Dragan.

Krall meckerte gereizt: »Scheiße, dem Riesenklotz wollte ich doch die Fresse polieren.«

Der Riese stand auf und ging mit gemächlichen Schritten auf Karek zu. Sein Gang machte glauben, er müsse sich in dem Augenblick durch kniehohes Wasser kämpfen. Seine Arme hielt er, als trüge er Backsteine unter den Achseln. Er trat in die Arena und grinste Karek mit dem einen Mundwinkel siegessicher, mit dem anderen verächtlich an.

Die Soldaten auf den Rängen lachten. Einer brüllte: »Wer setzt auf den Moppel?« Noch lauteres Gelächter. Niemand machte Anstalten, auch nur einen Knopf auf den Dicken namens Linnek zu wetten.

To Shyr Ban meldete sich zu Wort. »Bostun, ist das der Gegner für Linnek? Gleiche Augenhöhe ist was anderes.«

»Angst um deinen Liebling?«, blökte der Angesprochene, dann forderte er den Riesen auf: »Dragan, mach ihn alle.«

Es ging auch schon los. Karek stellte sich so, dass Dragan in die Morgensonne schauen musste. Den schien dies nicht zu stören, denn er griff umgehend siegesgewiss an. Mit einem Schrei wie ein wilder Büffel hob er das Schwert über den Kopf und stürmte auf Karek zu. Dragan wollte sich offensichtlich auf seine langen Arme verlassen, welche ihm eine deutlich größere Reichweite als die seines Gegners verliehen. Schneller als jeder der Anwesenden ihm das zugetraut hatte, sprang Karek im letzten Moment zur Seite, ließ seinen Gegner ins Leere laufen und verpasste ihm mit einer schnellen Drehbewegung einen Schlag in den Rücken.

Die Menge johlte. »Oho, der Dicke ist ein Geheimtalent.«

Greif hob emotionslos den schwarzen Schild. Er hatte tatsächlich einen Punkt gewonnen. Er hörte, wie ein Raunen durch die Zuschauer ging, doch auch jetzt fand sich niemand, der auf Linnek wetten wollte. Aus den Augenwinkeln sah er Rogat neben Weibel Karson am Ende einer Bank sitzen, die Hände vor der Brust verschränkt.

Der nächste Angriff von Dragan ließ nicht lange auf sich warten. Gewarnt durch sein Missgeschick schien er jetzt vorsichtiger vorzugehen, vor allem seinen Gegner nicht mehr maßlos zu unterschätzen. Er vollführte einen Streich in Kopfhöhe, der Prinz riss sein Schwert hoch, parierte gekonnt und startete einen direkten Gegenangriff. Dragan rechnete mit der Riposte, trat seitwärts, entging dadurch der Berührung, holte aus und hämmerte mit urgewaltiger Kraft sein Schwert von oben auf seinen Gegner nieder. Müßig darüber zu spekulieren, was passiert wäre, wenn Karek sein Schwert nicht im letzten Moment hochgerissen hätte, um den Schlag abzufangen. Nicht, dass ihm dies in vollem Umfang gelungen wäre, denn ihm war, als fiele ihm die Zugbrücke auf den Kopf. Seine Waffe zerbrach in zwei Teile und flog in hohem Bogen durch die Luft. Immerhin lenkte er Dragans Schwert dergestalt ab, dass es anstelle seines Kopfes, nur die Brust erwischte. Die unmenschliche Kraft hinter diesem Schlag ließ Karek trotz seines Gewichtes zwei Meter zurückfliegen und unsanft auf dem Boden landen. Er schrie, denn die Schmerzen waren ungeheuerlich. Seine graue Uniform war zerrissen, Dragans wuchtiger Schwerthieb verursachte eine lange Risswunde quer über seinem Körper und Blut verteilte sich auf seinem Bauch.

Und das mit einem stumpfen Holzschwert. Ein echtes Schwert hätte mich diagonal zweigeteilt.

Greif hob ohne jede Gemütsregung den weißen Schild in den Himmel.

Der Prinz war bedient. Die Wucht des Einschlags nahm ihm die Luft. Der Schmerz lähmte ihn zudem und die stattliche Menge Blut, welche inzwischen seine ganze Vorderseite tiefrot färbte, machte die Sache auch nicht besser.

To Shyr Ban trat besorgt zu ihm. »Der Kampf wird abgebrochen.« Die Hauptmänner hatten das Recht, den Kampf ihrer eigenen Anwärter nach Gutdünken jederzeit abzubrechen. Meistens geschah dies genau in diesen Fällen, um die Gesundheit der Streiter zu schützen.

Ein San-Priester schlurfte unaufgeregt herbei, beugte sich zu Karek hinunter und schnitt ihm mit einem Dolch die zerfetzten Leinenreste vom Leib.

»Mehr Platz- als Schnittwunde. Ist nicht tief, muss aber genäht werden«, brummelte er und half Karek auf die Beine.

Greif sagte: »Drei zu neun für die Weißen.«

To Shyr Ban meinte mit gerunzelter Stirn: »Es reicht für heute. Die Weißen haben gewonnen. Gratulation. Wir sollten aufhören.«

Die Soldaten auf den Bänken buhten. Hauptmann Bostun entgegnete kalt: »Wieso das denn? Jetzt schon, wo es gerade lustig wird?«

Großmeister Rogat hob die Hand. Augenblicklich herrschte Stille. »Weiter - es haben noch nicht alle gekämpft.«

Hauptmann Bostuns hämische Miene schmerzte den Prinzen mehr als seine Wunde. Der San-Priester wollte ihn stützen und zum Lazarett führen, doch er winkte ab. »Warte – ich bleibe bis zum Schluss bei meiner Truppe.«

Karek ließ sich stöhnend auf der Ecke einer Bank nieder.

In diesem Moment schickte Bostun seinen nächsten Streiter in das Oval. Shyr Ban blieb nichts anderes übrig, als seinerseits den Gegner zu bestimmen. Er wählte Wichtel aus, da der Gegner nicht den furchtbarsten Eindruck machte.

Auch Wichtel schlug sich ganz passabel – konnte jedoch nur einen schwarzen Schild für sich verbuchen, bevor er sich drei gültige Treffer einfing.

Greif verkündete: »Drei zu zehn für die Weißen.«

Shyr Ban gab Krall ein Zeichen, sich fertig zu machen. Schnell wie der Blitz stand dieser in der Arena.

Er knurrte: »Na, endlich.«

Bostun schien nur darauf gewartet zu haben. Mit boshafter Miene deutete er auf Mussand. Der wurde bleich, öffnete den Mund, doch kein Laut kam heraus.

»Wird's bald«, zischte ihn sein Hauptmann an.

Zögernd betrat Mussand die Arena. Publikumswirksam ließ Krall seine Fingerknochen knacken, dabei flog das Schwert von einer Hand in die andere. Auch bei diesem Duell konnten sich die Zuschauer noch zu keiner Wette durchringen.

Dann rief einer: »Wird sein Gegner noch mehr bluten als der Dicke oder weniger – wer wettet?«

Raues Gelächter.

Jetzt standen sich die Kontrahenten gegenüber. Karek konnte sich denken, was in Krall vorging: wütend über seine schlappen Kameraden, wütend über den hohen Rückstand, wütend darüber, dass er nicht gegen Dragan antreten durfte.

Mit dieser Wut, gespickt mit Schnelligkeit, Geschick und Selbstbewusstsein ging er ohne Gnade auf seinen Gegner los. Er schnellte vor, täuschte einen Stich in die Gürtelgegend an, um dann anschließend das Holzschwert hochzureißen und es mit der schmalen Seite in der Nähe des Griffes, unter das Kinn seines Gegners zu hämmern. Mussand machte keinerlei Anstalten sich zu verteidigen. Schwer getroffen fiel er um, sein Körper lag zuckend auf dem Boden. Gurgelnd lief Blut aus seinem Mund. Vermutlich hatte er sich durch den Schlag auf die Zunge gebissen. Sein Kinn hing ihm schräg im Gesicht – selbst von den hinteren Plätzen konnte man sehen, dass der Unterkiefer gebrochen war.

Einige wenige Soldaten klatschten, andere begannen sich über die ungleichen Kämpfe zu wundern und reagierten verhalten.

Selbst Greif schien für den Moment darauf verzichten zu wollen, den schwarzen Schild hochzuhalten.

Bostun trat zu Mussand hin und fuhr ihn an: »Los weiter. Der Kampf ist noch nicht zu Ende.«

Selbst den hartgesottenen Zuschauern ging das allmählich zu weit. »He, das sind unsere eigenen Jungs. Wir sind hier nicht im echten Krieg.«

Bostun, kurz davor, den am Boden liegenden Mussand mit den Füßen zu treten, brüllte: »Ich breche den Kampf nicht ab. Los weiter – du kannst noch stehen, du kannst deine Arme noch bewegen. Steh auf.«

Krall stand seit seiner Aktion die ganze Zeit bewegungslos wie eine Statue aus Marmor in der Arena. Allein seine blassen Augen wanderten von dem in seinem Blut liegenden Mussand zu Hauptmann Bostun. Keinerlei Regung ließ sich in seinem Gesicht erkennen. Hinweg war der Kampfeswille. Verflogen die Wut. Verschwunden die Aggression. Nur wofür hatten diese Emotionen Platz gemacht? Sein Gesicht war leer, wie das Nest eines Kuckucks.

Karek, entsetzt über die Vorkommnisse, immer noch aus der Brust blutend, starrte seinerseits immer zwischen Krall und Mussand hin und her.

Was passiert hier? Welche Dämonen reiten diesen Kerl nur?

Plötzlich wanderte Kralls rechter Arm, verlängert durch sein Holzschwert, langsam, fast unmerklich in die Luft.

Es wurde ganz still im Burghof.

Der Arm hielt an. Krall öffnete die rechte Hand, und das

Schwert fiel auf den Boden. Ein kurzes Rascheln, als es im Sand aufschlug. Krall vollbrachte das Kunststück, seine Lippen zu bewegen und dabei die totale Leere in seinem Gesicht beizubehalten. Tonlos flüsterte er so laut, wie Karek noch nie jemanden hatte flüstern hören: »Ich gebe auf.«

Krall verließ seelenruhig den Kampfplatz.

Gemurmel machte sich breit. Solche Vorfälle hatte es bisher noch nie gegeben. Diskussionen und Spekulationen, wie mit dieser Situation umgegangen werden sollte, beschäftigten die Menschen auf den Bänken.

Rogat stand auf, hob nur andeutungsweise die Hand und sofort kehrte Ruhe ein:

»Jetzt machen wir Schluss. San-Priester, kümmert euch um die beiden Jungen.« Er drehte sich um, ohne ein weiteres Wort zu sagen und verschwand in Richtung Hauptburg.

Das Schöne dieser Welt

Karek konnte die Ereignisse in der Arena immer noch kaum begreifen. Es war schon fast Mitternacht, doch der Schlaf wollte sich nicht einfinden. Seine Wunde, mit fünf groben Nadelstichen genäht, pulsierte schmerzend. Der San-Priester hatte festgestellt, dass seine Rippen glücklicherweise unversehrt geblieben waren.

Sag keiner was gegen meine schützende Speckschicht.

Seine Vorstellungen über Militär, Offiziere und diese Ausbildung unterschied sich durchaus von dem, was er bisher hier erleben musste. Wie konnte Rogat es zulassen, dass so ein gemeines Schwein wie Bostun tun und lassen konnte, was er wollte.

Mit einem Mal fiel ihm die unnatürliche Ruhe in der Schlafkammer auf, obwohl seine Kameraden alle in ihren Betten lagen. Er vermisste das Schnarchen von Krall, das Pfeifen von Blinn, das ständige hin- und herrollen von Wichtel - nur ausgerechnet Eduk, der sonst still und unscheinbar in seinem Bett lag, stöhnte ab und zu leise. Merkwürdig, wie seltsam vertraut und doch so fremd ihm seine Zimmerkameraden waren.

Wie ein Blitz die Dunkelheit durchbrachen plötzlich Blinns Worte die Stille: »Krall? Bist du wach?«

»Nein!«

»Ach so – ich dachte schon. Sag mal: Warum hast du aufgegeben?«

»Ich gebe niemals auf, Narbengesicht.«

Wichtel schaltete sich ein. »Hattest du Mitleid mit Mussand?«

»Ich habe niemals Mitleid.«

»Niemals Mitleid.« Eduk schlief auch noch nicht. »Und doch ließ heute jemand, der dir verdammt ähnlich sah, das Schwert fallen.«

»Lasst mich schlafen, ihr Blödsäcke«, grollte Krall.

»Ich glaube hinter Kralls rauer Schale verbirgt sich in Wirklichkeit ein echter Arsch«, flüsterte jetzt auch Wichtel in die Stille.

Karek lächelte in sich hinein.

So einen Kommentar konnte sich nur Wichtel erlauben. Jedem anderen hätte Krall jetzt die Fresse poliert. Aber dem Kleinen ließ dieser tatsächlich einiges durchgehen. Und Wichtel besaß ein erstaunliches Gespür dafür, wie man mit Krall umgehen musste.

Prompt schallte es aus der Ecke: »He, Zwergenarsch. Wie sollte ich mich denn verhalten? Den blutenden Blödmann noch mehr in den Dreck treten. Das war doch genau das, was dieser Bastard Bostun wollte - mich benutzen, um diesen unfähigen Schweinehirten fertigzumachen. Der soll mir mal seinen Liebling, diesen Dragan als Gegner schicken. Dann gibt's Hackfleisch. Ihr werdet alle staunen, wie viel Blut so ein Mensch in sich hat.«

Das war für Kralls Verhältnisse, vermutlich die längste Rede, die er je gehalten hat. Wahrscheinlich auch die klügste.

Und Krall war noch nicht fertig. »Heh, Tonne. War dein Schweinekumpel nicht auch der Grund, warum Bostun deine Nase zärtlich gerade gerückt hat?«

»Mussand heißt er. Ja - Bostun macht ihm das Leben zur Hölle.«

»Was macht deine Verletzung, Linnek?«, fragte Blinn.

»Geht schon. Ist zum Glück nicht allzu tief.«

»Heh, Tonne. Als du Dragan am Anfang richtig auf den Arsch gehauen hast, dachte ich einen kurzen Augenblick, du würdest doch für was taugen.«

»Na ja, den falschen Eindruck habe ich dann aber schnell revidiert.«

»Rewi... was? Für jedes Schlauscheißerwort von dir, das ich nicht verstehe, müsste ich ...«

»Mir die Fresse polieren?«

»Genau. Woher wusstest du das?«

»Intuition.«

Kralls Strohmatte raschelte, als er jäh seinen Oberkörper aufrichtete. Doch bevor er aufspringen konnte, überlegte Wichtel schnell laut: »Lass gut sein, Krall. So viele Schläge ins Gesicht überlebt niemand auch nur ein paar Stunden.«

Auch Blinn vermittelte: »Was Linnek meint, ist, dass er schnell dafür gesorgt hat, dass kein falscher Eindruck entsteht. Direkt beim zweiten Angriff hat er sich schließlich überzeugend flachlegen lassen.«

Krall schien sich wieder hinzulegen. »Warum sagt der Labermops das nicht gleich.«

»Nicht jeder hat dein Niveau, Krall«, meinte Wichtel, machte dabei jedoch den Fehler, ein winziges Kichern nachzuschieben.

Einen Moment war Ruhe. Krall schien über die Bemerkung nachzudenken. Augenscheinlich kam er zu dem Ergebnis, dass Wichtel den Bogen überspannt hatte. Denn er wuchtete sich nun endgültig hoch und knuffte und puffte Wichtel mit beiden Fäusten, der sich schnell die Wolldecke über die Ohren gezogen hatte und sich zusammenrollte.

»Aua. Krall. Autsch. Hör auf, das tut weh. Ich entschuldige mich. Ich habe meine Strafe bekommen. Autsch. Und gut ist.«

Es hörte sich glücklicherweise nicht so an, als würde Krall auch nur halbwegs ernsthaft zuschlagen.

»Wo ich gerade stehe... Noch einer mit einem Schlauscheißerwort? Will noch einer 'ne Abreibung?«

Stille.

Karek meinte, ein unterdrücktes Glucksen aus der Ecke von Blinn zu hören.

Den ganz großen Schrecken hatte Krall inzwischen für die Zimmergenossen verloren. Und das war gut so. Nicht nur für die vier Jungen, auch für Krall selbst.

Am nächsten Morgen überraschte To Shyr Ban die angehenden Soldaten mit einem freien Tag. Zum ersten Mal konnten die Anwärter tun und lassen, was sie wollten.

Karek beschloss, die Bibliothek der Feste aufzusuchen. Er vermisste das Lesen sehr und freute sich auf einige Stunden, in denen er in grenzenlose Welten, geschaffen nur durch schlichtes Aneinanderreihen von Buchstaben, abtauchen konnte. Lesen wollte er in der Bibliothek, Bücher auszuleihen und mit in den Schlafsaal zu nehmen kam nicht infrage. Er befürchtete, dass Krall ihm die Schmöker um die Ohren hauen und sich mit den Seiten voller unnützer Schlauscheißerwörter den Hintern abwischen würde.

Er betrat den riesigen Saal durch eine hohe Eichentür und blickte sich erstaunt um. Von unten bis oben gefüllte Regale reihten sich turmhoch wie Dominosteine hintereinander. Tausende von Büchern drehten ihm den Rücken zu.

Beeindruckt suchte er die Regale nach Hinweisen für eine systematische Anordnung ab. Natürlich schossen ihm die Worte: *'Pomuroje, pecteroje, animaje osteroto'* in den Sinn. Vielleicht fand er hier Hilfestellung, die Bedeutung dieses Satzes zu verstehen. Er entdeckte kleine Hinweisschilder an den Kopfseiten der Regale. Nach kurzer Zeit fand er sich zurecht. Diese beeindruckende Büchersammlung - durchaus vergleichbar mit der seines Vaters, geordnet nach den Jahrzehnten ihrer Erstellung, zog ihn sofort in den Bann. Er entdeckte eine Abhandlung über den Orden der Krähen und griff sich zudem nach längerer Suche aus einem der hinteren Regale einen Folianten mit dem Titel 'Die Myrnen - Wahrheit oder Mythos'.

Mit diesen beiden Büchern setzte er sich an einen der Lesetische an der Fensterseite. Er schlug den Folianten auf und begann über die Geschichte der Myrnen zu lesen, die vor vielen Tausend Jahren die Welt mittels ihrer Magiebegabung beherrscht haben sollen. So vertieft in die Erzählungen, hörte er nicht, wie sich die Tür öffnete und jemand die Bibliothek betrat. Plötzlich quietschte ein Stuhl mit den Beinen über das Parkett und blieb an der anderen Seite des

Tisches stehen. Ein Mann ließ sich ihm gegenüber darauf nieder. Erschrocken blickte Karek auf, geradewegs in kalte graue Augen. Ein Grau, wie schmutziger Schnee.

»Der Prinz interessiert sich für Bücher? Und für was für welche!«, kommentierte Großmeister Rogat süffisant mit gerunzelter Stirn, nachdem er einen Blick in den aufgeschlagenen Folianten sowie auf das Buch über den Orden der Krähen geworfen hatte.

Karek, voll von angestauter Wut über die Ereignisse der vergangenen Tage, zog eine Grimasse. »Großmeister Rogat, Herr dieser feinen Feste«, sagte er widerwillig mit einer Portion Respekt, aber auch Spott sowie Angriffslust fanden noch gebührenden Platz in seiner Stimme.

Rogat entging der Tonfall keineswegs. »Hast du eine Sonderbehandlung erwartet?«

»Wieso? Die habe ich doch. Bostun kümmert sich rührend um mich.« Er deutete auf seine nach wie vor in allen Regenbogenfarben leuchtende Nase. »Und wenn er persönlich keine Zeit hat, springt sein Monsterbaby Dragan ein.«

»Willst du nach Hause und bei Papi ein wenig weinen?«

»Keineswegs - ich beiße mich hier durch.«

Rogat schaffte es, die Brauen zu heben und dabei die Augen zuzukneifen. Er schwieg.

Daher fuhr Karek fort: »Keineswegs darf ich verpassen, wie es hier weitergeht. Am wertvollsten sind die Kampfübungen im Burghof, wenn im edlen Wettstreit gleichwertige Gegner aufeinandertreffen. Nachdem ich ja fast gegen den gleichstarken Dragan gewonnen habe, sollte nächstes Mal direkt Bostun gegen mich antreten. Damit es nicht ungerecht zugeht, lasse ich mir vorher auch die Arme auf den Rücken binden.«

»Weich, wehleidig, selbstmitleidig - wie sein Vater.« Rogat zuckte die Schultern.

Noch nie hat jemand gewagt, so mit mir über meinen Vater zu sprechen.

Karek machte aus seinem Herzen keine Mördergrube. »Die Sache mit Mussand wiegt viel schlimmer. Bostun wird ihn mit seinen sadistischen Methoden umbringen. Amüsiert Euch das?«

»Ich denke gerade amüsiert, dass ich jeden anderen, der in diesem Ton mit mir redet, an seinem Hals aufhängen lassen würde.«

Karek senkte den Kopf – nicht, weil er seine Worte bedauerte, sondern weil er es leid war. »Ich habe mehr Gerechtigkeit und Redlichkeit erwartet.«

Rogat erhob sich von dem Stuhl, setzte sich dann sogleich mit einer Gesäßhälfte auf den Tisch.

Ruhig und bestimmt sagte er: »Was weißt du denn von Gerechtigkeit? Was weißt du denn von Redlichkeit? Worum geht es hier? Hier werden Knaben zu Männern und Männer zu Soldaten. Und Soldaten ziehen in den Krieg. Krieg ist oftmals ungerecht und unredlich. Wenn du auf dem Schlachtfeld einem Gegner gegenüberstehst, der zwei Köpfe größer ist als du, versuche doch den Feind zu überzeugen, dass dies unredlich ist.« Er machte eine Pause und hob den Zeigefinger. »Ich höre dich rufen: Haltet ein. Bitte gebt mir einen Feind auf Augenhöhe. Und ein bisschen dicker sollte er auch sein, damit es redlich zugeht.« Rogats Ton blieb ruhig, doch seine Augen blitzten. »Karek, wer hat behauptet, dass Krieg anständig sei? Wer hat behauptet die Ausbildung für den Krieg sei anständig? Auf dem Schlachtfeld zählt nur siegen und leben, oder unterliegen und sterben. Auf dem Schlachtfeld gibt es keine Regeln, keine Gerechtigkeit, keine Würde, keinen Respekt. Töten oder getötet werden. Darauf bereiten wir hier die Rekruten vor. Ich habe schon gehört, dass du ein gutes Herz hast. Und? Tröstet es dich wirklich, wenn der Feind es dir herausschneidet, es in die Luft hält und brüllt. Seht her! Was für ein gutes Herz ich hier habe!«

Rogat hob den Arm und zeigte auf die Bücherregale. »In vielen dieser Bücher ist von Ethik und Moral die Rede. Doch das sind nur Buchstaben. Die Theorie der Tinte. In der Realität findest du eher einen Kerl mit drei Eiern als mit Moral und Ethik nach deinen Maßstäben.

Rogat wurde immer lauter: »Was ist denn überhaupt moralisch? Ein Offizier, der zehn Soldaten in den sicheren Tod schickt, handelt unmoralisch, nicht wahr? Richtig?«

Er wartete so lange bis Karek nickte.

»Ein Offizier der zehn Soldaten in den sicheren Tod schickt, um dafür tausend anderen Soldaten das Leben zu retten, handelt weniger unmoralisch, oder wie? Vielleicht sogar moralischer. Wer legt das fest, ob der Zweck die Unmoral heiligt? Du? Ha! Also, Herr Prinz, wache auf!«

Wieder schwieg Rogat für einen Moment. Dann holte er Luft: »Klar. Bostun ist ein Riesenarschloch. Und? Frage mal deinen Vater, von wie vielen Arschlöchern er täglich umgeben ist. Du wirst dich wundern. Und da sind die Arschlöcher, von denen er fälschlicherweise glaubt, dass sie keine wären und zu ihm hielten, noch gar nicht dabei. Also - bevor du mit Steinen wirfst, mache die Augen auf, um wenigstens zu sehen, wohin du wirfst.«

Karek, überrascht von Länge und Rhetorik dieses eindringlichen Vortrages, blickte hoch zu Rogat. »Mag sein, dass ich das Gute im Menschen bisher für zu groß und mächtig gehalten habe. Doch ausgerechnet derjenige, von dem ich es am allerwenigsten erwartet habe, hat mich gestern in der Arena bestätigt, auch weiterhin an diesem Guten festzuhalten. Einen Glauben, den Ihr augenscheinlich verloren habt.«

»Wenn du ihn findest, gib mir gerne ein Stück davon ab.«

»Das werde ich tun.«

Rogat klopfte auf das Buch über den Orden der Krähen.

»Dein Vater hat mich in seinem Schreiben informiert. Die kleben dir jetzt hartnäckig an den Hacken – schlimmer als Warzen. Auch wenn sie Zeit brauchen, dich zu finden - das könnte ein Problem werden.«

Karek schluckte, erwiderte aber nichts.

»Ich hoffe, dich schützt hier deine geheime Identität. Ansonsten kann ich nur dafür Sorge tragen, dass niemand unbefugt in die Feste eindringt. Das tue ich. Ich kann dich jedoch nicht vor unseren eigenen Leuten und vor allem nicht vor dir selbst schützen. Das musst du selbst tun.«

Der Junge verzog den Mund und schaute auf den Tisch.

Rogat zeigte auf den Folianten. »Was interessiert dich die uralte Geschichte der Myrnen?«

Kareks Kopf zuckte hoch. Vielleicht konnte Rogat ihm

wenigstens dabei helfen. »Ich möchte herausfinden, was 'Pomuroje, pecteroje, animaje osteroto' heißt.”

Der Großmeister schüttelte den Kopf. »Die Worte verstehe ich nicht. Es klingt nach der Alten Sprache, die ihren Ursprung vor Ewigkeiten auf den Südlichen Inseln hatte. Mehr weiß ich nicht.«

Nach diesen Worten stand Rogat auf. »Am besten kannst du selbst auf dich aufpassen. Verlass dich nicht auf andere.«

Ohne sich umzudrehen, verließ er die Bibliothek.

Der Prinz blätterte noch ein wenig durch den Folianten. Konzentrieren konnte er sich jedoch nicht mehr, so beschloss er, sein Studium über die Myrnen für heute zu beenden. Auch in das Krähenbuch wollte er jetzt nicht mehr hineinsehen. Gedanken an diese ständige Bedrohung durch gewiefte Auftragsmörder musste er aus seinem Kopf verbannen. Ansonsten würde er in dieser verrückten Welt selbst verrückt werden.

Nicht alle Argumente Rogats konnte er vom Tisch wischen. Dessen Gedankengänge verrieten, dass Intellekt und Bildung dieses Menschen nicht unbedingt genau dem entsprachen, was er sich unter einem ehemaligen Söldner vorgestellt hatte. Doch dieser menschenverachtenden Denkweise vermochte er nicht zu folgen. Er würde ihm beweisen, dass es auch anders ging.

Ein Zipfelchen einer vertrauten Erinnerung durchzuckte ihn, als er merkte, wie hungrig er war. Mal sehen, was er zum Essen auftreiben konnte.

Während er vor sich hin sinnierte, drang ein Geräusch in sein Bewusstsein. Die Tür der Bibliothek war hallend ins Schloss gefallen und Rogat augenscheinlich noch einmal zurückgekommen. Doch nicht der Großmeister tauchte im Gang auf, sondern ein Mädchen, etwa in seinem Alter.

Sie bemerkte ihn erst spät und erschrak ein wenig: »Oh, ich bin es gewohnt, alleine in der Bibliothek zu sein, so dass ich nicht mit deiner Gesellschaft gerechnet habe.«

Karek, noch um einiges überraschter als das Mädchen, brachte kein Wort hervor. Er starrte dieses wundersame, wunderschöne Geschöpf einfach nur mit runden Augen an.

»Ich heiße Milafine. Bist du einer der neuen Anwärter?«

Der Thronfolger Toladars saß an seinem Lesepult, er wollte sich bewegen, er wollte etwas sagen, doch es schien, als wäre ihm ein ganzer Eimer Gift mit sofortigem Lähmungseffekt verabreicht worden.

»Kannst du nur lesen?« Sie deutete auf die Bücher. »Und nicht sprechen?«

Ihre Stimme hypnotisierte ihn – samtig weich und melodisch umschmeichelte sie seine Ohren und umnebelte sein Gehirn.

Er glotzte sie an, unfähig auch nur einen klaren Gedanken zu fassen. Das Mädchen kam ohne jeden Zweifel aus einer anderen Welt. Ihr braunes Haar trug sie offen und es fiel bis zur Taille. Ihre Augen versprühten eine lebenslustige Intelligenz, ihr Gesicht erinnerte ihn an Zeichnungen aus Märchenbüchern über Feen und Elfen, mit dem Unterschied, dass die Feen und Elfen gegen diese weltliche Schönheit aussahen wie fratzenhafte Monster.

»Wie heißt du?«, fragte sie hell und freundlich.

Selbst der Hall ihrer Stimme in diesem riesigen Saal war atemberaubend. Ein blaues langes Kleid schmückte ihren schlanken Körper. Als er immer noch kein einziges Wort herausbrachte, trat sie näher an den Lesetisch, besah sich die beiden Bücher und blickte dann wieder Karek an. Sie schritt um den Tisch herum.

»Du bist ja dick«, stellte sie fest. Ihr Ton blieb dabei freundlich, neutral, unschuldig. Für sie war es eine Feststellung, kein Anwurf und schon gar keine Beleidigung. Damit hatte sie zumindest erreicht, dass Kareks Gehirn stückweise seine Arbeit wieder aufnahm.

Du bist ja hübsch.

Diese Worte kamen ihm spontan als eine ebenso charmante wie sprachgewandte Antwort in den Sinn. Er musste sie nur noch laut sprechen. Los jetzt.

Er öffnete den Mund: »Ähdubimmmmmpft.«

»Ädubimpft – ein komischer Name.«

Ich mache aus mir hier einen kompletten Volltrottel.

»Nicht, nicht mein Name«, brachte er mit brutaler Konzentration immerhin hervor.

»Wie heißt du denn?«

Sie stellte sich auf ein Bein und drehte sich einmal um ihre Achse.

Glücklicherweise saß der Prinz fest auf seinem Hintern und presste sich in den Stuhl, denn das haute ihn um einiges mehr um, als der Hieb von Dragan in der Arena.

»Mi la fi ne!«, stammelte er.

»Nein, so heiße ich«, erwiderte sie und lächelte ihn an.

Das raubte Karek den letzten Funken Intelligenz. Sein ehemaliges Dasein als halbwegs vernunftbegabtes Wesen rückte in ganz weite Ferne. An diesem bisher für ihn finsteren Ort, unverhofft derart Wunderbares zu erleben, überforderte ihn. Ihr Lächeln erleuchtete nicht nur ihr Gesicht - es wurde heller und wärmer im Raum. Es war, als breiteten sich Sonnenstrahlen aus, nur um die schönen Dinge dieser Welt ans Licht zu bringen. Paralysiert betrachtete er ihr Antlitz. Ihr Lächeln bildete ein Grübchen auf ihrer rechten Wange in der Nähe des Mundwinkels. Augenblick. War er nicht auf der Suche nach dem Schönen und dem Guten in dieser Welt? Diese kleine Mulde in ihrer zarten, glatten, Haut, ein hinreißender Ausdruck von Fröhlichkeit und Reinheit, war wahrlich ein guter Anfang.

Wie konnte ein einfaches, freundliches Verziehen des Mundes nur solch eine Wirkung auf ihn haben?

Wenn sie noch einmal lächelt, glaube ich doch an Zauber, Magie und alles Widersinnige, was ich je gehört oder gelesen habe.

Mit unvorstellbarer Willenskraft schaffte er es, zurückzu-lächeln.

Sie schien minimal zufrieden mit seiner minimalen Reaktion zu sein.

»Und?«

Wie ein Glöckchen bimmelte dieses 'und' in seinen Ohren.

»Äh, was?«

»Wie heißt du denn nun?«

»Karek.«

»So wie der Prinz?«

Urrrrks.

»Äh, Linnek«, korrigierte er sich wenig überzeugend, das Blut schoss ihm derart in den Kopf, dass er kurz befürchtete, es könne an den Haarwurzeln herausspritzten.

»Also eher Linnek«, wiederholte sie und hob unbeschwert die Schultern.

Der Schreck, sich derart dusselig verquatscht zu haben, weckte ihn endlich auf.

»Ja, Linnek. Und ich freue mich, deine Bekanntschaft zu machen.«

Boah. Ein vollständiger Satz und sogar nicht gänzlich sinnfrei. Also – geht doch.

Sie ließ ihn jedoch nicht zu Atem kommen. Die nächste Frage: »Bist du öfter hier in der Bibliothek?«

»Ja. Das heißt, heute das erste Mal – aber ich komme jetzt öfter.«

»Meinetwegen oder der Bücher wegen?«, fragte sie und lächelte wieder.

Ein weiterer Eimer Lähmungsgift fror ihn hoffnungslos ein. Er konnte nichts sagen, nichts denken, nichts bewegen.

Als hätte sie ohnehin keine Antwort erwartet, drehte sie sich wieder auf einem Bein und meinte: »Ich muss jetzt gehen. Bis bald vielleicht.« Sie tippte ihm zum Abschied auf die Schulter. Doch was war das? Milafine stutzte. Sie blieb wie angewurzelt stehen und staunte ihn an. Große braune Augen mit grünen Sprenkeln schauten irritiert.

Der Prinz taute auf. »Was ist?«, fragte Karek ebenso verwundert.

»Was ist mit dir?«, entgegnete sie.

»Wie? Was meinst du?«

»Du hast etwas Merkwürdiges in dir. Ich glaubte eine, wie soll ich es beschreiben, Wärme, eine Kraft zu spüren, die mich verwirrt.«

Glaube mir, du verwirrst mich mit Sicherheit zehnmal so viel.

Schon hatte das Mädchen sich wieder gefangen. »Vielleicht habe ich es mir auch nur eingebildet. Leb wohl, Linnek.« Sie tänzelte den Gang in Richtung Ausgang zurück.

Karek blieb erstarrt sitzen. Erst das Geräusch der Tür, die mit einem hallenden Echo ins Schloss fiel, weckte den Prinzen aus seiner Trance.

Was war das denn für eine Begegnung? Was bin ich für ein Holzkopf? Ein Prinz alleine kann doch gar nicht so blöd sein. Wozu nennt mich Krall Labertonne, wenn ich kaum ein vernünftiges Wort herausbringe? Und was war das am Schluss? Sie hat mir doch nur kurz auf die Schulter getippt.

Er sank mit der Stirn auf den Tisch. Es pochte kurz und ohne Hall, als Holz auf Holz traf.

Nachdem er dort eine ganze Weile mit dem Kopf auf dem Lesetisch gesessen hatte, rappelte er sich hoch und ging in sein Quartier zurück. Er beschloss, den anderen von dieser Begegnung nichts zu erzählen.

Hunger hatte er keinen mehr.

Erstaunliche Geschichten

Karek hatte in den vergangenen Wochen durch Gespräche einiges über seine Zimmerkameraden erfahren. Anfangs musste er noch Fragen stellen, nach ihrer Herkunft, nach ihren Eltern, ihren Erfahrungen. Sehr zaghaft kamen Antworten. Doch mit den Tagen erzählten sich die Jungen auch ohne Ansporn immer mehr von ihrem Leben vor der Ausbildung und es gab stille Momente, in denen der eine oder andere auch tiefere Einblicke in sein Seelenleben zuließ. Das harte Tagesprogramm, die Kameradschaft, die gemeinsamen schönen und unschönen Erlebnisse schlossen sich wie eine Glocke des Vertrauens und der Zusammengehörigkeit um die fünf Zimmergenossen, die jeder für sich betrachtet, völlig unterschiedlich waren. Besonders die Ereignisse während der ersten Arenakämpfe führten zu einer unsichtbaren Bande.

Der Prinz fühlte sich unwohl dabei, ständig lügen zu müssen, doch etwas anderes blieb ihm nun mal kaum übrig. Er gab an, der Sohn eines Wirtes mit einem Gasthof in der Stadt Felsbach, nahe der gleichnamigen königlichen Burg, zu sein. Seine Mutter sei vor vielen Jahren gestorben, er habe keine Geschwister und die ungeliebte Vorstellung, als Schankwirt für die nächsten fünfzig Jahre bis tief in die Nacht Gäste bedienen zu müssen, hätten ihn bewogen, sein Leben zu ändern und sich für das Militär zu bewerben.

Alle fünf saßen nun am Abend in der Schlafkammer,

jeder in seinem Bett an die Wand gelehnt. Nur die Öllampe tauchte die grauen Wände in ein warmes Licht.

Blinn fragte: »Sagt mal, warum seid ihr eigentlich hier?«

»Töööten«, grunzte Krall aus seine Ecke unter dem Fenster.

Blinns Augen lächelten, sein Mund veränderte sich nicht. »Klar, Krall. Sachlich. Unverblümt. Direkt. Das lieben wir an dir.«

»Lieben wir an dir.« Eduk nickte. »Ich wollte nicht, doch mein Vater hat mich gezwungen«, ergänzte er.

»Was? Verstehe ich nicht. Warum wurdest du überhaupt angenommen? Shyr Ban sagte mal, es hätte über vierhundert Bewerber für die Ausbildung gegeben. 'Ich will kein Soldat werden, jedoch zwingt mein Vater mich', klingt nicht nach einem überzeugenden Argument gegenüber den Anwerbern.«

Die Knaben hatten inzwischen gemerkt, dass Eduks Echoeffekt oftmals seiner Nervosität geschuldet war, das Wort zu ergreifen oder ergreifen zu müssen, nachdem er gefragt wurde. Einmal losgelegt, redete er ganz normal.

»Mutter war schon wieder schwanger. Mein Alter wollte mich loswerden, weil die Hütte zu klein und ich zu groß wurde und, weil er dadurch ein Maul weniger zu füttern hatte. Er erzählte den Anwerbern, ich könne mich in Luft auflösen.«

»Har, Blödsinn! Das ist doch lächerlich. Das sollen wir dir abnehmen?«

»Doch, genau so war es. Die Rekrutierungsoffiziere hatten auf der Marktwiese neben unserem Dorf ein Zelt für die Gespräche und Musterungen aufgebaut. Mein Vater wartete, bis er an der Reihe war, ging ins Zelt zu den drei Anwerbern, die in einer Reihe nebeneinander an einem Tisch saßen. Dann meinte er: Mein Sohn ist der ideale Spion oder Kurier, da er sich unsichtbar machen kann.«

»Gut, du bist eine Blassbacke, das wissen wir. Aber so was glaubt doch keiner«, warf Wichtel ein.

»Und haben die deinen Alten wenigstens so in den Arsch getreten, dass er in hohem Bogen aus dem Zelt geflogen ist?«

»Fast. Zuerst haben die genauso reagiert wie ihr gerade. Er versicherte ihnen jedoch, die Wahrheit gesagt zu haben. Sie meinten, dass er mich mal holen soll. Und wenn sich dann herausstellen sollte, dass er Blödsinn erzählt hat, würden sie ihm so in den Arsch treten, dass er in hohem Bogen aus dem Zelt flöge.«

Das war schon bis hierhin die längste Rede, welche die Jungen je von Eduk gehört hatten.

Und er war nicht zu stoppen. »Dann sagte mein Vater: Nein, ich werde ihn *nicht* holen.

Einer der Offiziere machte Anstalten, ihm so in den Arsch zu treten, dass er in hohem Bogen aus dem Zelt fliegt, doch vorher fragte der in der Mitte unter größter Selbstbeherrschung mit knirschenden Zähnen: warum nicht?

Mein Vater zeigte neben den Zelteingang und meinte: weil er die ganze Zeit schon hier ist.

Tatsächlich hatte ich hinter meinem Vater das Zelt betreten, mich dann da ruhig hingehockt und zugehört. Daher weiß ich genau, was gesprochen wurde. Die haben mich von Anfang an einfach übersehen.

Die Anwerber rissen die Augen auf, glotzten mich, dann meinen Vater, dann wieder mich an. Und ehe ich ‚nee' sagen konnte, war ich in die Armee aufgenommen.«

»Wenn ich dich und deinen unscheinbaren Charme nicht kennen würde, müssten wir dir jetzt für den Schwachsinn so in den Arsch treten, dass du in hohem Bogen aus dem Fenster fliegst«, meinte Wichtel.

»He, Zwergenarsch. Solche Sprüche klopfe sonst nur ich.«

Die Jungen schmunzelten. Sogar Krall wirkte für einen winzigen Moment zufrieden.

»Wichtel, wie hast *du* es denn überhaupt bis hierher geschafft? Wegen deiner stattlichen Körpergröße sicherlich nicht«, versuchte Eduk jetzt von sich abzulenken.

»Hm, ich rieche gut.«

Karek rümpfte die Nase »Klar, deine verkackten Hosen duften wie ein parfümiertes Rosenbeet. Ist mir schon aufgefallen.«

»Nein, nein. Ich meine, ich *kann* gut riechen.«

»Gut riechen. Wie ein Wal?«, fragte Eduk.

Karek verdrehte die Augen. »Ein Wal kann nix riechen. Eher wie ein Hund, meinst du das?«

»Was riechst du denn so?«

»Zum Beispiel merke ich sofort, wenn jemand schwitzt.«

Blinn schaltete sich mit fachmännischem Ton ein. »Klar, dann tropft dem Jemand eine Flüssigkeit von der Stirn. Das kann ich nicht nur riechen, sondern sogar *sehen*.«

»Sehr witzig. Ich rieche, auch wenn einer nur ein ganz bisschen schwitzt«, reagierte Wichtel leicht beleidigt.

»Wann schwitzt denn einer nur ein ganz bisschen?«, fragte Karek mit spitzem Unterton nach.

»Wenn einer nur ein ganz bisschen arbeitet«, ulkte Eduk.

»Blödsinn. Es gibt unterschiedlichen Schweiß. Beim Kämpfen, beim Laufen, beim, äh, wenn Mann und Frau, äh... miteinander...«

»Fiiicken«, kam Krall aus seiner Ecke eloquent zu Hilfe.

»Hervorragend. Danke, Krall.«

Spätestens jetzt konnten die Jungen nicht mehr und prusteten los.

Wichtel wischte sich eine kleine Lachträne von der Wange und fuhr fort: »Ein wenig Schweiß von einer ganz bestimmten Sorte rieche ich zum Beispiel, wenn jemand nicht die Wahrheit sagt.«

»Hehe. So wie du jetzt«, witzelte Eduk.

»Bitte? Du willst uns also weismachen, dass du riechst, wenn einer lügt?«, hakte Karek erstaunt nach.

Krall polterte unwiderstehlich dazwischen: »Ich hau dir gleich mächtig in die Fresse, Wichtel! Sag schon. Gelogen oder nicht gelogen?«

Wichtel wirkte eingeschnappt. »Ich kann das. Es liegt nicht nur am Riechen alleine, aber das ist der wichtigste Faktor. Dazu die Augen, die Stimme, die Gestik, alles zusammen, lässt mich spüren, ob jemand die Wahrheit sagt oder nicht. Ich beweise es euch.« Er deutete mit dem Zeigefinger auf den Prinzen. »Dein Name ist gelogen. In Wirklichkeit heißt du ganz anders.«

Kareks Herz ließ drei Schläge aus. Alle Gesichter wandten sich ihm zu.

Vier Schläge.

Das glaube ich nicht. Das kann nicht sein - das darf nicht sein, dass der Prinz von Toladar in geheimer Mission durch einen Schnüffelgnom auffliegt.

Fünf Schläge.

Wichtel sah mit ernstem Gesicht in Richtung Krall.

»Krall, der heißt gar nicht Tonne, der heißt Linnek.«

Daraufhin drehte er seinen Kopf wieder Karek zu, zwinkerte mit einem Auge und sah ihn dann verschmitzt an.

Er sagt die Wahrheit; er kann es; er weiß es. Wichtel Stobomarik hat es faustdick hinter den Ohren. Der Kleine weiß, dass ich gelogen habe. Er will mir zeigen, dass er es weiß, jedoch ohne mich zu verraten.

Sein Herz nahm die Arbeit wieder auf. Er atmete tief durch.

»Mach mich nicht wütend. Der heißt Tonne – so wie du Wichtel.« Krall wandte sich Karek zu. »Heh, Tonne. Wie hast du es denn von deinem Wirtshaus hierher gebracht? Gibt es was, das du besonders gut kannst. Außer schlauscheißen, Bier zapfen und fressen?«

Dies war einer der seltenen Augenblicke, in denen Karek nicht wusste, was er sagen sollte.

Wie wäre es mit der trivialen Wahrheit? Ich bin Prinz Karek Marein, der Thronfolger dieses Reiches. Mein Vater, König Tedore, erteilte schlichtweg den entsprechenden Befehl, mich mal ganz schnell bei den Anwärtern aufzunehmen. Noch Fragen?

»Hat es unserem Labermops die Sprache verschlagen?«, ätzte Krall.

»Ich ..., ich kann besonders gut mit Tieren.«

»Na toll. Was ist denn daran besonders? Ich kenne einige

Bauern, die es mit ihren Schafen treiben«, meinte Krall entspannt.

Die Jungen prusteten erneut vor Lachen. Karek wurde rot und das Lachen noch lauter.

»Krall, ich gebe auf - du hast gewonnen.«

Krall schien überrascht. »Wie jetzt? Du hast mal nicht das letzte Wort?«

»Lasst gut sein«, gluckste Blinn. »Wie meinst du das jetzt mit den Tieren?«

»Wer von euch hat Mückenstiche?«

Alle präsentierten sich gegenseitig zahlreiche große und kleine juckende Knubbel an Armen und Beinen.

Nur Karek konnte nicht mit einem einzigen Stich aufwarten. »Mich hat noch nie eine Mücke gestochen.«

»Wie, noch nie, das gibt es nicht.«

»He, Wichtel! Schnüffle mal, ob die Labertonne die Wahrheit sagt.«

Wieder kicherten seine Zimmergenossen und dann musste auch Karek lachen.

»Für solche Kleinigkeiten verschwende ich mein Talent nicht«, japste Wichtel.

Am frühen Morgen des nächsten Tages zog Karek sich an und machte sich auf den Weg zur Latrine. Dort traf er auf Wichtel, der dem gleichen Bedürfnis nachkam. Während sie gemeinschaftlich ihr Wasser plätschern ließen, meinte Karek: »Du Wichtel. Ich wollte mich noch bei dir bedanken.«

»Wofür?«, fragte der Kleine.

»Dafür, dass du die Geschichte mit meinem Namen nicht

weiter ausgeführt hast.«

»Ach so, das. Ich weiß, dass du gelogen hast - also nicht Linnek heißt. Aber mir ist das gleich. Ich finde dich in Ordnung und das zählt für mich. Ob du in Wirklichkeit ein verwunschener Prinz oder so was bist, interessiert mich nicht. Und gut ist.«

Fast!

»Wichtel, danke und sage Bescheid, wenn ich etwas für dich tun kann.«

Erst versiegte der eine Strahl, dann fast zeitgleich der andere und somit fand dieses Gespräch ein ganz natürliches Ende.

Vor dem Frühstück versammelten sich alle Anwärter in Erwartung eines neuen Ausbildungstages im Innenhof.

Karek schielte zur weißen Gruppe hinüber, die sich schon in einer Reihe aufgestellt hatte. Er vermisste Mussand. Unruhe machte sich innerhalb der weißen Rekruten breit.

Hauptmann Bostun zählte durch und brüllte dann: »Wo bleibt der Anwärter Mussand?«

Jetzt schauten auch Blinn und Krall neugierig auf die Truppe von Bostun.

Einer der Weißen, den Namen konnte sich Karek einfach nicht merken, trat vor und es sah so aus, als bitte er darum, Hauptmann Bostun etwas mitteilen zu dürfen. Bostun winkte ihn unwirsch zu sich her und die beiden bewegten sich ein Stück weg von den Weißen in ihre Richtung. Der Prinz bemerkte, dass Blinn den beiden wie gebannt ins Gesicht starrte.

Der Junge erklärte dem Hauptmann etwas, wobei sich dessen Miene sich noch mehr verfinsterte. Eindringlich flüsterte Bostun auf seinen Anwärter ein, der plötzlich ein äußerst erschrockenes Gesicht aufsetzte und eingeschüchtert in die Reihe zurücktrat.

In diesem Moment tauchte Hauptmann To Shyr Ban auf und begrüßte seine Soldaten. Blinn stupste Karek mit blassem Gesicht an.

»Guten Morgen, Anwärter. Wir werden heute ...«, war Shyr Ban indes laut zu vernehmen.

Karek hörte nicht hin und fragte leise: »Was ist los? Hast du eine Ahnung, was da drüben vor sich geht?«

Blinn flüsterte mit entsetzter Stimme zurück: »Verdammte Geschwister. Der Junge hat Bostun eben gesagt, dass Dragan die Kleider von Mussand versteckt hat und Mussand daher noch nicht kommen konnte. Bostun erwiderte, solche Ausflüchte interessierten ihn nicht und er solle diese Information für sich behalten, ansonsten würde er ihn vom Stockmeister prügeln lassen.«

»Woher weißt du das?«, fragte Karek völlig entgeistert. »Bist du sicher?«

»Klar.«

»Soldat Blinn, Soldat Linnek«, dröhnte die Stimme von Shyr Ban. »Wir können zusammen singen, jedoch nicht zusammen reden.«

Blinn senkte den Kopf. Woher wusste Blinn über den Inhalt der Unterhaltung? Karek glaubte ihm und glühte vor Wut über diese Ereignisse. Bostun und der Knabe hatten nur miteinander geflüstert, auf diese Entfernung konnte Blinn sie nicht gehört haben.

Was konnte er jetzt tun?

Gerade als er vortreten wollte, um mit To Shyr Ban darüber zu sprechen, wurde Letzterer von Bostun zu sich gebeten. Jetzt standen die beiden Hauptmänner abseits aller Anwärter und diskutierten. Wie so oft in den Tagen zuvor, schienen sie unterschiedlicher Meinung zu sein.

»Woher wusstest du, was die bequatscht haben, Blinn?«

Der Knabe fuhr mit seinem Zeigefinger die Narbe in seinem Gesicht entlang. »Später«, antwortete er knapp.

»Was will Bostun von unserem Hauptmann?«

»Weiß nicht. Sieh - da kommt Mussand.«

Der arme Kerl hatte augenscheinlich seine Kleidung nicht gefunden und sich in der Not eine viel zu große Uniform von einem der älteren Soldaten organisiert. Fast stolperte er über die zu langen Hosenbeine, eine Hand hielt den Bund der Hose, damit sie nicht rutschte und die grauen Ärmel schlabberten um ihn herum. Im Gesicht trug er einen Verband mit einer Schiene, die seinen Unterkiefer stabilisierte – Karek hatte in den letzten Tagen beim Frühstück beobachtet, dass Mussand nur flüssige Nahrung zu sich nehmen konnte.

Jetzt schritt Hauptmann Bostun in die Mitte des Hofes, so dass er sowohl zu seinen Weißen als auch zu den Schwarzen sprechen konnte.

Es lag etwas Unangenehmes in der Luft, Karek spürte es in seinem Bauch.

Bostun ergriff mit wichtiger Miene das Wort: »Einige von euch haben schon Fortschritte gemacht. Andere scheinen das Wesen, die Wichtigkeit der Aufgabe des Militärs noch nicht verstanden und verinnerlicht zu haben. Die wichtigste Tugend, die uns im Ernstfall am Leben erhält, ist Disziplin. Disziplin ist nicht kompliziert und besteht aus wenigen Dingen. Disziplin ist unbedingter Gehorsam, aber auch Verlässlichkeit und Pünktlichkeit.«

Sofort wusste Karek, worauf das Ganze hinauslief.

»Anwärter Mussand ist wiederholt durch Unzuverlässigkeit und Unpünktlichkeit aufgefallen, so dass es nun unerlässlich wurde, ein Exempel zu statuieren.«

Bostun setzte eine betrübte Miene auf. »Daher verurteile ich Anwärter Mussand zu einer Prügelstrafe von zwanzig Hieben. Holt den Stockmeister.«

Dieses scheinheilige, skrupellose Schwein.

Karek nahm sich fest vor, es diesem Bastard heimzuzahlen. Er wusste nur noch nicht wann und wie.

Mussand schaute verwirrt mit fahlem Gesicht, als zwei Soldaten, die wie aus dem Nichts auftauchten, ihn packten und in Richtung eines Holzpfahles mit einem Querbalken in Kopfhöhe führten.

Karek hielt es nicht mehr aus. Er trat vor und rief: »Es ist doch offensichtlich, dass Mussand nur zu spät kam, weil er seine Uniform gesucht und nicht gefunden hat. Jemand muss seine Kleider versteckt haben.«

Im gleichen Moment wusste der Prinz, dass sein erster Satz gut, sein zweiter hingegen verheerend gewesen war.

Bostun warf ihm einen Blick zu, so scharf, dass Karek dachte, es zerschneide ihm sein Gesicht.

»Da ist noch jemand, der sich durch Disziplinlosigkeit auszeichnet. Mit unkameradschaftlichen Unterstellungen macht er andere schlecht. Eine Prügelstrafe auch für ihn, ist längst überfällig. Hauptmann Shyr Ban. Es ist Euer Mann und daher Eure Entscheidung. Zehn Schläge halte ich für angemessen«

»Ihr habt recht, Bostun.«

Bostun lächelte selbstgefällig.

»Es ist *meine* Entscheidung.«

Shyr Ban suchte Augenkontakt mit Karek und bedeutete ihm mit einem Zusammenziehen seiner Brauen, ab jetzt bloß den Mund zu halten.

Blinn zog Karek zurück. »Hör auf - Mussand muss da jetzt durch. Er wird ja nicht hingerichtet.«

Karek spürte, dass diese Geschehnisse für Mussand nicht weit von einer Hinrichtung entfernt waren.

Zwischenzeitlich stand der arme Kerl mit nacktem Oberkörper an dem Pfahl, seine Arme an dem Querbalken hochgebunden und zitterte. Kein Wort zu seiner Verteidigung hatte er bisher herausgebracht. Wahrscheinlich dachte er, es dadurch nur noch schlimmer zu machen.

Jetzt rutschte ihm auch noch die viel zu große Hose über die schmalen Hüften, so dass er mit bloßem Hinterteil noch verletzlicher wirkte. Der Stockmeister trat vor. Er trug eine schwarze Lederweste und hielt einen Weidenstock in der Hand.

Alle zwei Jahre wurde ein neuer Stockmeister gewählt. Rogat achtete darauf, dass dieses Amt unpersönlich blieb und keinen Namen bekam. Daher konnte jeder Bewohner der Feste auch nur ein einziges Mal Stockmeister werden.

»Walte deines Amtes«, forderte Bostun den Stockmeister auf.

Dieser stellte ein Bein vor, hob den Arm und ließ die Rute mit Wucht auf Mussands Rücken klatschen.

Der Junge krümmte sich und schrie vor Schmerz. Bevor das Schreien abebbte, erfolgte der nächste Hieb. Ein einziges Dauergebrüll hallte durch den Hof und verursachte bei Karek Übelkeit vor lauter Wut, die sich in seiner Hilflosigkeit nicht Luft machen konnte. Karek schloss die Augen und bedauerte, dass er nicht auch seine Ohren auf diese einfache Weise verschließen konnte. Mussands gequälte Stimme durchdrang alle seine dicken Felle, die er sich in den letzten Jahren zugelegt hatte.

Achtzehn. Klatsch.

Noch zwei Schläge. Der Prinz öffnete die Augen. Mussand stand nicht mehr, sondern hing an seinen angebundenen Armen. Sein Rücken leuchtete zerfetzt und blutüberströmt.

Neunzehn. Klatsch.

Erst jetzt registrierte Karek, wer da immer so gewissenhaft laut mitzählte. Natürlich Bostun. Und jede Zahl eine kleine Frohlockung.

Der Stockmeister, so hatte es den Anschein, legte bei den letzten Schlägen nicht mehr ganz so viel Kraft hinein, dies bestätigte sich durch Bostuns missbilligenden Blick.

Zwanzig. Klatsch. Endlich. Das war es.

Obwohl, sicher kann man nicht sein. Bostun traue ich zu, dass er noch mal zwanzig Schläge, wegen unerlaubten Entblößens in der Öffentlichkeit anordnet.

Mussand wurde losgebunden und konnte nur noch winselnd wie ein Welpe zusammensacken. Die zwei Soldaten, die ihn angebunden hatten, packten ihn und trugen ihn weg.

Der Tag verlief durchwachsen. Hauptmann To Shyr Ban nahm die Jungen beim Waffentraining nicht allzu hart dran; die Ereignisse des Morgens beschäftigten die Gemüter und dämpften die Stimmung.

Beim Abendessen fragte Karek erneut leise: »Blinn, woher kanntest du den Inhalt des Gespräches zwischen Hauptmann Bostun und seinem Anwärter?«

»Später«, meinte Blinn wieder nur kurz angebunden.

Später saßen die Jungen wieder zu fünft in ihrem Schlafraum.

Karek wandte sich jetzt Blinn zu. »Blinn. Wir müssen darüber reden und auch Wichtel, Eduk und Krall sollen wissen, was du mir erzählt hast.«

Blinn saß auf der Kante des Bettes und schaute in die Runde. Die Sonne war schon untergegangen, das Abendrot warf noch ein warmes Licht durch das kleine Fenster.

Blinn seufzte und erzählte den Jungen, dass Bostun genau wusste, dass Dragan die Uniform von Mussand versteckt hat.

»Waas? Und dennoch ließ er ihn prügeln?«

Die Empörung der Knaben war mit den Händen zu greifen.

»So eine unfassbar miese Tour«, stöhnte Wichtel.

Karek sagte: »Es wird mir etwas einfallen, wie ich Bostun das ein oder andere heimzahle. Jetzt aber raus mit der Sprache, Blinn. Wie konntest du die beiden überhaupt verstehen?«

Blinn hob den Kopf. »Ich erzähle es, aber bitte behaltet es für euch.«

»Das gilt auch für meine Geschichte, die ich euch neulich erzählt habe«, meldete sich Wichtel in diesem Moment. »Was wir hier besprechen, sollte immer unter uns bleiben. Und gut ist.«

Alle Jungen nickten und bekräftigten, dass ihre kleinen und großen Geheimnisse diese einfachen vier Wände nicht verlassen würden.

Beruhigt nahm Blinn den Faden wieder auf: »Ich kann eine Sache, die nicht so verbreitet ist - nämlich Lippenlesen.«

»Wie jetzt? Was soll das denn sein? Wieso kannste so was?«, fragte Krall.

»Mein Opa hatte vor einigen Jahren im falschen Moment, am falschen Ort, in der Gesellschaft der falschen Leute seinen Mund zu weit aufgerissen.«

»So wie unsere Labertonne?«, erkundigte sich Krall mit einem Blick in Richtung Karek.

»Noch schlimmer«, sagte Blinn. »Jedenfalls wurde er durch den Verlust seiner Zunge bestraft. Einfach abgeschnitten haben sie ihm die. Fast wäre er daran gestorben. Aber er erholte sich und ich habe dann viel mit ihm gearbeitet, um durch die Bewegungen seiner Lippen zu verstehen, was er sagen will. Nach einigen Monaten klappte es schon fast perfekt. Seitdem habe ich Lippenlesen auch bei anderen Menschen probiert und bin immer besser darin geworden. Und jetzt gibt es viele Momente, da weiß ich, was Menschen sagen, obwohl ich sie nicht hören kann.«

Wichtel versuchte zu witzeln: »Es gibt Momente, da weiß ich nicht, was Menschen sagen, obwohl ich sie hören kann.«

Doch irgendwie war keinem nach Lachen zumute und es wurde still in der Schlafstätte.

Plötzlich meldete sich Krall aus der Ecke. »Wo die Stimmung ohnehin im Arsch ist, kann ich euch auch meine Geschichte erzählen.«

Ein kurzer Moment verging, ohne dass einer der Jungen sich regte oder sprach.

Dann ergriff Wichtel das Wort: »Ja, Krall. Was kannst du denn Besonderes – außer Fresse polieren natürlich?«

Krall setzte sich auf. »Meine Mutter starb bei meiner Geburt. Mein Vater war ein Drecksack und nebenbei ein Söldner. Das Einzige, was er konnte, war saufen und raufen. Diese Ausbildung wollte er wohl an mich weitergeben. Sobald ich krabbeln konnte, sagte ihm sein stumpfes Hirn scheinbar immerhin, dass es mit dem Saufen wohl noch zu früh ist, also fing er an, mir zunächst das Kämpfen beizubringen und drückte mir mein erstes Schwert aus Holz in die Hand. Sobald ich auf zwei Beinen stehen konnte, lernte ich damit umzugehen. Als ich zwölf Jahre alt war, merkte ich, dass er mir nichts mehr zeigen konnte. Alle seine

Angriffe, Finten, Techniken beherrschte ich. Ich war schneller, geschickter und nüchterner als er. Also sollte ich dann das Saufen lernen. Ich wollte nicht so enden wie er und lief weg. Seitdem bewerbe mich für das Militär und bin hier gelandet. Diese Chance will ich nutzen.«

Alle Jungen schwiegen für einige Momente.

So lange am Stück hatte Krall noch nie gesprochen. Und dann noch ohne den Gebrauch unflätiger Ausdrücke. Wichtiger war jedoch das, was er unausgesprochen gelassen hatte. Allen war klar, dass Kralls Kindheit nicht gerade unbeschwert gewesen sein muss.

Krall wäre nicht Krall, wenn er nicht noch nachgeschoben hätte: »Und was passiert? Ich werde tatsächlich im dritten Anlauf endlich von den Anwerbern angenommen und lande bei vier Blödmännern, die riechen, lesen oder sogar schreiben können, aber nicht wissen, wo beim Schwert oben und wo unten ist.«

»Klar wissen wir das. Das Ende mit dem dicken Knauf muss beim Gegner auf dem Kopf landen. Sonst tut es doch nicht weh«, erklärte Blinn entrüstet.

Die Mission

Forand drehte die Kurbel des Brunnens in der Mitte des Dorfes, um den gefüllten Eimer Wasser nach oben zu befördern. Er freute sich auf das kühle Wasser, denn ihn plagte großer Durst, nachdem er im ersten Morgengrauen seine täglichen Übungen im Scheinfechten absolviert hatte. Er liebte diesen Brunnen, Quell der Erfrischung, Treffpunkt vieler Dorfbewohner, Zentrum des Lebens in Tastir.

Noch ließ sich niemand blicken, es war noch sehr früh am Morgen.

Das Wasser war schmackhaft und klar. Letzteres, seitdem der findige Dorfschmied auf die Idee gekommen war, ein überdimensionales Eichenschild mit vielen kleinen Löchern darin auf dem Grund des Brunnens zu versenken. Diese runde Platte, fast im selben Durchmesser wie der Brunnen, lag dort unten zwischen Backsteinen als Sieb und verhinderte, dass Verwirbelungen Sand und Schmutz in den Eimer spülten.

Er schüttete das Wasser aus dem Brunneneimer in den großen Steinkrug, den er mitgebracht hatte, und machte sich auf den Weg zurück zu seiner Kate.

Er fühlte sich trotz seines Alters großartig. Überhaupt kam es ihm vor, als sei ein wenig seiner früheren Kraft und Energie zu ihm zurückgekehrt, seit seiner Begegnung mit den Kabos und der seltsamen Frau namens Arelia.

Der Hufschlag einer großen Gruppe Reiter drang an sein Ohr und riss ihn aus seinen Gedanken. Fremde kamen selten nach Tastir. Und friedvolle Fremde noch viel seltener. Forand beschleunigte seine Schritte. Er stellte den Krug auf der Bank vor seiner Hütte ab, hastete ins Innere und schnallte sein altes Schwert um, mit welchem er eben noch gegen Schatten, Geister und andere imaginäre Gegner zu kämpfen geübt hatte.

»Maks, der Tag ist jung und schön. Hoffentlich muss mein Schwert jetzt kein echtes Blut schmecken.«

Er trat ins Freie. In einer Staubwolke zählte er vier Reiter.

Sein erster prüfender Blick registrierte keine Fernwaffen – also weder diese neumodischen Armbrüste und vor allem keine Bögen. Sein zweiter Blick galt Waffen an Gürteln und Sätteln der Neuankömmlinge. Schwerter, Lanzen, Morgensterne, Dolche – alles dabei. Und da die Kerle nicht wie Waffenhändler aussahen, ging er davon aus, dass sie dieses Gerät auch handhaben konnten und handhaben wollten.

Die Reiter preschten in die Dorfmitte, in welcher Nar Byn Ben, ebenso ein Frühaufsteher, ihnen bereits unbewaffnet entgegentrat.

»Seid gegrüßt, Fremde. Mein Name ist Nar Byn Ben – ich bin hier der Dorfälteste.«

»Nicht mehr lange«, grunzte einer der Männer von seinem Pferd herab.

Nar Byn Ben blieb unbeeindruckt. Forand wusste, sein Clanführer behielt stets einen kühlen Kopf und war erfahren genug, um auch brenzlige Situationen zu überstehen. Dies jedoch war eine *sehr* brenzlige Situation.

Nar Byn Ben fragte ruhig, als hätte er die Bemerkung

nicht gehört: »Wer seid Ihr und was führt Euch hierher?«

»Wir fragen, du antwortest«, entgegnete ein Kerl auf einem Schimmel, zog sein Schwert aus seinem Gürtel und zielte mit der Spitze auf die Brust des Clanführers.

Nar Byn Ben verzog keine Miene und machte auch keine Anstalten wegzulaufen.

»Wir suchen eine Ratte namens Forand.« Der Mann schaute einmal rundherum. Mit abfälligem Blick erfasste er die einfachen Rundhütten aus Lehm und Stroh mit den gestampften Erdböden. »Welches dieser Scheißhäuser gehört ihm?«

Forands schlimmste Befürchtungen wurden wahr. Aussehen, Gebaren und Vorgehensweise entlarvte diese Typen als Söldner, angeheuert, ihn zu finden – aus welchen Gründen auch immer.

Nar Byn Ben befand sich in Todesgefahr. Forand lief auf die Männer zu, laut von Weitem rufend: »Lasst diesen Mann in Frieden – ich bin der, den ihr sucht. Mein Name ist Forand.«

Der Söldner mit dem Schwert in der Hand sah gleichgültig zu Forand, dann auf den unbewaffneten Clanführer, zuckte die Achseln, holte zu einem Rundschlag aus und trennte mit einem gekonnten Schwingen Nar Byn Bens Kopf von dessen Hals. In einem hohen Bogen flog der Schädel in den Sand. Einen Lidschlag blieb der Körper noch stehen, dann knickten die Beine ein und der Rumpf fiel neben den Kopf. Trotz des lockeren Bodens konnte das Blut nicht so schnell versickern, wie es floss – es bildete eine kleine Pfütze.

Forand verdrängte sein Entsetzen, stattdessen analysierte er sachlich Qualität der Waffe und Schlagtechnik. Durchaus überdurchschnittlich. Dieser Mistkerl schien der Anführer zu sein, um den musste er sich als Erstes kümmern, damit sein Tod die anderen drei Söldner verunsicherte.

Forands Schwert flog aus der Scheide. Das singende Geräusch beim Ziehen der Klinge bewirkte eine augenblickliche Entrückung seines Geistes von allen weltlichen Dingen, außer Feind, Kampf und Tod. Der vertraute Griff seines alten Schwertes rollte locker in seiner Handfläche, solange bis er sich für einen Schlag entschieden hatte. Und er entschloss sich. Handgelenk und Finger nahmen Spannung auf. Die Männer rissen ihre Pferde in seine Richtung herum. Damit hatte er gerechnet – er sprang direkt vor den Kopf des Pferdes des Anführers und führte die Klinge mit einem schnellen Streich über die Blesse des Gauls. Ob er eines der Augen seitlich daneben erwischte, sah er nicht mehr. Das Pferd sprang hoch in die Luft, bockte vor Schrecken und Schmerz, sein Reiter riss an den Zügeln, musste seinen Schwerpunkt verlagern, um nicht zu fallen. In diesem Moment steckte Forands Schwert bereits tief in seinen Eingeweiden und hatte Niere, Magen und Darm durchbohrt. Der Mann sah an sich hinunter, er schien erstaunt über den jähen Schmerz. Forands Waffe jedoch sah sich längst woanders um, auf dem Weg ins nächste Ziel. Zurück blieb nur ein tiefes Loch, aus dem dunkles Blut sprudelte. Der Anführer kippte vom Pferd.

Forand erfasste die restlichen drei Söldner in Position,

Haltung und Aktion. Einer sprang mit der Waffe in der Hand von seinem Reittier, ein anderer riss seinen Speer vom Sattel. Der Letzte schien noch zu überlegen, was er tun sollte.

»Maks, wenn dich mehrere Gegner angreifen, ist deine wichtigste Entscheidung, in welcher Reihenfolge du ihnen entgegentrittst. Alle auf einmal geht auf keinen Fall gut. Gegen zwei geübte Fechter gleichzeitig anzutreten, ist aussichtslos. Also renne um dein Leben, ziehe die Verfolger auseinander und stelle die Gegner nacheinander.«

Forand wählte als nächstes Ziel den Feind mit dem Speer in der Hand. Er rannte um das Pferd herum, auch um Abstand zu dem Söldner zu gewinnen, der von seinem Reittier gesprungen war und hinter ihm herlief. So schnell konnte der Reiter das Pferd nicht um die eigene Achse drehen und dazu noch konzentriert angreifen. Der lange Speer, unhandlich im Nahkampf, verfehlte ihn. Ein tiefer Schnitt in die Kruppe ließ das Hinterteil des Gauls nahezu einen Meter hoch in die Luft bocken. Dadurch stand es für einen kurzen Moment auf den Vorderbeinen im Sand und konnte sich nicht weiter drehen. Der Reiter wurde über den Kopf des Pferdes geschleudert, währenddessen riss Forand, unter ihm hockend, nur noch das Schwert hoch – so flog er an der Schwertspitze entlang, die ihn während dieser Bewegung vom Bauchnabel bis zur Schulter aufschlitzte. Schon stand Forand wieder auf den Beinen und erwartete den Angriff des Söldners, der vom Pferd gestiegen war. Aus den Augenwinkeln registriert der alte Krieger, dass der vierte Kerl hektisch sein Pferd wendete und flüchten wollte.

Einen Lidschlag später wehrte er mit seinem Schwert

einen Schlag schräg von oben ab. Er tänzelte um den Körper des tödlich getroffenen Söldners, der mit weit aufgerissenen Augen verzweifelt die Arme um seinen Körper schlang, als könne er so das Herausquellen seiner Eingeweide und seines Blutes verhindern.

Der Halunke auf dem Pferd galoppierte inzwischen zum Dorf hinaus.

Sein letzter verbleibender Gegner agierte erfahren und abgeklärt. Er verlor keine Puste durch unnötige Worte, sondern zeigte pure Konzentration auf sich, seine Waffe und seinen Gegner. Er führte einen langen Einhänder mit gepflegter Klinge. Forand deutete einen Ausfallschritt an, der Mann reagierte sofort mit einem Schritt nach hinten und dem Senkrechtstellen seiner Waffe kurz über den Boden, um einem Angriff in der unteren Körperhälfte zu begegnen.

»Maks, wenn du während des Kampfes die Zeit hast, studiere deinen Feind. Teste seine Reaktionen, lerne seine Aktionen.«

Forand selbst tat zwei Schritte zurück, als denke er darüber nach, zu fliehen. Diesmal machte der Söldner den Ausfallschritt, streckte den Arm vor, um die Reichweite seiner Waffe zu vergrößern. Er schob beide Füße nach, und noch ein Schritt folgte. Forand reagierte bewusst anders als sein Gegner wenige Momente zuvor und somit auch anders, als dieser erwartet hatte. Der alte Krieger wich weiter zurück und hielt die Klinge waagerecht auf Kopfhöhe, den Griff kurz unterhalb seiner Nase. Von diesem Ausgangspunkt wehrte Forand zwei schnelle Angriffsschläge von links und rechts ab. Er wartete auf die eine Lücke in der Verteidigung, in der Bewegung, in der Aktion seines Gegners. Von zwei Seiten kamen durch den Kampflärm alarmiert, Dorfbewohner herbei gerannt.

Forand wollte unbedingt vermeiden, dass es neben ihrem brutal ermordeten Clanführer Nar Byn Ben noch weitere Tote oder Verletzte gab. Der Söldner schielte nach seinem Pferd und schien zu überlegen, es seinem Kumpanen gleich zu tun und ebenfalls zu fliehen. Dieser kurze Moment der Unentschlossenheit reichte Forand. Er schnellte vor, ahnte die Klingenbewegung seines Gegners voraus, schlug dessen Waffe nach links zur Seite, griff um – er hielt den Schwertgriff wie einen Keil – vollzog eine halbe Drehung und rammte dem Söldner sein Schwert tief in die Brust, während er ihm den Rücken zu drehte. Der Mann erstarrte. Dann fiel er tot um. Der Kampf war vorbei.

Frauen und Männer schrien vor Entsetzen und Wut, als sie Nar Byn Bens enthauptete Leiche vorfanden.

Forand lehnte sich erschöpft an die Wand einer der Hütten. Alles, was an den fliehenden Söldner erinnerte, war eine Staubwolke in der Ferne. Das ganze Dorf war jetzt wach und die Bewohner starrten auf die hässlichen Überreste des Kampfes.

Der Söldner mit dem aufgeschlitzten Oberkörper war tot, der andere mit der Stichwunde in der Seite lebte noch.

Forand ging zu ihm hin. Er sah mit einem Blick, dass auch dieser Mann in Kürze seinen Wunden erliegen würde.

Er fragte: »War es das wert, mich zu finden? Wer steckt dahinter?«

Der Schwerverletzte schaute ihn aus roten Augen an. »Verflucht seist du. Sie werden dich noch kriegen, du Bastard«, stöhnte er.

»Wer?«

»Dich und diesen anderen Schwertfummler, To Shyr Ban, euch beide werden sie ... töten«

Er untermauerte seine Aussage mit hellrotem Blut, welches aus seinen Mundwinkeln quoll. Dann verlor er sein Bewusstsein. Forand wusste augenblicklich, er würde in dieser Welt nicht mehr aufwachen.

Wenig später stand fest, dass der frühe Morgen vier tote Männer gebracht hatte, einer davon war ihr Clanführer Nar Byn Ben gewesen.

Das Dorf Tastir, Teil der Südlichen Inseln, war Kummer gewohnt. Schnell wurden erste Vorbereitungen für die feierliche Bestattung von Nar Byn Ben vorgenommen.

Währenddessen durchsuchte Forand die Taschen der drei Söldner. Er fand ein paar Münzen sowie einige Streifen ekelhaften Kautabaks. Und dann war da noch eine zerknitterte Karte, auf welcher der Ort Tastir auf den Südlichen Inseln mit einem Kreuz markiert war. Forand sah genauer hin. Nein, das war kein Kreuz, es war ein großes "F". Er untersuchte den Rest der Karte, die auch noch das Reich Soradar und den südlichen Teil von Toladar darstellte. Ein Zeichen unter der Feste Strandsitz an der Ostküste fiel ihm auf. Ein großes "T".

Danach öffnete er die Satteltaschen der Reittiere. Beide

Pferde mussten getötet werden. Das Pferd mit der tiefen Stichwunde wäre ohnehin elendig verblutet, die Wunde mit der aufgeschlitzten Blesse des anderen Tieres war zwar nicht tödlich, nur hätte sich das Pferd von diesem Schock niemals erholt und war unbrauchbar geworden. Auch die Satteltaschen gaben keinerlei Information über die Hintergründe und Motive der Männer preis.

»Maks, die Ruhe ist vorüber. Ein Sturm zieht auf und ich scheine jemand zu sein, der mit vollen Segeln mittendrin segelt. Ich muss zur Feste Strandsitz, zu meinem Freund To Shyr Ban. Ihn habe ich vor langer Zeit ausgebildet und er ist mir ein lieber Kamerad. Er ist genauso in Gefahr. Ich muss ihn warnen.«

Der Ältestenrat trat am Abend mit ernsten Mienen zusammen. Die heutigen Ereignisse hinterließen tiefe Spuren in den Gemütern und in den Gesichtern. Es mussten wichtige Entscheidungen getroffen und ein neuer Dorfältester gewählt werden. Sieben bedeutende Männer des Dorfes und Forand saßen rund um ein Feuer und knabberten schweigend an braunen Hühnerbeinen. So richtig schmecken wollte dieses Essen nicht.

Als das letzte Mitglied des Rates sich das Fett von den Fingern geleckt hatte, stand Forand auf.

»Wir alle stehen noch unter dem Eindruck der Geschehnisse des heutigen Tages. Wir trauern um Nar Byn Ben, der unsere Geschicke ...«

»Das ist allein deine Schuld.« Der frühere Bäcker des Dorfes, jetzt hatte sein Sohn die Arbeit übernommen, unterbrach ihn mit lauten Worten: »Wir haben alle mitbekommen, dass die Männer nur dich wollten.«

»Ach, sei ruhig, alter Griesgram«, fuhr Zabant dazwischen. Zabant gehörte zu den aussichtsreichsten Kandidaten, die Wahl zum Dorfältesten und damit zum Clanführer zu gewinnen. »Lass Forand erst einmal ausreden.«

»Ich selbst weiß, dass die Männer meinetwegen ins Dorf kamen. Ich selbst weiß, dass ich nun eine Bedrohung für Tastir darstelle. Bevor wir hier streiten und zanken wie alte Weiber«, er warf einen ernsten Blick in die Runde, »teile ich euch meine Entscheidung mit, Tastir zu verlassen. In zwei Tagen werde ich aufbrechen.«

Einige schwiegen und waren zumindest so taktvoll, ihre Erleichterung zu verbergen, andere ließen Geräusche des Bedauerns ertönen.

Zabant warf ein: »Forand, sei nicht voreilig. Niemand will dich fortjagen. Du musst nicht gehen – wir werden einen Weg finden, das Dorf und auch dich zu beschützen.«

»Es ist nicht nur der Wunsch, durch mein Fortgehen die Gefahr von Tastir zu nehmen. Es kommt noch dazu, dass ich meinen alten Freund To Shyr Ban warnen muss. Ihm droht augenscheinlich die gleiche Gefahr wie mir.«

»Hast du denn einen Verdacht, warum diese fremden Männer hinter dir her sind?«, fragte Zabant.

»Leider habe ich nicht einmal den Schimmer einer Ahnung. Jedoch werde ich es herausbekommen. Dies kann ich am besten, wenn ich euch verlasse.«

Zabant merkte, dass es Forand bitterernst war und dass er ihn nicht umstimmen konnte. »Wohin willst du denn als Erstes aufbrechen?«

Forand antwortete: »Nach Toladar. Es ist besser, wenn ich euch nicht zu viel erzähle. Shyr Ban wollte dorthin, als ich ihn vor drei Sommern das letzte Mal getroffen habe. Er kann mir helfen. Dann werden wir gemeinsam nach der Wahrheit suchen und in Erfahrung bringen, wer unseren Tod will.«

»Naja, du kannst dir ganz gut alleine helfen, wenn ich an den heutigen Tag denke«, sagte Zabant.

»Dem ist so. Daher ist es für uns alle das Beste, wenn ich noch heute Abend mit den Vorbereitungen für meinen Aufbruch beginne.«

Unruhiges Gemurmel, in welchem jedoch Laute der Zustimmung und der Erleichterung die Oberhand gewannen, machte die Runde.

Forand schlurfte zurück zu seiner Hütte. Was kann ein einzelner Tag nicht alles ändern. Er spürte die körperlichen Nachwirkungen des Kampfes in den Muskeln und die seelische Belastung durch den Tod Nar Byn Bens mit der einhergehenden Bedrohung der Dorfbewohner auf den Schultern.

Abrupt blieb er stehen. Jetzt, nachdem er die Entscheidung gefällt und verkündet hatte, das Dorf zu verlassen, nach Toladar zu reisen und die Dinge zu regeln, durchflutete ihn mit einem Mal frischer Tatendrang, Lust auf Abenteuer, wie lange nicht mehr. Er hob den Kopf, richtete sich kerzengerade auf. Schließlich war er kein Niemand.

»Maks, habe noch ein bisschen Geduld, bis ich zu dir komme. Vorher muss ich noch einige gewichtige Angelegenheiten regeln.«

Er würde sich zunächst um To Shyr Ban und danach um Sara kümmern. Es würde eine lange Seereise werden. Er besaß nicht viel, also musste er auch nicht lange überlegen, was er mitnehmen sollte. Er füllte seinen Geldbeutel mit Großen und Kleinen Goldstücken, die nahmen die Kapitäne der Handelsschiffe am liebsten entgegen. Forand vergewisserte sich, dass die Kette mit dem silbernen Medaillon an seinem Hals hing. Dann betrachtete er sein altes Schwert. Vom Blut gereinigt, sah es harmlos und unschuldig aus – ein Stück Metall, matt den Schein der Öllampe reflektierend – wie ein Blinzeln, als wolle es sagen: »Das wird auch Zeit. Du bist in den letzten Jahren immer träger geworden. Nur wer unbequem gegen sich selbst ist, wächst über sich hinaus und kann die Welt verändern. Mach dich auf, nimm mich in die Hand und tue das, was du am besten kannst. Ich helfe dir dabei, so wie ich es dein ganzes bisheriges Leben getan habe.«

Der Luftangriff

Die Jungen liefen wieder einmal durch den Wald. Ihre Kondition verbesserte sich von Tag zu Tag, so dass die zurückgelegten Strecken immer länger wurden. Nach wie vor hechelte Karek, meistens am Ende der Gruppe, den anderen hinterher, kämpfte mit seinem Übergewicht, kämpfte mit den müden Beinen, kämpfte mit dem Mangel an Luft. Doch er war definitiv besser geworden. Während er lief, versuchte er zu vergessen, dass er lief. Er dachte an Milafine.

Wie hatte er gestammelt? Mi la fi ne. Jede Silbe eine Strophe – der Name ein Lied. Zweimal noch hatte er Zeit gefunden, am späten Nachmittag in die Bibliothek zu gehen, in der Hoffnung, sie wieder zu sehen. Einige Fragen hatte er sich zurechtgelegt, damit sie bei ihrem nächsten Aufeinandertreffen ein normales Gespräch führen konnten.

Zugegeben, sie beherrscht die Regeln der Konversation bereits. Ich hingegen, muss mich beim nächsten Mal richtig anstrengen, um wenigstens ein wenig mitteilsamer als eine Strohpuppe zu sein.

Er hatte in der Bibliothek gesessen, unfähig sich auf die Bücher zu konzentrieren und gewartet. Einfach nur gewartet. Leider war dieses geheimnisvolle Mädchen mit dem zauberhaften Grübchen nicht mehr aufgetaucht.

Nach einem ordentlichen Stück Weg, so weit in den Wald nach Westen hinein hatten sie es noch nie geschafft, merkte Karek, wie To Shyr Ban ihm einen Seitenblick zuwarf. Kurz danach hielt der Hauptmann seinen Trupp an, um zu rasten. Sie ließen sich keuchend auf den moosbedeckten Waldboden fallen und schauten in die Wipfel der Bäume, welche das Blau des Himmels fast vollständig verdeckten. Hier begann einer der größten Wälder Toladars – der Rabenwald. Keiner wusste, wie dieser Name zustande gekommen war, da in den Zweigen allerlei verschiedenes Federgetier herumflog – nur keine Raben.

Karek kam die Erde vor wie ein Himmelbett. Immerhin konnte er inzwischen das Frühstück bei sich behalten.

Blinn lag mit hinter dem Kopf verschränkten Armen direkt neben ihm und rief: »Äh, hier ist alles voller Hornissennester. Mit Hornissen ist nicht zu spaßen. Lasst uns lieber abhauen.«

Der Prinz sah nach oben. Auch ihm fielen jetzt mehrere Nester, so groß wie ein gut gefüllter Sack Mehl, auf. Wie aus dicker, grauer Schafwolle gewebt, klebten sie in etwa vier Meter Höhe in den Astgabeln der Bäume.

»Das sind Wespennester«, meinte Karek.

»Woher willst du das denn wissen, Schlauberger. Die sind viel zu groß für Wespen.«

»Sieh genau hin. Diese Nester da oben sind geschlossene Kugeln mit einem Einflugloch oberhalb. Hornissennester hingegen sind nach unten geöffnet.«

»Nach unten geöffnet. Hornisse oder Wespe – ist doch dasselbe«, meinte Eduk.

»Nee, Hornissen sind im Vergleich zu Wespen relativ harmlos, da sie viel friedfertiger sind. Hornissen fressen übrigens Wespen. Dennoch sind Wespen viel gefährlicher und deren Stiche beinhalten so viel Gift, dass allein zehn von ihnen dich umbringen können.«

»Für so einen Kochsohn bist du ein ganz schöner Klugscheißer«, meinte Blinn, wesentlich freundlicher, als die Worte es vermuten ließen »Woher weißt du denn so ein Zeug?«

Karek zuckte die Achseln. »Gelesen.«

Krall, den die bisherigen Strapazen wie immer kaum angestrengt hatten, prüfte mit einem schnellen Blick, ob Shyr Ban auch weit genug weg war, um ihn nicht hören zu können. Dann mischte er sich ein: »Labertonne, ich kann nicht einmal lesen. Und wenn ich es könnte, würde ich mir bestimmt nicht so einen Scheiß über Wespen und anderes Viehzeug in den Kopf tun.«

Klar, zumal der Platz in deinem Kopf extrem begrenzt ist.

Einer der anderen Rekruten sprang in dem Moment auf und schlug nach einer Wespe, die sich auf seinen Arm gesetzt hatte.

»Mann, sind die Viecher groß.«

»Da oben ist alles voller Nester«, rief ein anderer.

Hauptmann Shyr Ban sah eine ganze Weile nach oben und zählte die großen Säcke an den Bäumen. Seine Stirn legte sich in Falten. »Mindestens zwanzig Nester, die aussehen wie die von Schauerwespen. Doch eigentlich kann das nicht sein. Schauerwespen gab es bisher nur auf den Südlichen Inseln.«

»Ach was«, tönte einer der Anwärter, der mit sieben weiteren Kameraden den Schlafraum am Ende des schwarzen Flügels bewohnte. »Hornisse oder Wespe oder was auch immer. Schauen wir doch einfach nach, was drinnen ist.« Er rannte ein Stück vor. Dann nahm er in einer schnellen Bewegung einen dicken Stein vom Boden und warf diesen mit einer kräftigen Armbewegung in die Luft nach einem Nest ganz in der Nähe.

To Shyr Ban brüllte: »Nein!«

Zu spät. Unaufhaltsam flog der Stein mit gewaltigem Tempo auf die große Kugel zu. Dann krachte er gegen das Gebilde. Durch den Einschlag in Schwingungen versetzt, kippte das Nest nach hinten, kippte nach vorne, um sich dann mit einem leisen Rascheln, als zerrisse jemand langsam ein Blatt Papier, vom Baum zu lösen. Langsam und dann immer schneller plumpste es in Richtung Boden.

To Shyr Ban befahl: »Weg! Zurück!«

Das Nest schlug auf dem Boden auf. Hoppelnd rollte die Riesenkugel noch ein Stück über die Erde. Sie spuckte bei jeder Drehung schwarze Wolken aus, die sich in die Höhe schraubten.

Ein Summen, immer lauter werdend, machte sich breit und das Tageslicht schien sich zu verdunkeln.

Jetzt segelten auch noch weitere Wespenschwärme kunstvoll im Verband durch die Äste. Ein paar Wespen krabbelten in der Nähe hektisch die Baumstämme hoch und runter. Die Viecher waren riesig - jede Wespe kam auf beeindruckende sechs Zentimeter Körperlänge, mit mehr als acht Zentimeter Flügelspannweite.

Etwa drei Meter über den Köpfen der Anwärter sammelten sie sich zu einer riesigen Wolke gelb-schwarzer Leiber.

Die meisten Jungen rannten panisch in die Richtung, aus der sie gekommen waren.

Der Knabe, der den Stein geworfen hatte, blieb zunächst stehen – wie gelähmt von der Erkenntnis, soeben etwas Schreckliches, nicht Umkehrbares angerichtet zu haben. Dann setzte auch er sich in Bewegung, stolperte über eine Baumwurzel und fiel auf den Waldboden. Die dunkle Wolke setzte zum Angriff an. Wie ein Bussard auf die Maus stürzten sich Hunderte von Wespen auf den am Boden liegenden Knaben.

Karek beobachtete voller Entsetzen, wie lange Stacheln erbarmungslos Gift in den sich windenden Körper pumpten. Der Junge brüllte, als würden Nägel in seine Haut getrieben. Es gab keinen Ausweg – er hatte keine Chance. Innerhalb von Sekunden schwollen die gestochenen Körperpartien derart an, dass der Anwärter vor lauter roten, riesigen Beulen nicht wiederzuerkennen war. Er zuckte nur noch unkontrolliert mit Armen und Beinen.

Die kollektive Intelligenz der Wespen erkannte, dieser Feind war erledigt. Jetzt mussten sie sich um die anderen Eindringlinge kümmern. Die schwarze Wolke schraubte sich spiralförmig mit lautem Surren nach oben und formierte sich erneut zu einer gigantischen dreieckigen Wolke, so groß wie das Dach einer Kate, erbarmungslos auf der Suche nach dem nächsten Opfer.

Krall, der eben noch in der Nähe von Karek gestanden hatte, schlug fluchend die Hände vor das Gesicht – zwei große Beulen zierten seine Stirn und sein Kinn. Wütend zermatschte er zwei riesige Wespen, eine gallertartige gelbgrüne Masse quoll zwischen seinen Fingern hervor. Krall stierte wütend erst auf seine Finger, dann in die summende Luft. Zum ersten Mal entdeckte der Prinz in Kralls milchig blauen Augen einen Hauch von Unsicherheit. Er schien zu kapieren, dass er gegen diesen Gegner trotz seiner unbändigen Kraft und beeindruckenden Konstitution keinerlei Chance hatte.

Karek überlegte nicht lange, sonst hätte er womöglich anders gehandelt. Er riss Krall hinter sich und schrie ihn an: »Lauf. Ich lenke sie ab.« Dann lief er auf die Wolke zu und ruderte mit den Armen, um alle Aufmerksamkeit auf sich zu ziehen. In entgegengesetzter Richtung rannten Krall und die anderen Kameraden um ihr Leben.

Nur To Shyr Ban blieb stehen und schrie: »Nein, Linnek. Tue das nicht. Renn weg.«

Doch der Prinz lief weiter unerschütterlich winkend auf die Viecher zu.

Die Riesenwespen hatten sich inzwischen zu Tausenden gesammelt und formiert. Sie setzten erneut zum Sturzflug an, umhüllten Karek nach wenigen Sekunden wie Fliegen einen frischen Schweinekadaver. Der Prinz sah durch eine kleine Lücke in der sich um ihn herum drehenden schwarz-gelben Wand nur noch, wie To Shyr Ban voller Entsetzen den Kopf schüttelte, sich umdrehte und seiner flüchtenden Truppe hinterher sprintete.

Langsam schritt Karek mit kreisenden Armen in die entgegengesetzte Richtung weiter in den Wald hinein. Das

Summen dröhnte in seinen Ohren, die Wespen kitzelten ihn überall. Er kniff entsetzt die Augen zusammen und atmete flach voller Angst, er könnte Wespen in den Mund oder in die Nase bekommen. Der Gedanke, dass die Viecher viel zu groß für seine Nasenlöcher waren, beruhigte ihn nicht wirklich.

Fast stolperte er über den Körper des toten Kameraden, der aufgedunsen, unkenntlich, zusammengekrümmt auf dem Boden lag.

Karek ging weiter und immer weiter. Ab und zu linste er durch einen kleinen Spalt seiner Augen. Erst nach und nach begann er zu glauben, dass sein Plan tatsächlich aufgegangen war. Bisher spürte er nicht einen einzigen Wespenstich. Er hoffte, dass dies auch so bleiben würde, denn immer noch umkreisten ihn surrend, summend und brummend Tausende Insekten, nervös und angriffslustig. Sobald sie sich jedoch auf ihn setzten, beruhigten sie sich auf wundersame Weise und ließen von ihm ab.

Er wagte es, seine Augen zu öffnen und inmitten der dunklen Wolke seinen Schritt zu beschleunigen, um noch mehr Abstand zwischen ihr und seinen Kameraden zu bekommen. Je weiter er die Schauerwespen wegführte, desto besser. Viel Zeit verging, bis die Wespen weniger wurden und allmählich in ihre Nester zurückflogen. Erschöpft, jedoch ohne einen einzigen Stich, hielt er inne und schaute sich um. Die Bäume standen dichter, und es roch nach Nebel, obwohl die Luft klar war. Zitternd setzte er sich auf einen umgefallenen Baum und schnaufte durch. Bevor er sich auf den Rückweg machen konnte, musste er sich unbedingt ausruhen. Der Schock über den brutalen Tod seines Kameraden, die Angst, das gleiche Schicksal zu erleiden und die körperliche Anstrengung hatten ihn völlig entkräftet. Er hoffte inständig, dass seine Aktion wenigstens den anderen Jungen und auch To Shyr Ban geholfen hatte.

Drei seidene Fäden

Sie beobachtete die Feste Strandsitz seit vollen sieben Tagen. Schwierig, da hineinzukommen. Dieser Rogat war kein Vollidiot. Die Ritzen in der Mauer waren glatt gespachtelt; so boten sie keinen Halt, selbst für ihre außergewöhnlichen Kletterfähigkeiten. Auf den Wehrgängen tummelten sich die Wachsoldaten wie Ameisen auf ihrem Hügel und regelmäßig schwadronierten Späher durch die Gegend, um vor unliebsamen Überraschungen zu warnen. Zudem stellte sie fest, dass Rogat Gänse als Wachhunde einsetzte. Gänse besaßen ein hervorragendes Sehvermögen, selbst in der Nacht, und konnten einen beachtlichen Bereich ihrer Umgebung beobachten. Sobald sie auch nur die kleinste Unregelmäßigkeit darin entdeckten, reagierten sie sofort mit lautem Geschnatter, Droh- und Flügelgebärden und weckten damit Tote wieder auf.

Hineinschmuggeln im Wagen eines Händlers, schließlich belieferten solche die Feste fast täglich, erwies sich als sinnlos. Alle Wagen mussten vor der Zugbrücke stehen bleiben und wurden meistens dort entladen. Ganz selten durfte ein Fuhrwerk einfahren. Vorher umkreisten es Unmengen von Soldaten mit Spürhunden, bis alle schwindelig waren. Dieser Rogat, wachsam wie eine Katzenmutter mit Jungen.

Auch über die Meerseite in die Burg zu gelangen, hatte sie in der Nacht ausgetestet. Sogar schwimmend einmal bei Flut und einmal bei Ebbe, denn sie war sicher, es gab geheime Gänge von der Burg hinunter an die Küste. Jeder noch so debile Burgarchitekt würde einen solchen Flucht- oder Versorgungsweg vorsehen.

Der Gezeitenunterschied hob und senkte den Meeresspiegel um ganze drei Meter, doch sie fand keine Höhle oder einen anderen Zugang durch die glatten Felsen. Ihre Untersuchungen wurden erschwert durch selbst zur Meerseite patrouillierende Wachen auf der Mauer, so dass sie nur sehr vorsichtig agieren konnte. Die Felsen waren glatt und rutschig wie ein Hering. Klettern ging auch hier nicht.

Es erstaunte sie durchaus, dass diese Burg derart befestigt, bewacht und schwer einzunehmen war, wo doch hier nur ein paar Knaben zu Soldaten ausgebildet werden sollten.

Sorgen machte sie sich jedoch keine. Früher oder später würde sie den Prinzen erwischen. Wenn sie nicht zu ihm gelangen konnte, musste sie halt warten, bis er zu ihr kam. Logisch. Geduld war nur eine ihrer vielen Stärken, mitunter die wichtigste.

Wieder suchte sie im Schutze der Nacht erfolglos an der Meerseite nach einem Weg über die Felsen hinauf in die Burg. Senkrecht ragte die Steilküste über ihr in den Himmel und ging oben nahtlos in die befestigten Mauern der Feste über. Keine Chance, auf diesem Weg hineinzugelangen. Sie beschloss, sich jetzt ausschließlich auf die Tageszeiten zu konzentrieren, wenn die Übungen die Rekruten aus der Burg führten.

Also ging es zurück tief in den Rabenwald hinein zu einem Unterschlupf, wo sie sich von mitgebrachtem Trockenfleisch, Wild und Beeren ernährte.

Dort auf dem Boden lag ihre gestrige Jagdbeute, ein Reh, von dem sich ein riesiger Wolfshund mit wackelndem Kopf und in den Boden gestemmten Vorderpfoten gerade ein großes Stück Fleisch aus dem Hinterbein riss. Drecksvieh war ihr von Anbeginn ihrer Reise gefolgt. Das heißt, anfangs lief er hinter ihr her, dann verschwand er für zwei Tage, tauchte wieder für ein paar Stunden auf, um dann wieder abzuhauen.

Sie respektierte das, fand es sogar angebracht. Schließlich war das Tier frei und konnte tun und lassen, was es wollte.

»He, lausiges Drecksvieh. Das ist mein Fressen. Fang dir selbst was.«

Drecksvieh interpretierte ihre Worte selbstbewusst als zärtliche Begrüßung und wackelte nun nicht nur mit dem Schädel, sondern gleichzeitig auch mit dem Schwanz.

Der Beinknochen des Rehs riss aus der Gelenkpfanne und Drecksvieh purzelte rückwärts auf den Boden, rollte elegant auf den Bauch und hatte nach der Landung den riesigen Knochen genau zwischen den Vorderpfoten.

»Angeber, und schmatz nicht so laut«, meinte sie nur, legte sich auf ihr Nachtlager und schlief bald ein.

Am nächsten Morgen saß sie in einem Dickicht in großer Entfernung zur Feste und beobachtete, wie die Zugbrücke heruntergelassen wurde. Wenig später kamen einige Gestalten zu Fuß hinausgelaufen. Sie kannte das schon. Anfangs wunderte sie sich noch über diese Übungen, da diese ganz und gar nicht in das übliche militärische Ausbildungsprogramm Toladars passten.

Das Tageslicht erforderte äußerste Vorsicht, wenn sie unentdeckt bleiben wollte. Tarnkleidung, großer Abstand und Büsche, Bäume, Dickichte waren ihre Verbündeten. Sie beobachtete den dicken Jungen, der mit dem Oberkörper hin und her wackelnd meistens am Ende der Gruppe lief. Unser aller Prinz. Wie eine fette Festtagsgans, die vor dem Kochtopf davon lief.

Aus den Beobachtungen der Tage zuvor wusste sie, welchen Weg der Trupp voraussichtlich nehmen würde. Sie zog sich zurück, tief in den Wald hinein. Dort kletterte sie auf eine Buche, die ihr einen weiten Blick über das Areal sowie auf einige kleinere Waldschneisen ermöglichte. Wie eine Raubkatze lag sie mit dem Bauch auf einem dicken Ast und beobachtete die Gegend. Sie lebte für diese Situationen, für dieses Gefühl. Sie war frei und gefährlich. Und eine Frau. In dieser von Männern dominierten Gesellschaft eine ungeheure Gesetz- und Regellosigkeit. Ihre Aufträge gaben dem Ganzen zudem eine Richtung, einen Zweck.

Nach einer Weile tauchten die Läufer in der Ferne auf. Ein großgewachsener farbiger Mann lief mit federnden Knien voraus, viele kleinere Gestalten mit bleiernen Beinen hinterher, den Abschluss bildete ein wankender Knubbel.

Jetzt verschwanden sie unter den dichten Baumwipfeln. Sie wusste, der Hauptmann würde eine längere Pause machen, bevor der Rückweg anstand. Tiefer in den Wald dürften sie ohnehin nicht laufen, da sich dort in den Bäumen eine Kolonie Schauerwespen breitgemacht hatte.

Sie überlegte, wie sie eine Gelegenheit herbeiführen konnte, an den Prinzen heranzukommen. Es müsste ihr gelingen, ihn allein oder mit ein paar anderen isolieren zu können. Einen Anwärter mehr oder weniger zu töten - darauf kam es nicht an. Sie hatte auch schon überlegt, einfach den kompletten Trupp anzugreifen, wenn da nicht der Hauptmann gewesen wäre, der durchaus den Eindruck eines etwas ernsthafteren Gegners vermittelte. Ihn müsste sie als Erstes innerhalb weniger Sekunden ausschalten und hierin bestand das Risiko. Nein, der ganze Trupp wäre zu viel des Guten. Eine Frau sollte wissen, wann Zurückhaltung geboten war.

Zu ihrem Erstaunen schallten jetzt laute Schreie zu ihr herüber. Es war etwas Unvorhergesehenes passiert. Einige Jungen hasteten den Weg zurück, als sei ein Rudel Löwen hinter ihnen her. Immer mehr fliehende Anwärter tauchten auf. Sollten die so bescheuert gewesen sein und sich mit den Schauerwespen angelegt haben? Jetzt tauchte auch der Hauptmann mit einem groß gewachsenen Burschen auf. Alle sprinteten in großem Tempo nach Osten aus dem Wald heraus. Einige fummelten dabei hektisch mit den Armen vor dem Gesicht hin und her, so dass tatsächlich ein paar Wespen im Spiel zu sein schienen. Merkwürdig. Normalerweise griffen die geordnet im Schwarm an und selbst sie war nicht annähernd schnell genug, um vor einem solchen Schwarm Schauerwespen weglaufen zu können. An sich waren ihr die Viecher sympathisch. Tödlich, präzise, erbarmungslos. Ganz wie sie selbst.

Doch Wespen sah sie keine, sondern nur hektisch laufende Menschen. Sie zählte durch. Achtzehn, neunzehn, zwanzig. Sie wartete noch einen Augenblick. Es blieb bei den zwanzig. Ihr Mund wurde zum Strich. Fehlten noch zwei und einer davon war zufällig der Thronfolger des Königreiches Toladar. Was war passiert? Augenscheinlich hatten die Wespen ihr die Arbeit abgenommen - doch, wo blieben die Viecher jetzt? Also machte sie sich auf den Weg, um zu überprüfen, ob noch etwas übrig war, um auf den Thron zu folgen.

Sie kletterte vom Baum, schlug einen Bogen nach Norden und näherte sich den Wespen von Westen. Lautes hektisches Gebrumme ließ sie anhalten. Die Schwärme konnten gegenseitig nach Hilfe rufen, die ganze Kolonie schien alarmiert und in höchster Erregung. Jetzt aber vorsichtig. Leise begann sie sich zurückzuziehen, als sie plötzlich ein Schnaufen hörte. Sie tänzelte geräuschlos über den Waldboden, ohne auf einen einzigen kleinen Zweig oder Ast zu treten und duckte sich hinter der großen Wurzel eines umgefallenen Baumes. Hier lagen einige Bäume kreuz und quer und auf einem saß er. Ziemlich lebendig. Noch. Karek Marein, der Prinz von Toladar. Allein und ihr hilflos ausgeliefert. Er schniefte wieder heftig, einige Wespen umkreisten ihn, doch sie schienen ihn absurderweise nicht stechen zu wollen. Außer großer Erschöpfung konnte sie keinen weiteren Schaden an ihm feststellen. Sie betrachtete ihn genauer. Ein kleiner Pudding von einem Jungen. Ein rundes Gesicht mit runden Wangen. Ein schwammiges Kinn, weit davon entfernt, männliche Konturen anzunehmen. So auch die Nase - eher kindlich stupsig als kantig, wobei sie deutliche Spuren eines Bruches in jüngster Vergangenheit aufwies. Der Hals, dick, kurz, rosig. Braune Stoppeln auf dem Kopf waren der soldatischen Einheitsfrisur geschuldet.

Ein riesiges Tier krachte durch das Dickicht. Drecksvieh auf der Jagd. Mit großem Tempo sprang der Wolfshund über einen der umgestürzten Baumstämme und raste auf den Prinzen zu. Sie zuckte in Gedanken die Achseln. Gut – was die Wespen von dem dicken Würstchen absonderlicherweise übriggelassen hatten, würde Drecksvieh jetzt erledigen. Unwillkürlich starrte sie auf die nackte Kehle des Jungen, die im nächsten Moment knackend von Reißzähnen zermalmt werden würde. Toladar: Mach dich auf die Suche nach einem neuen Thronfolger.

***

Karek erholte sich schneller als früher, nachdem er sich körperlich derart erschöpft hatte. Nur noch einige wenige Wespen umkreisten ihn. Er zuckte zusammen, als ein lautes Krachen ertönte und ein schwarzer großer Schatten auf ihn zustürmte. Er sprang auf. Was kann das sein? Ein Raubtier? In einem riesigen Satz sprang ein Ungetüm über einen querliegenden Baumstamm wie ein Pferd über den Weidenzaun und hielt auf ihn zu. Ein Wolf. Und was für einer. Das Biest riss das Maul auf. Die Spitze des rechten Eckzahnes war abgebrochen. Gleich würden sich diese Zähne in sein

Fleisch bohren. Doch das Tier bremste ab, sprang an ihm hoch, jaulte wie hundert Hyänen.

»Zaunkrauler.«

Der Wolfshund führte sich auf wie ein tollwütiger Fuchs im Hühnerstall. Er hüpfte, grunzte, fiepte um Karek herum. Der lachte und klopfte ihn auf den Rücken, wann immer er ihn erwischte.

»Schlaues Tier. Du hast mich viel früher erkannt als ich dich«, lachte er.

***

Sie war fassungslos. Anstatt den Prinzenklops zu zerfleischen, drehte Drecksvieh vor Freude fast durch. Drecksvieh, die wilde Wolfsbestie, die bisher keinen anderen Menschen außer sie auch nur auf fünf Meter an sich herangelassen hatte. Und nun das. Sie stand verwirrt auf. Sie wagte es kaum zu denken. Das war ... Unlogisch.

***

Karek sah sie erst spät, da er seine Aufmerksamkeit auf Zaunkrauler richtete. Doch dann blickte er in die dunklen Augen einer Frau, die urplötzlich vor ihm stand. Diese Frau durchbohrte ihn mit ihrem unheimlichen, seelenlosen Blick. Er fröstelte und fing dennoch an zu schwitzen.

Sonderbar - freudig jaulend umkreiste Zaunkrauler auch sie. Ihre Körperhaltung strahlte Kraft und Selbstbewusstsein aus, viel mehr noch als To Shyr Ban und der war wahrlich nicht von schlechten Eltern. Was ihn im hohen Maße erschaudern ließ, war die Aura morbider Energie, welche diese Fremde umgab. Er spürte augenblicklich, dass er sich, kaum den Schauerwespen entkommen, wiederum in Todesgefahr befand.

Er löste sich von ihren ausdruckslosen Augen und sah an ihr herunter. Sie trug ein braun-grünes Wams mit braun-grüner Kapuze. Auch ihre einfache Leinenhose verschmolz mit den Farben des Waldes. In einem Ledergürtel steckten zwei Dolche – einer kurz, einer lang.

Ihr Gesicht hatte sie mit Erde dunkel gefärbt. Ihre Züge waren unergründlich, ohne jeden Ausdruck. Ganz jung mochte sie nicht mehr sein, doch keine Lachfalte, keine Zornesfalte, keine Krähenfüße um die Augen zeichneten sich ab.

Sie sprach, was seltsam anmutete, da ihre Lippen sich kaum bewegten. »Geh vor mir her.«

Sie schubste ihn weiter in Richtung Westen - tiefer in den Wald hinein.

Karek stolperte los. Der weiche Waldboden rupfte an seinen Stiefeln. Er nahm den ihm noch verbliebenen Mut zusammen und fragte: »Was willst du von mir?«

»Dich töten. Nimm es nicht persönlich.«

Der Junge drehte den Kopf erschrocken zu ihr um. Ihr Gesicht war emotionslos wie eine graue Wand. Die Krähe. Er war fest von einem Mann ausgegangen. Nie im Leben wäre ihm bei einem Auftragsmörder eine Frau in den Sinn gekommen.

»Lauf weiter«, befahl sie.

Der Prinz überlegte verzweifelt. Ihm schossen mehrere Gedanken gleichzeitig durch den Kopf. Wenn sie ihn nur schnell ermorde n wollte, hätte sie es schon getan. Wusste sie sicher, wer er war? Das musste er als Erstes herausbekommen.

»Mein Vater ist reich. Er wird dich belohnen, wenn du mich laufen lässt.«

»Dein Vater Tedore ist wahrlich reich, doch bald ebenso tot. Und verzeiht, wenn ich vergaß, vor Euch das Knie zu beugen.«

Sein Magen rumorte und ihm wurde speiübel.

Damit ist meine Frage, ob sie meine Identität kennt, wohl hinreichend beantwortet. Um Gold alleine konnte es doch nicht gehen. Was trieb diese Frau nur an?

»Kennst du meinen Vater?«, fragte er.

Sie knurrte. Drecksvieh spitzte erstaunt die Ohren.

Eine ganze Weile liefen sie weiter.

Karek merkte, dass sie nichts Weiteres antworten würde, daher fragte er: »Warum willst du mich töten?«

***

Sie schubste den Burschen vor sich her. Der Hauptmann würde mit seiner Truppe die beiden Leichen bergen wollen, sobald die Wespen sich beruhigt hätten. Also musste sie noch ein gehöriges Stück tiefer in den Wald hinein. Nicht, dass sie jetzt bass erstaunt war, jedoch erwartete sie von so einem verwöhnten, verweichlichten Rotzbengel, dem eine Hundertschaft an Dienern sein ganzes Leben lang am Hof den Arsch nachgetragen und das, was aus Letzterem herauskam, weggetragen hatte, Gejammer und Flehen, doch bitte, bitte sein Leben zu verschonen. Im Normalfall hätte sie ihm längst den rosigen Hals durchgeschnitten, anstatt mit ihm plaudernd durch den Wald zu spazieren. Der Grund für ihr Zögern lag einzig und allein im Verhalten von Drecksvieh. Zum einen ärgerte sie sich über den Köter, zum anderen respektierte sie seine Instinkte. Wieso mochte der Wolfshund ausgerechnet den Menschen, den sie beseitigen sollte?

Der Knabe hielt sich erstaunlich gut.

»Warum willst du mich töten?«, fragte er schlicht, ohne Umschweife.

»Bring mir eine Menge Gold«, antwortete sie schlicht, ohne Umschweife.

Jetzt bietet er mir gleich doppelt so viel Gold, wenn ich ihn laufen lasse. So war es bisher immer gewesen, wenn sie ihren Opfern überhaupt die Gelegenheit für ein paar letzte Worte gelassen hatte.

»Was machst du mit dem Gold?«

Oha, interessant. Die Frage kam in der Form unerwartet.

»Ich kaufe mir noch entsetzlichere Waffen und jage dem nächsten Prinzen für noch mehr Gold hinterher.«

Spätestens jetzt bietet er mir mehr an, wenn ich ihn verschone. Sie verabscheute diese Reduzierung ihrer hohen Kunst auf die Menge des Goldes. Als ob sie wegen der Bezahlung töten würde.

»Dir geht es nicht um das Gold«, sagte der Junge ruhig, doch ein leichtes Zittern in der Stimme verriet seine Angst.

Oha, dieser rotzgesichtige Pummelprinz begann langsam aber sicher, an ihren Nerven aus soradischem Stahl zu zerren.

»Ach ja, worum geht es mir?«

»Hm - ich habe gelernt, dass sich das Verhalten von Menschen im Wesentlichen auf lediglich zwei Motive reduzieren lässt. Der erste Antrieb ist Macht. Gold bedeutet Macht, daher ist das für mich einerlei.«

Der redet sogar in Todesgefahr noch geschwollener als ein Schauerwespenstich. Sie spielte mit dem Gedanken, ihn mit einem Dolchstoß zwischen die Wirbel tief ins Rückenmark zu erledigen - er würde kaum was spüren, sie hätte endlich Ruhe und nebenbei den Auftrag erledigt. Stattdessen fragte sie und ihre Stimme knisterte:

»Und das andere Motiv?«

»Die Suche nach Liebe«, antwortete er.

Der Krug auf dem Weg zum Brunnen brach. Sie schoss voran, zog ihm die Beine weg, lag dann auf ihm, während sie ihm den kurzen Dolch an seine Kehle hielt.

Sie zischte: »Es reicht. Schluss mit dem Gesülze. Was weißt du mimosenhaftes Jüngelchen schon über solche Dinge. Nenn mir einen Grund, warum ich dir jetzt nicht den Hals durchschneiden sollte. Einen einzigen verdammten Grund.«

Der Knabe erstarrte vor Angst und schwieg. Endlich verhielt er sich logisch. Seine Gesichtszüge verloren jede Ordnung. Zitternd schloss er in Erwartung seines sicheren Todes die Augen.

Doch dann kam ein Flüstern: »Können es auch drei

Gründe sein?«

Sie unterdrückte den Reflex zu lachen, sie hatte seit Jahren nicht mehr laut gelacht und wusste nicht sicher, ob die hierfür benötigten Muskeln noch funktionierten.

Widerwillig entgegnete sie: »Ein guter Grund reicht, aber na gut, du hast genau drei Versuche.«

Mal sehen, ob der Klugscheißer jetzt endlich mit mehr Gold um die Ecke kam.

Die Augen des Prinzen blieben angstvoll zugekniffen. »Weil dein Hund mich mag.«

»Pfiffig, Bürschchen - aber das allein reicht nicht. Noch zwei Versuche.«

Sie roch den Urin. Der Junge konnte seine Blase nicht mehr kontrollieren.

»Weil, ... der Grund, warum du mich nicht schon längst getötet hast. Weil du neugierig bist.«

»Für heute haben ich und meine Neugierde die Schnauze voll. Nee, reicht immer noch nicht, dich am Leben zu lassen. Noch ein letzter Versuch.«

Der Junge erschlaffte. Er stöhnte.

Gerade als sie glaubte, es komme nichts mehr, flüsterte er: »Weil ich dann nie erfahre, was 'Pomuroje, pecteroje, animaje osteroto‘ heißt.«

Sie antwortete, ohne zu überlegen: »Zeig mir die Frucht, das Herz, die Seele.«

Eine merkwürdige Wärme kroch ausgehend von ihrem Bauch die Wirbelsäule hoch. Auch ihr Opfer strahlte eine Wärme aus, als hätte es hohes Fieber.

Der Knabe riss die Augen auf - sein Erstaunen überwog

einen kurzen Augenblick sogar die Todesangst. »Woher weißt du das?«

»Was spielt das für eine Rolle. Ich verstehe es und weiß es eben.«

»Das sind Worte der Alten Sprache, die seit vielen Hundert Jahren kein Mensch mehr spricht.«

Sie schaute auf ihren Dolch, der schon einen kleinen Schnitt an der Kehle des Jungen verursacht hatte. Ein Bluttropfen benetzte die Klinge. Sie hatte es vermasselt. Die vielen untadeligen Momente, den Prinzen hier und jetzt zu töten, hatte sie verstreichen lassen.

Diese fremden Worte, die ihr auf natürliche Weise gar nicht fremd waren, riefen Erinnerungen in ihr wach aus einer Zeit, die tief verschüttet, fest verriegelt in ihr schlummerte. Dieser merkwürdige Pummelprinz hatte etwas in ihr ausgegraben und entriegelt. Ihr war heiß. Mit der Hand wischte sie sich den Schweiß von der Stirn, doch ihre Stirn fühlte sich ganz trocken an. Was passierte hier? Sie musste mehr erfahren. Also stand sie auf, steckte den Dolch in den Gürtel. Diesen Auftrag brach sie hiermit ab. Zwar war weder der Prinz noch sie tot, dennoch fühlte sie sich als sei ein Stück von ihr gestorben, wobei im selben Augenblick ein anderer Teil geboren worden war.

Der Zufall ist der ärgste Feind der Logik. Sie überlegte.

Die Umstände ihres Zusammentreffens und ihre Unterhaltung konnten kein Zufall sein. Das Schicksal dieses absonderlichen Königssohnes, ob es ihr gefiel oder nicht, bildete eine Verflechtung mit den Mosaiksteinchen ihres Lebens. Dieser Prinz musste leben.

Erst die Sache mit Drecksvieh - jetzt das. Einfach zu viele Zufälle auf einmal. Dahinter steckte System. Ein System wiederum war folgerecht und schlüssig. Ha! Dieses System, diesen Schlüssel, diese Logik musste sie finden. Logisch.

Namen gehören auf Grabsteine

Karek kämpfte sich durch den Rabenwald, angetrieben durch die Frau direkt hinter ihm. Doch das Vorankommen gestaltete sich schwierig, da die Bäume immer enger, die Büsche immer dichter und das Licht immer weniger wurden. Ein Pferd wäre hier völlig unnütz. Die seltenen Augenblicke, an denen er den Sonnenball durch die Wipfel blitzen sah, genügten ihm, um festzustellen, dass sie genau nach Westen gingen.

Er konnte diese Wendung kaum fassen - sie ließ ihn tatsächlich am Leben. Vorerst. Mit dem Handrücken wischte er das Blut von seinem Hals. Kein tiefer Schnitt, unbedeutend. Den Grund, warum sie plötzlich von ihm abgelassen hatte, konnte er nicht verstehen. Beschweren wollte er sich natürlich keineswegs darüber. Er musste mehr über diese absonderliche Fremde herausbekommen.

»Ich bin Karek. Und Tedore ist mein Vater, wie du richtig festgestellt hast. Wie ist dein Name?«

Sie antwortete in seinen Rücken. »Ich habe *keinen* Namen.«

»Wie? Du musst doch irgendwie heißen?«

»Warum?«

»Jeder braucht doch einen Namen.«

»Warum?«

»Damit deine Mitmenschen dich ansprechen können.«

»Ich will nicht angesprochen werden.«

»Warum?«, fragte Karek jetzt im selben Tonfall mit der

Betonung auf der ersten Silbe.

»Damit ich solche dämlichen Gespräche nicht noch öfter führen muss.«

Kareks Mund fühlte sich staubtrocken an, dennoch schluckte er. Irgendwie spürte der Junge gleichwohl, dass er das Schlimmste hinter sich hatte.

Er ließ nicht locker. »Gefällt dir dein Name nicht?«

»Noch mal. Ich habe keinen Namen. Aber kommen wir zu dir, Karek. Gefällt dir dein Name?«

»Klar, als Karek kann ich prima leben.«

Und als Karek wäre ich heute zweimal nahezu prima gestorben.

»Ah ja. Also mit Karek bist du einverstanden. Wie nennst du dich denn jetzt hier bei deinen geliebten zukünftigen Untertanen? Erzähle mir nicht, du hast denen allen stolz verkündet, dass du ihr kleiner Knuffelprinz Karek bist.«

Der Junge stockte, sie hatte ihn erwischt. Was war sie nur für eine raffinierte Schlange?

Er rückte kleinlaut heraus. »Hier nenne ich mich Linnek.«

Sie tippte ihm zweimal auf seine Schulter, so dass er anhielt und sich zu ihr umdrehte.

Dann fauchte sie: »Sogar die Namen der Menschen sind Täuschungen und Lügen. Wozu willst du mir also unbedingt eine Lüge andichten?«

Der Prinz schwieg - was sollte er auch dazu sagen.

Das schien sie eher noch mehr aufzuregen, als zu beruhigen. »Namen, Namen. Wenn du Namen willst, gehe auf den Friedhof. Auf den Gräbern dort liegen eine Menge großer Steine. Und darin gemeißelt hast du jede Menge Namen. Platz für eine Karek-Inschrift findet sich sicherlich auch noch, wenn du jetzt noch weiter quatschst. Oder soll es für deine Kumpel hier lieber doch eine Linnek-Inschrift sein?«

Der Prinz hielt eine Weile den Mund. Es hatte auch niemand behauptet, dass eine Auftragsmörderin pflegeleicht, berechenbar und umgänglich war.

Das Thema Namen gab nun wahrlich nichts mehr her – mit Ausnahme eines bitteren Nachgeschmackes. Also musste er unbedingt ein neues Gesprächsthema finden.

Daher fragte der Prinz: »Die Alte Sprache. Wieso verstehst du eine Sprache, die seit Tausenden von Jahren nicht mehr gesprochen wird?«

Er machte sich auf das nächste Donnerwetter gefasst, doch sie ließ ihn in ruhigem Ton wissen: »Endlich eine intelligente Frage. Leider habe ich keine intelligente Antwort. Ich weiß es schlichtweg nicht. Du hast mit diesem Punkt eine Tür aufgestoßen, die ich nicht mehr zuschlagen kann. Wir sind gleich in meinem kleinen Zwischenlager. Wir werden in den nächsten Tagen ausreichend Zeit haben, um uns über die Hintergründe zu unterhalten.«

Karek sank erschöpft in die Knie. Die Ereignisse der letzten Stunden hatten ihn restlos ausgelaugt. Der lange Lauf, der Kampf mit den Schauerwespen, das fürchterliche Sterben seines Kameraden durch unzählige Wespenstacheln, die Todesgefahr mit dem Dolch an der Kehle und jetzt der Marsch zum Lager der Krähe.

Ihr Unterschlupf bestand aus einer kleinen Senke, umgeben von dichtem Gebüsch. Ein totes Reh, halb gefressen, lag nicht weit entfernt. Sie packte den Kadaver an einem der beiden verbliebenen Beine und zog ihn hinter sich her.

»Das Fleisch können wir nicht mehr essen. Ich schaffe es zur Seite, bevor es noch mehr Ungeziefer anlockt«, erklärte sie.

Karek blieb allein zurück. Weglaufen war sinnlos, sie hätte ihn in wenigen Augenblicken wieder eingefangen. Seine Hose war noch feucht, seine Scham, in die Hose gemacht zu haben, als sie an seiner Kehle herumschnitzte, hielt sich in Grenzen.

Plötzlich tauchte sie hinter ihm wieder auf und als könne sie seine Gedanken lesen, meinte sie: »Ziehe die Hose aus, dann trocknet sie schneller.«

Jetzt wurde er doch rot - sie hatte es also bemerkt.

Sie sah ihn an und bleckte die Zähne. »Lass dir gesagt sein: Für einen Knaben hast du dich erstaunlich gut gehalten. Mit sogenannten gestandenen, harten Männern habe ich schon ganz andere Geschichten erlebt, kurz bevor sie das Zeitliche segneten.«

»Aber, dann..., dann bin ich ja nackt«, stammelte er unbeholfen.

Über ihrer Nase bildete sich in ihrem sonst glatten Gesicht eine Falte. »Ja und? Bist du mit der Hose geboren worden?«

»Vor wenigen Augenblicken wolltest du mir den Hals durchschneiden und jetzt machst du dir Sorgen über meine nasse Hose?«

Sie legte sich ihm gegenüber in die Mulde und entgegnete

trocken. »Sei nicht so naiv! Nicht Sorgen um deine Hose oder um dich. Nur Sorgen um meine empfindliche Nase. Ich rieche deine Pisse hundert Meter gegen den Sturm.«

Der Knabe überlegte. Diese Frau war definitiv anders als alle Menschen, die er bisher in seinem Leben getroffen hatte. Nichts hatte er bisher über sie herausgefunden - nicht einmal ihren Namen.

Er versuchte, einen neuen Anlauf: »Du bist doch die Krähe mit dem Auftrag, den Prinzen Karek zu töten.«

»Ist das eine Frage?«

Karek saß die Angst immer noch tief in den Knochen, jedoch stieg auch häppchenweise Ärger in ihm auf, zudem machte ihm die Erschöpfung zu schaffen.

»Bist du die Krähe, die mich töten soll?«, fragte er klar und unmissverständlich.

Sie starrte ihn aus ihren schwarzen, unergründlichen Augen an. Einfach unheimlich! Seine Angst überholte seinen Zorn. Er schlug die Augen nieder - er sollte sie nicht provozieren. Sie konnte ihn immer noch jederzeit töten. Doch wieder reagierte sie so, wie er es nicht erwartete.

Sachlich erklärte sie: »Ja, genau die bin ich. Bis vor Kurzem dachte ich sogar, ich sei die letzte Verbliebene dieses feinen Ordens. Ja, mein Auftrag lautet: Töte Prinz Karek Marein.«

»Und ..., ich habe gehört, Krähen führen ihre Aufträge immer bis zum Ende durch ..., und wirst du deinen noch erfüllen?« Er konnte ein kurzes Zittern in seiner Stimme nicht verhindern, denn eine gehörige Portion Angst schwang bei dieser Frage mit.

»Ich werde dich nicht töten.«

»Gibst du mir dein Wort darauf?«

Er wusste es, bevor sie reagierte.

Mist! Fehler! Bei dieser Dame muss ich jedes Wort, jeden Satz, jede Frage erst dreimal überlegen, bevor ich etwas laut ausspreche.

Sie schnaubte in einem jähen Anflug von Zorn. »Was habe ich gerade gesagt? Ich werde dich nicht töten. Welches dieser fünf Wörter hast du nicht verstanden? Pah, ich soll dir mein Wort geben? Wozu sollte ich jemals etwas versprechen? Eide, Schwüre, Gelübde sind wie Staub. Kommen in der Natur nicht vor. Reine Erfindungen der Menschen, um ihre Lügen zu kaschieren. Wenn dir jemand plötzlich sein Wort gibt, gib es ihm schnell zurück und sei doppelt vorsichtig. Genau genommen würdigt er doch alles, was er vorher geäußert hat, herab oder stellt es zumindest infrage. Menschen, die ständig etwas versprechen, merken oftmals gar nicht mehr, wenn sie lügen und heucheln. Falls sie dann womöglich für den Moment mal etwas ehrlich meinen, dann fängt das feierliche Schwören an.« Ihre Stimme äffte den höfischen Tonfall eines Edelmannes nach: »Mein Herr, ich gebe Euch mein *Wort*, dies ist jetzt besonders wahr und nur ein bisschen gelogen, im Gegensatz zu dem Quark, den ich sonst so von mir gebe. Wenn Ihr mögt, gebe ich Euch sogar mein *Ehrenwort* – und darin ist sogar außerordentlich wenig Falschheit und Verschlagenheit - ehrlich.«

Schweigen im Wald.

Der Prinz wusste nicht, was er darauf antworten sollte.

Schlimm: Wie ist diese Frau nur so zynisch und verbittert gewor-

den? Noch schlimmer: Außerdem ist sie empfindlicher als eine Wunde inmitten einer Salzlake. Am schlimmsten: Sie hat in gewisser Hinsicht nicht ganz unrecht.

Jetzt fuhr sie fort: »Also - was nutzt dir das Wort einer Auftragsmörderin? Ich kann es jederzeit brechen, so wie dir das Genick. Aber noch mal: Ich werde dich nicht töten. Das muss dir genügen.«

Sie schien seine Erleichterung zu sehen und wusste somit, dass er sie verstanden hatte und ihr glaubte, sodass ihre Gelassenheit zurückkehrte.

»Dass ich dich nicht töte, ist reiner Egoismus. Du kannst mir helfen, etwas über meine ersten zehn Lebensjahre herauszubekommen. In dieser Zeit muss mir wohl jemand die Alte Sprache beigebracht haben. 'Pomuroje, pecteroje, animaje osteroto' geht mir von der Zunge wie meine Muttersprache. Zeig mir die Frucht, das Herz, die Seele. Woher hast du diese Worte?«

Karek erzählte ihr die ganze Geschichte. Sie entpuppte sich als gute Zuhörerin - ruhig und aufmerksam. Der Prinz berichtete, wie der sterbende Azari der San-Priesterin Tatarie diese Worte im Zusammenhang mit einer Prophezeiung zugeflüstert hatte. Er erwähnte das alte Pergament mit den unlesbaren Zeichen der Alten Schrift, eingenäht in die Tunika dieses Azari. Der Knabe merkte schnell, dass ihr Blick immer neugieriger, ihr Gesichtsausdruck weicher, ihre Köperhaltung entspannter wurde.

Karek schloss seine Erzählung mit den Worten: »Herzog Mondek beanspruchte dieses Pergament mit aller Macht für sich. Die arme Tatarie wollte er dafür auf den Scheiterhaufen schicken und vermutlich hat er sogar königliche Soldaten töten lassen, um in seinen Besitz zu gelangen.«

»Herzog Mondek? Den kenne ich. Das scheint ein verschlagener Hund zu sein, der diesem Schohtar ständig winselnd in den Arsch kriecht. Der Fürst selbst erwähnte diese Tatarie und das Pergament. Obwohl ich verstanden habe, dass die gute San-Priesterin nicht mehr arm sein wollte, sondern einen stattlichen Haufen Gold für das Pergament verlangt hatte, was Mondek ihr verweigerte. Daher kam der Herzog auf die für ihn deutlich günstigere Version mit der Hexengeschichte.«

Karek fiel Tataries zögerliches Verhalten bei der Übergabe des Pergamentes an seinen Vater ein. Er kam sich klein und naiv vor, hatte er doch an ihre Redlichkeit geglaubt.

Doch gegen Fürst Schohtar erschien die San-Priesterin harmlos.

»Du kennst den Fürsten persönlich? Fürst Schohtar?«, rutschte es Karek mit einer Spur zu viel Zweifel heraus.

»Bist wohl erstaunt über meinen feinen Umgang, was? Auch dem habe ich gegenüber gestanden. Ein intelligenter Mann, der weiß, was er will. Und er tut alles, um genau das zu erreichen - wahrscheinlich, um zu verhindern, dass er sich vor Langeweile in der Nase popelt.«

Karek schaute verdutzt - unter normalen Umständen würde er jetzt breit grinsen, ob ihrer Bemerkung. Diese Frau war vollends respektlos, jedoch nicht humorlos – wenn auch auf ihre eigene morbide, zynische Art.

Das konnte er auch. »Schohtar ist bekannt dafür, seine

Nase in Dinge zu stecken, die ihn nichts angehen.«

Jetzt war es an ihr, innezuhalten. Ihre Mundwinkel wurden etwas breiter – aber immer noch weit entfernt von einem menschlichen Lächeln.

»Du bist ja ein richtig komischer Prinz.«

»Und du eine richtig komische Namenlose.«

Ihre tägliche Prise Humor schien aufgebraucht. »Har, jetzt, wo wir das geklärt haben, kommen wir auf Mondek und das Pergament zurück. Was hat es damit auf sich?«

»Ich habe heimlich eine Abschrift angefertigt. Es sind eine Landkarte und viele Schriftzeichen zu sehen, deren Bedeutung bisher niemand wusste. Kannst du die Alte Schrift auch lesen?«

Sie breitete ihre Arme aus. »Weiß ich nicht. Das übliche Lesen habe ich während meiner Erziehung in der Stätte gelernt. Zur Alten Sprache fällt mir nichts ein - die müsste ich erst einmal vor mir sehen.«

Karek wollte besser nicht näher auf ihre ‚Erziehung' eingehen, zumal sie dieses Wort mit einem sarkastischen Unterton belegt hatte.

»Wenn du mich laufen lässt, könnte ich die Abschrift holen und dir zeigen. Dann sehen wir, ob du was erkennst.«

»Wenn ich dich laufen lasse, sehe ich dich nie wieder. Und wenn, dann mit hundert Mann Verstärkung im Rücken.«

Der Prinz überlegte, dann bemerkte er: »Ich dachte, ich helfe dir dabei, hinter die Tür zu sehen, die ich deinen Worten nach, aufgeschlagen habe. Was willst du denn jetzt mit mir machen?«

»Erst einmal werden wir hier übernachten. Deine Kameraden und die Soldaten Rogats werden dich oder vielmehr deine Leiche nicht in der Dunkelheit suchen. Sei gewiss, sie gehen davon aus, dass die Wespen dich erledigt haben. Rogat ist gezwungen, deine Leiche zu bergen. Ich glaube nicht, dass sich dein königlicher Vater auf die berechtigte Frage *'wo ist denn mein kleiner Prinz nur*?', mit einem lapidaren *‚irgendwo im Wald verschollen*' abgibt.«

Sie machte eine Pause - dann funkelte sie ihn an: »Kein Mensch überlebt den Angriff eines Schwarmes Schauerwespen. Verrate mir, wie du das gemacht hast?«

»Genau weiß ich das auch nicht. Ich habe die Aufmerksamkeit der Wespen gewollt auf mich gezogen, weil ich mir *ziemlich* sicher war, dass sie mich nicht stechen werden.«

»Oho, das Leben beschert mir heute die Begleitung eines kleinen Helden. Damit hast du tatsächlich den anderen das Leben gerettet.«

»Zumindest Krall und dem Hauptmann.«

»Wieso warst du *ziemlich* sicher, dass die Viecher dich nicht stechen werden?«

»Auch Mücken stechen mich nie. Tiere tun mir generell nichts.«

»Das Gleiche scheint ja auch für Auftragsmörderinnen zu gelten.«

Karek verzog das Gesicht: »Menschen verletzten mich sehr wohl. In den letzten Wochen ganz besonders.« Er zeigte auf seine Nase und seine Brust.

Sie warf einen schnellen Blick auf seine Blessuren aus

dem Kampf mit Dragan.

»An sich sind deine Wunden harmlos - nicht erwähnenswerte Lappalien. Jedoch erstaunt es mich, dass sich ausgerechnet unser verwöhnter Pummelprinz in solch eine feine Ausbildung stürzt. Wolltest du dich vor mir verkriechen?«, fragte sie mit der üblichen Portion Sarkasmus in ihrer Stimme.

Karek fühlte sich zwar beleidigt, seine körperliche und geistige Erschöpfung erlaubte ihm jedoch nicht mehr, dagegen zu halten. Er entgegnete matt: »Zum einen das, ja. Zum anderen bin ich nicht der große Kämpfer. Ich halte lieber ein Buch denn ein Schwert in der Hand. Und dies ist auch ein Grund, warum ich hier gelandet bin. Rogat und seine Hauptmänner sollen mich eines Besseren belehren.«

»Heute hätte dir ein noch so elegant geführtes Schwert gegen die Schauerwespen nichts genutzt.« Sie griente. »Und gegen mich übrigens auch nicht. Dennoch schadet es nicht, wenn ein König sich nicht nur mit Worten, sondern auch mit Waffen zu wehren weiß.«

»Ich will kein Herrscher sein, der den Krieg sucht.«

»Der Krieg wird dich suchen, sobald du Herrscher bist.«

Karek schloss die Augen.

Na prima. Mit solchen Sprüchen klingt die Dame genauso wie Vater, Madrich und Rogat.

Seine Kräfte für diesen Tag näherten sich dem Ende.

Sie schaute ihn an und meinte: »Im Morgengrauen ziehen wir noch tiefer in den Wald hinein. Wir schlafen jetzt.«

Sie drehte sich in ihrer Mulde um und rollte sich zusammen.

Karek wusste genau, dass ein Fluchtversuch keinerlei Aussicht auf Erfolg hatte. Daher überließ er sich seiner Erschöpfung und schlief wider Erwarten schnell ein.

Am nächsten Morgen weckte ihn eine feuchte, raue Zunge, die über sein Gesicht schlabberte.

»Zaunkrauler - du stinkendes Monster.«

Er nahm die Schnauze des Hundes in beide Hände und schüttelte den Kopf langsam hin und her. Der Wolfshund grollte freundlich.

Sie stand auf einmal neben ihm: »Woher kennst du Drecksvieh?«

Karek erzählte ihr die Geschichte, wie er mit seinem Vater das Tier begutachtet hatte und von seinen Gesprächen mit dem königlichen Jagdmeister.

»Dein guter Jagdmeister hat dich angelogen. Kommt am besten Hofe durchaus mal vor.« Sie würgte geräuschvoll einen Klumpen blassgrünen Schleims nach oben und rotzte angewidert auf den Boden. Karek hatte noch nie zuvor eine Frau spucken sehen - und so schon gar nicht.

Sie wischte sich mit dem Ärmel den Mund ab. »Mitten auf dem Weg zur Stadt hat er das Tier nicht freigelassen, sondern einfach abgestochen, und das nicht einmal richtig. Er hat Drecksvieh schwer verletzt an den Rand der Straße geworfen und ist weitergefahren.«

»Hast du Zaunkrauler gerettet?«

»Sein unbändiger Lebenswille rettete ihn. Meine Pflege half ihm dabei.«

Wieder stahlen sich widersprüchliche Gedanken über diese Frau in Kareks Hirn. Sie hatte bestimmt schon Hunderte Zielpersonen ohne Skrupel getötet. Dann pflegte sie einen dreivierteltoten Hund gesund. Wer war sie? Was war sie? Was wollte sie?

»Wir gehen weiter nach Westen.«

»Wo willst du denn mit mir hin? Ich kann dir im tiefen Wald nicht viel nutzen.«

»Das werden wir sehen. Du hast Antworten auf Fragen, die du selbst noch nicht weißt, da bin ich mir sicher.«

»Lass mich laufen, ich sage dir, wir treffen uns wieder und ich zeige dir das Pergament mit der Alten Schrift.«

Sie blickte ihn an: »Schwörst du es?«

»Wenn ich dir es sage, muss das reichen.«

Sie nickte beifällig. »Du lernst schnell.«

Dann schubste sie ihn in Richtung Westen noch tiefer in den Rabenwald hinein.

Gegen Mittag lichtete sich in der Ferne der Wald. Ein helles Glitzern schimmerte indes durch die Blätter, als wollte sie jemand mit der Reflexion einer gigantischen Klinge blenden. Nach einigen Schritten stellte sich das helle Licht als die Wasseroberfläche eines kleinen Sees, in welchem sich die Sonne spiegelte, heraus. Mitten im Wald standen sie in einer Lichtung, ein Ort mit einer ungeahnten Idylle.

An einem gemütlichen Plätzchen, umgeben von Büschen und der erhöhten Uferböschung in unmittelbarer Nähe zum See, warf sie ihre beiden Rucksäcke auf den Boden. »Hier rasten wir.«

»Ich habe Hunger«, stöhnte der Junge.

»Wir werden angeln und Beeren sammeln.«

»Angeln dauert ewig«, maulte Karek.

»Nicht auf meine Art.«

Missmutig ließ der Prinz sich auf den weichen Uferboden fallen.

Sie schüttelte den Kopf. »Ich angle – du sammelst Beeren. Dort drüben wachsen jede Menge Büsche mit Apfelbeeren – die kleinen schwarzen.«

Sie nahm ein Stillet, krempelte die Hose hoch und watete einige Schritte in das knietiefe Wasser. Dort verharrte sie völlig bewegungslos, bereit mit der schmalen Klinge senkrecht ins Wasser zu stoßen.

Karek stand mühsam wieder auf und lief zu den Büschen. Schwarze Beeren hingen an dornigen Zweigen. Er pflückte einige der kleinen Früchte und öffnete seine leere Gürteltasche. Diese war gut gefüllt gewesen, als die Kompanie vor nicht einmal zwei Tagen aufgebrochen war. Karek kam es vor, als sei dies vor vielen Wochen gewesen.

Er schielte zu ihr hinüber. Noch immer stand sie reglos wie ein Brückenpfeiler im Wasser. Nicht einmal ihre Haare bewegten sich. Karek blinzelte. Mit einer Geschwindigkeit bar jedes physikalischen Gesetzes, stieß sie ihre Waffe in den See und riss sie wieder hoch. Von jetzt auf gleich zappelte ein dicker Barsch an ihrem Stillet – der Junge staunte, die Bewegung zuvor hatte er nur erahnen können.

Lässig verließ sie das Wasser und begann Holz für ein Feuer zu sammeln. In befremdlicher Weise fasziniert, konnte er die Augen nicht von ihr lassen. Jede ihrer Bewegungen ging einher mit zielgerichteter Eleganz, aus der eine ungeheure Effizienz ihrer Handlungen resultierte. Nach kurzer Zeit ordnete sie Reisig und kleine Zweige mit wenigen Handgriffen zu einem Haufen an, nahm einen Feuerstein aus ihrem Rucksack und entfachte ein Lagerfeuer.

Karek fuhr fort, Beeren zu sammeln, als er sich dabei an einem Dorn kräftig in den Daumen piekste. Jetzt reichte es ihm, er brach diese dumme Pflückerei ab und begab sich zu ihr.

Sie warf einen Blick auf seine magere Ausbeute. »Du solltest Beeren pflücken, anstatt mich nur anzuglotzen. Klar, du bist gewöhnt, andere für dich arbeiten zu lassen, mein Prinz«, ätzte sie. »Das läuft bei mir nicht. Du behältst also deine Beeren, ich behalte meinen Fisch. Guten Appetit.«

Sie hämmerte dem Fisch mit dem Knauf eines Jagdmessers auf den Kopf, durchtrennte die Kiemenbögen und ließ das Tier ausbluten. Ein blitzschneller Schnitt über die Bauchdecke und sie entnahm die Eingeweide. Danach ging sie zum Wasser, um noch die Kiemen zu entfernen und den Fisch vom Blut zu reinigen. Die Geschwindigkeit und Präzision ihrer Handgriffe beeindruckten den Prinzen aufs Neue.

Sie trat zum Feuer, schob ihre Beute auf einen Stock, um sie dann über dem Feuer zu braten.

Karek betrachtete die Beeren in seiner Tasche, dann den dicken Fisch über dem Feuer, der auch schon erste äußerst schmackhafte Gerüche abgab.

»Wie? Ich kriege nichts vom Fisch ab?«

»Nee – fang dir selbst einen.«

Was für eine Zicke.

Ärger machte sich in Karek breit und verdrängte vorübergehend einen Teil des Hungers.

»Abgemacht, ich esse die Beeren alleine und fange mir selbst einen Fisch.«

»Da bin ich ja mal neugierig, wie du das anstellen willst, einen zu fangen. Für dich ist selbst ein Pilz noch zu schnell«, höhnte sie.

Wutschnaubend watete der Prinz in den See zu der Stelle, wo sie eben noch gestanden hatte - nur ging ihm das Wasser bis zur Hüfte. Es spiegelte den blauen Himmel klar und deutlich wider. Er entdeckte ein fremdes Gesicht auf der Wasseroberfläche, das gleichwohl ohne Zweifel ihm gehören musste. Er erschrak. Schmutz an Wangen und auf der Stirn, die Nase immer noch lädiert, tiefe Schatten unter den Augen. Jetzt stand er hier und wusste nicht genau, was nun. Nur nicht selbstmitleidig werden.

Ihren Spott in den Ohren stierte er durch sein Spiegelbild hindurch auf den Grund des Sees. Ein kleiner Schwarm Stichlinge schwamm vor seinen Zehen.

Er hörte ein leises Blubbern und registrierte, dass der See von einem kleinen Bach gespeist wurde, der vom Westen seinen Weg durch den Wald suchte.

Weiterhin blieb er ruhig stehen, was sollte er auch sonst tun, er hatte keinen Schimmer, wie er aus dieser Nummer wieder herauskommen sollte. Ein Fisch musste her, aber wie? Er ging den Grund des Sees beobachtend in die Knie, so dass seine Arme auf der Wasseroberfläche lagen. Langsam breitete er die Arme aus. Die kleinen Stichlinge drehten immer noch ihre Runden um seine Beine. Mit einem Mal erschien ein riesiger Barsch und gesellte sich zu ihm. Dann noch einer und noch einer. Mit dunklen Glubschaugen glotzten sie ihn an, dabei gingen ihre Münder ständig auf und zu. Einer der Fische sprang ihm plötzlich nahezu in die Arme. Kräftig wand sich etwas Schweres, Glattes, Kühles in seinen Händen. Karek riss die Arme aus dem Wasser, presste das Tier fest an seine Brust und stakte mit seinem Fang aus dem Wasser.

Sie starrte mit einem Gesichtsausdruck auf den Barsch, welcher zweifelsohne dem seiner Artgenossen im See verdächtig nahe kam, nur dass ihr Mund nicht auf und zu ging, sondern offen stehen blieb.

Er betrachtete seine Beute: Zwei große, drachenartige, gelbrote Rückenflossen zierten den über einen halben Meter langen Fisch. Der helle Bauch schimmerte mit sanftem Silberglanz im Sonnenschein.

Mit sichtbarer Befriedigung stellte er fest, dass sein Fang einiges größer war als der Fisch, den sie bereits über dem Feuer drehte.

Der Prinz fragte unschuldig: »Darf ich dein Feuer mitbenutzen oder muss ich mir ein eigenes machen?«

Er rechnete jetzt mit einer giftigen Antwort, zu offensichtlich war ihre Niederlage.

Sie hatte zwischenzeitlich ihren Mund wieder geschlossen

und antwortete sachlich: »Du kannst deine Beute über dem Feuer hier braten.«

Karek nahm das Jagdmesser, er wusste, wie Fische ausgenommen wurden, dies hatte ihm sein Vater auf einem der zahlreichen Jagdausflüge gezeigt.

Bevor er den Kopf zertrümmern konnte, schlich sich genau in diesem Moment Mitleid in Kareks Gemüt. Er versuchte, sich davon zu lösen, diese Emotion abzuschütteln wie ein lästiges Insekt, doch je länger das Tier schwer in seinem Arm wog, desto mehr wog zugleich das Mitgefühl. Nicht zuletzt war der Fisch aus dieser unerklärlichen Zuneigung, welche Tiere für ihn empfanden, aus freien Stücken zu ihm gekommen. Er wusste nicht, was ihn antrieb, als er zum See ging, den Barsch mit einem Bogen zurück in das Nass warf und zum Feuer zurückkehrte.

Dann hörte er sich sagen: »Ich komme mit den Beeren aus.«

Den Inhalt der Gürteltasche leerte er neben sich aus und begann, mit spitzen Fingern einige der kleinen Beeren in seinen Mund zu stopfen.

Verdammt kleine Dinger für einen verdammt großen Hunger. Warum habe ich den Fisch wieder freigelassen?

Sie sah ihn emotionslos an, hob eine Braue und meinte: »Du bist ein erstaunlicher Bursche, Karek. Intelligent, willensstark und mutig auf der einen, jedoch naiv, selbstgerecht und zaghaft auf der anderen Seite. Eigentlich ist es gleich, ob du zu gut oder zu närrisch für diese Welt bist. Beides beschert dir nicht unbedingt ein langes Leben.«

Der Junge dachte an die Unterhaltung mit Rogat in der Bibliothek. Dieser hatte ihm vergleichbare Vorhaltungen gemacht. Selbst die Predigt seines Vaters vor nicht allzu langer Zeit stieß in dasselbe Horn. Diese zersetzenden Lebenseinstellungen mit den daraus resultierenden verächtlichen Meinungen, selbst über die schönen Seiten dieser Welt, regten ihn auf. Alles und jeden konnten sie mit einer zentnerschweren Portion Gemeinheit und Zynismus ersticken und tief unter sich begraben. Er wollte ihr gerade sagen, wie einfach sie es sich mit ihrer selbstherrlichen Arroganz mache, dass sie längst kapituliert habe, vergiftet von ihren eigenen negativen Emotionen, dass dies, was sie für mutig hielt, in Wirklichkeit mutlos sei, als sie ihm stumm die Hälfte des fertig gebratenen Fisches herüberschob. Mit einem Mal stürzten seine Argumente ob dieser kleinen, überraschenden Geste zusammen wie die Türme aus den Holzklötzchen, die er vor Ewigkeiten als Kleinkind so gerne gebaut hatte.

Er blickte auf, seine Augen sagten Danke, dann aß er schweigend seinen Teil, nicht bevor er ihr den Rest der Beeren gereicht hatte.

Die Rückkehr

Zwei Tage noch beabsichtigte sie, an diesem kleinen See inmitten des Rabenwaldes zu bleiben. Drecksvieh tauchte einige Male schwanzwedelnd auf, nur um dann wieder für eine Weile zu verschwinden.

Karek wurde nicht schlau aus ihr. Angst verspürte er immerhin keine mehr. Sein Verstand und sein Gefühl sagten ihm, dass er den Worten dieser Frau Glauben schenken und ihr vertrauen konnte. Paradoxerweise hieß dies nicht, dass er sie für vertrauenswürdig hielt. Sie hatte ihm gesagt, dass sie ihm nichts tun würde. Das glaubte er ihr ohne Einschränkung. Andererseits traute er ihr zu, jeder anderen Person, ohne zu zögern im Handumdrehen die Kehle durchzuschneiden. Wahrhaft jeder Person. Jedem Fürsten, jedem Herzog und auch jedem König. Schließlich hatte sie vor nicht allzu langer Zeit eine der königlichen Wachen in seiner Heimatburg brutal ermordet. In ihr tobte eine dramatische Wut und drastische Abneigung gegen die sogenannten gesellschaftlichen Errungenschaften. Politik bestand ihrer Meinung nach im Wesentlichen aus Ungerechtigkeit, Unterdrückung und Machterhalt. Wenn er versuchte, mit ihr über Toladar, über seinen Vater Tedore oder über Schohtar zu reden, giftete sie ihn nur an und verweigerte jedes weitere Gespräch.

Doch es gab genügend andere Themen, und so verging die Zeit auf eine ihm bisher unbekannte Weise, schneller als er gedacht hätte - sie unterhielten sich über viele Dinge, die für ihn bisher belanglos, ihr aber augenscheinlich wichtig waren, wie Natur und Körper sowie philosophische Daseinsbetrachtungen.

Der Prinz berichtete von seiner soldatischen Ausbildung, seinen Schwierigkeiten mit Krall, Dragan und Hauptmann Bostun – und darüber, auf Biegen und Brechen als übergewichtiger Anfänger zwischen den Soldaten bestehen zu müssen. Sie hörte ihm aufmerksam zu, fragte gelegentlich nach, um Details besser verstehen zu können und gab ihm stets das Gefühl, ein gleichwertiger Gesprächspartner zu sein. Dies erstaunte ihn schon, da es nicht zu ihren sonstigen provozierenden Gepflogenheiten und ihrem Zynismus passte. Von seinem Vater hingegen war er bei seinen Unterhaltungen mit ihm eher ein nickendes Weghören gewöhnt, umso mehr gefielen ihm die Gespräche jetzt.

Dann gab es Phasen entspannter Ruhe, welche er noch vor wenigen Wochen als hoffnungslose Langeweile durchlebt hätte. Ihm gefiel dieses einfache, unbeschwerte Dasein. Durfte sich ein Gefangener in einer solchen Situation, zusammen mit einer unzurechnungsfähigen Auftragsmörderin, so fühlen? Eigentlich nicht, doch es kam ihm vor, als ob trotz all der Gegensätzlichkeit ein unsichtbares Band zwischen ihm und der Frau bestand, nur zart und zerbrechlich, jedoch spürbar, auf einer Ebene, die er nicht begriff.

Am frühen Abend fing es an zu regnen. Ein kurzer heftiger Schauer sorgte dafür, dass beide klatschnass wurden.

Sie reagierte überhaupt nicht, ließ die Tropfen regungslos auf sich herniederprasseln, während Karek sich hektisch nach einem Unterstand umsah. Kurz darauf brach die Sonne wieder durch die Wolken. In der königlichen Burg hatten ihn die Zofen früher bei der kleinsten grauen Wolke vorsorglich ins Haus gescheucht.

Wunderbare Natur. Der Prinz lächelte. Die Bäume, die Büsche, der Waldboden, selbst das Wasser im See rochen nach Regen – würzig und lebendig.

Er versuchte, mehr über ihre Vergangenheit zu erfahren, was sich als schwierig erwies, da sie sich nicht an ihre Herkunft und Kindheit erinnern konnte. Ihre ersten zehn Lebensjahre waren wie ausgelöscht, sie wusste nichts mehr darüber.

»Was ist denn das Letzte, woran du dich erinnern kannst?«, fragte er.

»Was geht dich das an?«

»*Ich* kann mich sehr gut an meine Kindheitserlebnisse erinnern.« Er zuckte scheinbar gleichgültig die Schultern.

Eine Weile blieb es ruhig.

Sie murmelte in die Stille: »Wenn du damit das Erste, woran ich mich erinnere, meinst, dann ist dies der Sklavenmarkt auf Gonus, eine der Südlichen Inseln. Damals war ich zehn Jahre alt und mit fünf weiteren Kindern zusammengepfercht in einem Käfig gefangen.«

Er fragte nach: »Ihr musstet alle in einem Käfig wohnen?«

»Nur drei Tage bis zum Beginn der großen Auktion. Und

in diesem Käfig bin ich aufgewacht, denn ab dort beginnt meine Erinnerung. Es gab einen Jungen in meinem Alter, zu dem ich mich hingezogen fühlte. Wir verstanden uns auf Anhieb und flüsterten viel miteinander.

Zwei Tage später wurden wir in Zweiergruppen aus dem Käfig geholt und auf ein Podest inmitten einer Horde schreiender Männer gestellt. So stand ich neben dem besagten Jungen, und Männer brüllten irgendwelche Zahlen hin und her. Natürlich boten sie für uns, teils direkt für beide, teils nur für einen. Die Preise stiegen immer höher, so dass es erforderlich wurde, den Wert der Ware besser aus der Nähe in Augenschein zu nehmen, bevor die Gebote noch höher stiegen.

Ein Mann, gut gekleidet, mit einem freundlichen Gesicht, stieg auf das Podest. Er packte den Jungen und schlug ihm brutal ins Gesicht. Hinterher habe ich erfahren, dass dies einer von diversen Sklaventests war. Gerade bei Kindern sei diese Prüfung verbreitet, denn die Reaktion gäbe interessanten Aufschluss über die Qualität der Ware. Reagiert der Sklave devot oder fängt er an zu weinen oder wird er wütend oder reagiert er überhaupt nicht?

Mein Freund jedenfalls spuckte dem Mann mitten ins Gesicht. Die Menge grölte, diese Reaktion war wohl nicht alltäglich. Der Mann lächelte gemütlich, wischte sich den Speichel mit dem Ärmel von der Wange und drückte danach dem Auktionator seelenruhig einen riesigen Beutel Gold in die Hand. Damit hatte er jedes andere Gebot weit hinter sich gelassen - es wurde verdächtig ruhig. Er zog einen Dolch aus seinem Gürtel und rammte diesen dem Jungen ohne jede Regung tief in den Bauch. Tödlich verletzt sackte mein kleiner Freund zusammen und verblutete an Ort und Stelle. Den Sklavenhändlern und dem Auktionator schien dies völlig egal zu sein - schließlich hatte der Kerl ja bezahlt – und zwar mehr als üblich. Sie sahen so aus, als würden sie sich für zukünftige Geschäfte merken, was für ein prima Preistreiber doch schlichtes Anspucken darstellte.

Mir war es nicht völlig egal. Schneller als jeder der Anwesenden es je für möglich gehalten hatte, riss ich dem Mörder meines Freundes den blutigen Dolch aus den Händen und stach ihm drei- oder viermal in die Brust. Die Geschwindigkeit, mit der ich dies tat, muss durchaus beeindruckend gewesen sein, denn ungläubig glotzte der Kerl mich mit seinen schönen Augen an. Dann brachen diese Augen und danach der Rest von dem Schweinehund tot zusammen. Ich ließ den Dolch fallen, die Welt drehte und kippte. 'Ich habe einen Menschen erstochen', dröhnte mir durch den Kopf - lauter als das Gebrüll, welches um mich herum ausbrach. Die Meute verstand zunächst gar nicht, was passiert war, dann aber wollten sie mich umgehend töten; sie diskutierten nur noch auf welche Weise. Die Sklavenhändler versuchten dies zu verhindern, natürlich nur, weil ein schwarz gekleideter Mann mit einem weiteren dicken Beutel voller Goldstücke auf das Podest gestiegen war und auf mich zeigte. Irgendwann, mein Zeitgefühl war mir vollends abhandengekommen, siegte Geschäftstüchtigkeit über Rachegelüste, Gold wurde verteilt und ich durfte leben, weil jemand viel für mich bezahlt hatte. Und so lernte ich meinen Käufer, den

Schwarzen Kanzler kennen. Der packte mich und nahm mich mit wie einen Teppich, den er gerade auf dem Basar ersteigert hatte.«

Karek hatte ihr bis hier hin ruhig zugehört, jetzt wollte er wissen: »Warum kaufte er gerade dich?«

»Er sagte mir hinterher, dass er noch nie ein Mädchen für seine Stätte erworben habe. Meine Entschlossenheit, es dem Mann heimzuzahlen, der den Jungen wie ein Schwein abgestochen hatte, war das eine, was ihn beeindruckt hatte. Das andere, und letztlich gab das den Ausschlag, war schlicht das Tempo der Aktion. ‚Du bist ein Naturtalent, ein wahres Naturtalent und dabei noch ein Mädchen', murmelte er in Gedanken, während er mich fortschleppte.

Die Stätte bildete Auftragsmörder aus – ich war die erste weibliche Absolventin«, sagte sie sachlich, ohne Bitterkeit, ohne Stolz.

Ihr Leben als Auftragsmörderin wollte er nicht unbedingt näher beleuchten, daher schwieg Karek.

Später diskutierten sie über das Leben, die Gesellschaft, die Herausforderungen.

»Was ist denn das Wichtigste, was du bisher erreicht hast?«, fragte Karek.

Sie legte den Kopf schräg und überlegte, eine Geste, die für ihn neu war. »Das Wichtigste für mich ist, dass ich zwar der Gesellschaft verlustig geworden bin, doch nicht meiner selbst.«

Der Junge dachte über ihre Antwort nach. »Bei mir ist es genau umgekehrt. Ich soll einer Gesellschaft mit all ihren

Regeln und Zwängen vorstehen, muss dabei jedoch mir selbst untreu werden.«

Wie immer blieben ihre Gesichtszüge unverändert, und sie sagte kein Wort. Sie schwiegen sich eine Weile einvernehmlich an.

Wenn der Hunger kam, sammelte Karek Beeren, wie Moos- und Apfelbeeren, zudem auch Pilze, wie Birkenpilz und Hallimasch sowie Wurzeln, wie Haferwurz und Quecke, welche sie ihm gezeigt hatte. Dies erledigte er mit Eifer und Konzentration, so dass sie nicht mehr über seine magere Ausbeute meckern konnte, während sie weiterhin auf ihre Art Fische fing.

Zweimal badete sie im See. Karek bekam einen leuchtend roten Kopf, als sie begann, ihre Kleider abzulegen und splitternackt in das Wasser hechtete.

Er wusste nicht, wohin er blicken sollte, zumindest tat er so – denn bei Lichte besehen, wusste er ganz genau, wohin er schauen wollte. Eine nackte Frau hatte er noch nie zuvor gesehen, am Hof kleideten sich die Damen, eventuell mal mit Ausnahme eines etwas freizügigeren Dekolletés, extrem züchtig. Ein unverhülltes Fußgelenk zur Schau zu stellen, erwies sich schon als handfester Skandal und bot Stoff für tagelange Diskussionen.

Und was passierte jetzt hier? Mit einer schamlosen Selbstverständlichkeit schwamm sie unverhüllt mit kraftvoller Eleganz durch den See. Er fühlte sich ziemlich überrumpelt, hatte er sie doch zuvor gar nicht so recht als Frau wahrgenommen. Noch vor ein paar Tagen wollte sie ihn schließlich umbringen. Und jetzt war er ihr Gefangener. Und zudem hätte sie seine Mutter sein können. Aus den Augenwinkeln nahm er indes zur Kenntnis, dass sie durchaus eine Frau war, eine äußerst attraktive noch dazu. Schlank, doch mit weiblichen Kurven an den richtigen Stellen, die sonst durch ihre weiten Kleider verdeckt wurden. Die katzengleichen, eleganten Bewegungen ihres durchtrainierten Körpers erhöhten zudem ihre sinnliche Ausstrahlung.

Er kannte sie inzwischen gut genug, um genau zu wissen, dass sie seine neugierigen Blicke und seinen roten Kopf bemerkt hatte, sie machte sich zur Abwechslung mal nicht darüber lustig.

Später ließ sie die Sonne ihren Körper trocknen, während sie auf einem Felsen saß und ihm den Rücken zudrehte. Mit ihren schmalen Schultern sah sie beinahe zierlich und beschützenswert aus. Wenn er es nicht besser gewusst hätte...

Karek fiel eine Tätowierung unter ihrem linken Schulterblatt auf. Ein wenig verblasst doch immer noch deutlich erkannte er einen dornigen Zweig in Form eines Ypsilons. Er traute sich nicht, sie danach zu fragen, weil er dann verraten würde, sie angestarrt zu haben.

Sehr früh morgen wachte Karek auf. Er erhob sich und schlich zum Seeufer. Er wusste, er stank und strotzte vor Schmutz wie ein Erdferkel. Also legte er seine graue Soldatenkleidung ab, Hemd und Hose ließ er direkt am Ufer liegen und stapfte in den See. Das Wasser umfing ihn, kühl und erfrischend. Er wusch sich sorgfältig und schwamm eine Runde. Die Leichtigkeit, mit der sein runder Körper fast schwerelos durch das Wasser glitt, gefiel ihm. Die Wunde an der Brust schmerzte nicht mehr und er fühlte sich lebendig und den Aufgaben, die auf ihn zukommen sollten, gewachsen.

Er wusste, dass sie sofort registriert hatte, dass er aufgestanden war. Sie bemerkte schließlich alles, was um sie herum passierte. Jeden Käfer, jedes Eichhörnchen, jeden Vogel nahm sie wahr. Und tatsächlich, sie stand am Ufer, einen Zweig in der Hand und bohrte damit in seinen Kleidern herum. Angewidert feuerte sie mithilfe des Stocks Hose und Hemd weit in den See.

»Wasche deine stolze Uniform mal. Soldaten sterben am eindrucksvollsten in sauberer Uniform.«

Karek tauchte unter Wasser in Richtung seiner Kleider – auch damit sie seinen roten Kopf nicht sehen konnte. Was sollte er nur tun, wenn sie am Ufer stehen bliebe. Er tauchte auf, hier konnte er im hüfttiefen Wasser stehen, griff nach seiner Kleidung, die vor ihm schwamm, knetete das Wasser aus der Wäsche, tauchte sie wieder ein und wiederholte den Vorgang einige Male.

Sie dachte nicht daran, sich nur einen Schritt vom Ufer zu entfernen, sondern verschränkte die Arme provokativ abwartend vor der Brust und starrte ihn neugierig an.

Wie sollte er hier je wieder herauskommen, ohne...

Ja, ohne was denn überhaupt? Nacktheit, was für ein

ungeheures, grausames Malheur.

Er verzog das Gesicht über seine eigene Verklemmtheit. War dies nicht eines der vielen lächerlichen, von Menschen hausgemachten Probleme?

Er nahm all seinen Mut zusammen und stapfte ihr entgegen, ohne seine Blöße zu bedecken. Mit regungsloser Miene drehte sie sich um und rollte die Decke des Nachtlagers zusammen.

Der Prinz holte sich seine Decke und warf sie sich über die Schultern. Er breitete die Wäsche auf einem Stein in der Sonne aus, dann setzte er sich auf eine erhöhte Grasnarbe am Ufer.

Sie sagte nichts, sondern ließ sich nur neben ihm nieder. Ungleicher konnte ein Paar nicht sein. Hier die skrupellose, zynische Auftragsmörderin, dort der unbedarfte Prinzenjunge. Dennoch gab es diese merkwürdige Bande zwischen ihren Welten, ihrem Geist. Von Seelenverwandtschaft in gewissen Dingen würde Karek nicht sprechen wollen. Sie würde vermutlich voller Zorn darauf bestehen, gar keine Seele zu besitzen.

Unvermutet sagte sie: »Ich habe mir durch den Kopf gehen lassen, was wir tun werden.« Dann schwieg sie.

Der Prinz wusste es. »Das Beste ist, wenn du mich zurück zur Feste gehen lässt. Wir treffen uns, sobald es geht wieder und ich bringe das Pergament mit. Wir müssen nur Zeit und Ort vereinbaren.«

»So machen wir es. Wenn wir gleich aufbrechen, bist du morgen wieder bei deinen stolzen Soldatenanwärtern und kannst dich nach Lust und Laune verprügeln lassen.«

Karek sah in ihr Gesicht. Er hatte nicht unbedingt damit gerechnet, dass sie ihn wahrhaftig ziehen lassen würde. Sie blickte ihn scheinbar völlig ungerührt mit ihren dunklen Pupillen an.

»Das nächste Dorf südwestlich der Feste Strandsitz heißt Klamm. Dort treffen wir uns im Gasthaus. Es gibt da nur eins. Frage den Wirt nach mir. In dreißig Tagen.«

»Ich werde da sein.«

Sie zuckte mit den Schultern. »Wenn du dich entschließt, meine Gesellschaft nicht mehr in Anspruch nehmen zu wollen, sei es drum. Ich war kurz davor, dich zu töten und habe dich stattdessen hierher gezwungen, daher könnte ich es dir nicht übel nehmen. Du sagst, du kommst dort hin - ich glaube dir.« Sie schüttelte den Kopf. »Ich weiß nicht, was in mich gefahren ist, für gewöhnlich würde ich meinen eigenen Schatten töten, bevor ich ihn ziehen lassen würde, vor allem, nachdem er mein Gesicht gesehen hat. Wenn du deine königlichen Schergen auf mich hetzt, gibt es ein Blutbad, wie du es noch nie gesehen hast. Und an meine Aussage, dich nicht zu töten, fühle ich mich in diesem Fall nicht mehr gebunden - das versteht sich von selbst.«

Wenig später, nachdem die Kleidung des Prinzen getrocknet war, brachen sie auf. Nach einem anstrengenden Fußmarsch durch den unwegsamen Wald passierten sie den Teil mit den riesigen Schauerwespen. Karek zeigte ihr den Platz, an dem das Unglück seinen Lauf genommen hatte. Die großen Nester mit unzähligen Schauerwespen waren noch da, die Leiche des Kameraden verschwunden.

Mit einem formvollendeten höfischen Knicks, der so gar nicht zu ihrer spöttischen Stimme passte, meinte sie: »So, mein königlicher Friedensheld. Von hier findest du allein zurück.«

Karek schaute nach vorne und erkannte den Weg, der Hauptmann To Shyr Ban mit seiner Einheit vor einer Ewigkeit hierher geführt hatte.

Er antwortete: »Ja, immer nach Osten – bald lichtet sich der Wald.«

Er drehte sich um, doch sie war verschwunden. Ein Reflex wollte ihn rufen lassen, doch welchen Namen hätte er rufen sollen? Na denn. 'Lebe wohl' hätte sie wenigstens sagen können. Wer denn eigentlich? Die Auftragsmörderin? Die Entführerin? Die Verrückte?

Auch Zaunkrauler, der sich mit ‚Drecksvieh', ebenso wie Karek mit 'Linnek', einen Decknamen gönnte, hatte sich nicht mehr blicken lassen.

Der Prinz machte sich auf den restlichen Weg. Wie hatte sie ihn zum Abschied genannt? Friedensheld? Er blieb abrupt stehen. Wie kam sie denn darauf? Er hatte Magister Korn einmal während einer der Kundestunden gefragt, warum es nur Kriegshelden und keine Friedenshelden gäbe. Er war damals mit ihm alleine gewesen, niemand anderer konnte darüber etwas wissen. In dreißig Tagen würde er sie wieder sehen, denn er hatte fest vor, sein Versprechen, äh, das, was er gesagt hatte, zu erfüllen. Bis dahin blieb sie ihm eine Erklärung schuldig, wieso sie ihn ausgerechnet

Friedensheld genannt hatte.

Es dämmerte bereits, als er in weiter Ferne die Feste Strandsitz auftauchen sah. Schon von Weitem sah sie beeindruckend aus. Stolz, trutzig, uneinnehmbar. Die dicken Mauern bildeten einen stabilen Halbkreis. Strandsitz gehörte zu den ersten Festen, bei denen die Bauherren auf die statisch labileren und damit mittels Steinschleudern besser angreifbaren neunzig Grad Winkel verzichtet hatten. Auch die beiden Türme waren rund. Im ganzen Land gab es keine Burg mit annähernd so hohen Mauern. Und durch die Lage an der Steilküste konnte der Gegner die Feste im Grunde nur von vorn angreifen.

Die gewaltige Zugbrücke war hochgezogen, zwei Soldaten riefen vom Wachhäuschen herunter, als er am Burggraben anhielt. »Was willst du denn hier, Bengel?«

Die Wachen erkannten ihn allem Anschein im Halbdunkeln nicht.

Er rief: »Ich bin Anwärter Linnek. In der Kompanie von Hauptmann To Shyr Ban und begehre Einlass.«

»Was? Linnek? Der ist doch tot. Von Wespen restlos aufgefuttert, hieß es.«

»Bist du nicht der, den sie seit Tagen suchen?«, fragte die andere Wache verwundert.

»Männer, das weiß ich doch nicht. Lasst die Brücke herunter oder holt Karson oder Rogat oder Shyr Ban. Sehe ich aus, als würde ich die Burg belagern oder gar einnehmen wollen?«

»Ganz schön frech für so ein grünes Anwärterfohlen«,

knurrte die Wache.

Gleichzeitig begannen die Ketten zu rasseln und langsam senkte sich das Tor herunter zu einer waagerechten Brücke. Karek betrat die Festung und schaute sich um. Im Burghof konnte er niemanden entdecken.

Einer der Männer leuchtete ihm mit einer Fackel in sein Gesicht und stellte fest: »Alles in Ordnung. Er gehört wirklich zu Shyr Ban. Ich erinnere mich an seinen Kampf in der Arena. Keiner wollte auf den Dicken setzen. Zu Recht, wie sich schnell herausstellte.«

Die Kerle lachten. Doch dann meinte einer. »Sag dem Hauptmann besser Bescheid, dass der verlorene Sohn wieder aufgetaucht ist.«

Die eine Wache verschwand und kam nach kurzer Zeit mit Hauptmann To Shyr Ban an seiner Seite wieder.

»Soldat, wenn du mich auf den Arm nimmst, kriegen wir beide so richtig… Der Hauptmann blieb erstaunt stehen. »Er ist es wirklich.« To Shyr Ban schritt auf Karek zu und fasste ihn an beide Schultern. »Soldat Linnek. Es ist schön, dich wohlbehalten wieder bei uns zu haben. Komm mit. Wir müssen umgehend Großmeister Rogat Bericht erstatten.« Seine Zähne in seinem dunklen Gesicht blendeten fast - es fühlte sich gut an, nach den spöttischen Wachen mit einem solchen Lächeln begrüßt zu werden.

To Shyr Ban und Karek erreichten Rogats Arbeitszimmer. Der Herr der Feste saß hinter einem einfachen Schreibtisch, die Füße in dicken Soldatenstiefeln auf dem Tisch, den Hintern auf einem kippenden Stuhl mit der Lehne an der Wand hinter ihm.

Er schien Karek zu ignorieren, sah den Hauptmann an und meinte kühl, ohne eine Miene zu verziehen: »Shyr Ban. Ich dachte Euer Anwärter sei tot. Kein Wunder, dass wir keine Leiche finden konnten.«

»Nicht ganz tot, wie es scheint. Er hat sich soeben zum Dienst zurückgemeldet.«

Erst jetzt richtete Rogat seine grauen Augen auf Karek.

»Bist du unversehrt?«

»Mir geht es gut«, antwortete der Prinz.

Der Herr der Feste atmete jetzt doch hörbar durch. »Hauptmann, lasst uns für einen Moment allein.«

»Wie Ihr befehlt, Großmeister.« To Shyr Ban ließ sich sein Erstaunen nicht anmerken, drehte sich auf dem Absatz um und verließ die Schreibstube. Rogat stand langsam auf, kontrollierte sorgfältig, ob die Tür richtig geschlossen war, dann brach es aus ihm heraus: »Was hast du dir dabei gedacht«, donnerte er. »Verdammt noch mal.«

»Wobei?«, fragte Karek. Eine Frage, die nicht dazu angetan war, Rogat zu beruhigen.

Er fauchte: »Ganze fünf Tage warst du verschwunden. Einige hier fingen an, sich zu wundern, warum ich tagtäglich nach einem nichtsnutzigen Anwärter-Grünschnabel habe suchen lassen. Ich konnte denen schlecht erklären, dass dieser in Wirklichkeit unser nächster König und daher ein wenig Mühe durchaus angebracht sei.«

In Karek staute sich ebenfalls Ärger. Er beherrschte sich und fragte in ruhigem Ton: »Meint Ihr, ich habe die Tage freiwillig im Wald verbracht und die ganze Zeit die Blätter an den Bäumen gezählt?«

Der Prinz überlegte, ob er zu weit gegangen war, doch er fühlte sich zu erschöpft, um sich nach den Erlebnissen auch noch solche Vorwurfe anhören zu müssen.

Rogat blieb ruhig, setzte sich, wies auf einen Stuhl ihm gegenüber und kratzte sich am Kinn.

»Gestern Morgen habe ich einen Reitkurier an den königlichen Hof losgeschickt, um Tedore dein Verschwinden mitzuteilen. Es dünkt mir, heute Abend noch wird ein Zweiter hinterher preschen, die erste Nachricht für einen großen Spaß erklären und deine glückliche Wiederkehr verkünden.«

»Ist das Eure größte Sorge?«, fragte der Prinz ruhig.

»Nein, leider nicht. Ich sammle zurzeit große Sorgen. Fürst Schohtar probt den Aufstand. Er hat einige Herzöge um sich gescharrt und lehnt sich in aller Offenheit gegen Tedore auf. Im Grunde kontrolliert er das komplette Gebiet südlich des Karpane. Und unsere Feste Strandsitz liegt mitten darin.«

»Oh je, das sind ja ganz schlechte Nachrichten. Droht uns Krieg in Toladar?«

»Das wird sich herausstellen. Noch versucht dein Vater, diesen Konflikt friedlich zu lösen. Ich bin da eher skeptisch, dass dies gelingen kann. Schohtar ist ein unberechenbarer Machtmensch, zudem durch die Behandlung in den Verliesen von Soradar von Hass verzehrt. Daher fürchte ich, dass es zu einem Zerwürfnis und damit zum Krieg kommt. Der Fürst geht sogar schon so weit, dass er Vertraute von König Tedore unter dem Vorwand des Landesverrates hinrichten lässt.«

»Was?« Karek konnte es nicht fassen. Das klang viel schlimmer als er sich vorgestellt hatte.

»Wie werdet Ihr Euch in diesem Falle verhalten?«

»Ich diene dem rechtmäßigen König. Das ist zurzeit Tedore Marein. Und solange dies der Fall ist, werden unsere Soldaten ganz sicher nicht für Fürst Schohtar kämpfen. Dies hat jedoch nichts mit unserem Verwandtschaftsverhältnis zu tun.«

Offensichtlich wollte Rogat nicht weiter über die schreckliche politische Situation sprechen, denn er hob die Hand und lehnte sich zurück. »Jetzt aber zu dir. Wo hast du gesteckt, was ist passiert, Karek?«

»Was ist Euch denn bisher erzählt worden?«

»Hauptmann Shyr Ban schilderte mir die Vorgänge im Wespenwald. Den Jungen, der gestorben ist, konnte niemand retten. Ihn haben wir inzwischen durch einen neuen Anwärter ersetzt.«

Klar, so etwas geht ruckzuck. Ist der Sattel kaputt, gibt es einen neuen. Genauso läuft es mit den Anwärtern.

Rogat fuhr fort: »Shyr Ban betonte, wie selbstlos und mutig du ihn und Anwärter Krall gerettet hast.« Jetzt sah der Herr der Feste Karek mit ernster Miene an. »Dafür hast du dir meinen Respekt verdient, auch wenn ich deinem Vater niemals hätte erklären können, wie ich eine solche Tapferkeit überhaupt zulassen konnte.«

Das sind die ersten freundlichen Worte von Rogat überhaupt.

Dennoch konnte sich der Prinz nicht freuen - er schauderte vielmehr, da er die Geschehnisse ein zweites Mal durchlebte. Mehrfach knapp dem Tod entkommen, die Entführung durch eine gänzlich unberechenbare Auftragsmörderin, das brutale Sterben eines Kameraden - alles nicht alltäglich für einen bisher in jeder Lebenslage wohlbehüteten Prinzen.

Rogat schien aufzufallen, wie erschöpft der Knabe aussah. Ruhig sagte er: »Erzähle mir kurz und bündig, was passiert ist, dann gehst du wieder zu deinen Kameraden und ruhst dich aus.«

»Ich traf die Krähe, oder besser, die Krähe traf mich. Und zwar genau die mit dem Auftrag, mich umzubringen.«

»Was?«, fuhr diesmal Rogat hoch.

Karek fühlte sich zu müde, um Stolz zu verspüren, einem ehemaligen Söldner und erfahrenen Kriegsveteranen eine solche Reaktion abgerungen zu haben.

»Wie Ihr seht, hat sie mir nichts getan, obwohl es knapp war.«

»Erzähle von Anfang an.« Rogat setzte sich wieder.

Der Prinz erklärte Rogat, warum er gehofft hatte, dass die Wespen ihn nicht zu Tode stechen würden. Dann fasste er die Ereignisse im Wald mit der seltsamen Frau zusammen. Er erwähnte auch ihren Hund, den er schon als Zaunkrauler kennengelernt hatte sowie ihr Verständnis der Alten Sprache. Er verschwieg jedoch, dass er beabsichtigte, die Auftragsmörderin in dreißig Tagen wieder zu treffen.

»Und sie hat dich dann einfach ziehen lassen?«

»Ja, sie meinte, ihr Auftrag sei erledigt, sie würde mich nicht mehr verfolgen.«

Es gefiel Karek nun doch, Rogat so erstaunt zu sehen, denn allzu gut hatte er noch dessen Vortrag in der Bibliothek über die Unmoral in dieser Welt im Ohr.

»Du weißt jetzt, wie sie aussieht. Wir müssen sie jagen und töten, zumal sie deine wahre Identität kennt.«

»Den Auftrag mich zu töten, hat sie abgebrochen. Und dann wollte sie ohnehin so schnell wie möglich zu den Südlichen Inseln reisen. Lasst daher gut sein.«

Der Großmeister schüttelte zunächst den Kopf, dann nickte er, sah auf und richtete beide Zeigefinger auf ihn. »Du erzählst jedem hier, du wärst vor den Wespen tief in den Wald geflüchtet und hättest dich dann hoffnungslos verlaufen.«

»Na toll. Ich bin doch auch so schon der dicke Trottel, was sollen die Kameraden erst erzählen, wenn ich denen erkläre, ich sei fast fünf Tage richtungslos durch den Wald flaniert?«

»Hast du eine bessere Idee?«

Karek überlegte. »Ich erzähle, die Wespen hätten mich erwischt, jedoch nicht tödlich, so dass ich zunächst nur kriechen und dann erst nach einigen Tagen wieder richtig laufen konnte.«

»Einverstanden. Hauptsache, du bist überzeugend. Dann erhole dich mal von deinen vielen Stichen.« Rogat stand auf.

»Großmeister Rogat?«

»Prinz?«

»Neulich nach unserem Gespräch über Ehre und Moral, kam ein Mädchen namens Milafine in die Bibliothek. Wer ist sie?«

Karek konnte sich nicht erinnern, Rogat schon einmal lächeln gesehen zu haben. Doch jetzt war es so weit.

»Milafine ist die Tochter von Weibel Karson. Wenn er dich mit ihr erwischt, bist du tot, bevor du ‚aber-ich-habe-sie-nicht-angefasst' sagen kannst. Sie ist nicht ständig in der Feste, sondern nur einige Wochen im Jahr. Ihre Mutter starb bei ihrer Geburt, daher steht sie ihrem Vater besonders nah und besucht ihn häufiger.«

Die Tochter von Karson also.

Er erinnerte sich an ihre erstaunte Reaktion nach der leichten Berührung in der Bibliothek.

An dem Mädchen ist noch mehr dran – sie ist in jeder Hinsicht etwas Besonderes.

Der Prinz musste komisch dreingeblickt haben, denn Rogat ergänzte: »Dann ist die Bibliothek sicherlich der beste Ort, um sie zu treffen, denn sie liebt die Bücherauswahl dort. Übrigens, in zwei Wochen kommt sie wieder.«

Nach Kareks Geschmack übertrieb Rogat es jetzt mit dem blöden Grinsen.

»Gut, danke«, sagte er so sachlich wie möglich.

Beide bewegten sich zur Tür.

Karek sah zum ersten Mal nicht dieses verachtende Flackern in Rogats Pupillen, als dieser ihm die Hand auf die Schulter legte und ihm schweigend zunickte. Der Prinz öffnete die Tür und schritt hinaus. Inzwischen konnte er die Mauern der Feste aufgrund der Dunkelheit nicht mehr sehen. Die spärlichen Fackeln an den Wänden spendeten karges Licht. Die Soldaten auf den Wehrgängen beachteten ihn nicht, während er die Nase hob und tief durchatmete. Er roch den salzigen Meereswind, der gleiche Geruch, mit dem er auch in der königlichen Feste groß geworden war. Viel mehr Gemeinsamkeiten mit dem behüteten Zuhause gab es allerdings nicht. Und er wusste, sein Weg würde nicht nur steinig bleiben, sondern sumpfig, bergig und holprig werden, doch bisher war es ihm gelungen, diesen Weg irgendwie entlang zu kraxeln - obgleich er nicht besonders gut wandern und klettern konnte.

Willkommen zuhause

Jetzt machte sich Karek auf den Weg über den Hof in sein Quartier zu seinen Kameraden. Mal sehen, wie es dem pfiffigen Blinn, dem unscheinbaren Eduk, dem wohlriechenden Wichtel und, er musste schlucken, dem äh ... unvergleichlichen Krall seitdem ergangen war und wie sie auf sein plötzliches Wiederauftauchen reagieren würden. Er öffnete die schwarze Außenpforte und ging dann auf die nächste Tür zu seiner Rechten zu. Die unwirkliche Stille im Gebäude ließ ihn erst einmal stehen bleiben. Er horchte. Leise Stimmen drangen durch die Tür, Karek trat näher und legte, nicht ohne den einen oder anderen kleinen Beißer des Gewissens seine Kameraden zu belauschen, ein Ohr an das raue Holz.

Er hörte Blinn sagen: »Sie haben ihn immer noch nicht gefunden. Keine Leiche, keine Kleidung, nichts.«

Krall warf ein, hart und unverblümt: »Die blöde Tonne hat sicherlich ein prächtiges Festessen für alle größeren Wildtiere abgegeben. Der ist bestimmt schon gut verdaut.«

»Krall – du bist ein Arsch, so von Linnek zu reden. Ohne ihn hättest du es nie geschafft, lebendig von den Wespen wegzukommen. Der Hauptmann im Übrigen auch nicht. Und wenn, wie du sagst, Linnek gefressen worden wäre, dann hätten sich wenigstens die Kleider und der Gürtel mit der Ledertasche finden lassen müssen.«

»Finden lassen müssen, ja«, bekräftigte Eduk.

»Ich habe so von ihm geredet, während er da war, warum sollte ich anders reden, wenn er nicht dabei ist? Und nenn mich noch mal Arsch, dann polier ich dir die Fresse.«

Karek lächelte in sich hinein. Es schien alles beim Alten und in bester Ordnung zu sein.

Die Stimme von Wichtel drang durch die Tür: »Ich weiß, dass er nicht tot ist.«

»Nix weißt du.«

»Solange sie seine Leiche nicht finden, bleibt die Hoffnung.«

»Hoffnung ist was für Schwächlinge«, erklärte Krall.

»Was mich nur wundert, ist, dass sie so ein Gewese um Linneks Verschwinden machen. Jeden Tag rücken von früh bis spät mehrere Truppen aus, um ihn oder zumindest seine Leiche zu finden«, überlegte Blinn. »Ich bin wahrlich erstaunt, welch exponierten Stellenwert ein einfacher Anwärter in unserem Königreich innehat. So, wie die uns hier behandeln, hätte man durchaus zu einer anderen Meinung gelangen können.«

»Wie jetzt? Was meinst du?«

»Krall, ich glaube Blinn meint, dass sich alle verdächtig viel Mühe geben, die blöde Tonne zu finden«, versuchte Wichtel eine Erklärung.

»Ach so. Nur, nenn Linnek nicht noch mal blöde Tonne«, brummte Krall. »Der Dicke hat mir immerhin das Leben gerettet.«

»Ach nee!«, entfuhr es Wichtel.

Kareks Herz klopfte und seine Augen wurden feucht. Die vier zusammen waren unschlagbar. Und Blinn erwies sich als noch pfiffiger als er bisher gedacht hatte. Und dass ausgerechnet Krall für ihn eintrat, rührte ihn mehr, als er es je für möglich gehalten hätte. Die Gewissensbisse, seine Freunde schändlich zu belauschen, zwickten ihn derweil so sehr, dass er laut klopfte. Im Zimmer wurde es ruhig.

Er wartete noch einen kleinen Moment, riss dann die Tür auf und fragte unschuldig: »Ist hier noch ein Bett frei?«

Wie vermutet saßen die Kameraden mit dem Rücken an der Wand auf ihren Strohmatten. Acht aufgerissene Augen, groß wie Teller, starrten ihn an. Wichtel füllte sich als Erster mit Leben und durchbrach die Stille: »Linneeeek, du blöder Hurensohn!«

Er sprang aus dem Bett und drückte den Prinzen an sich. Jetzt schrien auch die anderen, alle durcheinander. Eduk umarmte ihn ebenso brüderlich und strahlte ihn an.

Blinn murmelte unentwegt: »Verdammte Geschwister. Er ist wieder da.«

Lediglich Krall verzog keine Miene, machte aber einen Schritt auf ihn zu, hieb ihm seine Pranke auf die Schulter und grunzte: »Willkommen zuhause, Linnek.«

Puh, für Kralls Verhältnisse kommt diese Begrüßung einem echten Liebesbeweis gleich. Und es ist das erste Mal, dass er mich nicht Fettsack oder Tonne nennt.

Karek setzte sich stöhnend auf sein Bett. Die vier Kameraden sahen ihn erwartungsvoll an.

»Wo warst du so lange? Was ist passiert?«, löcherte ihn Wichtel.

»Los Linnek, erzähle, wie du alle Wespen totgestochen hast«, witzelte Blinn.

»Bist wohl auf dem Rückweg zunächst in die falsche Feste marschiert«, unterstellte ihm Krall.

Was nun? Diese aufgezwungene Unaufrichtigkeit war ihm zuwider.

Hört gut zu. Ich bin Prinz Karek Marein und habe zusammen mit der Auftragsmörderin, die mich eigentlich töten sollte, mitten im Wald geangelt, philosophiert und nackt gebadet. Ansonsten war es langweilig. Und jetzt bin ich müde. Schlaft gut.

Hierbei handelte es sich um die unwahrscheinliche Wahrheit. Karek wusste, wie das Auge des Betrachters die Wahrheit biegt und faltet, wie einen Draht, bis dieser die genehme Form hat. So waren hier und jetzt leider faustdicke Lügen angesagt. Daher erzählte er also, wie die Wespen ihn tief in den Wald gejagt hatten, aber glücklicherweise weitestgehend verschonten. Einige Stiche habe er dennoch nicht verhindern können, so dass ihn ihr Gift fast erledigt hätte.

Karek merkte, wie die Augen von Wichtel anfingen, auf seiner Haut zu brennen. Nur die kleine Öllampe beleuchtete den Raum, doch dieses spärliche Licht reichte aus, um dem Kleinen anzusehen, dass dieser genau wusste: er log, dass sich der Bergfried bog.

So wie ich schwitze, kann ich selbst riechen, dass ich nur Mist erzähle. Hoffentlich hält Wichtel erneut den Mund.

Er fuhr fort zu erklären, wie er drei Tage gebraucht habe, sich zu erholen. Die ganze Zeit habe er von Pilzen und Beeren gelebt und dann, als er sich wieder kräftig genug fühlte, habe er sich auf den Heimweg gemacht.

Wenn die anderen Jungen ihm das nicht komplett abnahmen, ließen sie es sich zumindest nicht anmerken.

Blinn fuhr mit dem Zeigefinger die Narbe in seinem Gesicht entlang, wie so oft, wenn er nachzudenken schien. Dann fragte er: »Das war alles? Dafür hast du komplette fünf Tage gebraucht?«

Karek senkte den Kopf: »Na ja. Ich konnte immerhin mal wieder richtig ausschlafen.«

Dieses Stichwort und die Tatsache, dass Mitternacht längst vorüber und das nächste Aufstehen unangenehm nah war, bewog die Jungen, einander eine Gute Nacht zu wünschen und sich schlafen zu legen.

Karek träumte, er stünde in einem Wald, dunkel und still. Plötzlich brummte sein Kopf - nein, die Geräusche kamen von außen. Das Brummen wandelte sich in Summen von tausend Wespen, die gegen seinen Kopf prallten. Er rannte los - nur weg von dort, wo er gerade stand. Die Wespen bildeten einen Verbund und formten einen Menschen, welcher die Rolle der Verfolger einnahm - eine Frau, gekleidet in schwarzes Leder. Karek stürzte durch den Wald. Er blickte erneut nach hinten. Die Frau hatte er nicht abhängen können, doch was war das? Plötzlich war sie nackt und fletschte die Zähne. Waren es Zähne? Spitze Dolche grinsten ihn an - frisches Blut tropfte von den Klingen. Er rannte noch schneller. Karek zuckte im Schlaf mit beiden Beinen, was ihn schließlich aufwachen ließ. Kalter Schweiß auf Stirn und Rücken kühlte ihn, während er seinen Atem beruhigte.

Einen erotischen Traum habe ich mir anders vorgestellt.

Er blieb wach, bis die hektische Glocke ihn mit ihrem vertrauten Alarm von seiner Untätigkeit erlöste.

Ein rauschendes Flüstern ging durch den großen Speisesaal der Hauptburg, als Linnek am nächsten Morgen dort zum Frühstück auftauchte.

Hauptmann Bostun rempelte ihn an, als er gerade auf den Tisch zusteuerte, an dem bereits seine Kameraden saßen.

»Wie schön, dass unser Held wieder da ist. Dann können wir ihm die Allüren gleich wieder austreiben. Die Nase sieht übrigens jetzt viel besser aus als vorher.«

Karek beschloss, ihn einfach zu ignorieren. Mit dem gleichgültigsten aller Gesichter schob er sich vorbei, die Aggression Bostuns ihm gegenüber fast körperlich spürend. Er setzte sich an seinen Stammplatz Wichtel gegenüber und stellte seinen Blechteller mit dem Brötchen auf den Tisch.

Wichtel sah ihn an. »Weißt du was, Linnek. Ich glaube, du bist dünner geworden. Immer noch füllig, nun ja, jedoch nicht mehr ganz so aufgedunsen.«

»Hm, soll ich mich jetzt über deine Worte freuen oder mich über deine Wortwahl ärgern?«

»Mach es nicht immer so kompliziert. Sag einfach, danke Wichtel. Schön, das zu hören. Und gut ist.«

Blinn grinste. « Wirft kaum noch Schatten, unser Kamerad Linnek.« Dann ergänzte er mit ernster Stimme: » Schön, dass dir nichts passiert ist und du wieder da bist.«

Krall sah zu ihnen herüber, schwieg jedoch.

Eine Blechschüssel krachte vom Tisch der Weißen scheppernd auf den Boden, begleitet mit lautem Gebrüll, so dass sich die Aufmerksamkeit der Rekruten schlagartig dorthin richtete.

Mussand stand entsetzt zwischen seinem Stuhl und dem Tisch, dabei lief ihm eine Ladung Grießbrei vom Kopf über das Gesicht. Dragan stand grinsend hinter ihm.

Jeder im Saal konnte sich denken, was passiert war, doch Hauptmann Bostun meckerte ausschließlich Mussand an: »Anwärter Mussand, zu blöd zum Essen, oder wie?« Dann warf Bostun dem Prinzen einen triumphierenden Seitenblick zu.

Bostun, dieser Sadist, quält Mussand, auch um es mir zu zeigen. Das darf nicht sein.

Karek merkte, wie Wut ihn ausfüllte, wie er aufstehen und etwas sagen wollte, als Blinn ihm die Hand auf den Unterarm legte.

»Im Moment kannst du nichts machen.«

Der Prinz konnte sich kaum beruhigen. Ihm wurde in diesem Moment einmal mehr die enorme Ausprägung seines Sinnes für eine natürliche Gerechtigkeit deutlich. Zudem, und dies machte die Situation für ihn noch unerträglicher, seine ohnmächtige Wut noch größer, wurde er nun selbst zum Instrument der Ungerechtigkeit Mussand gegenüber.

»Lass uns gehen, sonst kommen wir zu spät zum Morgenappell.«

Karek wusste, es blieb noch genügend Zeit, doch Blinn wollte ihn schnell hier hinausbringen.

Karek warf seine Stirn in Falten.

Wie nennt Krall ihn immer? Bastard Bostun! Um dich kümmere ich mich noch. Das verspreche ich.

Draußen in der frischen Morgenluft entspannte der Prinz sich.

Vater, endlich bin ich hier richtig angekommen. Ich habe Kameraden gefunden, die zu mir halten und mich so akzeptieren wie ich bin, ohne den Bonus eines hochherrschaftlichen Thronfolgers.

Ebenso stieß ich auf Gegner und lebensbedrohliche Situationen. Und nicht zuletzt habe ich die auf mich angesetzte Auftragsmörderin überlebt.

Ja, einiges hat mich das Leben in der Feste Strandsitz schon gelehrt.

Der Prinz entspricht in mancherlei Hinsicht sehr wohl den Anforderungen an einen Thronfolger. Und er arbeitet stets hart daran, sich zu verbessern. Nur ist es ihm wichtig, sich hierbei nach seinen eigenen Vorstellungen zu richten, obwohl dies die Dinge oftmals nicht einfacher macht.

ENDE

15927270R00228

Printed in Poland
by Amazon Fulfillment
Poland Sp. z o.o., Wrocław